读客®

读客科幻文库

跟着读客读科幻，经典科幻全看遍。

ISAAC ASIMOV

THE COMPLETE STORIES VOL Ⅰ

阿西莫夫科幻短篇全集 1

最后的问题 下

[美] 艾萨克·阿西莫夫 著　　老光 译

江苏凤凰文艺出版社
JIANGSU PHOENIX LITERATURE AND ART PUBLISHING

目　录

日 暮[1]

假如在千年之中，繁星只出现过一个晚上，人类将如何相信和崇拜上帝之城，并一代代地保留对它的记忆呢？

——爱默生

阿托恩77，萨鲁大学的董事，挑衅似的仰起了下巴，恶狠狠地盯着年轻的记者。

瑟尔蒙762平静地迎接着对方的怒火。在职业生涯的早期，他的那个如今已广为人知的专栏还停留在一个初出茅庐的记者的稚嫩想法之时，他的特长就是进行“不可能”的访谈。这给他带来了瘀伤、黑眼圈和骨折，但也造就了他冷静和自信的个性。

因此，他放下了虽已伸出但对方视而不见的手，平静地等待着年长的董事平息自己的怒火。总之，天文学家都是些奇怪的家伙。就算阿托恩在过去两个月中的行为有任何意义，这位阿托恩也称得上是他们之中最奇怪的一员了[2]。

阿托恩77终于开口说话了。虽然因为情绪激动，声音有些颤抖，

---

2 本文中出现的代号具体指某个人时，代号中的数字有时会省略。阿托恩即阿托恩77，瑟尔蒙即瑟尔蒙762，希林即希林501，比奈即比奈25，法罗即法罗24，伊穆特即伊穆特70，拉蒂默即拉蒂默25。

但仍然字斟句酌，显得有些学究气。这位著名的天文学家以此著称，看来还是旧习难改。

“先生，”他说，“你提出这么无耻的建议，竟然还有脸来见我。”

身材强壮的天文台照相师比奈25用舌尖舔了舔干渴的嘴唇，紧张地插话道：“听我说，先生，毕竟——”

董事扭头看着他，扬起了白色的眉毛：“别插嘴，比奈。我相信你带这位先生来是出于好意，但此刻我无法容忍任何违抗命令的行为。”

瑟尔蒙认为该自己出场了：“阿托恩董事，请允许我说完我想说的话，我认为——”

“年轻人，”阿托恩抢白道，“我不认为此刻你说的任何话能够抵消过去两个月你的《每日专栏》所报道的一切。你挑起了一场宏大的媒体战争，诋毁了我和我的同事为团结全世界来应对威胁所做的努力。太晚了，威胁已无法避免。你用尽了各种人身攻击，让我们这个天文台的员工成了笑话。”

董事从桌上拿起一份《萨鲁城市纪事报》，激动地朝瑟尔蒙晃着：“即使一个像你这样以无耻著称的人，在前来向我提出要求报道今天的事件之前也该踌躇再三。有这么多记者，为什么偏偏是你？！”

阿托恩用力将报纸扔到地上，大步走向窗边，双手背到了身后。

“你走吧。”他头也不回地喝道。他惆怅地看着窗外的天际线，看着本行星六个太阳之中最亮的那一颗——伽马落下的位置。它已经变暗了，成了地平线上昏黄的迷雾，阿托恩知道在自己理智尚存的时候再也看不到它了。

他突然转身。“别急，等等，回来！”他不容争辩地做了个手势，“我接受你的采访。”

记者本就没有要离开，听到他的召唤后，他缓慢地走近这位老人。阿托恩冲着外面示意了一下：“六个太阳中，只有贝塔还留在天上。你看到了吗？”

问题显然多余。贝塔几乎就在最高点，它那红色的光芒照耀着大地，随着伽马那耀眼的光芒渐渐消失，世界被染成绮丽的橙色。贝塔正处于远日点。它看着很小，在瑟尔蒙的眼中，它比以往任何时候都要小。此刻，它是拉贾西天空中无可争议的统治者。

拉贾西自己的太阳，也就是它围着公转的阿尔法，此刻正位于对跖点。两对遥远的伴星也在那儿。红矮星贝塔——阿尔法最亲密的伙伴——独自留守，孤独异常。

阿托恩仰起了脸，沐浴着红色的阳光。“再过四个小时，”他说，“我们所知的文明就将终结。之所以会终结，是因为你眼前看到的贝塔，是天上唯一的太阳。”他凄惨地笑了笑：“发表吧！但不会有读者了。”

“但假如四个小时过去了——然后又过去了四个小时——什么都没发生，那会怎样呢？”瑟尔蒙轻声问道。

“这个不必担心。该来的总会来。”

“同意！不过——万一没发生呢？”

比奈25再一次插嘴道：“先生，我建议你听听他的说法。”

瑟尔蒙说：“让大家来投票决定呢，阿托恩董事？”

剩下的五个天文台的员工中响起了一阵窃窃私语的声音，到目前为止他们一直都谨慎地保持着中立态度。

“这个，”阿托恩径直说道，“没有必要。”他拿出了怀表：“比奈，既然你的好朋友如此坚持，我就给他五分钟时间。说吧。”

“好！现在，我先说一下让我来记录接下来发生的事对你有什么好处。假如你的预测是对的，我的在场不会造成额外损害，因为在这种情况下，我也完成不了我的专栏了。相反，如果什么都没发生，那你肯定会面临很多嘲讽，甚至更糟糕的结果。不如把这种嘲讽留给友好的手来书写。”

阿托恩哼了一声："你说的友好的手，不会就是你自己吧？"

"当然！"瑟尔蒙坐了下来，跷起了二郎腿，"我的专栏可能有点刻薄，但每次我都给你的人留有余地，万一你们是对的呢？毕竟，如今已不是宣扬'世界末日就要降临拉贾西'的年代了。你必须理解，人们已不再相信《启示录》。科学家却反水了，说什么迷信的人是对的，这会令他们反感——"

"没有这回事，年轻人。"阿托恩打断道，"虽然迷信组织向我们提供了大量的数据，但我们的结论之中没有包含任何迷信组织的玄幻学说。事实就是事实，迷信组织所谓的玄学背后也有一定的事实。我们剥离了玄学部分，露出了事实而已。我向你保证，迷信组织此刻比你更仇视我们。"

"我不恨你。我只是想告诉你，公众已经被惹毛了。他们生气了。"

阿托恩嘲讽地撇了撇嘴："那就让他们生气吧。"

"好的。那明天呢？"

"没有明天了！"

"但假如还有呢？假如还有明天——那会发生什么呢？那份怒意可能会化作更为实际的行动。毕竟，你也知道，过去的两个月里生意惨淡得一塌糊涂。投资者并不真的相信世界末日就要降临，但他们也会在事情过去之前变得更谨慎。普罗大众也不相信你，但春季新品家具可以再等几个月——万一呢？

"你明白我的意思吧？一旦事情过去，这些商业利益相关者会剥了你的皮。他们会说，如果任由怪人——抱歉——随便搞些抓人眼球的预测，从而破坏了国家的经济，那行星就要想办法阻止他们。星星之火可以燎原，先生。"

董事严厉地注视着专栏作家："你有什么提议来解决这个问题？"

"这个嘛，"瑟尔蒙笑了，"我提议控制舆论。通过操纵舆论，只展示其荒谬的一面。这很难接受，我承认，因为我必须把你们描述成一伙语无伦次的傻瓜。不过，我要是能让公众笑话你们，可能也会让他们忘了愤怒。作为回报，我要求一篇独家报道。”

比奈点了点头，脱口而出道：“先生，我们都觉得他是对的。过去的两个月里，我们考虑到了所有的可能。但我们的理论或计算中总有百万分之一的概率有错误。我们也应该做好应对方案。”

坐在桌子旁的一伙人窃窃私语着以示赞同，阿托恩的表情则像是有苦说不出。

“那好吧，你想留下的话就留下吧。不过，请你不要以任何方式干扰我们的工作。也请你记住，我是这里的总负责人，尽管你在专栏里对我极尽嘲弄，我还是希望你能完全配合、完全尊重——”

他的手背在身后，说话时往前探着满是皱纹的脸，以示强调。要不是有新的声音打断了他，他可能会不停地说下去。

“喂，喂，喂！”一个男高音传了过来。新来的人脸颊饱满，面带愉快的笑容：“这里怎么有一股太平间的味道？不会有人被吓死了吧？”

阿托恩被吓了一跳，生气地说：“你怎么来了，希林？托你的福，还没人被吓死。我还以为你会躲在掩体里呢。”

希林笑了，一屁股坐进椅子里。“掩体个鬼！那地方太无聊了。我想来这里，这里才热闹。我就不能有好奇心吗？我想看看迷信组织一直在谈论的星星。”他搓了搓手，用严肃的语气接着说道，“外面很冷。风都能把你的鼻子冻掉。贝塔似乎提供不了多少热量，它离得太远了。”

白发苍苍的董事突然就来了火气，咬牙切齿地说：“你疯了，希林，来这里干什么？你在这里有什么用呢？”

“我在那里又有什么用？”希林装作可怜的样子摊开了手掌，“心理学家在掩体里就是个废物。他们需要的是动手能力强的、身体强壮的男人，还有健康的、能生孩子的女人。我？我比动手能力强的人胖了一百磅，我也生不了孩子。为什么要让他们多喂一张嘴呢？我在这里感觉更自在。”

瑟尔蒙飞快地插了一句：“什么掩体，先生？”

希林似乎是第一次见到这位专栏作家。他皱起眉头，鼓起饱满的脸颊：“你又是哪位，红头小子？”

阿托恩撇了撇嘴，绷着脸说道：“这位是瑟尔蒙762，记者。我想你应该听说过他。”

专栏作家伸出了手。“你肯定是萨鲁大学的希林501。我听说过你，”随后他又追问，“掩体是什么，先生？”

“这个嘛，”希林说，“我们设法让一些人相信了我们有关——有关末日的预言，相信了它的惨烈，这些人采取了预防措施。他们基本上由天文台员工的家属组成，再加上一些萨鲁大学的教职员工和少数几个外来人。总数大概有三百人，但其中四分之三是女人和孩子。”

“明白了！他们躲起来了，想躲过黑暗——呃，星星造成的伤害，等世界其他地方‘噗’的一声消失后，坚持活下去。”

“如果能躲过去的话。不容易。整个人类都会发疯，大城市会变成火球——环境不适合生存。但他们有食物、水、住所和武器——”

“他们还有别的，”阿托恩说，“他们有我们所有的记录，除了今天收集的。这些记录对下一个循环意义重大，所以一定要保存下来。其余的都无所谓。”

瑟尔蒙吹了声长长的、低声的口哨，坐着沉思了几分钟。桌边的人拿出了一副多人象棋，开始了一场六人对战。他们在沉默中快速地挪动着棋子。所有的目光都注视着棋盘。瑟尔蒙专心地看了他们一阵，随后起身走向了阿托恩，后者坐在远离人群的地方，正小声跟希林说着什么。

“喂，”他说，“我们去一个不会打搅其他人的地方。我想问些问题。”

年长的天文学家皱起眉，不屑地看着他。但希林欢快地做出了回应：“没问题，谈话对我有好处。向来如此。阿托恩正在跟我说你的主意，万一预测失败了，该怎么应对整个世界——我同意你的说法。顺便说一句，我定期读你的专栏，总体而言，我喜欢你的观点。”

“别说了，希林。”阿托恩不满地说道。

“嗯？噢，好吧。我们去隔壁房间吧。好歹那里有软椅子。”

隔壁有软椅子。窗户上还挂着厚厚的红色窗帘，地上铺着红褐色的地毯。在贝塔砖红色光芒的照耀下，整个房间被一种血色朦胧的气氛笼罩着。

瑟尔蒙打了个冷战：“我愿意花十块钱买一束白光，哪怕一秒钟都好。真希望伽马或德尔塔还在天上。”

“你有什么问题？”阿托恩问道，“别忘了我们的时间有限。再过一个小时一刻钟多一点，我们要去楼上，就没有时间再谈话了。”

“好吧，我这就开始，”瑟尔蒙靠在椅背上，双手合在胸前，“你们看上去都非常认真，我都开始相信你了。你能解释一下这背后究竟是怎么回事吗？”

阿托恩爆发了：“看你坐在这里说话的样子，难道你都没搞明白我们想说什么，就一直在报纸上挖苦我们？”

专栏作家羞涩地笑了：“没那么极端，先生。我知道个大概。你说再过几个小时全世界就会陷入黑暗，所有的人都会发疯。我想知道这背后的科学逻辑。”

“还是别问了，最好别问，”希林插嘴道，“如果你要问阿托恩那个问题——假设他的心情不错，愿意回答——他会拿出一大沓写满了数字、画满了图的纸。你肯定听不明白。不过，要是你来问我，我倒是能给你一个业余的答案。”

“好吧，我来问你。”

“我要先喝一杯。”希林搓着手，看着阿托恩。

“水？”阿托恩没好气地说。

“别犯傻！”

“你才别犯傻。今天不能喝酒。我的人太容易喝醉了。我不能诱惑他们。”

心理学家嘟囔了几声。他转身看着瑟尔蒙，用锐利的目光盯住他，开始了回答。

“想必你知道拉贾西文明的历史呈现出一种轮回的特性——我想强调的是轮回！”

“我知道，”瑟尔蒙谨慎地回答道，“这是最新的考古学理论。它已经被证实了吗？”

“快了。在过去的一个世纪里，它逐渐获得了认可。这个轮回的特性是——确切地说，曾经是——最大的谜团之一。我们发现了一系列的文明，其中有九个是确切的，剩下的也有迹可循。这些文明都达到了我们目前的高度，而且，它们都无一例外地在鼎盛时毁于大火。

“没人能说出这是为什么。所有文明的中心都被大火彻底焚毁了，没有留下任何能让我们找到原因的线索。”

瑟尔蒙追问道：“不也有一个石器时代吗？”

“可能吧。但我们对此了解很少，只知道那时候的人跟有智慧的猩猩差不多。所以在此不作探讨。”

“明白了。请接着说。”

“对这些重复发生的灾难有过一些解释，或多或少都带了点魔幻色彩。有人说定期会下火雨，有人说拉贾西每隔一段时间就会穿过太阳，还有人提出过更离奇的说法。但有一个理论和别的理论都不同，它已经一代接一代地流传了许多个世纪。”

“我知道。你说的是迷信组织在他们的《启示录》里提到的‘星星’传说。”

“是的，”希林满意地接着说道，“迷信组织说每过两千零五十年，拉贾西会进入一个巨大的洞穴，所有的太阳都会消失，整个世界都会陷入完全的黑暗之中！他们还说一种叫‘星星’的东西会出现，它们会夺走人类的灵魂，把人变成没有理智的畜生，从而让他们毁了自己亲手建立起来的文明。当然，他们在这种说法里混杂了各种宗教的神秘概念，但中心思想就是这个。”

他停了下来，长长地吸了口气。“现在，该说到万有引力了。”他拼了一下这个专业术语——就在此时，阿托恩从窗边转过身，狠狠地哼了一声，大踏步地离开了房间。

剩下的两个人四目相对。瑟尔蒙说：“怎么了？”

“没什么，”希林回答道，“有两个人在几个小时之前就该出现了，但到现在还没来。他的人手十分紧缺，因为除了必要的人，剩下的都去掩体了。”

“那两个人不会逃走了吧，你觉得呢？”

“你说谁逃走了？法罗和伊穆特？肯定不会。话说回来，他们要是没能在一个小时内赶回来，那还真麻烦了，”他突然站了起来，眼睛里闪着光，“不管了，趁着阿托恩不在——”

他踮着脚走到最近的一扇窗户旁，蹲下来，从窗台下面拿出了一个瓶子。瓶里的红色液体在他的摇晃之下发出了汩汩的声音。

“我觉得阿托恩还没发现这个，”他说着走到了桌子旁，“给！我们只剩下一杯的量了，你是客人，它归你了。瓶底归我。”他小心翼翼地倒满小杯子。

瑟尔蒙站起身想要谦让，但希林用坚定的眼神阻止了他：“听老人的话，年轻人。”

记者又坐了下去，脸上露出悲怆的神色：“好吧，听你的，老家伙。”

心理学家举起瓶子，喉结上下滚动了一下，随后满意地哼了一声，还咂吧了两下嘴。他接着说道：“你知道引力吗？”

“不清楚，只知道它是一个最新的研究方向，还没有太多的发现，相关的数学计算太难，整个拉贾西上只有十二个人能懂。”

“胡说！扯淡！我一句话就能说清关键的数学计算。万有引力定律说的就是宇宙中所有物体之间都存在一种相互吸引的力，任意两个物体之间力的大小和它们质量的乘积成正比，与它们之间距离的平方成反比。”

“这么简单吗？”

“就这么简单，不过，我们用了整整四百年时间才找到这个定律。”

“为什么花了那么长时间？听上去很简单啊。”

“因为跟你想的不一样，伟大的定律并不是靠灵感猜到的。它通常需要全世界的科学家努力几百年的时间才能发现。自从季诺维41发现了拉贾西是围着阿尔法旋转而不是反过来的之后——那是四百年之前的事了——科学家就一直在研究。六个太阳复杂的轨迹被记录、分析和拆解。一个接一个的理论被提出、检验、再检验、修改、抛弃、重新提出和转化成其他东西，花费了无数的心血。”

瑟尔蒙若有所思地点了点头，伸出杯子讨要更多的酒。希林嘟囔着往里倒了几滴。

“二十年前，”他自己也润了润嗓子后接着说道，“我们终于证明了万有引力定律能够完美地描述六个太阳的运行轨道。这是一个伟大的胜利。”

希林站起来走到窗边，手里仍紧紧抓着酒瓶：“说到重点了。在过去的十年里，我们用万有引力定律计算了拉贾西围绕阿尔法旋转的轨迹，但是它与我们观测到的轨迹并不吻合——即使将其他太阳引起的微小扰动考虑在内。所以，要么是定律错了，要么是还有一个未知因素在起作用。”

瑟尔蒙跟着希林去了窗户边，眺望着郁郁葱葱的山坡后面，萨鲁市的建筑尖顶在地平线上反射着血红色的光芒。记者匆匆瞥了一眼贝塔，内心升起一股不安的感觉。它在顶点处散发着红光，像个邪恶的小人。

“接着说，先生。”他轻声说。

希林说：“天文学家琢磨了好几年，提出的每个理论都比之前的更站不住脚——直到阿托恩灵光一闪，想到了迷信组织。迷信组织的首领索尔5，提供了一些新的数据，大大降低了问题的复杂程度。阿托恩由此想到了新思路。

“假如天上还有另一颗像拉贾西一样不发光的行星呢？要是真有的话，它只会反射光线，而且假如它和拉贾西差不多，是由浅蓝色的岩石构成，那么在红色的天空中，永恒的日光只会令它隐身——完全将它淹没。”

瑟尔蒙吹了声口哨：“这想法也太古怪了！”

“这就觉得怪了？那听听接下来的：假如这个天体围绕着拉贾西旋转，它刚好位于合适的距离、处于合适的轨道、具有合适的质量，使得它的引力刚好能解释拉贾西实际的运行轨迹与理论上的偏差——你知道会发生什么吗？”

专栏作家摇了摇头。

“听好了，有时这个天体会挡在我们和太阳之间。”希林一口喝干了瓶子里剩下的酒。

“我猜计算结果表明这一定会发生。”瑟尔蒙平静地说道。

“是的！但只有一个太阳位于这个天体的公转轨道平面上，”他用大拇指指了指天上那个小小的太阳，“贝塔！计算结果表明日食只会发生于某一种特定的太阳排列，在这个排列中，天空中只剩了贝塔一个，而且离得也最远，此时的月亮则位于最近的距离上。如此造成的日食景观中，月球的表观直径将是贝塔的七倍，它会笼罩整个拉贾西，日食将持续超过半天，因此行星上没有任何一个地方能逃过日食的影响。这种日食每过两千零四十年就会发生一次。”

瑟尔蒙的脸上像是戴了个面具，看不到任何表情：“这就是给我的报道？”

心理学家点了点头：“全部的内容。首先是日食——再过四十五分钟就会发生——接着是完全的黑暗，可能还有那些神秘的星星——然后是疯狂，本次轮回的终点。”

他惆怅了一小会儿，接着说道：“我们有两个月的准备时间——我们在天文台的人——但这么短的时间不足以让世人相信即将降临的危险。两个世纪可能都不够。但我们将记录保存在了掩体内，今天我们将拍摄日食。下一个轮回将开始于真理，当下一个日食降临时，人类至少会为此做好准备。说到这里，你的报道也可以把这段话写进去。”

瑟尔蒙打开窗户，探出了身体。一阵微风吹起窗帘。他盯着手上那抹红色的阳光，掠过发际的风令他觉得有些冷。他突然叛逆地转过了身。

“黑暗为什么会让我发疯呢？”

希林笑了，心不在焉地把玩着已经空了的酒瓶：“你经历过黑暗吗，年轻人？”

记者靠着墙，仔细想了想。“没有。确实没经历过。但我知道黑暗是什么。只是……呃……”他用手指做了个含义不明的动作，紧接着又想到什么，“只是没有光而已，像是在洞里。”

“你去过洞里吗？”

“去洞里？当然没有！”

“我也觉得你没去过。上个星期我试了一下——只是想做个测试——结果很狼狈。我一直往里走，直到洞口变成了一小块模糊的亮斑，其他地方都黑了。我从来没想到过，我这么胖的人，还能跑得这么快。”

瑟尔蒙撇了撇嘴："要是我遇到这种情况，我应该不会跑。"

心理学家恼火地皱起了眉头，盯着眼前的年轻人。

"别吹了！我打赌你都不敢拉上窗帘。"

瑟尔蒙露出吃惊的样子："为什么要拉上窗帘？如果外面有四个或五个太阳，或许我们想遮挡些光线，让自己舒服点。但现在外面的光线本来就不够了。"

"就是要现在才有感觉。拉上窗帘，过来坐下。"

"好吧。"瑟尔蒙伸手抓住拉绳，使劲往下一拽。红色的窗帘徐徐盖住了宽阔的窗户，黄铜挂钩一路叮当着在窗帘杆上滑行，房间被笼罩在暗红色的阴影之中。

一片寂静中，瑟尔蒙往桌边走去，他的脚步声听起来空荡荡的。走到一半的时候，他停下了。"我看不见你，先生。"他低声呼唤道。

"摸黑往前走。"希林语气严肃地命令道。

"但我看不见你，先生，"记者大口喘息着，"我什么都看不见。"

"你以为呢？"阴森的回答响起，"快过来坐下！"

脚步声又响了起来，犹豫着缓慢地接近了。又传来伸手摸椅子的声音。瑟尔蒙尖着嗓子说："我来了。我觉得……呃……还好。"

"你喜欢这种感觉？"

"不，不喜欢。感觉太糟了。墙壁似乎——"他停顿了一下，"它们似乎要朝我身上倒过来。我控制不住地想要把它们推开。但我没有疯！老实讲，我现在感觉好多了。"

"好吧。把窗帘拉开吧。"

黑暗中又传来了谨慎的脚步声，然后是瑟尔蒙的身体与窗帘的摩擦声，他在摸索拉绳，最后是胜利的"嗖"的一声，窗帘拉开了。红光又铺满了房间，瑟尔蒙对着太阳发出了喜悦的欢呼。

希林用手背擦干了额头的汗珠，颤声说道："这只不过是一个黑暗的房间。"

“还能忍受。”瑟尔蒙得意地说。

“是，尚能忍受的黑暗房间。但两年前你在世纪游艺博览会现场吗？”

“没在。一直都没抽出时间去那里。六千英里的旅程实在是太长了，即使是博览会也对我缺乏足够的吸引力。”

“好吧。我在现场。你还记得‘神秘隧道’打破了游乐园里所有项目的游玩纪录吗——至少在第一个月？”

“是的。好像引发了不少争议。”

“很快就平息了，被压下来了。你也知道，‘神秘隧道’只是条一英里长的隧道——里面没有光亮，你会坐进一辆敞篷车，然后在黑暗中颠簸十五分钟。它十分受欢迎——在它的运营期内。”

“受欢迎？”

“当然。当恐惧只是一场游戏时，它总是令人着迷。婴儿生来就对三样东西有本能的恐惧：噪声、坠落和失去光明。这就是为什么在某人的背后大喊一声‘哈’让人觉得好玩，为什么坐过山车这么刺激，这也是为什么神秘隧道会大受欢迎。人们从隧道里出来的时候都吓了个半死，浑身颤抖，气也不敢出，但他们还是忍不住买票再玩一次。”

“等等，我想起来了。还死了几个人，是吗？它被关停之后，有谣言传了出来。”

心理学家哼了一声：“嗐，死了两三个人吧。没什么大不了的。他们赔偿了死者的家属，并要求游艺委员会不再追究。毕竟，他们说，假如有心脏不好的人想尝试隧道，那是他们自己的责任——而且，这种情况也不会再发生了。他们在办公室前台安排了一名医生，每一位想要穿越隧道的顾客都必须接受体检。生意竟然因此而变得更好了。”

“听上去没问题啊。”

“你不明白，又出现了别的后遗症。有些人出来的时候看着完全正常，但他们从此拒绝进入建筑物——任何建筑，包括宫殿、大厦、公寓、宿舍、木屋、窝棚、茅草屋、帐篷，等等。”

瑟尔蒙露出了震惊的神色：“你的意思是说他们不想离开空旷的地方？他们睡在哪里呢？”

“户外。”

“应该强迫他们进屋。”

“的确这么做了。在被赶进屋子后，这些人变得焦躁异常，一直使劲拿脑袋撞墙，直到撞得脑浆迸裂。你要是想让他们在屋里好生待着，就必须给他们注射大剂量的镇静剂，并让他们穿上束缚衣才行。”

“难道他们都疯了？”

“他们的确都疯了。每十个进入隧道的人之中就有一个人会变成这样。他们找来了心理学家，我们只找到一个解决办法——把项目关停。”他摊开双手说道。

“这些人到底有什么问题呢？”瑟尔蒙追问道。

“其实跟你刚才的问题是一样的，在黑暗之中，你不是也觉得房间里的墙壁都在向你身上倒过来吗？有一个心理学的术语，用来描绘人类对于失去光明的本能恐惧。我们称它为‘幽闭恐惧症’，因为失去光明总是跟某个密闭空间有关，所以害怕失去光明就等于害怕幽闭。明白了吗？”

“所以那些人害怕隧道？”

“不幸的是，那些害怕隧道的人的内心过于脆弱，无法克服在黑暗之中攫取他们的幽闭恐惧症。十五分钟看不到亮光是一段很长的时间，你只经历了两到三分钟，就已经快要扛不住了。

“害怕隧道的人患上了一种叫作‘幽闭恐惧症滞留’的精神疾病。他们潜意识中对黑暗和密闭场所的恐惧被激活了，据我们所知，该症状是永久的。在黑暗中十五分钟足以产生这种后果。”

两个人都陷入了长时间的沉默。瑟尔蒙的额头上出现了皱纹，他的眉毛慢慢地也皱了起来："我不相信它有这么糟糕。"

"你只是不想相信而已，"希林厉声说，"你不敢相信。看看窗户外面！"

瑟尔蒙听从了他的指示，而心理学家则继续说下去："想象一下黑暗——无处不在的黑暗。放眼望去，没有光明。房子、树木、田野、大地、天空——都是黑的！然后星星冒了出来，肯定会出来的——不管它们从哪里冒出来。你能想象吗？"

"是的，我能。"瑟尔蒙不服地宣称道。

希林突然一拳狠狠地砸在桌子上："你在撒谎！你无法想象。你的大脑结构无法理解这种概念，它只能理解永恒的光明。你只是嘴上说说而已。一点点的尝试你就难以接受了，而当真正的黑暗降临时，你的大脑将面临一种超越了它认知能力的现象。你会发疯，自己彻底且永远地疯了！毫无疑问！"

他又悲伤地加了一句："又一个两千年的努力化成了泡影。到了明天，拉贾西上所有的城市都将饱受摧残。"

瑟尔蒙恢复了部分的神志："这说不通。我还是不相信因为天上没有太阳我就会发疯——即便我真的疯了，其他人也都疯了，那又会对城市造成什么伤害呢？难道我们吹口气，城市就倒下了？"

希林也发火了："如果你处于黑暗之中，你最想要的是什么？你的本能会促使你追寻什么？是光明，该死的，光明！"

"是又怎样？"

"你怎么才能得到光明？"

"我不知道。"瑟尔蒙平静地说道。

"在没有太阳的情况下，唯一能得到光明的办法是什么？"

"我怎么知道？"

他们两个对峙着，鼻子都快碰到了一起。

希林说："当然是烧东西啦，先生。见过森林大火吗？去野营过，用篝火煮过东西吃吗？燃烧产生的不仅仅是热量。它还能发出光亮，大家都知道。在黑暗之中他们需要光明，他们也知道怎么产生光明。"

"所以他们会烧木头？"

"所以他们会烧手头的一切。他们必须有光明。他们必须烧东西，而木头却不是随处可得的，所以他们会烧手边的任何东西。他们会得到光明——而人类所有的居住地将燃起熊熊大火。"

两人四目对峙，仿佛整件事变成了他们之间的个人恩怨，成败取决于谁的意志力更坚定。随后，瑟尔蒙无言地垂下了目光。他大口喘息着，几乎没有注意到紧闭的房门后突然传来的隔壁房间的骚动。

希林又开口了，竭力使自己听上去很平静："我好像听到了伊穆特的声音。他和法罗可能回来了。我们去问问他们到底因为什么耽搁了。"

"我也去！"瑟尔蒙嘟囔了一句。他深深地吸了口气，似乎在让自己平静下来。紧张的气氛消失了。

房间里很喧闹，员工们都围着两个正在脱外套的年轻人，七嘴八舌地问着各种问题。

阿托恩挤开了人群，面带怒色地看着两个新来的人："你们知道离最后一刻只剩不到半小时了吗？你们俩到底去哪儿了？"

法罗24坐了下来，搓着自己的双手。他的脸颊红彤彤的，还残留着屋外的寒气："伊穆特和我刚刚完成了一个疯狂的小实验。我们想试一下是否能搭建一个场景，在其中能模拟黑暗与星星的出现，好让我们预先了解它们会是什么样子。"

听众中传出一阵疑惑的嗡嗡声，阿托恩的眼里突然亮起了好奇的神色："你们之前没说过要做这种实验啊！你们是怎么想到这点子的？"

“是这样，”法罗说，“伊穆特和我很早之前就想到了这个点子，我们一直在利用业余时间实现它。伊穆特知道在城里有一座只有一层楼的矮房子，它有个穹顶——我想它曾经是座博物馆。总之，我们买下了它——”

“钱从哪儿来的？”阿托恩打断道。

“我们的存款，”伊穆特70嘟囔道，“花了我们两千块。”接着，他辩解道：“不用大惊小怪的。到了明天，两千块就会变成两千张废纸。明白吗？”

“没错，”法罗赞同道，“我们买下了那个地方，为了尽可能地获得完美的黑暗，我们在里面从上到下安了一块黑色的天鹅绒布。随后我们在天花板上打了些小孔，一直打穿了屋顶，并用小金属片盖住小孔。所有的金属片都能在开关的控制下同时开启或闭合。不过，这些活儿不是我们干的，我们请了一个木匠、一个电工，还有其他一些人手——没统计花了多少钱。重点是我们能让光线从房顶的这些洞里照进来，营造出一种星光的效果。”

他停顿了一会儿，众人听得连呼吸都忘了。阿托恩生硬地说道：“你们没有权利进行私下的——”

法罗似乎有些愧疚：“我知道，先生——但坦白说，伊穆特和我认为这项实验有一定的危险性。如果真的起效了，我们有可能会发疯——根据希林的研究，我们觉得这种可能性还是存在的。我们不想让其他人来承担风险。当然，如果最终我们发现自己还是保持着清醒，那我们可能因此而发明了应对真实事件的免疫方法，就能让你们其他人也尝试一下这个预防措施。但是，我们彻底失败了——”

“怎么啦，发生了什么？”

伊穆特答道：“我们把自己关在里面，让眼睛适应了黑暗。那是一种非常瘆人的感觉，因为完全的黑暗让你觉得墙壁和天花板都往你身上压过来。但我们克服了这种感觉，按下了开关。盖子打开了，天花板亮起了点点的光明——”

“然后呢？”

“然后——什么都没发生。这就是奇怪的地方。什么都没发生。它只是一个上面有洞的天花板，看起来也是如此。我们试了一次又一次——这就是我们这么晚才到的原因——但就是没有任何效果。”

众人都震惊了，现场陷入一片寂静，所有人的目光都注视着希林，后者一动不动地坐着，嘴巴都张大了。

瑟尔蒙是第一个开口的：“你知道这会对你一手建构起来的整个理论带来什么后果，希林，对吗？”他疲惫地笑了。

但希林举起了手。“别急，让我好好想想。”随后，他打了个响指，抬起头，目光中已没有惊诧或是迟疑，“当然——”

他没能说完。楼上某处传来了一声响亮的当啷声，比奈站了起来，一边喊着“该死”，一边朝楼梯口奔去。

其他人都跟在他身后。

事情发展得很快。走进穹顶之后，比奈惊恐地看了眼破碎的摄影玻片，以及一个正弯腰查看的男人。接着，他怒气冲冲地冲到这位闯入者面前，双手紧紧掐住他的喉咙。后者使劲挣扎着，其他员工赶到后，陌生人被包围了，被压在六七个成年人的身体之下。

阿托恩也赶到了，喘着粗气：“让他起来！”

众人不情愿地松开了陌生人。他急促地喘息着，衣服被撕坏了，额头上还有一块瘀青。他被拎着站起来。他留着短短的金色络腮胡，胡子经过了精心的修饰，一看就是迷信组织的风格。

比奈的手已经从掐脖子换成了揪衣领，他大力晃着这家伙：“浑蛋，你想干什么？这些玻片——”

“我没想打破它们，”迷信组织的人冷冷地回嘴道，“这是意外。”

比奈跟随他仇恨的目光看去，随即哼了一声：“明白了。你想破坏的是摄影机。意外打破玻片看来是救了你的命。要是你碰了快门或其他的东西，那你将受尽折磨而死。就像这样——”他举起了拳头。

阿托恩抓住了他的袖子：“住手！放开他！”

年轻的技术员迟疑了，随后不情愿地放下了胳膊。阿托恩把他推到一边，自己来面对迷信组织的人：“你叫拉蒂默，对吗？”

迷信组织的人僵硬地鞠了个躬，露出髋部的标记：“我是拉蒂默25，是索尔5大人的三级助理。”

“而且，”阿托恩扬起白色的眉毛，“上个星期大人来见我的时候，你是跟他在一起的，对吗？”

拉蒂默再次鞠了个躬。

“好吧，你想干什么？”

“干你不会同意我干的事情。”

“我猜是索尔5派你来的——还是你自己的主意？”

“我不想回答这个问题。”

“还会有其他访客吗？”

“我也不会回答这个问题。”

阿托恩看了眼自己的手表，训斥道：“伙计，你的主人到底有什么目的？我已经履行了我这头的义务。”

拉蒂默微微一笑，什么也没说。

“我问他要了，”阿托恩气愤地继续说道，“只有迷信组织才能提供的数据，他也给了我。为此，我表示感谢。作为回报，我承诺要证实迷信组织信条的真实性。”

“没有必要去证实，”拉蒂默用自豪的语气反诘道，“《启示录》早已证实了一切。”

“对那些迷信组织的信徒来说，是的。别装作听不懂我说的话。我承诺要提供科学证据来支持你们的信仰。我也做到了！”

迷信组织的人的眼睛不屑地眯了起来：“是的，你做到了——藏着狐狸的狡黠，你虚伪的解释支持了我们的信仰，但与此同时也剔除了其中的神性。你让黑暗和星星变成了一种自然现象，切除了其中的神性。这是一种亵渎。”

“真要是这样，错不在我。事实不会改变。除了把它们公布于众，我还能怎么做？”

“你的‘事实’是伪造的，是欺骗。”

阿托恩愤怒地跺了下脚：“你怎么知道？”

回答的声音中充满了坚定的信仰：“我就是知道！”

董事的脸都紫了，比奈焦急地跟他耳语了几句。阿托恩示意他安静：“索尔5想让我们干什么？我猜他依然相信，我们这种做法——试图警告世界，让他们对疯狂做好准备，等等——会阻碍无数灵魂获得拯救。他想确保我们无法成功。”

“尝试本身就已经造成了足够的伤害，你邪恶的努力、想要通过魔鬼的器材去窃取信息的行为必须停止。我们服从星星的旨意，我只是遗憾，我的笨拙使我无法毁坏你这些来自地狱的器材。”

“你们这么做已于事无补，”阿托恩回应道，“所有的数据，除了此刻我们想要收集的直接证据，都已经被安全地储存起来，不会受到任何伤害。”他凄惨地笑了笑：“但这并不妨碍你目前的身份——一个犯罪未遂的盗窃犯。”

他转身跟身后的人说：“你们谁给萨鲁市的警察局打个电话？”

希林发出一声不屑的叫喊。“该死的，阿托恩，你怎么回事？没时间了。来吧，”他挤过人群走上前来，“交给我来处理吧。”

阿托恩不屑地看着心理学家：“现在不是你表演的时候，希林。让我自己来处理，可以吗？此刻，你在这里就是个外人，别忘了这一点。”

希林嘴一撇，大大咧咧地说：“为什么我们现在还要费劲去叫警察？贝塔的日食还有几分钟就要开始了——而这个年轻人完全愿意庄严地承诺他会留在这个地方，并且不招惹任何麻烦。”

迷信组织的人立刻回答道："我不愿做出这种承诺。你们想怎么处置我都行。但我想警告你们，一旦我有机会，就会去完成我来此的目的。这就是我的庄严承诺，你们最好还是叫警察吧。"

希林露出了善意的笑容："你是个坚定的信徒，是吗？好吧，我来解释一下。你看到窗边的年轻人了？他是一个强壮的家伙，拳头很硬，而且他是个外人。等到日食开始，他没有别的事情可做，会一心一意地盯着你。除了他，还有我本人——胖了点，出不了快拳，但还算有用。"

"跟我说这些有什么用？"拉蒂默冷冷地问道。

"听我跟你说完，"希林答道，"等到日食一开始，我们会带上你，瑟尔蒙和我把你关进一个小柜子里，柜子只有一扇门，门上挂着一把大锁，没有窗户。日食期间你会一直被关在里面。"

"然后，"拉蒂默大口呼吸着，"没人会放我出来。我和你一样清楚即将出现的星星会带来什么——我比你更清楚。等你们都失去了理智，就没人会放我出来。我要么被闷死，要么慢慢饿死，是吗？我料到科学家就会干出这种事。但我不会给出保证。事关我的原则，我不想再跟你废话了。"

阿托恩似乎显得很不安。他暗淡的目光中充满了疑虑："真的吗？希林，要把他关起来——"

"安静！"希林不耐烦地示意他住嘴，"我没想过事情要走到这一步。拉蒂默只不过是在虚张声势，但我不是因为觉得心理学家的名头好听才当上心理学家的。"他朝着信徒笑了笑："得了吧，你才不相信我会用把人饿死这种手段呢。亲爱的拉蒂默，如果我把你关进柜子里，你就会错过黑暗，你也看不到星星。稍微了解点迷信组织基本信条的人都知道，当星星出现时，你却躲了起来，这意味着你将失去自己不灭的灵魂。好了，我相信你是个言而有信的人。如果你保证不会再做出破坏行为，我愿意接受你的保证。"

拉蒂默的额头上暴起了青筋，身体仿佛都缩小了，他沉痛地说道：“我保证！”随后又愤怒地加了一句：“但我将十分高兴地看到你们为自己的行为付出代价。”他转身向门边的三脚高凳走去。

希林朝专栏作家点头示意：“拿个凳子坐到他旁边，瑟尔蒙——做做样子。嘿，瑟尔蒙！”

记者并没有动。他的面色变得惨白。“看！”他指向天空的手指在发颤，他的声音干涩喑哑。

所有人的目光都投向了他手指的方向，现场发出一阵整齐的惊呼，人们都像冻僵了似的，连呼吸都忘了。

贝塔已经被吃掉了一小块。

被蚕食掉的黑色部位和指甲盖差不多大小，但在目不转睛的观测者眼中，它就如同打开了地狱之门。

他们只看了一小会儿，之后就出现了一阵骚动，但持续时间很短，紧接着就让位给了忙而不乱的各种行动——每个人都干起了事先分配好的工作。在这个关键时刻，没有时间伤感。这些人都是有活儿要干的科学家，甚至连阿托恩都忙碌了起来。

希林平静地说道：“首次接触肯定发生在十五分钟之前。早了一点，考虑到计算中的种种不确定性，相当不错了。”他朝四周看了看，随后踮着脚走到瑟尔蒙身边，后者依然注视着窗外。他轻轻地拽着他离开了。

“阿托恩发火了，”他小声说，“别靠近他。因为跟拉蒂默之间小小的不快，他错过了首次接触。假如你惹到他，他会把你扔到窗户外面去的。”

瑟尔蒙微微一点头，坐了下来。希林好奇地盯着他。

“见鬼，伙计，”他轻呼了一声，“你在发抖。”

“嗯？”瑟尔蒙舔了舔干燥的嘴唇，想笑一下，“我感觉不太好，我没夸张。”

心理学家的目光变得严厉起来："你没疯吧？"

"没有！"瑟尔蒙的脾气一下子上来了，"给我点时间，好吗？我一直都不相信你说的——总之内心深处没有接受——直到这一刻。给我点时间消化一下这个情景。你已经准备了两个多月。"

"这点你倒是说对了，"希林若有所思地说，"听我说，你有家人吗——父母、妻子、孩子？"

瑟尔蒙摇了摇头："我猜你想说的是掩体。没事，用不着你操心。我有个姐姐，但她离这里有两千英里。我甚至都不知道她的具体住址。"

"好吧，那你自己呢？你还有时间去那里，他们还剩下一个位置，因为我离开了。毕竟，这里不需要你，你会成为那地方一个不错的替补——"

瑟尔蒙不耐烦地看了他一眼："你觉得我被吓坏了，是吗？好吧，听好了，先生，我是个记者，我来这里是为了采访。我想要完成我的工作。"

心理学家的脸上露出一丝不易察觉的笑容："明白了，职业道德，是这么回事吗？"

"你愿意怎么说就怎么说吧。但是，伙计，我愿意用我的右胳膊换一瓶刚才的好酒，哪怕只有刚才的一半也行。我比以往任何时候都需要喝一杯。"

他的话还没说完，希林就狠狠地推了他一下："你听到了吗？听！"

瑟尔蒙顺着希林下巴指的方向盯着信徒，后者完全忽视了他的目光，脸朝着窗户，露出了欢欣的表情，嘴里还在忘情地吟唱。

"他在说什么？"专栏作家小声问道。

"他在背诵《启示录》第五章，"希林回答道，接着，他又焦急地叮嘱了一句，"保持安静，仔细听。"

信徒的声音突然变大了，语气也激动了起来："它降临之初，太阳贝塔的公转轨道变长，等到它转完一半，天空中只剩下它自己，羸弱且冰冷，笼罩在拉贾西上。

"众人聚集在广场和道路上，争论和惊叹着眼前的景象，一种奇怪的压抑控制了他们。他们的心灵变得不安，他们的语言变得混乱，众人的灵魂等待着星星的出现。

"在三角城里，正午时分，凡德特2现身，他对城中众人说：'喂，你们这些罪人！虽然你们嘲笑正确的做法，但是清算的时刻终将到来。此时洞穴正要降临，吞下拉贾西，是的，吞下它所有的一切。'

"就在他说话时，黑暗的洞口经过了贝塔的边缘，整个拉贾西都失去了光明。贝塔消失了，众人大声哭喊，惊惧不已。

"当黑暗洞穴落到拉贾西时，它来了，拉贾西各处都没有光。众人都成了盲人，没人能看见自己旁边的人，尽管他的脸上能感觉到他自己的呼吸。

"在黑暗之中，星星出现了，数不胜数。在如乐曲般动人的美景中，连树叶都发出了赞美。

"这一刻，众人的灵魂与肉体分离了，被抛弃的肉体变得与野兽无异，是的，变成了野地里的牲畜。他们在拉贾西黑暗的城市街道上号叫。

"星星喷出了天堂之火，所及之处，拉贾西的城市化为灰烬，人和人的创造物都不复存在。

"那时——"

拉蒂默的语气中出现了微妙的变化。他的眼睛并没有抬起来，但还是感觉到了另外两个人注视的目光。他没有停顿，但他的音色变了，吐字也更加流畅。

吃了一惊的瑟尔蒙直勾勾地盯着他。话音不陌生，只是口音变得奇怪，元音稍微加重了些许，没有其他变化——但完全听不懂拉蒂默在念什么。

希林狡黠地笑了："他用到了某种旧轮回的语言，可能是他们传统上的第二轮回。你知道的，《启示录》最初就是用这种语言写的。"

"听不懂无所谓，我听得够多了，"瑟尔蒙往后挪了挪椅子，用手拢了拢头发，手已不再颤抖，"我感觉好多了。"

"真的吗？"希林显得有些意外。

"真的。我刚才肯定是神经过敏了。听你发表了有关引力的长篇大论，又看着日食开始，我差点就崩溃了。但这个，"他对着金色胡须的信徒翘起神气活现的大拇指，"这个是我小时候的保姆常常会跟我说的。我这辈子都在嘲笑这种东西。我现在也不会被它吓倒。"

他深吸了一口气，用故作欢快的语气说道："为了保持这种良好的状态，我还是把椅子搬得离窗户远一点吧。"

希林说："对。但你最好放低声音。阿托恩刚刚从他一直埋着头的盒子里抬起了头，用能杀人的目光看了你一眼。"

瑟尔蒙做了个鬼脸："我忘了那老家伙了。"他小心翼翼地把椅子搬离窗户，扭头厌恶地看了一眼，说道："我突然想到，肯定有不少对星星疯狂有免疫力的人。"

心理学家没有马上回答。贝塔已经越过了最高点，原本从窗口投在地板上的长方形的血红色阳光已经爬上了希林的大腿。他若有所思地盯着昏暗的光线，弯腰眯起眼睛直接朝太阳看去。

它边缘处的缺口已经变成了一块占据三分之一表面的黑色侵蚀区。他打了个寒战，等他直起腰，原本红润的脸颊也变得苍白。

露出像是歉意的笑容，他也倒转了自己的椅子。"萨鲁城里大概有两百万人正在抓紧这最后一刻加入迷信组织，这称得上是它最伟大的复兴了，"接着又讥讽地加了一句，"迷信组织将拥有一个小时的繁荣时间，我相信他们会好好利用。好了，你刚才说什么？"

"是这样，迷信组织怎么能把《启示录》从一个轮回保存到下一个轮回呢？他们最早是怎么记录下来的呢？肯定存在着某些有免疫力的人，因为要是所有的人都疯了，那究竟是谁写的这本书？”

希林苦笑着看着提问者：“好吧，年轻人，没有目击证人来回答你这个问题，但我们对发生了什么有几个很好的解释。你要明白，有三种人可能不会受到太大的影响。第一种，少数几个看不到星星的人：笨蛋或是那些在日食刚开始就喝得不省人事的家伙，一直到结束的时候都没醒过来。我们把他们排除在外，因为他们不是真正的目击者。

“第二种是年龄小于六岁的孩子，对他们而言，整个世界还太新奇了，星星和黑暗还不足以吓到他们。它们只不过是这个新奇世界上的又一个现象而已。你明白吧？”

记者怀疑地点了点头：“大概吧。”

“第三种，有些家伙的头脑太麻木了，不容易崩溃。迟钝的大脑很难被打动，比如那些年长的、终日劳作的农民。把孩子拥有的难以捉摸的记忆和那些半疯的傻瓜混乱的、不着调的废话融合在一起，就形成了《启示录》。自然地，这本书一开始就基于最不可靠的历史学家的证言，也就是孩子和笨蛋的口述，而且可能还在轮回的过程中经过了一次又一次的修改。”

“你是说，”瑟尔蒙插话道，“他们带着这本书穿越了轮回，就跟我们将引力的秘密传承下去的计划一样？”

希林耸了耸肩：“可能吧，他们用了什么办法做到的并不重要，总之，他们做到了。我想表达的观点是，这本书没什么用，它扭曲了事实，虽然它基于事实。例如，你还记得法罗和伊穆特尝试在屋顶开洞的实验——那个没能成功的实验吗？”

“记得。”

“你知道它为什么没——”他一下子紧张地站了起来，因为阿托恩正一脸凝重地朝这里走来，“怎么了？”

阿托恩把他拉到一旁，希林能感觉到抓着他胳膊肘的手指都扭曲了。

“别那么大声！”阿托恩的声音低沉且悲伤，“我刚接到掩体秘密线路打来的电话。”

希林焦急地追问道：“他们有麻烦了？”

“不是他们，”阿托恩特地强调了“他们”这个代词，“他们不久之前就把自己关起来了，会一直在里面待到后天。他们很安全。但是城里，希林……已经乱了。你想象不到……”他说不下去了。

“那有什么？”希林不耐烦地说，“有什么好说的？它只会越来越糟。你在抖什么？”接着又怀疑地追问了一句：“你有什么感觉？”

因为被无端影射，阿托恩的眼睛里喷出了愤怒的火花，紧接着又化成了焦虑：“你不明白。迷信组织行动了。他们在鼓动人们冲击天文台——担保他们能立即进入天堂、得到救赎，担保他们能得到他们想要的一切。我们该怎么办，希林？”

希林低下了头，出神地盯着自己的脚趾，盯了很长时间。随后他抬起头，用指关节叩着自己的脸颊干脆地说道：“怎么办？能怎么办？没办法。其他人知道吗？”

“不知道。”

“好！先别跟他们说。离日食还有多长时间？”

“不到一个小时。”

“我们只能赌一下了。组织起占优势力量的暴民需要时间，他们赶到这里还需要额外的时间。我们离城里有五英里……”

他朝窗外看去，目光掠过山坡，看着近郊那些替代了农田的一座座白房子，一直看到地平线尽头模糊的市中心——那片在渐亏的贝塔照耀下的迷雾。

他没有转身，重复道：“还有时间。继续工作，祈祷日食先于他们到来。”

贝塔已经被吃掉一半了，分界线以略微外凸的曲线向依然明亮的部分推进，就像是一只巨大的闭着的眼睛将光明世界关在了外面。

屋子里隐约的交谈声已经消失，他能感觉到的只有外面那股浓密的寂静。连昆虫似乎都怕得闭嘴了。一切都显得朦胧昏暗。

他被耳边响起的声音吓了一跳。是瑟尔蒙在说话："出了什么问题吗？"

"嗯？没有。坐回到椅子上。我们挡他们道了。"他们又溜回自己的角落，但心理学家很久都没再开口。他松开领口，前后扭了扭脖子，但没觉得放松。他突然抬起头。

"你会觉得呼吸有困难吗？"

记者瞪大了眼睛，深吸了两三口气："不会。怎么了？"

"可能是我往外面看太久了，被灰蒙蒙的景象控制了。呼吸困难是幽闭恐惧症发作的第一个症状。"

瑟尔蒙又深吸了一口气："看来我还没事。嘿，这家伙也不行了？"

比奈高大的身形将角落里的这两个人遮在了阴影之中。希林担心地抬头瞄了他一眼："你好，比奈。"

天文学家将重心换到另一只脚上，凄惨地笑了笑："不介意我在这里坐会儿跟你们聊聊吧？我已经架好了摄像机，到日食之前我都没事做。"说到这里，他看了眼信徒，后者在十五分钟之前从袖子里拿出了一本皮面的小书，一直在聚精会神地研读。"那浑蛋没再搞出什么麻烦吧？"

希林摇了摇头。他挺起胸膛，皱起眉头，集中注意力迫使自己正常呼吸。他说："你出现过呼吸困难吗，比奈？"

比奈闻了闻身边的空气："好像没什么味道啊。"

"幽闭恐惧症的症状。"希林抱歉地解释道。

"哦！它对我的影响不同。我感觉我的眼睛出问题了。看东西都很模糊——看不清。我还觉得冷。"

"噢，确实挺冷的。这不是错觉，"瑟尔蒙苦笑了一下，"我的脚指头都冻麻了，感觉是被放在冷藏车里运到了别处。”

“我们要做的就是，”希林提议道，“用别的事让自己分神。瑟尔蒙，刚才我跟你讲到了为什么法罗的屋顶孔洞实验没有结果。”

“你刚开始讲。”瑟尔蒙回答道。他用两条胳膊搂住自己的膝盖，下巴搁在了膝盖上。

“是的，我想说的是，他们都被《启示录》记载的表面意思给蒙蔽了。星星可能并没有任何的现实意义。要我说，可能是因为身处于完全的黑暗之中，大脑一定要制造出点光亮才行。这种想象中的光亮可能就是所谓的星星。”

“换句话说，”瑟尔蒙插话道，“星星是变疯的结果，而不是变疯的原因？那比奈的摄影还有什么用？”

“为了证明星星到底是幻觉还是现实，我说的也不一定对。不过——”

比奈将自己的椅子拉近了，脸上也浮现出热切的表情。“嘿，我很高兴你们两个聊到了这个话题，”他眯起眼睛，举起一根手指，“我一直在琢磨这些星星，想到了一个十分有趣的概念。当然它还非常粗浅，我也没打算真的深入研究下去，但我觉得还挺有意思的。你们想听一听吗？”

希林往后躲了躲，显得不是很情愿，不过他还是说：“说吧，我听着呢。”

“好。假设宇宙里还有其他太阳，”他有些扭捏地讲述了起来，“我的意思是说这些太阳离我们非常远，所以光线就很弱，你看不到它们。你就当是在听一个奇幻故事就好了。”

“倒也没那么离谱。不过，根据引力定律，它们之间的引力不应该会暴露它们的位置吗，从而杜绝了你说的这种可能性？”

“它们离得足够远就不会，”比奈反驳道，“非常远——可能要在四光年之外，甚至更远。我们无法侦测到扰动，因为它实在是太小了。假设在那么远的地方存在着很多太阳，十几个或二十几个。”

瑟尔蒙吹了声悠扬的口哨：“多奇妙的想法啊，用在周日的副刊上很合适。在直径八光年的宇宙内存在着二十几个太阳。哇！这会让我们的世界变得渺小，读者们肯定会被刺激到。”

“只是个想法，”比奈笑了笑，说道，“但你明白关键点在哪儿。在日食期间，这二十几个太阳会变得可见，因为没有真正的阳光遮蔽它们了。又因为它们实在离得太远了，它们看上去会很小，就像很多的小弹珠。当然，迷信组织说有好几百万颗星星，但这可能是种夸张的说法。宇宙中没有足够的空间塞进一百万个太阳——除非它们能一个挨一个地紧密排列。”

希林听着听着兴趣就渐渐上来了：“你说的有些道理，比奈。确实有夸张的问题。你应该也知道，我们的大脑无法分辨大于五的数字，超过五就用‘很多’这个概念来替代。十几个也就变成了一百万。很有道理的想法。”

“我还有一个有趣的小想法，”比奈说，“你想过吗？假如你处在一个非常简单的系统之中，那引力会变成一个多么简单的问题啊！假设你所处的宇宙之中，里面只有一个太阳和一个行星，行星会运行在一个完美的椭圆轨道上，引力的本质会变得显而易见，如同公理一般为人所接受。这个世界上的天文学家甚至在发明天文望远镜之前就接受了引力的存在。裸眼观察就已经足够了。”

“但这种世界能够取得动态平衡吗？”希林怀疑地问道。

“当然！他们称它为‘一对一’的案例。在数学上已经证明了它的存在，但我感兴趣的是它的哲学影响。”

“挺有意思的说法，”希林承认道，“一个不错的抽象概念——就跟理想气体或绝对零度一样。”

“当然。”比奈接着说道，“不过也有代价，这种行星上不可能存在生命。它无法获取足够的光和热，假如它也会自转，每过半天就会出现完全的黑暗。生命无法在这种条件下发展——因为生命的本质取决于光。而且——”

希林突然就站了起来，椅子被推得差点往后倒地：“阿托恩带来了光明。”

比奈“嚯”了一声，转身去看，接着又如释重负般露出了一个大大的笑容。

阿托恩的怀里抱着一捆六英尺长、直径却不到一英寸的棍子。他看着已聚集起来的员工们。

“快回去工作，你们这些家伙。希林，过来帮我一把。”

希林快步走到老头儿的身边，在一片寂静之中，一根接一根地，两个人把棍子安在了墙上临时的金属底座上。

怀着一种对待宗教仪式上最珍贵的圣物的尊敬，希林摩擦着一根长长的、粗壮的火柴，让它燃起了生命之火，并把它递给阿托恩，后者将火焰传递到其中一根棍子的上端尖部。

它先是迟疑了一阵子，尖部看不到有什么动静，随后突然间就迸出了火苗，将阿托恩的脸映上了金黄的色彩。他收回火柴，与此同时，一阵欢呼声震动了窗户。

棍子的顶端跃动着六英寸长的火焰！其余的棍子也被有条不紊地点燃了，六束彼此独立的火焰将屋子深处也映成了黄色。

光线不算亮，甚至比微弱的阳光还要暗。火焰一直在不安分地舞动，制造出醉酒似的摇摆的阴影。火把腾起浓密的烟雾，闻着就像是厨房着火了。但重要的是，它们能散发出黄色的光芒。

在忍受了四个小时昏暗的贝塔之后，黄色的光芒当然有其吸引人之处。甚至连拉蒂默也从书上抬起了眼睛，出神地盯着。

希林凑近火光暖手，不顾烟灰积聚在手上，形成一层薄薄的、光滑的粉末。他陶醉地自言自语：“真漂亮！真漂亮！我从来没意识到黄色有这么漂亮！”

不过，瑟尔蒙却怀疑地打量着这些火把。他在一股臭油味中皱起鼻子说：“这些是什么东西？”

“木头。”希林简短地回了一句。

“呃，不对，不是木头。它们没在烧。最上头的部位已经焦了，而火焰却一直在烧，不知道从哪儿冒出来的。”

“这就是奇妙之处。这才是真正高效的人工照明方式。我们制作了几百根，当然，大多数都送去了掩体。你看——”他转身用手绢擦着已经黑了的手，“你从芦苇上截取一段，把它晒干，再把它浸没在动物油脂里。然后你再把它点着，油脂会一点接一点地燃烧。这些火把几乎能连续烧半个小时。聪明吧？它是萨鲁大学里的一个年轻人发明的。”

短暂的激动过后，穹顶下又安静了。拉蒂默把他的椅子直接拖到火把下面，接着读起了书，他的嘴唇翕动着，单调地诵读着星星的圣言。比奈再一次回到他的摄影机前，瑟尔蒙则趁机多记了一些笔记，准备为明天的《萨鲁城市纪事报》写文章——在过去的两个小时中，他一有机会就记笔记，这几乎是下意识的行为，但他同时也清楚，这一切都毫无意义。

不过，如同希林眼中那调侃的目光所暗示的，记笔记可以让他集中注意力，不去想天空正渐渐变成可怕的紫红色，仿佛一颗巨大的、刚刚被剥了皮的甜菜。所以，记笔记也是有用的。

不知怎的，空气变得浓稠起来。黄昏，如同一个可以被触摸到的实物，进入了房间。在一片灰暗中，火把上舞动的黄色光圈将自己蚀刻出变幻的形状。能闻到火把燃烧时烟雾发出的味道，也能听到火焰偶尔跳动的噼啪声。有个人在绕着工作台行走，蹑手蹑脚，步子犹豫不决。偶尔有人大声吸一口气，试图在一个正陷入阴影的世界中保持冷静。

瑟尔蒙第一个听到了外面传来的声响。声音很模糊，也不会给人留下什么特别的印象，要不是穹顶之下安静得出奇，他也不可能听到。

记者坐直了身子，收起笔记本，屏住呼吸倾听着，随后十分不情愿地从太阳望远镜和比奈的摄像机之间穿了过去，来到窗户前。

他惊叫了一声，打破了房间里的寂静："希林！"

大家都停下了手头的工作。心理学家一下子就来到他身边。阿托恩也来了。甚至连伊穆特70，此前一直在巨大的太阳望远镜前的高凳上坐着观察，这时也停了下来，低头看着。

外面，贝塔就像是一块渺小的碎片，挣扎着想看拉贾西最后一眼。东方的地平线上，城市所在的方向，已经消失在黑暗之中，从萨鲁通往天文台的路变成了一条暗红色的线，两侧都是大片的树林，林中的树木已经无法一一分辨，汇聚成了一片连续的灰色地带。

但引起注意的是公路本身，因为上面蔓延着另一片令人悚然的灰色。

阿托恩扯着嗓子喊道："是城里的疯子！他们来了！"

"还有多久出现日食？"希林问道。

"十五分钟，但是……但是他们只要五分钟就能到这儿了。"

"别管了，大家回到工作上去。我们能挡住他们。这地方坚固得就像堡垒一样。阿托恩，看好我们的迷信组织小伙子，以防万一。瑟尔蒙，跟我来。"

希林走出门口，瑟尔蒙紧跟在他身后。楼梯围绕着中央立柱，以紧密的螺旋形在他们身下延展开来，消失在阴冷可怕的灰色之中。

一开始的冲劲带着他们往下突进了五十英尺。随后，穹顶开着的门里漏出的昏暗的、摇曳的黄色光芒消失了，他们的头上和脚下都是一样的黑乎乎的阴影，似乎要将他们吞没。

希林停了下来，胖乎乎的手紧紧捂着胸口。他的眼球凸着，声音颤抖："我不能……喘气……你自己……下去。关上所有的门……"

瑟尔蒙往下走了几步，随后转过了身：“等等！你能稍等一下吗？”他自己也在喘气。空气在他的肺里进出，就像是浓稠的糖浆。想到要一个人走入这奇异的黑暗，他内心有个声音在惊恐地叫喊。

原来，瑟尔蒙也害怕黑暗！

“等在这里，”他说，“我马上就回来。”他两步并作一步地往上跑着，心脏怦怦直跳——并不完全是因为体力活动——他跌跌撞撞地冲进穹顶，从底座上抓过一根火把。它的味道很大，烟也熏得他睁不开眼，但他抓得紧紧的，好像随时要将它拥入怀中。他往楼下匆匆跑去时，火焰也被带得歪向了后方。

希林睁开了眼睛，发现瑟尔蒙正弯腰打量着他。后者大力地摇晃他：“好了，保持清醒。我们有光了。”

他将火把伸到脚边，搀着心理学家的胳膊，将他扶了起来，随即在光明保护圈的笼罩下，向下走去。

底楼的办公室仍然处在残留的光明之中，瑟尔蒙感觉恐惧渐渐消失了。

“拿着，”他粗鲁地将火把往希林手中一塞，“你听到外面的声音了吗？”

他们都听到了。一阵阵粗野的、不明所以的叫喊。

希林是对的。天文台就像个堡垒。它建于上世纪，当时新古典建筑风格正处于流行的极盛时期，因此，它是按照坚固和持久的要求来设计的，而不是为了美观。

窗户由几英寸厚的铁质格架保护着，格架深深地埋进窗框旁的混凝土里。墙壁是结实的砖石结构，能扛住地震，大门是巨大的橡木板，还钉上了铁质加强筋。瑟尔蒙去插门闩，发出沉闷的当啷声。

在走廊的另一头，希林在低声咒骂着。他指着后门的门锁，它已经被铁棍撬坏了。

“拉蒂默可能就是这么进来的。”他说。

“好了，别光站着，”瑟尔蒙不耐烦地喊道，“帮忙把家具拖过来——别拿火把对着我。我快被熏死了。”

说话时，他把沉重的桌子狠狠地推到门边，两分钟不到，他就做好了路障——只考虑重量，至于美观或者对称他就顾不上了。

远方的某处隐约传来了拳头砸在门上的声音，外面的叫喊声似乎来自一个不真实的世界。

暴民们从萨鲁城出发时脑子里只有两个想法：第一是深入骨髓的恐惧；第二是摧毁天文台从而得到救赎。他们没时间思考地面交通工具、武器或领导，甚至连组织都没有。他们步行来到天文台，并徒手发起了攻击。

此刻，他们已经到了，而贝塔的最后一片光亮，最后一点红宝石色的光线，微弱地照耀在已陷入群体恐惧的人群之上。

瑟尔蒙叹息了一声：“我们回穹顶吧。”

在穹顶之中，只有太阳望远镜前的伊穆特还留在原来的位置上。其他人都围在了摄像机前，比奈用沙哑而紧张的声音发布着命令。

“大伙儿都手脚麻利点。我会在日食之前拍下贝塔，然后换玻片。你们每个人都负责一台摄像机。你们都知道……知道曝光的时间。”

人群中响起了一阵表示同意的嗡嗡声。

比奈用手在眼睛上搭起了凉棚。“火把还燃着吗？没事了，我看到它们了！”他用力靠在椅背上，“记住，不要……不要刻意想拍出好照片。不要浪费时间，硬要在一个视野里照到两颗星星。照到一颗就好了。还有……如果你觉得自己不行了，立刻离开摄像机。”

门口的希林对瑟尔蒙耳语道：“带我去见阿托恩，我没看见他。”

记者没有马上回答。天文学家们的身影在模糊之中晃动着，上方的火把变成了黄色的斑点。

“天黑了。”记者幽幽地说道。

希林伸出手摸索着。“阿托恩，”他跌跌撞撞地往前走，“阿托恩！”

瑟尔蒙跟在他身后，抓住了他的胳膊：“等等，我带你找。”他设法穿过了房间。他在黑暗之中闭上眼睛，不去想内心的混乱。

没人听到他们或是注意到他们。希林撞到了墙上：“阿托恩！”

心理学家感觉有一双颤抖的手碰到了他，旋即又缩了回去，一个声音喃喃说道：“是你吗，希林？”

“阿托恩！”他竭力控制着自己的呼吸，“不用担心暴民了。这地方能挡住他们。”

信徒拉蒂默站了起来，脸上充满了绝望。他已经立下誓言，打破誓言意味着他将永远在地狱中受难。但誓言是被逼着立下的，不是他的本意，这也能算吗？星星就要出现了！他无法袖手旁观——虽然他已经立下了誓言。

比奈抬头看着贝塔的最后一缕阳光，脸上沐浴着一层朦胧的红光。拉蒂默在看着他对摄像机弯下腰时，做出了决定。他太紧张了，指甲都把掌心抠出了血。

他往前冲去，身子却控制不住地晃得厉害。他眼前什么都没有，只有阴暗，连脚下踩着的地板似乎都失去了真实感。紧接着，有人抓住了他，他带着箍在脖子上的手一起倒了下去。

他弯起腿，用膝盖使劲撞向袭击者：“放开我，否则我杀了你。”

瑟尔蒙大叫一声，在一阵强烈的痛楚中，挤出了一句话：“你这个该死的间谍！”

记者似乎同时注意到了所有的事。他先是听到比奈沙哑的声音：“我拍到了。伙计们，做好准备！”随后他又注意到最后一缕阳光“嗖”的一下消失时的奇怪感觉。

在阳光消失的同时，他听到比奈发出了最后一声哽咽的喘息，希林发出了奇怪的尖叫，接着是歇斯底里的咯咯笑声，随后又变成了急促的喘息声——外面也突然安静下来，一种奇怪如死亡般的安静。

瑟尔蒙放松了勒住拉蒂默脖子的手，后者却没怎么动弹。瑟尔蒙看着后者的眼睛，发现它们已失去了神采，正直勾勾地往上翻着，映射着火把昏暗的黄光。他看到他的嘴唇上有泡沫冒出，听到他的喉咙里发出动物般的低吼。

他的内心渐渐涌起惧意，用一只胳膊撑着自己站了起来，扭头看着已被黑暗笼罩的窗户。

外面有星光闪耀!

地球上只能看到三千六百颗微弱的星星，而拉贾西则处于一团巨大星簇的正中央。三万颗明亮的太阳发出摄人心魄的光芒，如此地不近人情，令人觉得寒气扑面而来，比横扫过这个寒冷、黢黑的世界的罡风还要寒冷。

瑟尔蒙挣扎着站了起来，他的喉咙痉挛了，无法呼吸，他全身的肌肉都在难以承受的极端恐惧之中瘫痪了。他就快疯了，他知道这一点，内心深处残存的理智还在呐喊，想要与黑暗恐惧的洪流做无谓的抗争。发疯是可怕的，知道自己要发疯了更可怕——知道再过一小会儿，你的身体虽然还在，但所有的理智即将死亡，被淹没在黑色的疯狂之中。这就是黑暗——黑暗、寒冷与末日。宇宙的光明之城墙已经崩塌，可怕的黑色碎片正在坠落，将他压扁、埋葬和销毁。

他撞到一个手脚并用在地上爬的人，不知怎么被那个人绊倒了。他一边用手挠着自己的脖子，一边跌跌撞撞地向火把的火焰——那束占据了他疯狂视野的火焰——走去。

“光！”他尖叫着。

阿托恩不知在什么地方发出了哭声，如一个吓坏了的孩子般抽噎着：“星星——满天都是星星——我们一点都没料到。我们什么都不知道。我们以为宇宙中只有六颗恒星，永久的黑暗，永久，永久，城墙塌了，我们不知道自己其实什么都不知道……”

有人抓到了火把，它掉了下来，灭了。在这个瞬间，不近人情的星星组成的壮丽奇景似乎又朝他们跃进了一大步。

窗户外面的地平线上，在萨鲁城的方向，出现了猩红色的光芒，正变得越来越亮，却不是太阳的光芒。

长夜再次降临。

绿色的补丁[1]

他偷偷溜上了飞船！当时有几十个人被挡在了能量屏障的外面，他感觉再等下去也没什么意义了。随后，屏障开始不稳，闪了大概两分钟（说明统一的有机体还是要比分段的生命优越），他找了个空子钻了过去。

其他人都反应慢了，没能利用这个机会，但这不要紧。他一个人就够了。其他人都没必要。

但很快这个自我安慰的想法让位给了孤独感。和统一有机体的其余部分相互分离是极其悲伤和反常的现象，就像变成了一个分段生命。这些外星人怎么能忍受一直当分段体的？

想到这里，他更加同情外星人了。现在，他自己也体验到了分段，他能感觉到那种令它们如此恐惧的孤独感，尽管还只是些皮毛。孤独滋生的恐惧决定了它们的行为。除了它们这种与生俱来的、蛮不讲理的恐惧感，还有什么能让它们在降落飞船之前，就在地上炸出一块直径一英里的灼烧之地呢，甚至连土壤下面十英尺深的有机体都被轰炸摧毁了？

他开启了收讯，急切地倾听着，让外星思维浸润他。他享受生命触碰他的意识。但他必须拿捏好这份喜悦。他一定不能忘了自己。

不过，倾听想法不会造成伤害。飞船上一些分段体的思维相当清晰，考虑到它们是如此原始的、不完整的生命。它们的思维就如同一个个小铃铛。

罗杰·奥尔登说："我感觉被污染了。你懂我的意思吧？我一直在洗手，但没用。"

杰瑞·索恩讨厌他的夸张，懒得抬头。他们依旧飞行在赛布鲁克行星的同温层中，他宁愿看着仪表盘："你没有理由怀疑自己被污染了。什么都没发生。"

"希望吧，"奥尔登说，"至少他们命令所有的外勤人员在气闸内脱掉宇航服并彻底消毒。他们给所有从外面回来的人都洗了个辐射澡。我猜应该没事了。"

"那你还紧张什么？"

"我不知道。真希望屏障没有失灵。"

"谁都会这么希望。只是个意外而已。"

"我不确定，"奥尔登的情绪有些激动，"它发生的时候我就在这里。轮到我值班，你也知道。电路没有理由过载啊！有个设备接入了它，但它不应该接入的，没有任何理由接入。"

"好吧，是有些人太笨了。"

"没那么笨。老家伙在调查的时候，我跟在旁边。他们都没说出合理的解释。护甲烘烤电路被连到了屏障线路上，它吸走了两千瓦特。他们在过去一周内一直用的是第二辅助线路。这次怎么不用了？他们给不出任何理由。"

"你呢？"

奥尔登脸红了。"我也不能。我只是在怀疑，这些人是不是被……"他寻找着合适的词语，"被催眠了。外面的那些东西干的。"

索恩抬起头，平视着另一个人的眼睛："我不会跟其他任何人透露刚才那段对话。屏障只是失灵了两分钟。假如有任何事发生，即使只有一片草叶飘过，它也会在半个小时之内出现在我们的培养菌中，几天后就会显现在果蝇群之中。在我们回去之前，它会显现在仓鼠、兔子，甚至是山羊上。记住我说的话，奥尔登，什么都没发生。没有。”

奥尔登转身离去了。在离去时，他的脚离屋子角落里的一个物体只有两英尺的距离。他没有注意到。

他切断了自己的收讯中心，让那些想法不加理解地穿过自己的身体。总之，这些分段生命不重要，不适合作为生命的延续。即使作为分段体，它们也是不完整的。

而其他类型的分段体——它们不一样。他必须小心它们。诱惑会很大，在它们降落在它们的母星之前，他绝对不能透露出他存在于船上的迹象，一点都不能。

他将注意力集中到飞船的其他部位，赞叹着生命的多样性。每一个种类，不管有多渺小，都能做到自给自足。他迫使自己思考这个问题，直到他开始觉得该思考令他不快，他渴望家乡的日常。

他从小型分段体接收的思维大多含糊不清且转瞬即逝，你应该能料到的。从它们那里听不到太多的东西，但这意味着它们对于完整的需求也更大。这才是让他如此心动之处。

有一个分段生命蹲坐在自己的腿上，手指摸索着关着它的笼子。它的思维很清晰，但也很有限。它主要想的是另一个同种分段生命正在吃的一种黄色水果。它极其渴望那种水果。只是笼子阻隔了这个分段生命，让它无法使用蛮力拿到水果。

他突然产生了强烈的反感，切断了收讯。这些分段生命竟然还用为食物竞争！

他试图向外联系宁静与和谐的家乡，但家乡已然离得太远。他只能接触到一片虚无，一片将他与同胞分隔的虚无。

此刻，他甚至渴望触碰那片屏障和飞船之间已经死亡的土壤。昨晚，他还在它上面攀爬。它上面已没有生命，但它是家乡的土壤，而且那时，在屏障的另一面，其余的统一生命体尚未与他分离。

他还记得他落在飞船表面后，绝望地紧紧吸附着，直到气闸开启。他进去了，谨慎地在往外走的脚之间移动。那里还有一个内气闸，他也成功穿过了它。现在，他躺在这里，也成了一个分段生命，迟钝且无人留意。

小心翼翼地，他再次开启了刚才中断的收讯。蹲坐的分段生命正疯狂地撕扯着笼子。它仍然在渴望另一个生命体的食物，尽管它是两者之中比较不饿的那一个。

拉森说："别喂那鬼东西了。她不饿。她只是在发脾气，因为蒂莉胆子大了，在她吃撑之前会一直吃。贪心的猩猩！真希望我们能早点到家，我再也不想看见任何一张动物的脸了。"

他皱着眉头，怒视着那只年长的雌性猩猩，后者模仿他的样子也咿咿呀呀地冲他说了几句。

里佐说："行了，行了。那你还不走？喂食时间过了。我们走吧。"

他们出去时途经了山羊圈、兔子窝和仓鼠笼。

拉森苦涩地说："你自愿参与了这次探险航行。你是个英雄。他们给你举行了欢送会，然后让你成了动物园管理员。"

"他们给了你双份工资。"

"得了，那又怎样？我又不是为了钱。他们在最早的吹风会上说我们回不来的概率有五成。我们可能会遭遇跟赛布鲁克同样的命运。我参加，是为了做大事。"

"你想当英雄？"里佐说。

"总之我不是动物保姆。"

里佐停下来将一只仓鼠拿出了笼子，抚摩着它。"嘿，"他说，"你想过没有，这些仓鼠中的某一只体内有小仓鼠，刚怀上的？"

“真聪明！你不知道它们每天都接受检测吗？”

“当然，当然，”他给这小东西戴上了口套，后者一直在冲着他抽鼻子，“但想象一下，哪天早晨你下来，发现它们已经在这里了。新生的小仓鼠抬起小脑袋看着你，它们没有眼睛，只有两块绿色的、补丁似的柔软毛皮。”

“闭嘴，看在上帝的分儿上！”拉森吼了一句。

“两块小小的、柔软发亮的、补丁似的绿色毛皮。”里佐突然产生了一种厌恶的感觉，把仓鼠放下了。

他再次启动了收讯，并转换了焦点。家乡的任何一种分段生命大致都能在船上找到对应体。

这里有各种形状的跑动体、游动体和飞行体。有些飞行体相当大，具备可感知的思维。有些很小，长着像纱一样的翅膀。后者只能发出一些可被感知的模式，远称不上完美，而且个体似乎没有智慧。

这里还有不动体，跟家乡的不动体一样，是绿色的，生活在空气中、水中和土壤中。这些东西的心智都是空的。它们只拥有非常微弱的对光、湿气和重力的感知力。

每一种分段生命，不管是动体还是不动体，都是对生命拙劣的模仿。

还不是生命。还不是生命……

他牢牢地压抑着自己的感觉。曾经，这些分段生命来拜访过，家乡的其余部分想帮助它们——太着急了，没能成功。这次他们必须要耐心。

只要这些分段生命还没发现他。

到目前为止还算幸运。它们没有注意到他就躺在飞行室的角落里。还没人弯腰捡起他并把他丢掉。他也不敢移动。有人可能会注意到这个像是死虫子的东西，它的长度不足六英寸。先是盯着看，接着会大叫，然后一切就都结束了。

但到现在，他可能已经等得够久了。起飞早就结束，控制台也锁定了，飞行室里空了。

没过多久，他就找到了薄弱环节——藏在暗处的电线，都是些死线路。

他身体的前端就像把锉刀，将一根直径合适的电线锉成了两截。随后，他往前挪了六英寸，又在那里将电线锉断。他推着这段被截取的电线前进，将它送入隐蔽的角落，藏得好好的，不会被人发现。电线的外层裹着一层棕色的弹性物质，核心则是亮闪闪的红色金属。当然，他自己无法复制核心，不过这也没有必要。只要他身上覆盖着的表皮被仔细地复制成电线的表皮就够了。

他回来后，用自己的小吸盘抓住已经被截断的电线的前后两端，把自己拉直了，看不出任何破绽。

从现在起，他们发现不了他。即使他们正对着他看，看到的也只是一根连续的电线。

除非他们看得非常仔细，有可能会注意到电线上有一个地方，那里有两块小小的补丁，两块柔软、发亮的绿色毛皮。

“太了不起了，”韦斯博士说，“绿色的小毛能起这么大的作用。”

洛林船长小心地倒了杯白兰地。这也算是一个庆祝。再过两个小时，他们就该跳入超空间了。然后，只需两天他们就能回到地球。

“你确信绿色毛皮是感觉器官？”他问道。

“是的。”韦斯说，白兰地让他的脸上飞起红晕，但他知道这值得庆祝——太值得了，“实验的难度相当大，但结果相当惊人。”

船长拘谨地笑了笑：“难度相当大显然还是谦虚的说法。我肯定不会像你一样去冒险。”

“别胡说。船上都是英雄，都是志愿者，都是伟大的号手。你来这里也冒着风险。”

“你是第一个到屏障外面的人。”

“没有特别的风险，”韦斯说，“我去之前焚烧了地面。更别说我还在身边设立了便携式屏障。别胡说了，船长。我们回去之后都会得到勋章，就不要再区分勋章的等级了。况且我还是个男人。”

“但是你从上到下都充满了细菌，”船长的手在自己头顶三英寸高的地方快速比画了一下，“让你跟女的一样脆弱。”

他们不再说话，喝起了酒。

“再来一杯？”船长问道。

“不了，谢谢。我已经超过了定额。”

“最后一杯，敬太空之路。”他举起酒杯朝着赛布鲁克行星的大致方向，已经看不到它了，它的太阳在屏幕上也只是一颗明亮的恒星，“敬让赛布鲁克发现了最初线索的绿色毛皮。”

韦斯点了点头：“实属幸运。当然，我们会把行星隔离。”

船长说：“似乎还不够。可能哪天会有人意外地降落，却没有赛布鲁克的观察力和勇气。万一他没有像赛布鲁克一样炸了自己的飞船，万一他回到了某些有人居住的地方。”

船长表情严肃：“你觉得它们自己能发展出星际旅行吗？”

“我觉得不行。当然，我没有证据。只不过它们的发展方向完全不同。它们的统一生命让工具变得没有必要。据我们所知，行星上连一把石斧都没有。”

“希望你是对的。哦，还有，韦斯，你能给德雷克一些时间吗？”

“那个《银河报》的家伙？”

“是的。一旦我们回去，赛布鲁克行星的故事就会公布于众，我觉得没有必要搞得太过耸人听闻。我让德雷克征求一下你对故事的意见。你是个生物学家，有足够的权威影响他。你愿意吗？”

“乐意效劳。”

船长疲倦地闭上了眼睛，摇了摇头。

“头痛吗，船长？”

“不是。只是想到了可怜的赛布鲁克。”

他对飞船感到了厌烦。不久之前，他产生过一种奇怪的、短暂的感觉，仿佛自己被从里到外翻了出来。这引起了他的警觉，他搜索了思维清晰的头脑来寻找解释。显然，通过某种他们称为“超空间”的捷径后，飞船越过了异常广阔的空间。这些头脑清晰的人真是天才。

但是——他对飞船厌烦了。它是一种极其无效的现象。这些分段生命的工程技艺高超，然而这进一步体现了它们的不快乐。它们试图在对无生命物质的操控中寻找自己身上的缺失。出于潜意识中对完整的渴望，它们制造了机器，搜寻着太空，寻找，寻找……

他知道这些生命无法以它们原有的样子找到它们想寻找的东西。至少在他将它赋予它们之前找不到。他因为这个想法而微微颤抖着。

完整！

这些分段生命甚至连概念都没有。“完整”不是一个确切的说法。

出于无知，它们甚至会对抗它。有飞船曾经来过。第一艘飞船内有很多思维清晰的分段生命。它们分成了两种，能生育的和不能生育的。

（这第二艘飞船却有很大的不同。思维清晰者都是不能生育的，而其他的分段生命，包括思维模糊的和没有思维的，都是能生育的。太奇怪了。）

整个星球在迎接第一艘飞船的到来时是多么欣喜啊！他还记得在意识到这些来访者都是分段生命而不是完整生命时，他所受到的强烈冲击。冲击变成了怜惜，怜惜又化成了行动。他还不清楚它们将如何融入社区，但容不得半点犹豫。所有的生命都是神圣的，一定要给它们留出位置——为它们所有人，从思维清晰的到暗中不断复制的那一群。

但他们算错了一件事。他们没有正确估计到分段生命的反应。思绪清晰者注意到发生了什么，并予以抗拒。它们害怕了，这是自然，它们不明白。

它们先是发明了屏障，后来又毁灭了自己，将自己的飞船炸成了原子。

可怜且愚昧的分段生命。

至少，这一次结果将有所不同。尽管它们抗拒，但最终仍将得到救赎。

约翰·德雷克原本不打算写这么多字的，但他对自己的相片打字机技巧太过自豪了。他带来了一个旅行款。它是一块6×8见方、平淡无奇的塑料板，两端各有一个圆筒状的突起，用来固定纸卷，外面套着一个棕色的皮套，皮套上装着像带子似的装置，可以将它固定在腰臀部位。整个装置还不到一磅重。

德雷克能单手操纵这机器，左右手都行。他的手指灵巧地滑过黑色的表面，在合适的位置施加合适的压力，然后，文字就无声地被写入了。

他若有所思地看着故事的开头，随后又抬头看着韦斯博士："你觉得怎么样，博士？"

"不错的开头。"

德雷克点了点头："我在考虑干脆用赛布鲁克本人作为故事的开头好了。他们还没在家乡公开他的故事。我希望能看到赛布鲁克的原始报告。顺便问一句，他是怎么把报告发回来的？"

"据我所知，他花了最后一整晚的时间通过亚以太发回了报告。发完后，他让电机短路，在百万分之一秒内把整艘飞船变成了一层薄薄的蒸气云，连带着船员和他本人。”

“真是个了不起的家伙！你从一开始就加入了，博士？”

“不是从一开始，”韦斯温和地纠正道，“而是在收到了赛布鲁克的报告之后才加入的。”

他不禁陷入了回忆。他读过报告，那时就意识到，赛布鲁克的殖民小队在刚踏足这个行星时，它在赛布鲁克眼中该显得有多么神奇。它几乎称得上是地球的复制品，到处都是繁茂的植物，以及仅以植物为生的动物。

只有一簇簇的绿色毛皮补丁（他在自己的言语和思考中太常用到这个词了！）显得有些奇怪。行星上的活物都没有眼睛，而是长着这种毛皮。甚至连植物，不管是叶子上还是花瓣上，都长着两簇这种深绿色的东西。

随后，赛布鲁克注意到了，行星上竟然不存在食物竞争，这令他大为不解。所有的植物都会长出多浆的果实供给动物们食用。被吃掉之后，用不了几个小时，它们又重新长了出来。动物不会去触碰植物的其他部分。仿佛是一种与生俱来的自然规律，植物为动物提供食物，自己也不会长得过于茂盛。与此同时，它们也像是有人播种似的，均匀地遍布了任何可及的土地。

韦斯不知道赛布鲁克花了多长时间来观察这个行星上的奇怪规律和秩序——昆虫将自身数量控制在合理范围之内，尽管没有鸟来吃它们；啮齿动物似的东西也不会泛滥，尽管不存在食肉动物来控制它们的数量。

然后就发生了白鼠事件。

这提醒了韦斯。他说：“哦，更正一下，德雷克。仓鼠并不是率先进化的动物，白鼠才是。”

“白鼠。”德雷克重复道，在笔记中做出了修改。

“每一艘殖民飞船，”韦斯说，“都会携带一批白鼠，用来测试外星食物。老鼠和人类所需的营养成分相当类似。自然地，船上只带了雌性老鼠。”

这是自然。假如只存在一种性别，碰到了适宜居住的行星之后，就不会发生过度繁殖的风险。还记得澳大利亚的兔子吗？

“顺便问一句，为什么不带雄性的？”德雷克问道。

“雌性更耐活，”韦斯说，“也算是无意中的幸运，因为提早暴露了问题。突然间所有的老鼠都怀上了小老鼠。”

“对。这也就是我不懂的地方，刚好向你问个明白。说给我听听，博士，赛布鲁克是怎么发现它们都怀孕了的？”

“当然是碰巧发现的。在调查营养成分的过程中，需要解剖老鼠来查看是否有内部器官受损的情况。它们的状态注定会被发现。再多解剖几只，也是同样的结果。最终，所有还活着的老鼠都生下了小鼠——而船上根本没有雄鼠！”

“关键是所有生下的小鼠都没有眼睛，而是长着两簇绿色的补丁。”

“说得对。赛布鲁克就是这么说的，我们也证实了他的说法。继老鼠之后，某个孩子的宠物猫显然也被影响了。它生下小猫之后，这些小猫也没有眼睛，取而代之的是小簇的绿色毛皮补丁。船上没有公猫。

“最终，赛布鲁克检查了女人。他没有告诉她们原因。他不想吓着她们。她们中的每一个都处于怀孕的早期，除了那几个上船之前就已经怀孕的人。赛布鲁克没有等到孩子生下来。他知道他们都不会有眼睛，只有亮闪闪的绿色毛皮补丁。

“他甚至还培养了细菌株（赛布鲁克是个考虑非常周到的男人），发现每一个细菌株都出现了微小的绿色斑点。”

德雷克听得入迷了：“这些远远超出了我们的认知——至少是我本人的认知。但即便承认赛布鲁克行星上的生命组合成了一个统一体，但它们又是怎么做到的呢？”

“怎么做到的？你的细胞是怎么组合成一体的？从你体内取出一个单独的细胞，即使是脑细胞，你能称它为什么呢？什么都不是。一小团原生质，与其把它看成人的一部分，还不如看成阿米巴虫呢。实际上它连阿米巴虫都不如，因为它无法独自生存。但把细胞组合在一起，你就有了能够发明飞船或创作歌剧的力量。”

“我听明白了。”德雷克说。

韦斯继续道：“赛布鲁克行星上所有的生命是一个单一的有机体。从某种方面来说，地球上所有的生命也是，但它们之间是一种相互争斗的依靠关系，是一种狗咬狗的依靠关系。细菌固氮，植物固碳，动物吃植物，动物之间也互相捕食，细菌则会腐化任何东西。它形成了一个完整的生态圈，每一个环节都在尽量攫取，同时也在被攫取。在赛布鲁克的行星上，每一种生物都有自己的位置，就如同每一个细胞在我们体内一样。细菌和植物制造食物，动物吃掉多余的部分，同时提供二氧化碳和含氮废物。任何东西都按需产生，不会多也不会少。生命的分布聪明地与本地环境相协调。没有哪种生命会多于或少于所需要的量，就像我们体内的细胞在达到一定数量、能满足某种功能之后，就会停止复制。当它们不能停下时，我们称之为癌细胞。地球上的生命就是如此，我们这种有机体在赛布鲁克行星的眼中就是癌细胞——一个巨大的癌细胞。每一个物种、每一个个体，都在竭尽全力扩张自己，以其他物种、其他个体的牺牲为代价。”

“听上去你还挺欣赏赛布鲁克行星的，博士。”

“从某种程度上来说，是的。就生存而言，它有它的道理。我可以体会它们对我们的看法。假如你体内有个细胞意识到了人体的效率与细胞本身效率之间的关系，进而意识到了将众多细胞统一起来形成更高级的整体是唯一的办法。然后，再假设它注意到了自由细胞的存在，只是活着，没有其他意义。它可能会产生强烈的愿望，想要将那个小可怜拽入整体。它可能会觉得自由细胞可怜，或产生某种传教士式的精神。赛布鲁克行星上的那些东西——或者说那个东西，用单数人称可能更合适——可能就是这么想的。”

“然后它就开始行动，制造无性生殖，是吗，博士？我必须小心处理这个角度。有审查机构，你懂的。”

“这里面不涉及任何下流的议题，德雷克。我们让海胆、蜜蜂、青蛙等未接触到精子的卵发育已经有很长的历史了。有时用针刺一下就足够了，或是浸入盐度合适的溶液中。赛布鲁克行星上的东西可以通过控制辐射能量来授精。这也是能量屏障能阻挡它的原因，干涉，或静电干扰，你懂的。

“它们不仅能刺激分裂或发育未受精卵，还能将自身的特征强加到核蛋白上，因此后代出生时会长有小小的绿色毛皮补丁，充当行星的感觉器官和通信方式。换句话说，后代不是个体，而是成了赛布鲁克行星上该东西的一部分。行星上的这个东西，显然不是出于偶然能够让任何物种怀孕——植物、动物或微生物。”

“好厉害的家伙。”德雷克嘟囔了一句。

“全能细胞，”韦斯博士厉声说道，“处处都厉害。任何一个片段都是全能细胞。假以时日，来自赛布鲁克行星的单个细菌能将整个地球转化成一个单一的有机体！我们有实验结果能证实这一点。”

德雷克突然岔开了话题：“你知道吗？我觉得自己要成为百万富翁了，博士。你能保守一个秘密吗？”

韦斯疑惑地点了点头。

“我有一个来自赛布鲁克行星的礼物，”德雷克笑着说道，“它只是一块小石子，但一旦这个行星出名，再加上这地方从此会被隔离起来，这块小石子将是人类唯一能看到的该行星的物质。你觉得它值多少钱？”

韦斯瞪着他。“小石子？”他一把抢过了展示给他的小石子——一块坚硬、灰色的卵形物体，“你不该这么做的，德雷克，这严重违反了规定。”

“我知道。所以我才要求你保守秘密。如果你能给我签署一份鉴定书——怎么啦，博士？”

韦斯没有回答，而是用手示意着，嘴唇都哆嗦了。德雷克探出身凑近石子仔细观察，它看着还是跟以前一样——

只不过在斜刺里射来的光线的照耀之下，它上面出现了两个绿色的小斑点。再凑近些，它们是绿色毛皮的补丁。

他感觉不安。飞船上显然弥漫着一种危险的气氛。已经有人怀疑他溜上了船。怎么会这样呢？他还没做出任何行动。难道另有一个家乡的分段上了船且没能谨慎从事？应该不可能，否则他会感知到。不过，他还是对全船做了严格的探查，什么也没发现。

随后，疑心消退了，但没有完全消失。其中一个思维清晰者依然在思考，正逐渐接近真相。

离着陆还有多久？一整个世界的分段生命还有机会得到完整吗？他紧紧攀附住那根他特别模仿的电线的两头，担心被发现，担心自己那无私的任务。

韦斯博士将自己锁在了舱房里。他们已经飞入太阳系，再过三个小时就该降落了。他必须思考。他有三个小时来做出决定。

显然，德雷克的那块魔鬼“石子”是赛布鲁克行星上统一生命体的一部分，但它已经死了。他第一眼看到它的时候，它就是死的，即便它还没死，在他们将它丢入超原子电机，将它变成一股纯粹的热量之后，它肯定死透了。而且，韦斯也立刻检查了细菌株，它们还是正常的。

这不是韦斯担心的地方。

德雷克是在赛布鲁克行星上停留的最后时刻捡起了这块“石

子”——在屏障出了故障之后。万一故障是由行星上的那东西所施加的缓慢但坚决的精神压力造成的呢？万一它的某个部分一直在等着屏障失灵呢？假如“石子”的动作不够快，等到屏障重设之后才开始移动，那它就会被杀死。然后它就会躺在那里，等着被德雷克看到并捡起。

它是一块“石子”，不是自然界的生命形式。但难道以此就能判定它不是某种生命形式吗？它可能是那个行星单一有机体蓄意的产物——一个故意被设计成看上去像是块石子的生物，无害，不会引起怀疑。换句话说，伪装——一种狡诈且异常成功的伪装。

还有其他的伪装生物在屏障重设前成功地越过了它吗——伪装成一个合适的形状，是行星上能读心的有机体从飞船上船员的头脑里偷来的？它会呈现出镇纸的样子吗？船长的老式椅子上装饰用的铜钉？我们怎么才能找到它？难道要搜索船上的每个角落，寻找能泄露目标的绿色补丁——甚至连单个微生物都不放过？

还有，为什么要伪装？它想隐藏自己，不被发现？为什么？好让它能降落到地球？

降落之后的感染无法通过炸掉飞船来清除。地球上的细菌，霉菌、酵母菌、原生动物等，会成为第一批牺牲品。不到一年，非人类的孩子将势不可当、数以亿计地到来。

韦斯闭上了眼睛，告诉自己结果可能不像想象中这么糟糕。再也没有疾病，因为细菌不会以牺牲宿主为代价来复制，而是满足于可用的公平份额。再也没有人口过剩，人类的数量将下降，与食物供应取得平衡。再也不会有战争，也不会有犯罪或贪欲。

但再也不会有个体了。

人类将因为变成了一个生物机器中的齿轮而获得安全。人将成为细菌或肝细胞的兄弟。

他站了起来。他要去跟洛林船长谈话。他们会发出报告并炸毁飞船，跟赛布鲁克做过的一样。

他又坐了下来。赛布鲁克有证据，而他只有一个惊恐的大脑做出的推理，而推理的基础只是石子上的两簇绿色斑点。难道因为简单的怀疑就能牺牲掉飞船上的两百名船员？

他必须思考！

他很紧张。他为什么要等待？现在就能欢迎那些船上的分段生命加入了。现在！

然而，他本身的一个更加冷静、更加理智的部分告诉他现在还不行。黑暗中的小复制者在十五分钟之内就会出卖它们的新状态，思维清晰者一直在持续地观察它们。即使离行星表面只剩一英里都会显得太早，因为它们仍然能在空中炸毁自己和飞船。

最好等到主气闸开启，让行星的空气吹拂进成百万个小小的复制者。最好能欢迎它们中的每一位都加入统一生命体的兄弟会，让它们再飘散出去传递这个信息。

然后就成功了！又一个统一的、完整的世界诞生了。

他等待着。引擎卖力地工作着，发出沉闷的声响，减缓了下坠的速度。随着船身传来的震动，飞船落到了行星表面，随后——

他任凭思维清晰者的喜悦冲刷着自己的收讯，他以自己的喜悦做出了回应。很快，它们将能够跟他一样收讯了。或许不是这些分段生命，而是它们诞下的分段后代，为持久的生命做好准备的分段后代。

主气闸即将开启——

所有的思维在刹那间都消失了。

杰瑞·索恩心想："该死的，出问题了。"

他对洛林船长说："对不起，好像断电了，气闸打不开。"

"你确定吗，索恩？灯还亮着。"

"是的，先生。我们正在检查。"

他关闭了通话，看着气闸接线盒旁的罗杰·奥尔登：“出了什么问题？”

“给我点时间，好吗？”奥尔登的手忙个不停，随后他说道，“老天爷，二十安培的导线上有一截六英寸的缺口。”

“什么？不可能！”

奥尔登拿起断成两截的电线，断面光滑平整，像是被锯断的。

韦斯博士加入了他们。他看着很憔悴，嘴里有白兰地的味道。

他颤声问道：“出了什么事？”

他们告诉了他。被截断的那一截躺在舱室地面的角落。

韦斯弯下腰。地板上有一截黑色的东西。他用手指戳了戳它，它化作了粉末，染黑了他的手指。他心不在焉地搓掉了它。

可能有东西替代了那截消失的电线。一个活的东西，只是看着像电线，但控制气闸的电路被合上之后，这东西在不到一秒的时间内就被电死了、碳化了。

他说：“细菌怎么样了？”

一个船员前去查看，随后回来报告道：“一切正常，博士。”

电线也被接好了，气闸打开了，韦斯博士踏入了地球混乱的生命圈之中。

“混乱，”他笑得有些狂野，“混乱下去也挺好。”

女主人[1]

罗丝·斯摩莱特心情不错，甚至有些得意。她脱下手套，放好帽子，明亮的眼睛注视着自己的丈夫。

她说："德雷克，我们要留下他。"

德雷克不耐烦地看着她："你错过了晚餐。我还以为你七点就回来了。"

"哦，没关系。我在回来的路上吃过了。但是，德雷克，我们要收留他。"

"收留谁？你在说什么？"

"来自霍金行星的医生！你还不知道吗？今天的会议谈的就是这个。我们花了一整天的时间来讨论。这是我有生以来遇到的最激动的事了。"

德雷克·斯摩莱特从嘴里拿下了烟斗。他先是看了看烟斗，随后又看着自己的妻子："你还是把话讲清楚吧。你说的来自霍金行星的医生，是你在研究所碰到的霍金人？"

"当然。还能有谁？"

"我能问一下，你说的'留下他'是什么意思吗？"

"德雷克，你听不懂吗？"

"听懂什么？你的研究所可能对那东西感兴趣，我可没有。干吗

1 Copyright © 1951 by World Editions, Inc.

要让他卷入我们的私生活？这是研究所的公事，不是吗？”

“但是，亲爱的，”罗丝耐心地说道，“霍金人想要住在一间私人寓所里，在那里他不必关注官方的礼节，也能根据自己的喜好来做事。我觉得很有道理。”

“为什么非得是我们家？”

“我猜是因为他觉得我们家方便。他们问过我是否同意，坦白说，”她语气坚定地加了一句，“我认为这是一种优待。”

“听着！”德雷克用手指拨弄了一下棕色的头发，成功地把它弄乱了，“我们这个小家是挺方便的——我承认！它不是世界上最优雅的地方，但我们觉得很舒适。然而，我不想收留一个外星访客。”

罗丝不禁有些担心了。她摘下眼镜，收进了眼镜盒里：“他可以住在空房间里。他会自己照顾自己。我跟他说好了，他挺乐意的。老实说，我们只需表现出一些灵活性就好了。”

德雷克说：“说得轻巧，一点灵活性！霍金人呼吸的是氰化物。难道说我们也要就此适应？”

“他自己会带氰化物，装在一个小罐子里。你甚至都不会注意到。”

“还有什么我不会注意到的？”

“没了。他们完全无害。上帝，他们甚至都是素食主义者。”

“什么意思？我们要喂他一捆干草当晚饭？”

罗丝的嘴唇都气哆嗦了：“德雷克，你就是在故意找碴儿。地球上也有很多素食主义者，他们吃干草吗？”

“那我们呢？我们能吃肉吗？会不会让他觉得我们是食人族？我警告你，我可不会为了他成天吃色拉。”

“你这是在无理取闹。”

罗丝觉得很无助。她结婚较晚。她的职业生涯早在结婚之前就已选定，发展得也还不错。她是詹金斯自然科学院的生物学研究员，已发表过二十多篇论文。简而言之，道路已经选定，前途光明，她选择了职场，做好了单身的准备。然而，到了三十五岁这个年纪，不到一年就给自己找了个丈夫，她觉得还挺神奇的。

偶尔，这也会让她觉得尴尬，因为有时她发现自己根本不知道该如何应对自己的丈夫。当家里的男人固执己见时，自己该怎么办？课堂上没学过这个。作为一个有独立思想、有职业生涯的女人，她不愿委曲求全。

所以她平静地看着他，简单地说了一句："这对我来说很重要。"

"为什么？"

"因为，德雷克，如果他能在这里住上一段时间，我就能近距离地观察他。我们对霍金个体或任何地外智慧生命的生理和心理方面的研究十分有限，只是对他们的社会和历史有所了解，但仅此而已。你肯定也知道这是个机会。他住在这里，我们观察他，跟他交谈，注意他的习惯——"

"我没兴趣。"

"德雷克，我真搞不懂你。"

"我猜你想说的是我平常不这样。"

"是的，你平常不这样。"

德雷克沉默了一阵子。他似乎躲进了自己的壳里，皱着眉头，咬紧牙关，进入了沉思的状态。

他终于开口了："听着，我在工作中也听过一些有关霍金人的说法。你说我们对他们的社会有些研究，但不了解他们的生理。当然，这是因为霍金人跟我们一样，不喜欢被当作研究对象。我跟负责霍金人代表团在地球上的安保的人聊过。代表团留在分配给他们的房间里足不出户，只参加最重要的官方活动。他们不想跟地球人打交道。很显然，他们不喜欢我们，就像我不喜欢他们一样。

“老实说，我只是不明白研究院的这位霍金人有什么特别。总之，在我看来，让他独自前来已经违反了所有的规定——还让他住在地球人的家里，简直是雪上加霜。”

罗丝不耐烦地说道：“当然有特别之处。我奇怪你没能看到，德雷克。他是个医生。他来这里是为了医学研究，我承认，他可能不习惯跟人类住在一起，会觉得我们无法忍受。但他还是会住！你觉得人类的医生喜欢去热带吗？或者他们特别喜欢被蚊子叮吗？”

德雷克大声说道：“怎么又扯上蚊子了？它们跟这有什么关系？”

“那么大声干吗？没有关系，”罗丝惊讶地回答道，“我只是突然想到了，没什么特别的。我想到了里德和他的黄热病实验。”

德雷克耸了耸肩：“好吧，随你的便吧。”

罗丝迟疑了一下：“你没生气吧？”她觉得自己听上去像是个小女孩，这令她很不高兴。

“没有。”

罗丝知道这意味着他在生气。

罗丝在一人高的镜子前不自信地打量着自己。她一直都不漂亮，自己也接受了这个事实，觉得无所谓。当然，来自霍金行星的生物也会觉得无所谓。真正让她烦恼的是，自己需要在一个非常尴尬的情形下充当女主人，一方面要在一个外星生物面前表现得体，另一方面还要照顾到丈夫的感受。她不知道哪个要求会更困难一些。

今天，德雷克会晚些到家，还有半个小时他才会露面。罗丝倾向于他是故意这么安排的，他还在生气，不想面对她和她的问题。对此她也有些愠怒。

中午前，他往研究院给她打了电话，直截了当地问：“你打算什么时候把他带回家？”

她简短地回道："大概再过三个小时。"

"好吧。他叫什么名字？他的霍金名字。"

"你为什么想知道？"她的语气中有隐藏不住的寒意。

"就当我在做一个小小的调查吧。毕竟，这东西会住在我家里。"

"哦，看在上帝的分儿上，德雷克，不要把你的工作带回家。"

德雷克的声音听着很刺耳："为什么不呢，罗丝？你不就是这么做的吗？"

他显然是对的，所以她给了他想要的信息。

这是他们结婚以来第一次近似吵架的行为。此刻，坐在一人高的镜子前，她觉得自己是不是应该站在他的立场来想一想这个问题。简而言之，她嫁给了一个警察。当然，不是一个普通的警察，而是世界安全委员会的成员。

她的朋友都大吃一惊。她结婚本身就是最大的意外，而更让朋友们意外的是，为什么不选一个生物学家结婚呢？或者，如果她不想选本专业的，为什么不找一个人类学家，甚至一个化学家？为什么在这么多人里，偏偏挑一个警察？当然，没人说过这些话，但自从她结婚的那一天开始，这样的气氛始终缠绕着她。

她对此一直都痛恨不已。一个男人可以跟他挑选的对象结婚，但如果一个女博士选择跟一个连本科学位都没有的男人结婚，那就成了大新闻。为什么会这样？跟他们有什么关系？他长得挺帅，不一样的帅，他也挺聪明，不一样的聪明，她非常满意自己的选择。

但是，她自己在家里展现过这种势利的行为吗？她不也总是怀着这种态度，认为自己的工作、自己的生物学研究更重要吗？而他的工作只是需要留在东河联合国大楼那间逼仄的办公室里。

她焦躁地站起来，深吸一口气，决定不再想下去了。她绝对不想跟他吵架。她也不想干涉他的工作。她只是想履行接纳霍金人作为客人的诺言，但除此之外，她不会干涉德雷克的行为。他已经做出足够多的让步了。

她从楼上下来时，哈格·索兰正安静地站在客厅的中央。他没有坐着，因为他的身体结构不适合坐着。他靠两对紧挨着的肢站立，而第三对结构完全不同的肢悬在了一个好比是人类胸腔的部位上。他身体表层的皮肤很硬，有光泽但粗糙不堪，他的脸看着有点像来自外星的牛。然而，他并不太惹人讨厌，而且下半身还穿着裤子似的东西，以防冒犯到人类主人的观感。

他说："斯摩莱特夫人，感谢你的好客，我难以用你们的语言表达。"说话的同时他还弯下腰，上肢碰了下地面。

罗丝知道这是霍金行星上表示感谢的礼节。她也因为他能把英语说成这样而感动。他嘴巴的构造，再加上缺乏门齿，使得音节之间夹杂着哨音。但除此之外，他的口音听着就像他出生在地球上似的。

她说："我丈夫就快回来了，然后我们一起吃饭。"

"你的丈夫？"说完后，他沉默了一阵子，随后又加了一句，"好的，当然。"

她没有解释。假如银河系世界中已知的五个智慧种族中存在着一个无限的误会源泉，它肯定跟对待性生活的态度和围绕它打造的社会习俗有关。例如，丈夫与妻子这个概念只存在于地球上。其他的物种只能理解它的字面意思，但搞不明白它代表的情感。

她说："我咨询了研究院，准备好了菜单。我相信不会有东西让你觉得不适。"

霍金人快速眨了眨眼睛。罗丝记得这是代表愉快的意思。

他说："蛋白质就是蛋白质，亲爱的斯摩莱特夫人。那些我需要的但你的食物提供不了的营养，我带来了浓缩品，应该足够了。"

蛋白质就是蛋白质。罗丝知道他是对的。她对这生物饮食的关照更多的是出于礼节。在寻找域外行星生命的过程中，人类发现的最有意思的规律，就是虽然生命可以基于非蛋白质物质而形成——甚至是基于非碳基物质——但所知的智慧生命都是以蛋白质为基础的。这意味着五个智慧生命形式中的任何一种都能长时间地依赖其他四种生命的食物而生存。

她听到德雷克在用钥匙开门，身子一下子紧张得僵硬了。

她必须承认他表现得还不错。他大步走进来，毫不犹豫地向霍金人伸出手，沉稳地说："晚上好，索兰医生。"

霍金人伸出了他巨大笨拙的前肢，两个人象征性地握了握手。罗丝已经经历过这个环节，知道手里握着霍金人的手会产生什么奇怪的感觉——让人觉得粗糙、温热且干燥。在她想象之中，霍金人肯定觉得她和德雷克的手又冷又滑。

在正式的相互问候之时，她趁机观察了外星人的手。它是一个趋同演化的完美案例。它的形态发展过程与人类的完全不同，然而结果却和人类的相当近似。它有四根手指，没有大拇指。每根手指都有五个独立的球窝关节。由此，缺乏大拇指而造成的灵活性损失由几乎像是触手般的手指提供了补偿。在她这个生物学家的眼中，更有趣的是，霍金人每根手指末端都有退化的蹄，非常小，粗心的人都不会注意到，显然它们曾经用于奔跑，就像人类的手曾经用于攀爬一样。

德雷克用尽量友好的语气说："你感觉还好吧，先生？"

霍金人回答道："很好。你妻子安排得非常妥当。"

"想喝一杯吗？"

霍金人没有回答，而是对着罗丝做了个微微将脸皱起的表情，表达了某种情绪，不幸的是，罗丝看不懂它的意思。她紧张地说："在地球上，我们习惯喝含有乙醇的液体，会让人觉得刺激。"

"哦，是的。那恐怕我不得不婉拒了。乙醇会严重干扰到我的新陈代谢。”

“怕什么，它也会干扰到地球人。但我能理解，索兰医生，”德雷克回答道，“那我自己喝一杯，可以吗？”

“当然可以。”

德雷克在走向橱柜的途中擦着罗丝经过，她只听到他说了声“上帝！”尽管声音压得很低，但还是成功地在后面加上了十七个感叹号。

霍金人站在餐桌旁。他的手指在餐具之间穿梭着，简直就是敏捷的典范。罗丝尽量不去观察他进食的样子。往嘴里塞吃的时，他那张大大的、没有嘴唇的嘴张大到了令人担忧的程度，而在咀嚼时，他的下颌左右往复移动的样子又令人生畏。这又是一个他的祖先是有蹄类动物的证据。罗丝不禁开始怀疑等到他回到自己的房间时，他会不会咀嚼反刍的食物，然后又担心德雷克万一也想到了这一点该怎么办。他会不会恶心地离开餐桌？但德雷克只是在平静地吃着自己的东西。

他说：“我猜，索兰医生，你身侧的罐子里装着氰化物？”

罗丝吓了一跳。她其实没注意到那罐子。它是一个弧形的金属物体，看着像是个水壶，紧贴在那生物的皮肤上，半藏在裤子里。然而，德雷克拥有一双警察的眼睛。

霍金人并没有表现出丝毫的不悦：“是的。”他说道，用长蹄的手指夹起附着在身上的一根细细的、柔软的管子。管子的颜色近似泛黄的肤色，与皮肤浑然一体，管子的一头伸进了大嘴里。罗丝觉得有些尴尬，仿佛看到了应当藏在衣服下、不应该被人看到的东西。

德雷克说：“那里面装着纯氰化物吗？”

霍金人诙谐地眨了眨眼：“希望你不会觉得它对地球人有危险。我知道这气体对你们有剧毒，我也不需要太多。罐子里装的是5%的氢氰酸，剩下的是氧气。只有在我吸管子的时候它才会冒出来，我也不用经常吸。”

“明白了。你需要这种气体才能活吗？”

罗丝有些被吓到了。一般人不应该在没有准备的情况下问这种问题，因为无法预测外星人心理上的敏感点。德雷克肯定是故意问的，因为他显然知道也能从她那儿得到这个问题令人满意的答复。或者他就是不想问她？

霍金人依旧显得十分镇定：“你是生物学家吗，斯摩莱特先生？”

“不是，索兰医生。”

“但你跟斯摩莱特博士的关系紧密。”

德雷克略微一笑：“是的，我娶了博士，但这不代表我就是个生物学家。我只是个政府里的小官员。我妻子的朋友们——”他补充：“称我为警察。”

罗丝倒吸了一口凉气。现在换成了霍金人故意刺激一个外星人心理上的敏感点。在霍金行星上，存在着一种严格的种姓制度，跨种姓的关系是被严格禁止的。但德雷克并不知道。

霍金人扭头看向她：“斯摩莱特夫人，能允许我向你丈夫解释一下我们的生化结构吗？你可能会觉得无聊，因为我相信你已经了解了很多。”

她说：“当然可以，索兰医生。”

他说：“据我所知，斯摩莱特先生，你体内的呼吸系统，包括地球上所有需要呼吸的生物，都由某种含有金属成分的酶来控制。这种金属通常是铁，但有时也可能是铜。不管是哪种，微量的氰化物都会与这些金属相结合，让地球生物细胞的呼吸系统失去活力。它们将无法获取氧气，几分钟内就会死去。

“我所在行星上的生命构造却有所不同。呼吸系统关键的化合物既不含有铁，也没有铜。事实上，没有任何金属成分。这也解释了为什么我们的血液是无色的。我们的化合物含有某种生命所需的关键有机基因，而这些有机基因只有在少量氰化物的作用下才能维持正常。无疑，这种有机化合物是在一个大气中含有百分之零点几的天然氰化氢的行星上，经过了好几百万年的进化才形成的。我们有一个完整的生态圈维持着氰化氢的存在。我们本地有多种微生物能释放出这些游离气体。”

“你解释得很清楚，索兰医生，听着非常有意思，”德雷克说，“要是不呼吸氰化物，你会发生什么？你会一下子死掉吗，就像这样？”他打了个响指。

“不会。跟你们体内出现氰化物的后果不同。对我而言，缺少氰化物就跟缓慢窒息一样。有时会发生这种情况，在我的世界里，通风不良的房间里，氰化物被逐渐消耗，最终低于我们存活所需要的最低浓度。后果相当痛苦，也难以治疗。”

罗丝不得不表扬德雷克，他表现得真的非常感兴趣。还有这个外星人——感谢上帝——也不吝赐教。

接下来的时间再也没有发生过意外。晚餐几乎算得上愉快。

整个晚上，德雷克始终都表现出兴致勃勃的样子，甚至还要更夸张——几乎称得上是被迷住了。他的表现完全盖过了她，她为此高兴。他才是真正有魅力的人，而她只是在自己的工作、自己的专业训练上，才能胜他一筹。她默默地看着他，心想，他为什么会娶我呢？

德雷克坐着，跷着二郎腿，手捧着脸庞，手指敲着脸颊，专注地看着霍金人。霍金人面对着他，以四足动物般的姿态站着。

德雷克说：“我很难想象你是个医生。”

霍金人眨着眼，以示微笑。“我明白你的意思，”他说，“我也很难想象你是个警察。在我的世界里，警察是非常专业和特别的人。”

“是吗？”德雷克说，听着有些敷衍，随后他又改变了话题，“我听说你来这里并不是为了观光。”

“不是。我来是有任务在身。我想研究这个你们称之为‘地球’

的奇怪行星，我们的人还从来没研究过。”

“奇怪？”德雷克问，“怪在什么地方？”

霍金人看着罗丝：“他知道死亡抑制吗？”

罗丝觉得有些尴尬。“我丈夫工作挺忙的，”她说，“恐怕他没时间听我絮叨。”她知道这么说还远远不够，并且再次感觉自己又收到了一个霍金人的无法解读的表情。

地外生物又转向了德雷克：“我总是觉得这一点很有意思，你们地球人对自己非同寻常的特征的了解如此有限。听着，银河系里有五个智慧种族。他们都是独自发展起来的，却展现出了惊人的趋同性，好像智慧需要某种特定的身体结构才能发展。这个问题需要哲学家来回答。我不想过多展开论述，想必你对此也有所了解。

“不过，当仔细研究智慧种族之间的差异时，我们一而再地发现，你们地球人比我们其他种族更为独特。例如，只有在地球上的生命才依靠金属酶进行呼吸作用。你们是唯一会被氰化氢毒到的种族；你们是唯一的食肉动物；你们是唯一不是从食草动物进化而来的种族；还有，最有趣的是，你们是唯一一种在成年后就不再生长的智慧生命。”

德雷克对他笑了笑。罗丝感觉自己的心跳突然加速了。这个笑容是他最有力的武器，他笑得那么自然，看不出是装的。他把笑给了眼前的外星生物。他表现出和蔼可亲的样子——他肯定是为了她才这么做的。她喜欢这个想法，不禁在内心又重复了几遍：他是为了她才这么做的。他是看在她的分儿上才对霍金人如此友好。

德雷克微笑着说道：“你的身材看上去并不是很高大，索兰医生。我估计你大概比我高一英寸，也就是说你的身高大概在六英尺两英寸左右。这是因为你还年轻，还是说你的世界上其他人的个子都相对较小？”

“都不是，”霍金人说，“我们生长的速度会随着年龄的增长而降低，在我这个年纪，需要十五年才能再长一英寸——重点在于，我们不会完全停止生长。因此，我们也不会完全死去。”

德雷克惊呼了一声，甚至连罗丝都不自觉地坐直了身体。这是新的知识点。据她所知，有限的几次前往霍金行星的考察都未能发现这点。她激动得想要跳起来，但她还是控制住自己的情绪，让德雷克替她接着问下去。

他说：“不会完全死去？你不会是在说，先生，霍金行星上的人都是永生的吧？”

“没人能真正永生。假如你不会老死，也会有事故让你丧命。假如没有事故，你也会死于无聊。用你们的时间单位来衡量，我们中很少有人能活过几个世纪。不过，一想到非自愿的死亡还是会令人不愉快。对我们而言，这是一件十分可怕的事情。此刻，它就让我很不舒服——一想到尽管我处处小心，但死亡终将无可避免地降临。”

“我们，”德雷克幽幽地说道，“已经习惯了。”

“你们地球人是习惯了，我们却没有。这就是为什么我们发现死亡抑制事件在最近几年变多了之后感觉很不安。”

“你还没有解释，”德雷克说，“死亡抑制是什么意思。让我猜一下。死亡抑制是一种令生长停滞的疾病？”

“对。”

“生长停滞多久之后就会死？”

“不到一年。这是一种退行性疾病，非常悲惨，而且无法医治。”

“什么原因导致的？”

霍金人酝酿了很久才开口回答，带着紧张不安的语气：“斯摩莱特先生，我们对疾病发生的原因一无所知。”

德雷克若有所思地点了点头。罗丝一直在旁倾听着谈话，仿佛是一场网球比赛的观众。

德雷克说："你为什么要来地球研究这种疾病呢？"

"因为地球人的独特性。你们是唯一对这种疾病有免疫力的智慧种族。死亡抑制同时影响了其他四个种族。你们的生物学家知道这一点吗，斯摩莱特夫人？"

他问得很突然，因此她被吓了一跳。她说："不知道。"

"我并不惊讶。这个信息是最近研究的成果。死亡抑制很容易被误诊，而且其他行星上的发病率也低很多。说起来，还有一点也比较奇怪，值得好好研究，这种病在我的行星上死亡率最高，而我的行星离地球最近。死亡率随着离地球距离的增大而降低——所以在天普拉恒星系内的星球上其死亡率最低，它离地球也最远。但地球本身是免疫的。地球人的生化构造之中存在着免疫的秘密。要是能找到它就太好了。"

德雷克说："但是，你不能说地球是免疫的。从我的角度来看，该疾病的发病率是百分之百。所有的地球人都会停止生长，所有的地球人也都会死。我们都得了死亡抑制。"

"这话不对。地球人在停止生长后还能活七十年。这跟我们谈的死亡不一样。其实，你们有一种相对应的疾病，你们称它为癌症，不受控制地生长。好了，我说得太多了，你们都无聊了吧。"

罗丝立刻表示反对，德雷克甚至反对得更激烈，但霍金人打定主意要转换话题。这是罗丝第一次产生了怀疑，因为德雷克不知疲倦地用话术包围哈格·索兰，引诱着，刺激着，始终尝试着让霍金人回到刚才的话题上。掩饰得不错，也挺有技巧，但罗丝了解他，知道他想的是什么。他是出于职业习惯才会一直追问下去吗？仿佛是对她的想法做出了响应，霍金人也问起了他的职业，说出了那个一直在她脑海里如同一张循环播放的坏唱片般打转的词。

他问道："你说你是个警察？"

德雷克简短地回答道："是的。"

“那我想请你帮我个忙。自从我知道了你的职业后，一整晚都想跟你提这个要求，但我没下定决心。我不想麻烦你们两位。”

“我们尽量帮忙。”

“我对地球人的生活非常好奇，我的同胞们可能都没有我这种好奇心。所以，我在想你能不能带我参观一间你们行星上的警察局？”

“我不属于任何一间你想象中的警察局，”德雷克谨慎地说道，“不过，我跟纽约警察局挺熟。我可以较为方便地安排。明天？”

“那真是太好了。我能参观失踪人口局吗？”

“参观什么？”

霍金人将四条站着的腿并拢了一些，仿佛变得更紧张了：“这是我的一项爱好，我一直以来小小的、奇怪的好奇心。我理解你们有一批警察是专门负责寻找失踪男子的？”

“也包括妇女和儿童，”德雷克补充道，“但为什么你对它特别感兴趣？”

“因为它是你们的又一个独特之处。我们的行星上没有失踪人口这回事。我无法向你解释其中的机制，但在其他世界上，人们总是能感知到其他人的存在，尤其是当彼此之间存在着强烈且亲密的关系时。我们总是能感知对方的确切位置，不管我们身处于行星的何处。”

罗丝又激动了。前往霍金行星的科学考察小组总是难以穿透当地人的内心情感，而此时这个人却在大说特说，谁能料到呢！她不再担心德雷克，而是加入了谈话：“你现在也能感觉到吗？在地球上？”

霍金人说：“你是说穿越太空？不行，恐怕不行。但你能明白它的意义。地球上所有的独特之处应该都有关联。如果缺乏感知能够被解释，或许也就能解释地球人对死亡抑制的免疫力。例如，地球人怎么能确定他形成了一个合适的小团体，一个家庭？例如，你们两个怎么能确定你们之间存在着真正的联系？”

罗丝不禁频频点头。她是多么渴望自己也能有这种感知力啊！

但德雷克只是笑了笑："我们有自己的方式。很难跟你解释我们称之为'爱'的东西，就像你很难跟我们解释感知力一样。"

"我觉得是。不过，请跟我说实话，斯摩莱特先生——假如斯摩莱特夫人离开了这个房间，去了别的地方，你没看到这个过程，你真的不能感知到她在哪里吗？"

"真的不能。"

霍金人说："有意思。"他犹豫了一下，又加了一句："请不要介意我对此感到反感。"

关掉卧室里的灯之后，罗丝去了门口三次，每次都打开一条小缝往外偷窥。她能感觉到德雷克在看着她。终于，他开口问话了，语气中有一些调侃："怎么啦？"

她说："我想跟你聊聊。"

"你怕我们的朋友会听到吗？"

罗丝刚才是压低了声音说的。她爬上了床，把头睡到他的枕头上，好更方便地耳语。她说："为什么你要跟索兰医生谈死亡抑制？"

"因为我对你的工作感兴趣，罗丝。你不一直希望我能有兴趣吗？"

"我更希望你别挖苦我，"她听着像是发火了，但还是低语道，"我知道其实是你自己感兴趣——有可能是警察的兴趣。到底是什么？"

他说："我明天跟你说。"

"不行，现在就说。"

他将手放到她的脑袋下面，抬起了它。恍惚间，她以为他要吻她——就像是丈夫们在冲动之下所做的那样，或是她想象中的丈夫们会做的那样。德雷克从来没做过，此刻也没有。

他只是将她搂得近了一些，耳语道："你为什么这么感兴趣？"

他的手用力地抓着她的后颈，几乎称得上是野蛮，因此她挺直了脖子，想要挣脱。她也不再低声讲话："住手，德雷克。"

他说："你不要质疑我或是干涉我。你做你的工作，我也有我的工作。"

"我工作的性质是公开和透明。"

"我工作的性质，"他反诘道，"却天生不是。不过，我会跟你透露一点。我们的这位六腿朋友来我们家是有确切原因的。你也不是随随便便被挑上成为负责人的。你知道两天之前，他在委员会打听过我吗？"

"你在开玩笑吧？"

"我没开玩笑。这件事有蹊跷，你根本没想到。但这是我的工作，我不想再跟你讨论了。你明白了吗？"

"不明白，但你不想让我问的话，我就不问了。"

"那好，睡吧。"

她僵硬地仰面躺着。几分钟过去了，接着又过去了一刻钟。她试图将线索串起来，但即使加上德雷克跟她说的，线条和颜色还是拒绝融合在一起。她想：要是德雷克发现她录下了今晚的谈话，会说什么呢？

此刻，有一幅画面清晰地留在她的脑海里。它一直顽固地悬浮在她眼前。在绵长的晚餐结束时，霍金人转向她，严肃地说了一句："晚安，斯摩莱特夫人，你是最有魅力的女主人。"

她差点就笑出声了。他怎么能称她为最有魅力的女主人呢？对他而言，她就是一个噩梦，一个妖怪，长着太少的肢和一张过于狭窄的脸。

还有，在霍金人展现出这份毫无意义的礼貌时，德雷克的脸色变白了！在那个瞬间，他显露出像是恐惧的神色。

她之前从未见过德雷克害怕什么，那一刻暴露了他的恐惧的画面一直在她脑海里盘桓，直至她最终进入了梦乡。

第二天，等到罗丝来到办公室时，已经是中午时分了。她故意等到德雷克和霍金人都离开，因为只有这样她才能取出昨晚安在德雷克的扶手椅后面的小录音机。她原本没打算要瞒着他的。只不过他回家实在太晚，而霍金人又一直在场，她没法跟他说起它。后来，事情又明显发生了变化……

放置录音机是一种惯常操作。霍金人的言论和语调需要留存下来以备研究院里各方面的专家日后分析之用。它之所以要被隐藏起来，是为了防止它被看到之后会令人说话时有所保留，现在，它也不能被提供给研究院了。它必须用来完成另外一个任务，一个艰巨的任务。

她打算监视德雷克。

她用手指触摸着小小的盒子，心却飞到了别处。德雷克能处理好今天的事吗？即使到了今天，不同世界之间的民间交流仍然不算普遍，霍金人出现在城里的街头肯定会吸引人群的围观。但德雷克应该能处理好。德雷克总是能处理好。

她听起了昨晚的谈话，在有趣的地方还会循环多放几遍。德雷克跟她透露的实在是太有限了。霍金人为什么对他们两个这么感兴趣？德雷克不会撒谎。她当然也想去跟安全委员会核实一下，但她知道这办不到。况且，这想法令她觉得自己对德雷克不忠。德雷克肯定不会撒谎。

不过，话说回来，为什么哈格·索兰就不能调查他们呢？他可能同样也调查了研究院内其他生物学家的家庭。挑一个他觉得最舒服的家庭，不管他们是谁，这再自然不过了。

再退一步说，假如他——即便他只调查了斯摩莱特一家，为什么这会导致德雷克的态度发生一百八十度的大转弯，从坚决反对变成饶有兴致？无疑，德雷克掌握了某种秘密。天知道有多少秘密。

她在脑海里缓慢地琢磨起星际阴谋的可能性。到目前为止，可以确定的是：在银河系已知范围内的五个智慧物种之间，既不存在敌对，也没有任何芥蒂。他们之间分得太开了，不可能成为敌人，甚至连简单的接触都几乎是不可能的任务，根本不存在经济和政治上的利益冲突。

但这只是她本人的想法，而她并不是安全委员会的成员。假如存在冲突，假如存在危险，假如有任何理由怀疑霍金人来此的目的不善——德雷克会知道。

不过，德雷克在安全委员会中的级别足够高吗，高到能够第一时间掌握霍金医生来访的风险？她一直以为他在委员会里的位置就是那种可有可无的小角色，他自己也没做出过特别的表示。然而……

他可能是个大人物？

她对这个想法耸了耸肩。它只存在于20世纪的间谍小说和时装戏剧之中，那个年代还存在着原子弹机密这一类的东西。

想到时装戏剧，她打定了主意。和德雷克不同，她不是一个真正的警察，她不知道一个真正的警察会怎么做。但她知道在那些古老的戏剧中，这种事情是怎么往下进行的。

她拿过一张纸，飞快地用铅笔在纸中间画了一条竖线。她在其中一栏的上方写下“哈格·索兰”，另一栏写下“德雷克”。在“哈格·索兰”的下面，她写上“真实身份”，并在它后面加上了三个问号。他真的是个医生，还是类似于某种星际间谍的角色？除了他自己的说法，研究院有什么证据能证明他的职业吗？这就是德雷克一直追问他死亡抑制的原因吗？德雷克在此之前突击学习过，然后想要在霍金人的话中挑出错误？

她犹豫了一阵子，随后猛地站起来，叠起那张纸，将它放进短上衣的口袋里，冲出了自己的办公室。她离开研究院时没有跟任何偶遇的人交谈。她也没有在前台留言说自己去哪里了，什么时候回来。

到了外面，她匆匆赶往第三层的地铁，等待空舱靠站。两分钟过去了，时间似乎长得令人无法忍受。终于来了，她对着座位上方的通话器简短地说："纽约医学院。"

小小立方体的门关上了，舱室外面的空气呼啸着掠过。

在过去的二十年里，纽约医学院的面积更广了，建筑更高了。仅一间图书馆就占据了第三层的半壁江山。无疑，假如所有它收藏的书、小册子和期刊都以原本的书面形式留存（而不是微缩胶片），那么这整栋建筑，尽管它很大，也不够用来装的。即便如此，罗丝知道已经有人在提议将藏书限制在过去五年内的出版物，而不是像现在这样保留过去十年内的。

作为学院的一员，罗丝可以自由出入图书馆。她快步来到分配给外星医学的书架前，看到这里没人后松了一口气。

可能请求图书管理员的帮助会更高效一些，但她决定还是不了。她留下的痕迹越少，被德雷克发现的可能性就越低。

因此，在没有人引导的情况下，她满意地行进在书架之间，目光跟随着手指焦躁地看着书名。书几乎都是用英语写的，也有少量的德语和俄语。讽刺的是，没有一本用的是外星语。这里有个房间，里面有外星语的原版书，但它只对官方的译者开放。

她的目光和手指停止了移动。她找到了她要找的东西。

她从书架上取下六卷书，把它们摊开在一张黑色小桌上。她摸索着开了灯，翻开第一卷。书名是《抑制研究》。她迅速地翻阅了一遍，随后又查看了作者名单。哈格·索兰就在里面。

她逐一查找了书中标明的引用，随后去书架寻找那些能找到的原始论文的翻译件。

她在学院里花了两个多小时。结束后，她掌握了以下信息——有一个名叫哈格·索兰的霍金医生，他是研究死亡抑制的专家。他与某家霍金研究机构有关联，而研究院与该机构有通信往来。当然，她认识的哈格·索兰也可能只是在假扮一位真实存在的医生，只是为了令自己的角色更可信。但有这个必要吗?

她从口袋里掏出那张纸，在写着“真实身份”加三个问号的地方，又写上了加粗的“是”这个字。她开始往回赶，四点的时候，她又回到了自己的书桌旁。她给总机打了电话，说自己现在不方便接听任何电话，随后锁上了办公室的门。

在标着“哈格·索兰”那一栏的下方，她写下了两个问题。为什么哈格·索兰独自来到地球?她给这个问题留了很多空，然后又写下了第二个问题：为什么他对失踪人口局感兴趣?

当然，死亡抑制就跟霍金人说的一样。根据她在医学院读到的资料，它显然占据了霍金行星上医学研究的主要位置。霍金人对它的恐惧比地球人对癌症的还要深。如果霍金人认为答案就在地球上，他们应该派出一支大规模的考察队。难道是因为他们有疑虑，信不过地球人，这才只派了一个人来调查?

哈格·索兰在昨晚说了什么?他的行星死亡率最高，他的行星也最接近地球，而离地球最远的行星死亡率也最低。霍金人显然在暗示什么，再加上她自己在医学院里读到的证据，说明在跟地球取得初次接触之后，死亡抑制就开始大量发生……

渐渐地、十分不情愿地，她得出了一个结论。霍金行星上的居民可能认为地球已经发现了死亡抑制的病因，然后故意传播给银河系内的其他种族，意图成为银河系内的优势种族。

她惊慌失措地否决了自己的结论。不可能，绝对不可能。首先，地球不会做出这种可怕的行为；其次，它也做不到。

就科技发展的程度而言，霍金行星显然跟地球处在同一水平。那个地方的人是永生的，显然不会有什么医疗记录。地球离他们那么远，再怎么努力研究外星人的生化结构，也不可能这么快就取得进展。实际上，据她所知，在地球上的生物学家和医学家之中，并没有谁对霍金人病理学有深入的研究。

然而，所有的证据都显示哈格·索兰是带着怀疑来的，也受到了带着怀疑的迎接。她一笔一画地在“为什么哈格·索兰独自来到地球？”这个问题下面写上了答案：霍金行星认为是地球造成了死亡抑制。

那失踪人口局又是怎么回事呢？作为一个科学家，她对自己发展出的理论相当严谨。所有的事实必须相互吻合，而不仅仅是其中的一部分说得通。

失踪人口局！如果它是一条错误的线索，故意想误导德雷克，那这手法也太拙劣了，因为它是在谈论死亡抑制后一个小时内就被提出的。

难道它是一个用来研究德雷克的机会？如果是的，为什么？或许它是一条主要的线索？霍金人在住进他们家之前已经调查过德雷克。他会选他们，是因为德雷克是个警察，能够进入失踪人口局？

但是，为什么？为什么？

她放弃了，转向标着“德雷克”的那一栏。

那栏底下有个问题自动冒了出来，不是用笔墨写在纸上的，而是以更加清晰的字母镌刻在她的脑海里。为什么他会娶我？罗丝心想。她用手捂住眼睛，挡住了刺眼的灯光。

他们两个是在一年多以前偶然认识的，当时他搬进了她所住的这栋公寓楼。礼貌的问候慢慢变成了友好的对话，进而又升级成了偶尔在附近的餐馆共进晚餐。这是一种非常友好、正常、刺激的新体验，渐渐地，她坠入了爱河。

当他向她求婚时，她既快乐又不知所措。当时，她为他的举动找了很多理由。他欣赏她的智慧和友善，她是个可爱的女孩，她能成为不错的妻子，他们两个会成为幸福的一对。

她想过所有解释，对它们中的每一条都半信半疑，但半信半疑显然不够。

倒不是她发现德雷克作为丈夫有什么不对的地方。他总是很体贴、周到、绅士。他们的婚姻生活并不热烈，然而它却适合三十多岁的人那种节制的感情需求。她早已过了十九岁，还期待什么？

这就是了。她不是十九岁。她不漂亮，也没有魅力或激情。她还能期待什么？她又能对德雷克有什么样的期待呢？他英俊粗犷，对知识没什么追求，在跟她结婚几个月后没询问过她的工作，也没想要跟她谈起自己的工作。那他为什么要娶她呢？

这个问题没有答案，它跟罗丝此刻想要解决的疑问也没有关系。它是个无关因素，她跟自己如此强调着。它是她给自己设定的任务中一次孩子气的走神而已。她表现得像一个十九岁的女孩，虽然早已过了那个年纪。

铅笔的笔芯不知什么时候断了，于是她又拿了一根。在标着“德雷克”的那一栏下面，她写下了“为什么他会怀疑哈格·索兰？”，然后在它下面画上箭头通往另一栏。

她写下的已经足以解释了。假如地球在传播死亡抑制，或者地球知道自己受到了这方面的怀疑，那显然它会做好准备，因为外星人总有一天会发现的。实际上，目前这个局面可能是历史上首次星际战争的序曲。这是一个充分但可怕的解释。

现在，只剩下了第二个问题，她无法回答的问题。她缓慢地写道：为什么德雷克对索兰说“你是最有魅力的女主人”有这么大的反应？

她试图重现当时的情景。霍金人说这句话时显得很正常，很有礼貌，就事论事，而德雷克听到之后却僵硬了。她一遍又一遍地听着那段谈话录音。地球人可能在离开寻常的鸡尾酒会时都会这么随意说上一句。录音没有录下德雷克的脸，它只被记在她的脑子里。德雷克露出了恐惧和憎恨的神色，但德雷克是个什么都不怕的人。那句话里有什么可怕之处——“你是最有魅力的女主人”——能让他如此担忧？妒忌？荒谬。他觉得索兰是在嘲讽他？可能，但可能性不大。她确信索兰是出于真心。

她放弃了，在第二个问题下面画了一个大大的问号。现在有两个问号了，一个在“哈格·索兰”的标题下，另一个在“德雷克”的标题下面。索兰对失踪人口的兴趣和德雷克对场面话的反应，这两者之间有联系吗？她想象不到。

她将头枕到胳膊上。办公室里渐渐黑了，她已经很累了。有那么一阵子，她肯定是徘徊在清醒与入眠之间那片奇怪的区域，思维和语言都失去了意识的控制，在头脑之中被不可思议地放飞了。但是，无论它们跳到何处，总是会回到那句话——“你是最有魅力的女主人”。有时，她听到的是哈格·索兰那人造的、没有生命的声音，有时是德雷克那富有活力的语气。当德雷克说这句话的时候，它听上去充满了爱，一种她从未从他嘴里听到过的爱。她喜欢听到他这么说。

她一下子惊醒了。办公室里已然很黑，她打开了台灯，眨了眨眼，随后微微皱起眉头。有一个念头肯定在半梦半醒之中拜访过她。是什么念头？她集中起注意力，眉头皱得更紧了。跟昨晚没关系，不在录下的对话之中，所以它肯定是更早之前的事。还是想不起来，她不耐烦了。

看了眼手表，她惊呼了一声。都快八点了，他们两个肯定在家等着她。

但她不想回家，她不想面对他们。她慢慢地拿起那张写满了她今天下午想法的纸，把它撕成了碎片，扔进桌子上的原子粉碎机里。碎片在一阵火光之后消失了，什么都没剩下。

假如脑子里也什么都没剩下就好了。

没用的。她总是要回家的。

然而，他们没在家等着她。她从街面的地铁口出来后，撞到他们两个刚从一架出租旋翼机上下来。司机看了一眼收到的钱，瞪大了眼睛，随后起飞开走了。三人默契地在回家的路上一直都没有开口。

罗丝随意地问道："你今天过得还愉快吧，索兰博士？"

"挺愉快的。奇妙的一天，学到了不少东西。"

"你们吃过晚饭了吗？"虽然罗丝自己没有吃，但她并不觉得饿。

"吃过了。"

德雷克插嘴道："我们的午餐和晚餐吃的都是外卖，三明治。"他听上去有些累了。

罗丝说："嘿，德雷克。"她这才跟他打了个招呼。

德雷克头都懒得抬了："嘿。"

霍金人说："你们的西红柿真是种奇妙的蔬菜。在我们的行星上没有能跟它的味道相媲美的东西。我感觉自己吃了整整有两打，外加一整瓶的西红柿衍生品。"

"番茄酱。"德雷克简单地解释道。

罗丝说："你在失踪人口局的参观还顺利吗，索兰医生？你说收获很大？"

"确实如此，是的。"

罗丝一直背对着他。她拍打着沙发靠垫，让它变得蓬松，同时开口说道："哪个方面的收获？"

"我发现最有意思的是大多数的失踪人口都是男性。妻子经常会上报丈夫的失踪，反之则少之又少。"

罗丝说："哦，这并不奇怪，索兰医生。你只是不了解我们地球上的经济结构。在这个行星上，你要知道，家庭中的男性通常负责经济收入。他是那个出卖劳力来换取钞票的人。妻子的功能通常是照顾家庭和孩子。"

"这不可能是普遍现象吧！"

德雷克插话了："差不多算是吧。不要以我的妻子为例，她是少数几个能够在这个世界上养活自己的妇女中的一员。"

罗丝飞快地瞥了他一眼。他是在挖苦她吗？

霍金人说："你是在暗示，斯摩莱特夫人，女人因为要在经济上依靠男性同伴，所以不太可能失踪？"

"这是种委婉的说法，"罗丝说，"但是事实。"

"你认为纽约的失踪人口局适合作为代表整个行星的样本吗？"

"我觉得可以。"

霍金人突然说："那么，自从星际旅行实现以来，失踪人口中年轻男性的比例比从前要高很多，这里面也有经济上的原因吗？"

德雷克回答了这个问题，语气很严厉："上帝，这里面的原因更容易懂。如今，逃跑的人有整个太空供他们藏身。任何想要摆脱麻烦的人只需就近跳上太空货船就行了。他们总是在招募船员，不会问任何问题。在此之后，想要找到逃跑的人几乎是不可能的，假如他真的想藏起来的话。"

"而且几乎都是些结婚还不到一年的年轻人。"

罗丝突然笑了。她说："很好理解，因为这是男人觉得麻烦最大的时候。如果他扛过了第一年，那一般而言他就再也不用消失了。"

德雷克显然没觉得好笑。罗丝再次注意到他看上去疲惫且难过。为什么他坚持自己一个人来背负重担？随后她想到他可能不得不这么做。

霍金人突然说道："如果我现在失陪一会儿，你们会觉得被冒犯了吗？"

罗丝说："哪会？我希望你今天没把自己累过头了。毕竟你来自一个重力比地球大的行星，我们可能太草率地认定你的耐力应该比我们强而累到你。"

“哦，我的身体不累，”他看了一眼她的腿，飞快地眨着眼睛，以示自己在笑，“你知道，我一直以为地球人要么会往后倒，要么会往前倒，因为他们的站立肢如此瘦弱。如果我说的话不中听，你一定要原谅我，但你提到地球上的重力较小提醒我了。在我的行星上，两条腿肯定不够。不过，这不是我想说的点。我只是吸收了太多的新东西和新概念，需要游离一阵。”

罗丝在内心耸了下肩。好吧，这是一个种族对另一个种族了解的极限了。根据派往霍金行星考察队的观察，霍金人有个特殊的官能，能够将自己的意识与身体完全分离，让意识沉入不受打扰的冥想状态，可以持续好几个地球日。霍金人认为这个过程能使人放松，有时甚至是必需的，但没有哪个地球人明白它有什么作用。

同样地，地球人也不可能向霍金人或其他地外生物完全解释清楚“睡觉”这个概念。地球人所谓的睡觉或做梦，在霍金人眼里跟精神错乱的预兆没有分别。

罗丝不安地想着：又一个地球人的独特之处。

霍金人往后退了几步，弯下腰用上肢扫了几下地板，以示礼貌地告退。德雷克冲他微微点了点头，看着他消失在走廊的拐角处。他们听到他的门开了又关上，随后陷入寂静。

几分钟后，他们两人之间的寂静变得越来越厚重。德雷克不自在地扭了下身子，椅子发出嘎吱一声。罗丝注意到他的嘴唇上有血，不禁有些害怕。她跟自己说：“他遇到麻烦了，我必须问清楚，我不能不管。”

她说：“德雷克！”

德雷克似乎在非常遥远的地方看着她。他的眼睛慢慢地聚焦在她身上，说：“什么事？你也想去睡觉了？”

“不是，我还精神着呢。现在是你口中的明天了。你还不想跟我说吗？”

“什么意思？”

“昨晚，你说过明天会跟我说。我现在准备好了。”

德雷克皱起了眉头。他的眼睛在紧蹙的眉毛下眯了起来。罗丝感觉自己的决心开始松动了。他说：“我以为我们已经说好了，你不会再打听我的工作。”

“太晚了。我已经掌握了很多你工作上的事。”

“什么意思？”他跳起来喊道。冷静下来之后，他走到她跟前，将双手放到她的肩上，低声重复道：“什么意思？”

罗丝一直垂头盯着自己摊在大腿上的双手。她忍受着他抓紧的手指带来的痛苦，缓慢地说道：“索兰医生认为地球在故意传播死亡抑制，是这么回事吗？”

她等待着。渐渐地，手指放松了，他站在她面前，双手垂在自己的身体两侧，脸色疑惑且不悦。他说：“你从哪里得出的结论？”

“它是对的，是吗？”

他的呼吸开始急促：“我想知道为什么你会得到这个结论。不要跟我玩把戏，罗丝。我是认真的。”

“如果我跟你说了，你能回答一个问题吗？”

“什么问题？”

“地球是在故意传播疾病吗，德雷克？”

德雷克猛地朝天上举起手：“哦，看在上帝的分儿上！”

他跪在了她面前。他抓住她的手，她能感觉到他的手在颤抖。他在强迫自己的语气变得温和且充满爱意。

他说：“亲爱的罗丝，听着，你在摸老虎的屁股，你还以为能用它来跟我玩夫妻之间的斗气游戏。我要求的不多，只要告诉我出于什么原因，你说了……说了刚才的话。”他显得异常急切。

“今天下午我去了纽约医学院。我在那里查了点东西。”

“为什么？是什么让你这么做？”

“你好像对死亡抑制非常感兴趣，这是原因之一。还有索兰医生说过的话，这个病随着星际旅行的实现而扩大，离地球最近的行星上死亡率最高。”她停了下来。

“你读到了什么？”他立刻追问道，“你读到了什么，罗丝？”

她说：“我读到的东西支持他的说法。我大致浏览了最近几十年他们的研究方向。显然，至少有部分的霍金人在评估死亡抑制源自地球的可能性。”

“他们中有谁认为就是地球干的吗？”

“没有，也可能有，但我没看到。”她惊讶地看着他。在这种事情上，政府肯定会调查霍金人在这方面的研究。她柔声说道：“你不清楚霍金人在这方面的研究吗，德雷克？政府——”

“别在意那个。”德雷克本来已经要走开了，此刻又转过身来，眼睛放光，像是刚取得了一个重大的发现，“嗨，想不到你还是个这方面的专家！”

她是吗？他才发现自己需要她吗？她的鼻孔喷着粗气，生硬地说：“我是个生物学家。”

他说：“是的，我知道。但我的意思是说你是生长发育方面的专家。你不是曾经跟我说过，你研究的是发育？”

“可以这么说。我在癌症协会经费的支持下，发表过二十篇有关核酸结构与胚胎发育的论文。”

“好的。我早该想到的，”他因为激动声音都有些结巴了，“告诉我，罗丝——听着，我很抱歉，刚才对你发脾气了。你有机会研究的话，应该有足够的能力来判断他们的研究走向，是吗？”

“是的，应该可以。”

“那跟我说说他们觉得疾病是如何传播的。我要听细节。”

“哦，听好了，你的要求有点高了。我只在学院里花了几个小时，仅此而已。要回答你的问题，我需要更多的时间。”

“至少做个有根据的猜测吧。你想象不到这有多重要。”

她迟疑地说道：“好吧。《抑制研究》是该领域内的重要专著。它收集了所有存世的数据。”

“是吗？是最近出版的吗？”

“它是一种期刊。最近的一期大约出版于一年前。”

“里面刊登过他的研究吗？”他指了指哈格·索兰的卧室。

“就数他的论文多。他是该领域内一位杰出的科学家。我特地浏览了他的论文。”

“他对疾病的起源提出了什么理论？好好回忆一下，罗丝。”

她对着他摇了摇头：“我确定他将其归咎于地球，但他同时也承认他们还不清楚疾病是如何传播的。我也确定这一点。”

他僵硬地站在她面前。有力的大手握成拳头垂在身体两侧，仿佛在自言自语：“你也可能是过于自信了。谁知道……”

他转身离开：“我现在就去搞清楚，罗丝。谢谢你的帮助。”

她跟在他身后跑着：“你想干什么？”

“问他一些问题。”他在桌子的抽屉里翻着，随后举起右手，手里拿着一把针枪。

她喊了一声：“不行，德雷克！”

他粗暴地推开她，沿着走廊走向霍金人的卧室。

德雷克一把推开门走了进去。罗丝紧跟在他身后，想要拽住他，但他已经停下了脚步，看着哈格·索兰。

霍金人一动不动地站在那里，目光涣散，四条站着的肢朝四个方向尽可能地叉开。罗丝因为突然闯入而感到羞耻，仿佛自己打搅了一个私密的仪式。但德雷克显然并不在意，他走到离这生物四英尺远的地方停了下来。他们两人面对着面，德雷克拿起针枪随意地对准了霍金人身躯的中部。

德雷克说：“安静。他会逐渐意识到我们的存在。”

“你怎么知道的？”

回答很简短：“我就是知道。你快离开这里。”

但她没有动。德雷克太过专注于手头的事务，没有再理她。

霍金人脸上有部分的皮肤开始微微发颤。看着挺恶心的，罗丝尽量避免去看。

德雷克突然开口了：“这样就可以了，索兰医生。不要连线你的肢体。激活你的感觉器官和声带就足够了。”

霍金人的嗓音有些含混。“为什么你要闯入我的冥想室？”接着，语气加重了，“为什么带着武器？”

他的头在仍然僵硬的躯干上微微晃动。显然，他服从了德雷克的指示，没有连线自己的肢体。罗丝不明白德雷克是怎么知道存在这种部分连线的可能性。她自己就不知道。

霍金人又开口了：“你想干什么？”

这次德雷克回答了：“想请你回答几个问题。”

“用你手里拿的枪吗？我不会容忍这种无礼的行为。”

“你不需要容忍我，而是要想办法救自己的命。”

“在这种情况下，我的命无关轻重。很遗憾，斯摩莱特先生，没想到地球人对待客人的方式竟然如此糟糕。”

“你不是我的客人，索兰医生，”德雷克说，“你来我家显然不怀好意。你计划利用我来实现你的目的。为了阻止你，我会采取一切有必要的行动。”

“那你开枪吧，不要浪费时间了。”

“你已经决定不会回答任何问题了？这本身就值得怀疑。看来，你认为某些答案比你的生命还重要。”

“我认为礼貌待客的原则非常重要。你作为一个地球人是无法体会的。”

“或许不能。但是，作为一个地球人，我知道一件事。”德雷克往前跳去，快得罗丝都来不及发出叫喊，霍金人都来不及重新连线他的肢体。等到他跳回来时，手里多了一根软管，也就是连着哈格·索兰身上的氰化物罐的那根软管。在霍金人的大嘴边，软管曾经被固定的地方，一滴无色的液体缓缓地从粗糙的皮肤的破损处渗了出来，随着被氧化，渐渐固化成一颗棕色的宝石般的小球。

德雷克扯着软管，罐子被连带着一起扯了下来。他按下罐子顶部控制针形阀门的开关，微弱的嘶嘶声消失了。

“我并不认为，”德雷克说，“逃逸气体的量大到能伤害我们。不过，我认为你能意识到你会面临什么，如果你不愿回答我将向你提出的问题——并且以一种我相信你在说实话的方式来回答。”

“把罐子还给我，”霍金人缓缓说道，“如果你不还，我将不得不攻击你，然后你将不得不杀了我。”

德雷克往后退了几步：“想得美。你要是攻击我，我就射你的腿。你会失去你的腿，有必要的话，四条腿全都会失去，但你还会活着，痛苦地活着。你会活着承受缺乏氰化物导致的死亡。这是一种非常痛苦的死亡方式。我只是个地球人，我无法理解这种痛苦，但你可以，不是吗？”

霍金人的嘴巴张着，嘴里冒出黄绿色的东西。罗丝想要呕吐。她想要尖叫。把罐子还给他，德雷克！但她叫不出来。她甚至都无法别过头去。

德雷克说：“我想，在一切变得不可逆之前，你大概还有一个小时。说快点，索兰医生，你会拿回罐子的。”

霍金人似乎丧失了活力。他的声音变得沙哑，话也变得含混不清，仿佛没有足够的能量来保持自己的英语发音。他说：“你有什么问题？”他的眼睛一直追随着德雷克手里的罐子。

德雷克故意晃动它，挑逗他，那生物的眼睛一直跟着，跟着……

德雷克说：“你们有什么关于死亡抑制的理论？你为什么要来地球？你为什么会对失踪人口局感兴趣？”

罗丝屏住了呼吸，焦急地等待着。这些也是她想问的问题，或许不是通过这种方式，但在德雷克的工作中，仁慈和人性必须让位于目的。

她在内心重复了好几遍这个解释，想要以此来抵御对德雷克的憎恶，为他对索兰医生所做的行为。

霍金人说：“确切的回答将超过我仅剩的一个小时。你胁迫我做出回答，让我觉得可耻。在我自己的行星上，在任何情形下你都不能这么做。只有在这里，在这个恶心的行星上，我才可能会被剥夺氰化物。”

“你在浪费你的一个小时，索兰医生。”

“即使你不胁迫我，我迟早也会跟你说的，斯摩莱特先生。我需要你的帮助。这就是我来这里的原因。”

“你还是没能回答我的问题。”

“我现在就回答。多年以来，除了常规的科研工作，我在私底下还研究了死亡抑制病患们的细胞。我被迫秘密行事，而且没人能帮我，因为我用来研究病人身体的方法为我们的人所不齿。你们的社会对活体解剖也持有类似的态度。为此，我无法向我的医生同事们公布我的研究成果，我必须先在地球上验证我的理论。”

“你的理论是什么？”德雷克问道。他的目光中又出现了怒火。

“随着我的研究出现新的进展，我越来越清醒地意识到对死亡抑制的总体研究方向是错的。从生理上无法解开它的谜团。死亡抑制完全是一种精神上的疾病。”

罗丝打断了他：“索兰医生，它不会是一种身心疾病吧？”

霍金人的眼睛里出现了一层半透明的薄膜。他不再看着他们。他说：“不，斯摩莱特夫人，它不是身心疾病。它是纯粹的精神疾病，一种心智上的感染。我的病人有两个心智。在那个显然是他们本人的心智之下，有证据显示还存在着另外一个心智——一个异体心智。我研究过其他种族的死亡抑制病人，也有相同的发现。简而言之，银河系里不只有五种智慧生命，而是有六种。第六种是寄生智慧。”

罗丝说：“这也太离奇了——不可能！你肯定是弄错了，索兰医生。”

“我没弄错。在来到地球之前，我觉得我有可能是错的。但是，我在研究院的驻留和在失踪人口局做的调查，证实了我的理论。寄生智慧这个概念有那么难接受吗？像它们这样的智慧不会留下化石痕迹，甚至也不会留下文物——它们唯一的功能就是从其他生物的精神活动中获取营养。你可以想象一下，这么一种寄生虫，经过了数百万年的进化，可能抛弃了所有的外在身体，只留下了必须留下的部分，好似你们地球上的绦虫一样，它最终抛弃了所有的功能，只留下了繁殖这单一的功能。在寄生智慧这个案例里，所有的生理特性都被抛弃了。它变成了一种纯粹的精神，以某种精神形式存活，某种其他人的心智无法察觉的精神，尤其是在地球人的心智里。”

罗丝说：“为什么尤其是地球人？”

德雷克叉着腿站着，听得很专心，没有再问问题。显然，他希望霍金人能继续说下去。

“你还没推测到第六个智慧就来自地球？人类一开始就跟它一起生活，适应了它，意识不到它的存在。这就是为什么地球上的高等动物，包括人类，成年后就不再生长，最终会死于所谓的自然死亡。这是被寄生智慧全面感染的后果。这也是你们会睡觉和做梦的原因，因为寄生智慧需要趁这个时候进食，你们因此也会对它有所感知。这也解释了为什么只有地球人的心智才会崩溃。银河系的其他地方哪里能找到精神分裂和种种类似的问题呢？即使到了现在，偶尔还是会有人类的心智因为寄生物的存在而受到了显而易见的伤害。

“总之，寄生智慧能够跨越太空。它们没有生理上的限制。它们能够飘浮于群星之中，以一种类似冬眠的形式。它们为什么要这么做？我不知道。可能永远都不会有人知道。但一旦它们中的第一批发现了银河系内其他行星上也存在着智慧，一条纤细却恒定的涓流也就形成了，寄生智慧由此进入了太空。我们外部世界的人可能是它们的美食，否则它们不会费那么大的力气来到我们这里。我猜有很多并没能完成旅程，但对那些成功的而言，付出的努力一定是值得的。

“然而，你也明白，我们这些外部世界的人并没有像地球人似的跟这些寄生智慧共同生活过好几百万年。我们中虚弱的那些人并没有通过好几百代的筛选而被逐渐清除出去，因此也没有留下有抵抗力的。所以，地球人可以在感染后还活上几十年，几乎不会受到什么伤害，我们其他人会在不到一年的时间内就迅速死去。”

“这就是为什么随着地球与其他行星的星际旅行实现之后，病例的数量也开始增加了？”

“是的。”霍金人沉默了一会儿，突然用积聚的能量喊了一声，“把罐子还给我。你已经得到了答案。”

德雷克冷冷地说道：“失踪人口局又是怎么回事？”他又开始晃起罐子，但这回霍金人的目光不再跟随它晃动了。他眼中灰色的半透明薄膜变厚了，罗丝不知道这是一种疲倦的迹象，还是缺乏氰化物所引起的变化。

霍金人说：“就像我们还没适应感染了人类的寄生智慧一样，它也还没有适应我们。它能活在我们里面——显然它更喜欢——但它还不能在我们体内繁殖。因此，死亡抑制并不能在我们的人中间传染开来。”

罗丝看着他，心里越发害怕："你在暗示什么，索兰医生？"

"地球人依然是寄生智慧的主要宿主。如果有地球人生活在我们中间，他可能会传染我们中的一个人。但寄生智慧一旦寄生在某个外部世界的智慧生命上，必须设法回到地球人身上，才能繁殖。在星际旅行之前，这只有通过再次穿越太空才能实现，因此感染的病例始终维持在很小的部分。现在，我们正不断地被感染和再感染，因为寄生智慧能借由太空旅行的地球人往来于地球与我们之间。"

罗丝虚弱地说道："失踪的人口——"

"是中间宿主。当然我还不知道确切的过程。雄性的地球心智似乎更适合来承担这个功能。你应该还记得，在研究院里，我被告知男人的平均预期寿命比女人要短三年。一旦繁殖完成之后，受感染的男性就会搭乘太空船离开，前往外部世界。他失踪了。"

"但这是不可能的，"罗丝坚持道，"你在暗示寄生智慧可以控制其宿主的行为！这是不可能的，否则我们地球人早就能注意到它们的存在了。"

"控制，斯摩莱特夫人，可能十分微妙，而且可能只有在繁殖期才会实施。拿你们的失踪人口局来说吧。为什么年轻的男人会失踪？你有经济和心理上的解释，但并不充分——我现在很难受，说不了太多了。我只说这一点。你们和我们有一个共同的敌人，就是寄生智慧。地球人本也没必要非自愿死亡，但有它在就不行。我想过，如果我因为获取信息的手段不正当而无法带着信息回到我的行星，我可能会带着它去见地球上的权力机构，请求他们帮忙解决这个威胁。在发现了研究院里的某位生物学家的丈夫是地球上最重要的调查机构的一员之后，你能想象我有多高兴。自然地，我做了能做的，成了这个家庭的客人——为了能够跟他私下交流，去说服他相信可怕的真相，利用他的职权来帮助我对抗寄生智慧。

"显然，现在已经不可能了。我无法怪到你头上。作为地球人，你无法理解我们的心理。但现在你必须理解的是，我不会再和你们两个打交道了。我甚至都不想再留在地球上了。”

德雷克说：“你是你们之中唯一掌握了这个理论的人吗？”

“是的。”

德雷克递过了罐子：“你的氰化物，索兰医生。”

霍金人急切地接过了它。他灵活的手指以极其精确的动作摆弄着软管和针阀门。不到十秒钟，他就装好了它，开始大口地吸气。他的眼睛变得清澈透明。

德雷克等着霍金人的呼吸变得平顺，随后，他面无表情地举起针枪，开了一枪。罗丝尖叫了起来。霍金人仍然站着，四条下肢并未瘫软，但头耷拉了下来，突然间松弛的嘴里掉出了氰化物的软管，无人在意。德雷克再次关上了针形阀门，把罐子丢到一边，阴沉地站在那里看着死去的生物。外表没有迹象表明他被杀死了。针枪的子弹比针还要细，它因此得名。子弹无声轻巧地钻进身体里，在腹腔内产生致命的爆炸。

罗丝跑出了房间，依然在尖叫。德雷克追上了她，抓住了她的胳膊。她听到他的手掌扇到她脸上那清脆的声响，她感觉不到，只是在小声地抽泣。

德雷克说：“我告诉过你不要管这件事。现在你打算怎么办呢？”

她说：“让我走。我想离开。我想出去。”

“就因为我做了我的工作？你听到那东西说什么了。你以为我会允许他回到自己的世界去传播这个谎言吗？他们会相信他的。你觉得接下来会发生什么？你能想象星际间的战争是什么样子的吗？他们会下定决心杀光我们，为了阻止疾病的传播。”

用尽了全身的力气，罗丝平静了下来。她坚定地看着德雷克的眼睛，说道：“索兰医生说得没错，那不是谎言，德雷克。”

“嗐，得了吧，别傻了。你需要休息。”

“我知道他说的是真的，因为安全委员会了解这一切，也知道这些都是真的。”

“你从哪里产生的这种怪念头？”

“因为你自己不小心泄露了两次。”

德雷克说：“坐下。”她服从了，他站着，好奇地看着她：“我泄露了两次，真的吗？你今天有不少发现啊，亲爱的。你隐藏得很好。”他坐下来，跷起了二郎腿。

罗丝心想，是的，今天真是够忙的。从她坐的地方能看到餐厅墙上的电子钟，已经是午夜两点了。哈格·索兰在三十五个小时之前进入了他们的家，此刻却死在了客房里。

德雷克说：“好吧，跟我说说我在哪两个地方露了马脚。”

“在哈格·索兰称我为女主人的时候，你的脸色白了。女主人有两个意思，你知道的。主人也用来指代寄生虫的宿主。”

“这是第一次，”德雷克说，“第二次呢？”

“就是你在哈格·索兰进入屋子前的举止。我想了好几个小时才想起来。你还记得吗，德雷克？你谈到了霍金人是多么不愿意跟地球人打交道，然后我说哈格·索兰是个医生，他没的选。我问你难道人类的医生就喜欢去热带地区，或是喜欢被带菌的蚊子叮吗？你还记得你变得有多生气吗？”

德雷克笑了。“没想到我这么容易就露出马脚了。蚊子是疟疾和黄热病寄生虫的宿主，”他叹了口气，“我尽力了，不想让你卷入此事。我也试图赶走这位霍金人。我还试着去威胁你。但现在都没用了，我只能跟你说出真相。我没其他办法了，因为只有真相——或是死亡——才能让你安静。而我不想杀了你。”

她在椅子里缩成一团，眼睛都瞪大了。

德雷克说：“委员会知道真相。它对我们很不利。我们只能尽可能地防止其他世界也发现真相。”

“但你不可能永远掩盖真相！哈格·索兰就发现了。虽然你杀了他，但其他外星人迟早也会发现——一次又一次。你没法把他们都杀了。”

“这我们也知道，”德雷克同意道，“但我们没办法。”

“为什么？”罗丝叫喊道，“哈格·索兰给了你解决方案。他没有提到或威胁要发动战争。他提议我们跟其他智慧种族联合起来，一起将寄生虫消灭。我们能办到！如果我们和其他所有智慧生命一起，竭尽我们所有的力量——”

“你的意思是我们能信任他？他能代表他的政府，还是能代表其他所有的种族？”

“我们就不能试一下吗？”

德雷克说：“你不明白。”他伸出手，将她的一只冰冷且顺从的手握在手心，继续说道：“你可能会觉得我傻，想要教你一些你专业领域里的东西，但我希望你能认真听一听。哈格·索兰是对的。人类自己的史前祖先和这个寄生智慧已经共同生活了无数个世代，肯定比我们成为智人的历史要长。在此期间，我们不仅适应了它，而且变得离不了它。这已经算不上是寄生，而是一种相互合作。你们生物学家有个专门的名词用来描述这种关系。”

她抽出了自己的手：“你在说什么？‘共生’？”

“对。记住，我们自己也有疾病，一种严重的疾病，一种不受控制的生长。我们提到过它，作为死亡抑制的对比。你来说说，癌症的起因是什么？生物学家、生理学家、生化学家等已经研究了多长时间？你听到有谁成功过吗？为什么？你能回答这个问题吗？”

她缓缓地说道：“不，我不能。你干吗要说这些？”

“听上去挺不错的，如果我们能去除寄生虫，我们就能一直生长，我们能一直活下去，只要我们想活下去，或至少活到我们不想再长大，不想再活下去了，然后干脆地自我了断。但是，人类的身体不受拘束地生长的年代已过去多少个百万年了？它还能恢复吗？身体的化学结构还能适应吗？它还有合适的催化剂吗？”

“酶。”罗丝小声地提示道。

“对，酶。不可能了。假如出于任何原因，哈格·索兰所称的寄生智慧，真的离开了人类身体，或者它跟人类心智之间的关系遭受了某种破坏，永恒生长可能确实会发生，但不会是以有序的形式。我们称这种生长为癌症。说到这里你该明白了。我们没法去除寄生虫。我们注定将永远绑定在一起。想要解决死亡抑制问题，地外生命必须首先清除地球上所有的脊椎动物，除此之外别无他法。所以我们必须瞒着他们。明白了吗？”

她的嘴巴很干，说话很困难：“我明白，德雷克。”她注意到他的额头湿漉漉的，左右脸颊上也各有一道汗水：“你先想办法把它从公寓里搬走吧。”

“现在已经很晚了，我会把尸体从房子里搬走。然后——”他转身看着她，“我不知道什么时候能回来。”

“我明白，德雷克。”她又说了一遍。

哈格·索兰很沉。德雷克只得在地上拖着他。罗丝别过脸，发出了干呕。她一直不敢看，直到听到前门上锁的声音。她在内心默念了一遍：“我明白，德雷克。”

现在是凌晨3点。离她听到前门在德雷克和他的负重身后轻轻关上已过去了近一个小时。她不知道他会去哪儿，他想干什么……

她呆呆地坐着，不困，也不想动。她的头脑一直在飞快地打转，想要逃离她本不想知道如今却知道了的东西。

寄生智慧只是个偶然，还是人类这个种族奇异的记忆，还是某种传统习俗或深刻见解的顽强残影，跨越了难以想象的世代，形成如今关于人类起源的奇异神话？她想象着，地球上最早有两种智慧生命——伊甸园里的人类，还有蛇（它“比世上所有的动物都狡猾”）。蛇污染了人类，结果它失去了四肢。它的身体特征已没有必要存在。因为被污染，人类被逐出了永生的伊甸园。死亡降临到了世上。

然而，不管她如何努力，她的思绪还是会绕回到德雷克身上。她把他赶走，他又回来。她数数，她默念着视野范围内物件的名字，她叫喊“不，不，不”，他还是会回来。他总是会回来。

德雷克欺骗了她。他编了一个貌似真实的故事。在大部分情况下，它是能站得住脚的。但德雷克不是生物学家。癌症不像德雷克所说的是一种失去了正常生长能力的疾病。癌症也会攻击儿童，在他们还在长身体之时。它甚至还会攻击胎儿。它会攻击鱼类，鱼就跟地外生命一样，活着的时候生长一直都没停，也只会死于疾病或事故。它会攻击植物，它们没有心智，无法被寄生。癌症和正常生长的存在与否无关，它是生命的一种普通疾病，没有哪种多细胞生物的组织能对它免疫。

他不应该撒谎的。他不该让某种无聊的感情弱点阻止自己杀了她。她会跟研究院的人说，寄生虫可以被打败。清除它不会导致癌症。但谁会相信她呢？

她用手盖住了眼睛。失踪的年轻人一般都是处于婚后第一年。不管这种寄生智慧的繁殖过程是什么样的，它必须跟另一个寄生虫紧密联系才行——这种类型的亲密和持续的联系，只有在它们各自的宿主也处于同样亲密的关系时才有可能实现，就如同新婚的夫妇。

她感觉自己的思绪渐渐恍惚了。他们会来找她。他们会问：“哈格·索兰在哪儿？”她会回答：“跟我丈夫在一起。”然后他们会说：“你丈夫在哪儿？”因为他也消失了。他不再需要她了。他不会再回来了。他们再也找不到他了，因为他去了外太空。她会把他们两个都上报给失踪人口局——德雷克·斯摩莱特和哈格·索兰。

她想哭，但哭不出来。她的眼睛干了，很痛。

然后她咯咯地笑了，笑得停不下来。太有趣了。她曾经有那么多的问题，如今都找到了答案。她甚至都为那个她以为与此无关的问题找到了答案。

她终于知道德雷克为什么会娶她了。

人类培养皿[1]

曼凯维奇警官正在打电话，一个他并不喜欢的电话。听上去只有他一个人在放炮似的说个不停。

他说："是的！他自己进来说'把我关进监狱，因为我想自杀'。

"我帮不了你。这就是他的原话，我听着也觉得他疯了。

"听着，先生，这家伙符合你的描述。你问我要的信息，我也跟你说了。

"他的右脸上确实有道疤，他也说了自己的名字叫约翰·史密斯。他没说过医生之类的事。

"他现在在监狱里。

"是的，我是认真的。

"袭警、故意伤害、蓄意破坏。三项罪名。

"我不在乎他是谁。

"好吧，我等着。"

他抬头看着布朗警官，用手盖住了话筒。他的手很大，将话筒捂得严严实实。呆板的脸红扑扑的，在一头乱糟糟的浅金色头发下冒着火气。

他说："真麻烦！分局就是麻烦！还不如每天去巡逻呢。"

"谁的电话？"布朗问道。他刚进来，其实并不关心发生了什么。他觉得曼凯维奇还挺适合在城郊巡逻的。

“橡树岭的。长途电话。一个名叫格兰特的家伙，搞不懂是什么部门的头头。现在他去找别人来接电话了，每分钟七十五美分的长途……喂！”

曼凯维奇松开了话筒，人也坐了下来。

“听着，”他说，“我从头再跟你说一遍。你听清楚，如果你觉得有问题，你可以派个人过来核实。这家伙不想要律师，他说自己只想待在监狱里，我只能说欢迎入住，老兄。

“喂，你在听着吗？他昨天来的，直接找上了我，说：‘警官，我想让你把我关进监狱，因为我想自杀。’所以我说：‘先生，很遗憾你想自杀。别这么干，因为你一旦干了，你的余生都将为此而后悔。’

“我是认真的。我在跟你说我当时的原话。我不是在开玩笑，我这里有自己的麻烦，你明白我的意思吧？你觉得我的工作就该听每一个走进来的疯子——

“先听我说完，好吗？我跟他说：‘我不能因为你想自杀就把你关起来。你又没犯罪。’然后他说：‘但我不想死。’所以我说：‘听着，伙计，快离开这儿。’我想的是，如果有家伙想自杀，没问题，如果他不想自杀，也行，但我不想看到他在我眼前愁眉苦脸的。

“我就快说完了。所以他跟我说：‘假如我犯罪了，你会把我关进监狱吧？’我说：‘如果你被抓了现行，还有人对你提出控告，你自己交不了保释金，我就会把你关进监狱。好了，快滚。’然后他拿起我桌子上的墨水瓶，在我能阻止他之前，把墨水全部倒在了警用记事本上。

“没错！要不然我们怎么会给他加上‘蓄意破坏’这条控罪呢？墨水把我的裤子都弄脏了。

“是的。还有故意伤害！我跳过去，想要让他恢复理智，他踢了我的小腿迎面骨，还给了我的眼睛一拳。

“我没编。你想过来看看我的眼睛吗？

“他这几天就会上庭。可能是星期四。

“至少九十天，除非能证明他有精神病。我本人觉得他应该进疯人院。

“官方记录上他是约翰·史密斯。他只给了这个名字。

“不，先生，不经过适当的法律程序，我们不会放了他。

“好吧，你想干什么是你的自由，伙计！我做我的。”

他把听筒狠狠地砸在座机上，盯着它看了一会儿，又拿起它，开始拨号。他说：“吉奈迪吗？”在得到肯定的答复后，他接着说了下去。

“原能会是什么来头？我刚跟一个家伙通完电话，他说——

“没有，我没在开玩笑，笨蛋。我要是在开玩笑，会给你提示的。这机构到底什么来头？”

他听着，随后小声说了句“谢谢”，挂断了电话。

他的脸色略微变了。“这第二个家伙是原子能委员会的头儿，”他跟布朗说道，“他们肯定把我的电话从橡树岭切换到了华盛顿。”

布朗懒洋洋地站起来。“可能联邦调查局在追查这位约翰·史密斯。可能他是那些科学家中的一个，”他觉得自己找对了路子，“他们不能再让这些家伙接触到原子机密了。只要格罗夫斯将军是唯一掌握原子弹的家伙，世界就不会有问题。但自从他们让这些科学家卷入之后——”

“嘿，闭嘴。”曼凯维奇喝止了他。

奥斯瓦德·格兰特博士紧盯着高速公路上的白线，如同跟敌人搏斗似的驾驶着汽车。他总是这样。他个子很高，骨节突出，脸上总是没有任何表情。他的膝盖顶着方向盘，转弯的时候手指关节都白了。

达里蒂检察员坐在他的身旁，跷着二郎腿，左脚的鞋底紧紧地抵着车门。等他把脚拿开之后，门上会留下一道沙土的印痕。他的双手抛接着一把栗色的折叠小刀。稍早之前，他拉出邪恶的、亮闪闪的刀刃，悠闲地削着自己的手指甲，但一个突然的转向让他割破了手指，因此他也就停了。

他说："你怎么认识这位拉尔森的？"

格兰特博士将目光从路上收回了片刻，接着又移了回去，不安地说道："他在普林斯顿大学攻读博士学位期间，我就认识他了。他是个非常聪明的人。"

"是吗？聪明，嗯？为什么你们这些搞科学的总是相互评价说聪明？难道没有普通人吗？"

"有很多。我就是其中一个。但拉尔森不是。你可以问任何人，去问奥本海默，去问布什。拉尔森是阿拉莫戈多最年轻的观察员。"

"好吧。他是聪明人。他的私生活怎么样？"

格兰特迟疑了一会儿："我不知道。"

"你在普林斯顿就认识他了。多少年了？"

他们离开华盛顿已经两个小时了，一直在沿着高速公路往北开，其间两个人几乎没怎么说话。此刻，格兰特感觉气氛变了，法律正在扼紧自己的脖子。

"他在1943年取得学位。"

"那你认识他八年了。"

"对的。"

"你却不清楚他的私生活？"

"一个人的生活是他自己的事，检察员。他不喜欢社交，有很多人都跟他一样。他们的工作压力大，下班之后，他们不喜欢跟实验室的同僚来往。"

"你知道他参加过什么组织吗？"

"不知道。"

检察员说："他有没有说过什么话让你觉得他有叛变的企图？"

格兰特大喊了一声：“没有！”车里安静了一阵子。

随后达里蒂又开口了：“拉尔森在原子能研究中有多重要？”

格兰特伏在方向盘上说：“跟所有的人一样重要。我承认每个人都是不可或缺的，但拉尔森一直都更加独特。他有工程师的脑子。”

“什么意思？”

“他自己算不上是个数学家，但他能发明各种装置，实现其他人的算法。在这方面，没人能比得上他。有很多次，检察员，我们需要解决问题，但又没有时间来解决。我们一筹莫展，直到他研究了该问题，然后说：‘你们为什么不试试这么干呢？’接着他就走开了。他甚至连看看办法是否可行的兴趣都没有。但它总是可行。总是！或许我们最终也能自己解决，但需要多花好几个月的时间。我不知道他是怎么办到的，问他也没用。他只会看着你说‘很明显啊’，然后就走开了。当然，一旦他跟我们说了该怎么做，确实挺明显的。”

检察员耐心地听他说完，等他不再开口之后，说：“你觉得他精神上有问题吗？他是一个怪人？”

“天才不应该都是怪人吗？是吧？”

“可能吧。但这位天才到底有多怪呢？”

“他从来不聊天，这点挺怪的。有时他也不工作。”

“待在家里或去钓鱼了？”

“不是。他还是会来实验室，但他只是坐在他的桌子旁。有时一连几个星期都这样。你跟他说话时，他不会回应你，甚至都不会看你。”

“他曾经丢下过工作不管吗？”

“你是说这件事发生之前？从来没有过！”

“他曾经说过想自杀吗？说过只有在牢房里才觉得安全吗？”

“没有。”

“你确信这位约翰·史密斯就是拉尔森？”

“我有把握。他的右脸上有道化学烧伤的疤，这个不会错。”

“好吧。先聊到这里吧。我会跟他谈谈，听听他有什么说法。”

这一次他们真的陷入了沉默。格兰特博士行驶在蜿蜒的道路上，检察员达里蒂在双手之间低低地抛接着折叠刀。

看守听着电话，抬头看着访客：“我们能把他带到这儿来，检察员。”

“不用，”格兰特博士摇了摇头，“我们去见他。”

达里蒂问：“这种行为对拉尔森来说正常吗，格兰特博士？你觉得警卫把他从牢里带出来时，他会攻击警卫吗？”

格兰特说：“我不知道。”

看守摊开长满老茧的双手，大蒜头鼻子皱了一下：“我们还没对他做过什么，因为收到了华盛顿的电报，但老实说，他不属于这里。要是能摆脱他就好了。”

“我们去他的牢房里见他吧。”达里蒂说。

他们沿着禁闭森严、装有层层铁栏的走廊走着。一双双空洞无神的眼睛看着他们经过。

格兰特博士感觉自己的肉在发颤：“他一直都被关在这里吗？”

达里蒂没有回答。

走在他们前面的警卫停住了脚步：“就是这间牢房。”

达里蒂说：“里面是拉尔森博士吗？”

格兰特博士默默地看着小床上躺着的身影。他们刚到牢房门口时，这个人是躺着的，此刻他用一只胳膊肘把自己撑了起来，似乎想要躲进墙里去。他的头发稀疏干燥，身材瘦弱，浅蓝色的眼睛一片空洞。他的右脸上有一道粉色的隆起，看着像是蚯蚓。

格兰特博士说：“是拉尔森。”

警卫开门走了进去，但检察员达里蒂做了个手势让他出去。拉尔森无言地看着他们。他把两只脚都收到了床上，身子往后躲着。他咽了下口水，喉结上下抖动了一下。

达里蒂轻声说道：“是埃尔伍德·拉尔森博士吗？”

“你想干什么？”声音是令人惊讶的男中音。

“请跟我们来，好吗？我们有些问题想要问你。”

“不行！别打扰我！”

“拉尔森博士，”格兰特说，“我被派来接你回去工作。”

拉尔森看着这位科学家，眼里闪过一抹并非恐惧的光芒。“你好，格兰特。”他下了床，说，“听着，我一直想让他们把我关进一间软墙牢房。你能让他们听我的话吗？你是了解我的，格兰特，没有必要的事情我是不会开口提要求的。帮帮我，我没法忍受硬墙壁。它会让我想要……啪——”他用手掌拍了一下床后那坚硬的灰色混凝土。

达里蒂若有所思地看着他。他拿出了自己的折叠刀，拉出亮闪闪的刀刃，仔细地削着大拇指的指甲，说道：“你想看医生吗？”

但拉尔森没有回答。他的目光追随着金属的反光，嘴唇微张，口水流了出来。他的呼吸变得急促。

他说：“把那个收起来。”

达里蒂停止了动作：“把哪个收起来？”

“刀。不要在我面前举着它。看到它，我就受不了。”

达里蒂说：“为什么？”他往前递出了刀：“它有什么问题？它是把好刀。”

拉尔森往前猛扑了一下。达里蒂往后退了一步，左手抓住他的手腕。他把刀举在空中：“怎么回事，拉尔森？你有什么目的？”

格兰特发出了抗议，但达里蒂挥手让他走开。

达里蒂说：“你想干什么，拉尔森？”

拉尔森试图伸手去抢，但在对方有力的紧握之中弯下了腰。他喘息着：“把刀给我。”

“为什么，拉尔森？你要刀干什么？”

“快给我。我要——”他哀求着，“我要死。”

“你想死？”

“不想。但我必须死。”

达里蒂使劲推了他一下。拉尔森往后倒在了床上，床发出了响亮的嘎吱声。慢慢地，达里蒂将刀刃收进刀柄里，并藏起了刀。拉尔森捂着脸。他的肩膀在颤抖，但身体的其他地方没在动。

走廊里传来了呼喊声，其他的犯人对拉尔森牢房里的动静产生了反应。警卫赶紧跑了过去，边跑边大喝：“安静！”

达里蒂抬起了头：“没关系，警卫。”

他用一块白色的大手绢擦着自己的手：“我觉得还是给他找个医生吧。”

戈特弗里德·布劳施泰因医生长得又黑又小，说话时有一股奥地利的口音。他只需配上一小撮山羊胡子，就能成为蹩脚漫画里的精神病医生。但他的下巴刮得很干净，衣着也相当得体。他仔细地观察着格兰特，评估着后者，勾勒出某种观察和推论。他这么做是下意识的，对遇到的每个人都会如此。

他说：“你给了我一幅画面。你描述了一个具有天赋的人，甚至可能是个天才。你告诉我他总是不擅长跟人打交道，也从未融入实验室的工作环境，虽然他在那里取得了巨大的成就。他有什么其他融入了的环境吗？”

“我不明白。”

“我们并非人人都那么幸运，在我们不得不养家糊口的地方或领域内，找到投缘的公司。通常，人们通过玩乐器、远足或参加某个俱乐部来补偿。换句话说，人们会创造出一个新的环境，在下班的时候，给人一种家的感觉。它无须跟你的工作有任何的联系。它是一种逃离，而且也不一定非得是健康的。”他笑着加了一句，“我自己会集邮。我是美国集邮协会的活跃会员。”

格兰特摇了摇头：“我不知道他在工作之外做些什么。我怀疑他不会去干任何你提到的事。”

“呃——那太可悲了。你随时随地都能得到放松和享受，但首先你必须先找到它们，不是吗？”

“你跟拉尔森博士谈过了吗？”

“关于他的问题？没有。”

“你不会跟他谈吗？”

“会的。但他来这里只有一个星期。我们必须给他适应的时间。他刚到这里时处于非常激动的状态，几乎算得上是神志不清。先让他休息，熟悉新环境。然后我再询问他。”

“你能让他重返工作岗位吗？”

布劳施泰因笑了：“我怎么知道？我甚至还不知道他得了什么病。”

“你能至少先医好最严重的症状吗？他的自杀倾向？然后等他回去工作之后再治疗其余部分？”

“可能吧。我至少要跟他交流过几次才能有想法。”

“你觉得还要多长时间？”

“这种事，格兰特博士，没人说得准。”

格兰特将双手使劲合在一起：“那就尽量吧。这件事比你想象得更重要。”

“可能吧。但你可以帮我，格兰特博士。”

“怎么帮？”

“你能给我透露点绝密信息吗？”

“什么样的信息？”

“我想知道1945年以后原子能科学家的自杀率。还有，有多少人辞去了工作，去了其他学科单位，甚至完全离开了科学界。”

“这跟拉尔森有关吗？”

“你不觉得这可能是种职业病吗，他如此地不快乐？”

“好吧——有很多人都辞去了工作，很自然。”

“为什么很自然，格兰特博士？”

“你肯定知道是怎么回事，布劳施泰因医生。现代原子能研究的气氛是最具压力的，也是最官僚的。你为政府工作，你跟军人一起工作。你不能谈论你的工作，你必须小心说话。自然地，如果你在大学谋到了一个职位，你就可以自己安排时间——做自己的研究，发表论文而不必先交给原子能委员会过目，参加不必紧锁大门的会议，你当然会接受喽。”

“并且永远抛弃你的专业领域。”

“总是有非军事的应用。当然，有一个人的确是因为别的原因离开的。他曾经跟我说过，他晚上睡不着觉。他说只要一关灯，就能听到广岛的几十万人发出的尖叫。最后我听说他成了男装店的店员。”

“你自己能听到尖叫吗？”

格兰特点了点头：“哪怕你跟原子弹造成的破坏只有一丁点儿的联系都让人不好受。”

“拉尔森有什么感觉？”

“他从来没谈过这方面的话题。”

“换句话说，如果他也有这样的感受，他一直都没有能够把压力释放给你们的安全阀。”

“我猜是吧。”

“然而原子能研究还是要进行，对吗？”

“可以这么说。”

“你会怎么做，格兰特博士，假如你不得不去做你没法做的事？”

格兰特耸了耸肩：“我不知道。”

“有些人会自杀。”

“你的意思是说拉尔森就是这种人？”

“我不知道。我不知道。我今晚会跟拉尔森博士谈谈。当然，我不能承诺什么，但如果我有办法，一定会让你知道。”

格兰特站了起来：“谢谢，医生。我会想办法去找你需要的信息。”

在布劳施泰因的疗养院住了一个星期之后，埃尔伍德·拉尔森的形象改善了不少。他的脸颊变饱满了，憔悴感也消退了些许。他没戴领带，也没系皮带。他的鞋子也没有鞋带。

布劳施泰因说：“感觉怎么样，拉尔森博士？”

“休息得挺好。”

“在这里住得还行吧？”

“没什么不满意的，医生。”

布劳施泰因的手摸索着开信刀。这是他的习惯，在走神时总是会把玩它。但他的手指什么也没能摸到。它被收起来了，显然是跟其他任何有锋利边缘的东西一起收起来了。此刻，他的桌子上除了纸什么都没有。

他说：“请坐，拉尔森博士。你的症状怎么样了？”

“你是问我还有没有自杀冲动？有的。时好时坏，感觉跟我的心情有关。但它一直都在。你帮不了我的。”

“你可能说得对。我经常会碰到令人束手无策的问题。但我还是想尽可能地了解你。你是个重要人物——”

拉尔森哼了一声。

“你不这么认为吗？”布劳施泰因问道。

“对，我不这么认为。没有什么重要人物，就跟没有重要的单个细菌一样。”

“我不明白。”

“我没指望你能明白。”

“不过，在我看来，你的言论后面肯定有很多想法。我非常乐意听听你的一些想法。”

拉尔森总算笑了。它不是一个愉快的笑容。他的鼻孔是白色的。他说：“你看着挺有意思的，医生。你对你的工作太认真了。你一定要听我说话吗，出于虚伪的兴趣和虚假的同情？我可以跟你说些最荒谬的事，而你依然会是个好听众，对吗？”

“难道你不认为我的兴趣也有可能是真的，尽管这也是我的工作？”

“不，不信。”

“为什么？”

“我不想跟你讨论。”

“你想回到你的房间去？”

“如果你不介意的话。不！”他的声音里突然充斥着怒火，他站了起来，但紧接着又坐了下去，“我为什么不利用你呢？我不喜欢跟其他人谈话。他们太笨了，看不到事实。他们盯着明显的答案好几个小时，依然看不懂。如果我跟他们谈，他们听不懂，就会失去耐心，他们会笑。而你必须听。这是你的工作。你不能打断我说我疯了，即使你真的认为我疯了。”

“无论你想跟我说什么，我都很乐意倾听。”

拉尔森深深地吸了口气：“我注意到这个问题已经有一年了，很少有其他人注意到。可能它是个活人注意不到的问题。你知道人类文明是跳跃式发展的吗？在一个生活着三万个自由人的城市之中，不到一两代人的时间里，就能产生足够多一流的文学和艺术作品，能满足通常情况下一个百万人口国家一个世纪的需要。我说的是伯里克利时期的雅典。

“还有其他例子，美第奇时期的佛罗伦萨，伊丽莎白时期的英格兰，科尔多瓦埃米尔时期的西班牙。还有公元前8世纪到7世纪时，以色列人之中突然涌现的社会改革家。你明白我的意思吗？”

布劳施泰因点了点头：“看来你对历史感兴趣。”

“为什么不呢？没有规定说我只能局限在核反应截面和波动力学里面。”

“确实没有。请接着说。”

“刚开始，我觉得通过咨询专家就能搞懂历史轮回的真正本质。我跟一位历史学家讨论了几次，完全是在浪费时间！”

“他叫什么名字——那位历史学家？”

“有关系吗？”

“可能没有，假如你想保密的话。他跟你说什么了？”

“他说我错了。历史只是显得好像是跳跃式的。他说，对埃及的伟大文明进行仔细研究之后，你就会知道苏美尔人不是突然出现的或凭空冒出来的，而是基于长期发展的、在艺术上已取得相当成就的亚文明。他说，伯里克利时期的雅典屹立于伯里克利前的雅典所取得的成就之上，没了这些，伯里克利时期就不可能存在。

“我问那为什么伯里克利之后的雅典就没有取得过更高的成就，他说雅典被瘟疫和与斯巴达之间长期的战争给毁了。我问他，为什么每一次文明的跃进都毁于战火，有几次甚至是跟战火同时发生的。他跟其他人一样，真相就在那里，他只需弯腰就能捡起它，但他就是办不到。”

拉尔森盯着门口，用疲惫的语气说道：“有时候他们会来我的实验室，医生。他们说：‘我们究竟该怎么消除某某作用，它毁了我们所有的测量工作，拉尔森？’他们给我看仪器和电路图，我会说：‘它就在你眼前。为什么你不试试某某办法呢？小孩子都能看到。’然后我就走开了，因为我无法忍受他们愚蠢的脸上那迷惑不解的模样。后来，他们过来跟我说：‘它起作用了，拉尔森。你是怎么想到的？’我没法跟他们解释，医生。这就好比解释水为什么是湿的一样。我也没法向历史学家解释。我也没法向你解释。浪费时间。”

“你想回到你的房间吗？”

“是的。”

拉尔森被送走之后，布劳施泰因坐着思考了很长时间。他的手指自动地伸向了书桌右手边最上层的抽屉，取出了里面的开信刀。他在手里把玩着它。

最终，他拎起电话，拨了那个被告知过的、不在电话簿上的号码。

他说：“我是布劳施泰因。拉尔森博士曾经咨询过一位历史学家，可能在一年多以前。我不知道他的名字。我甚至都不知道他是否跟某所大学有关系。如果你能找到他，我想跟他聊聊。”

撒迪厄斯·米尔顿博士若有所思地一边冲着布劳施泰因眨眼睛，一边用手拢了拢铁灰色的头发。他说：“他们来找我，我说我的确见过这个人。然而，我跟他几乎没什么联系。可以说一点都没有，除了几次专业方面的谈话。”

“他是怎么找到你的？”

“他给我写了封信。至于为什么要写给我，而不是其他人，我不知道。当时，我写的系列文章刊登在一本半专业半通俗的期刊上。这可能引起了他的注意。”

“明白了。那些文章是关于什么主题的？”

“它们试图论证历史循环的真实性。也就是你是否真的能断定文明自有其兴衰规律，跟卷入其中的个人命运类似。”

“我读过汤因比，米尔顿博士。”

“那好，你该明白我的意思。”

布劳施泰因说：“拉尔森博士向你寻求的咨询，跟这种用循环眼光看待历史的问题有关？”

“嗯——从某种程度上来说，是的。当然，这个人不是历史学家，他的一些有关文化趋势的看法过于极端，还有……该怎么说呢……太草率。不好意思，博士，我能问个不太恰当的问题吗？拉尔森博士是你的病人吗？”

“拉尔森博士病了，我是他的医生。当然，有关这一点，还有我们此刻谈论的一切，都是机密。”

“好的，我明白。不过，你的回答解释了我的一些疑虑。他的一些想法几乎处在非理性的边缘。在我看来，他总是在担心他所称的‘文明跃升’和各种灾难之间的关系。现在，这种关系经常被提及。一个国家最鼎盛的时期可能也孕育着最大的危险。荷兰人是个很好的例子。他们中最伟大的艺术家、政治家和探险家都出现在17世纪早期，那时候他们正与欧洲当时的强权国家西班牙斗得你死我活。当家园面临摧毁时，他们在远东缔造了一个帝国，还在南美洲的北部海岸、非洲的最南端和北美洲的哈德逊河谷建立了据点。他们的舰队和英格兰打了个平手。然而，当政权得到保障之后，国家开始走下坡路。

“就跟我说过的，这并不少见。团体和个人一样，在面对挑战时会上升到难以想象的高度，没有挑战的时候会沉沦。不过，拉尔森博士不正常的地方在于他坚持说这种观点搞错了因果关系。他宣称，并不是战争与威胁刺激了‘文明跃升’，而应该是反过来，每当一个团体展现了太多的活力与机能之后，一定会引发战争摧毁他们未来的发展机会。”

“明白了。”布劳施泰因说。

“我笑话他了。恐怕他是因此没有守约再来跟我谈。在最后一次谈话快结束的时候，他用你能想象的最严肃的样子问我，像人类这种不合适的物种能够控制地球，而他们所拥有的只是智慧，我是否会觉得不可思议。听到那里我笑了起来。或许我不该笑的，可怜的家伙。”

“这是种自然的反应。”布劳施泰因说，“但我不能再浪费你的时间了。你给了我很大的帮助。”

他们握了握手。然后撒迪厄斯离开了。

“给，”达里蒂说，“这是最近自杀身亡的科学家的数量。你能瞧出什么结论吗？”

“我该问你才对，”布劳施泰因语气温和地说道，“联邦调查局肯定已经彻底调查过了。”

“这倒是。他们都是自杀。这点毋庸置疑。另外一个部门的人对此做过核实。在年龄、社会地位和经济水平相同的人群中，他们的自杀率是平均水平的四倍。”

“英国科学家呢？”

“情况差不多。”

“苏联呢？”

“谁知道！”调查员探出身子，“医生，你不会觉得苏联人有射线武器，能引诱人自杀吧？只有在原子研究所的人才受到了影响，让人不得不怀疑啊！”

“是吗？可能性不高。原子核科学家可能有特别的压力。没有彻底研究之前，很难说。”

“你的意思是原子核研究会引发负罪情结？”达里蒂严肃地问道。

布劳施泰因做了个苦脸：“精神病学变得太通俗了。每个人都在谈负罪情结、神经官能症、强迫症等诸如此类的东西。要知道一个人的负罪情结有可能是另一个人的催眠曲。如果我能跟自杀的人谈谈，或许我就能搞明白。”

“你不是在跟拉尔森谈吗？”

“是的，我在跟拉尔森谈。”

“他有负罪情结？”

“不一定。他有他的背景故事，假如他对死亡有一种病态的迷恋，我也不会感到奇怪。在他十二岁的时候，他看到自己的母亲被汽车轧死了。他的父亲死于癌症的折磨。不过，还不清楚这些经历对他目前面临的麻烦到底产生了什么影响。”

达里蒂拿起了帽子：“好吧，希望你能取得进展，医生。有个大项目正在进行，比氢弹还大。我不知道还有什么能比氢弹还大的，但它就是。”

拉尔森坚持站着：“我昨晚睡得很差，医生。”

“希望这些谈话没有影响到你。”布劳施泰因说。

“可能影响到了。它们让我又想起了那个主题。我想起它的时候就会变得更糟。你能想象自己是细菌群落里的一分子是种什么感觉吗，医生？”

“我从来没这么想过。如果是细菌，它可能觉得很正常。”

拉尔森没有听医生说，他缓缓地说道：“一个研究智慧的群落。我们研究各种各样的东西，研究它们的基因关系。我们研究果蝇，让红眼的和白眼的杂交，看会发生什么。我们不关心红眼还是白眼，只是想从它们之中推测出基本的基因规则。你明白我的意思吗？”

“当然。”

“即使在人类身上，我们也可以追溯不同的身体特征。哈布斯堡下巴、始于维多利亚女王并遗传到后代的西班牙王室和俄国王室里的血友病。我们甚至能追踪卡理卡克家族的痴呆儿。你在高中的生物学中学到过。但你不能像对待果蝇那样来杂交人类。人类活得太长了。需要好几个世纪才能得出结论。可惜我们没有一个特殊的人种，可以以星期为单位来进行繁殖。”

他等着对方回应，但布劳施泰因只是笑了笑。

拉尔森说：“然而，我们可以成为那些能活上几千年的生物的实验对象。对他们而言，我们的繁殖速度足够快。我们是短命的生物，他们能研究音乐天赋、科学智慧之类的基因。那些生物对音乐什么的并不感兴趣，就像我们对果蝇眼睛的颜色是红的还是白的并不感兴趣一样。”

“这是个非常有意思的想法。”布劳施泰因说。

“这不仅仅是个想法。这是现实。在我看来，它很明显，我也不关心你是否能看到。看看你身边。看看这个行星，地球。恐龙灭绝之后，我们成了世界的主人，这也太荒谬了。没错，我们有智慧，但智慧是什么？我们觉得它重要，是因为我们拥有它。假如霸王龙有权挑选一个它认为能够确保本物种胜出的特质，它会挑体形和力量。而且它会提出更好的理由。它存在的时间很可能比我们长。

“智慧本身对于生存的意义其实并不大。大象的分布范围就比麻雀小多了，尽管它比后者聪明得多。在人类的保护下，狗表现得还不错，但比人人喊打的苍蝇还差得多。或者也可以拿灵长类动物为例。它们中的小个子臣服于对手，而大家伙的境地却差很多，多数情况下能活着就不错了。狒狒表现最佳，但不是因为它们聪明，而是因为它们有锋利的犬齿。”

拉尔森的额头上出现了一层细密的汗珠：“你应该能明白，人类是被定制出来的，那些研究我们的人制定了严格的参数。通常，灵长类的生命较短，体形大的自然也活得长，这是动物世界中较为普遍的原则。然而，人类的寿命是其他大型猿类的两倍，比大猩猩还要长得多。我们成熟得晚，仿佛我们被精心培育成活得长一些，好让我们的生命周期符合一个更为合适的长度。”

他一下子站了起来，在头顶上方晃着拳头：“一千年就跟昨天一样——”

布劳施泰因迅速按下一个按钮。

拉尔森在被呼唤进来的白大褂手下挣扎了一会儿，随后放弃了抵抗，任凭自己被带走了。

布劳施泰因看着他离去，摇了摇头，拿起了电话。

他打给了达里蒂："检察员，跟你说一声，我还需要更多的时间。"

他听着对方的答复，摇了摇头："我知道。我清楚事情的紧急性。"

听筒里传来的声音轻柔但严厉："医生，你不清楚。我会派格兰特博士去见你。他会把情况解释给你听。"

格兰特博士询问了拉尔森的情况，接着又略带伤感地问是否能见他。布劳施泰因缓缓地摇了摇头。

格兰特说："我奉命来向你解释原子能研究目前的情况。"

"我能听懂吗？"

"希望能吧。这是无奈之举。我必须提醒你——"

"不要泄露一个字，我懂。你们这些人的疑心病可真重，想藏也藏不住。"

"没办法，生活在秘密之下，被传染了。"

"就是。现在又有什么秘密？"

"我们有……这么说吧，至少可能有防御原子弹的办法。"

"这也要保密？立刻把它公布给全世界不更好吗？"

"看在上帝的分儿上，不行。听我说，布劳施泰因医生，目前这还只是个理论。最多也就是到了$E=mc^2$的阶段。它可能无法实现。给人希望后又让人失望，不是件好事。从另一方面来说，如果有人知道我们几乎就要实现防御了，那在防御措施完全实现之前，他们可能会希望开启并赢得一场战争。"

"这我倒是不相信，不过，算了，我不想再岔开话题了。这种防御措施具体是什么，或者你只能跟我说这么多？"

"那倒没有，我想说多少就能说多少，只要能让你相信我们必须让拉尔森回来——而且要快！"

"好吧，那跟我说吧，我也掌握了秘密。我感觉自己成了内阁成员。"

“你比他们知道得更多。听着，布劳施泰因医生，让我用非专业的语言跟你解释。到目前为止，进攻性武器和防御性武器的技术进步几乎是同步的。过去，伴随着火药的发明，曾经出现过进攻性武器一边倒的情况，但防御机制很快就赶上了。中世纪的重装骑士进化成了现代的坦克兵，石头城堡变成了混凝土碉堡。你明白了吧，都是一样的东西，只不过一切都提升了好几个等级。”

“很好，你说得很清楚。但是原子弹出现之后，等级又上升了好几级，不是吗？混凝土和钢铁肯定过时了。”

“对。我们没法把墙盖得越来越厚。我们已经找不到强度足够高的材料。所以我们必须抛弃材料。如果原子来袭击，我们必须用原子来抵御。我们会用能量本身，一个力场。”

“力场是什么？”布劳施泰因慢条斯理地问道。

“我希望能跟你说清楚。目前它只是纸上的公式。理论上，能量可以被塑形成一道没有物质的惯性墙。现实中，我们还不知道怎么实现。”

“它是一道你无法穿越的墙，是吗，连原子都不行？”

“连原子弹都不行。它强度的极限取决于输入能量的大小。它甚至在理论上可以遮挡辐射。伽马射线会被它反弹开。我们梦想的是建一个围绕城市的屏障，平时处于最小强度，几乎不消耗能量。一旦受到短波辐射的冲击之后，在不到一毫秒的时间内，它能被激发至最大强度。比如当来自钚元素的辐射量大到足以让它推断其是来自原子弹时，它就会被激发。在理论上这些都有可能实现。”

“为什么必须要拉尔森参与？”

“因为假如它能实现的话，他是唯一能实现它的人，而且还花不了多少时间。如今每一分钟都很重要，你知道世界的局势。原子防御必须在核战争爆发前完成。”

“你这么相信拉尔森吗？”

“我百分之百地相信他。这家伙很神奇，布劳施泰因医生。他总是对的。在这个专业里，没人知道他是怎么办到的。”

“像是某种直觉，是吗？”精神病医生看上去有些不安，“一种超过了普通人的逻辑思维能力。是吗？”

“我真说不清到底是什么。”

“让我再跟他谈一次。我会让你知道结果。”

“好的，”格兰特起身离开，紧接着像是又想起了什么，他说道，“我想提醒你，医生，如果你再不做点什么，委员会计划将拉尔森博士转去别处。”

“去找别的精神病医生？如果他们想这么做，我当然不会阻止。不过，我认为没有哪个正经的执业医生会声称能迅速治愈他。”

“我们可能不会再继续精神治疗了。他会直接被送回工作中。”

“这个，格兰特博士，我会拒绝。你不会从他那里得到任何成果，反而会造成他的死亡。”

“在你这里不也什么都没得到吗。”

“在我这里至少还有机会，不是吗？”

“希望吧。顺便说一句，请不要跟他提起我要把他带走的事。”

“好的。谢谢你的提醒。再见，格兰特博士。”

“上次我表现得就像个傻瓜，是吗，医生？”拉尔森皱着眉说道。

“你的意思是你不相信自己当时说过的话？”

“我信！”拉尔森瘦弱的身体因为过分强调而微微发颤。

他跑到了窗边，布劳施泰因转动着椅子，目光追随着他。窗户上安着护栏，他跳不出去。玻璃是打不碎的那种。

晚霞正在消退，星星开始出现。拉尔森出神地盯着它们，随后转身面对布劳施泰因，伸出手指，指着外面：“它们中的每一个都是孵化器。它们将温度保持在期望的范围内。不同的实验，不同的温度。围绕着它们的行星就是巨大的培养皿，装着不同的营养物质和不同的生命形式。实验也很经济——不管他们是谁或是什么东西。在这个特定的试管里，他们培养了很多种类的生命形式。恐龙出现在潮湿温暖的时代，而我们则出现在冰河期。他们让太阳升起落下，我们试图搞明白其中的物理。物理！”他不屑地撇了撇嘴。

“但是，”布劳施泰因医生说，“太阳是不可能由意志控制升起和落下的。”

“为什么不行？这就跟烘箱里的加热器件一样。你以为细菌知道是什么打开了热源吗？谁知道？它们或许也会发展出理论来呢。它们或许也有自己的宇宙进化论来解释一些灾难，或许它们的宇宙论是，相互碰撞的灯泡能制造一连串的细菌培养皿。或许它们认为一定存在着仁慈的创造者，提供了食物和温暖，还跟它们说：‘要生养众多，遍满地面[1]！’

“我们就像它们一样繁殖，不知道为了什么。我们服从着所谓的自然规律，这不过是我们对强加在我们头上的、无法理解的力量勉强的解释。

“现在，他们手头进行着规模最大的实验。它已经持续了两百年。我推测他们决定在18世纪的英国培养一种具有机械天赋的新品种。我们称之为工业革命。它始于蒸汽，进而变成电力，然后又来到了原子世界。它是个有趣的实验，他们冒险让它发展起来，却可能危及了自己。这也是他们急于结束它的原因。”

布劳施泰因说：“他们打算怎么结束它呢？你有什么想法吗？”

“你问我他们打算怎么结束它？你可以看看今天的世界，还用问吗？是什么导致我们技术时代的终结？整个地球都在害怕核战争，想尽一切办法要阻止它，然而整个地球都在担心核战争是不可避免的。”

---

1 见《创世记》1：28。

“换句话说，不管我们是否愿意，实验者都会组织一场核战争，用来终结我们所处的技术年代，让一切重新开始。对吗？”

“对，这符合逻辑。当我们给仪器消毒的时候，细菌知道致命的热能是从哪里来的或者是谁带来的吗？实验者有办法提高我们情绪的热能，他们能操控我们，让我们失去理智。”

“告诉我，”布劳施泰因说，“这就是你想死的原因？因为你认为文明的毁灭即将降临，且无法阻止？”

拉尔森说：“我不想死，只不过我必须死。”他的目光中满是痛楚的神色：“医生，假如你有一个菌群，它们非常危险，必须置于你的绝对控制之下，你难道不想用加了青霉素的凝胶画一个圈，将细菌远远地团团围住？任何蔓延过远的细菌都会被杀死。你对那些被杀死的细菌不会有什么感觉，你甚至都不知道有细菌竟然蔓延到了这么远的地方。一切都是自动发生的。”

“医生，在我们的智慧之外就有一个青霉素圈。当我们跑得太远，当我们超越了我们存在的真正意义时，我们就接触到了青霉素，然后我们必须死。过程缓慢——但难以避免。”

他浅浅地苦笑了一下。随后他说道：“我可以回房间了吗，医生？”

第二天快中午的时候，布劳施泰因医生去了拉尔森的房间。它很小，没有任何装饰。墙壁上贴着灰色的软垫。高处有两扇够不着的小窗。床垫直接放在铺着软垫的地上。房间里没有任何金属制品，也没有任何能够被用来夺走生命的东西，甚至连拉尔森的指甲都被剪短了。

拉尔森坐了起来：“你好！”

“你好，拉尔森博士。我能跟你聊聊吗？”

“在这里？连个坐的地方都没有。”

“没关系。我站着就好。我整天都坐着上班，站会儿对我有好处。拉尔森博士，我想了一整晚你昨天和前几天跟我说过的话。”

“现在你要对我进行治疗，让我忘了这些你认为的妄想？”

“不是。我只是想问几个问题，顺便指出你所说理论的一些漏洞，你可能……请原谅我这么说……你可能还没想到过。”

“哦？”

“是这样，拉尔森博士，自从你解释了你的理论后，我也知道了你所知道的，然而我并没有想要自杀。”

“信仰是比智慧更深层的东西，医生。你的内心必须相信我说的，但你并没有。”

“你不觉得它更可能是一种适应现象？”

“什么意思？”

“你并不是一个生物学家，拉尔森博士。虽然你在物理学上才华横溢，你在用细菌群落做类比时考虑得并不全面。你应该知道有可能培养出一种能抵抗青霉素的菌株，甚至是能抵抗绝大多数细菌毒药的菌株。”

“然后呢？”

“那些培育我们的实验者已经操弄我们好几代了，不是吗？这个他们已经培育了两个世纪的菌株还没有灭绝的迹象。它是一个有活力的菌株，而且传染性也很强。古老的高度文明的菌株被限制在了单个的城市里或是一些狭小的区域内，只能延续一两代。这一株却蔓延到了全世界。它有很强的传染力。你不认为它已经发展出了青霉素抵抗力？换句话说，实验者所用的将菌株灭绝的方法可能不再有用了，不是吗？”

拉尔森摇了摇头：“对我还有用。”

“你可能是没有抵抗力的，或者你撞到了超高浓度的青霉素。想想那些想立法禁止核武器的人，还有试图建立某种世界性机构、争取永久和平的人。这些年他们闹得越来越凶，取得了一些进展。”

“挡不住核战争的，它还是会爆发。”

“是，但可能再加把劲，就能成功了。和平推动者不会自杀。越来越多的人变得对实验者免疫。你知道他们在实验室里干什么吗？”

“我不想知道。”

“你必须知道。他们想发明一种能够挡住原子弹的力场。拉尔森博士，如果我在培育一种高传染性、高致命性的细菌，即使我再怎么注意，我仍有可能引发一场瘟疫。我们可能只是他们的细菌，但同时我们也对他们有危险，否则他们也不会在每次实验后都如此仔细地将我们清除了。

“但他们的动作没那么快，不是吗？对他们而言，一千年只是一天，不是吗？等到他们意识到我们离开了培养皿，穿过了青霉素，已经太晚了，他们来不及阻止我们了。他们带给了我们原子能，如果我们能阻止自己用它来自相残杀，说不定我们还能跟他们一较高下呢。”

拉尔森站了起来。虽然看着瘦弱，但他比布劳施泰因还要高上一英寸半：“他们真的在建造一个力场？”

“他们在试图建造。他们需要你。”

“不行，我做不到。”

“他们需要你，因为你能看到显而易见的东西，而他们却看不到。记住，要么你帮助他们，要么——人类被实验者击败。”

拉尔森快步走开了几步，盯着空荡荡的、铺着软垫的墙。他嘟囔着：“但失败是不可避免的。如果他们要制造力场，意味着在它完成之前他们都会死。”

“他们中有些人或所有人都是免疫的，有这个可能吧？总之，横竖都会死，还不如试试。”

拉尔森说：“我会尽量帮忙。”

“你还想自杀吗？”

“是的。”

“但你会尽量控制自己？”

“我会尽量控制自己，医生，”他的嘴唇哆嗦着，“需要有人看住我。”

布劳施泰因爬上楼梯，将通行证出示给大厅里的警卫。他在外面的大门处已经接受了检查，但此刻他本人、他的通行证和上面的签名又再次接受了检查。过了一会儿，警卫退回到小亭子里打了个电话，回复令他满意。布劳施泰因坐了下来，半分钟后，他又站了起来，和格兰特博士握了握手。

“美国总统要进这里也这么麻烦吗？”布劳施泰因问道。

瘦高的物理学家笑了：“对，如果他不打招呼就来的话。”

他们搭乘电梯上到十二楼。格兰特领着他进了一间三面墙上都有窗户的办公室。房间里有空调，且完全隔音。里面的胡桃木家具看着十分奢华。

布劳施泰因说：“上帝，这里就像是董事长的办公室。科学变成了大生意。”

格兰特看着有些尴尬：“是的，我懂，但政府的钱谁都想拿，要是不让议员看到、闻到和摸到光洁的家具，你就很难说服他批准你的经费。”

布劳施泰因坐下，感觉椅子坐垫在屁股底下缓缓地陷落。他说：“埃尔伍德·拉尔森博士同意回来工作了。”

“太好了。我猜你会跟我说这个消息。我猜这就是你想见我的原因。”似乎被这消息振奋了，格兰特给精神病医生递了根雪茄，后者拒绝了。

“不过，”布劳施泰因说，“他的病情依然严重。你们必须谨慎对待他，看好他。”

“当然，放心吧。”

“这并非像你想的那样简单。我想跟你说说拉尔森的问题，好让你理解情况有多么微妙。”

他接着说了下去，格兰特一开始听得很认真，随后又大惊失色：“但这样的话，这个人疯了。他对我们没用了。他疯了。”

布劳施泰因耸了耸肩：“这取决于你怎么定义‘疯’。这个词不好，不要用它。他确实有妄想，但是否会影响到他的天赋，我们并不知道。”

“但正常人显然不可能——”

“打住，打住。我们还是不要再争论精神病学对疯子之类的定义了。我理解这个人的特殊能力在于他解决问题的方式似乎跟平常人不一样。对吗？”

“对，这我必须承认。”

“那你我怎么有资格来评价他的结论是否有道理呢？我问你，你最近有自杀倾向吗？”

“没有。”

“这里其他的科学家呢？”

“当然也没有。”

“不过，我建议在进行力场研究的同时，注意监视有关的科学家，在工作场合和家里都要监视。干脆别让他们回家了，这里的办公室可以改装成寝室。”

“睡办公室？他们肯定不会同意的。”

“是。不过，你别告诉他们真正的原因，就说是为了安全起见，他们会同意的。如今，‘安全起见’是个很好的说法，不是吗？拉尔森必须受到最严格的监视。”

“当然。”

“这些都不是关键，只是为了满足我的良心，万一拉尔森的理论是对的。老实说，我不相信他说的，都是些妄想。但真要是妄想的话，那下一个必须问的问题就是造成这些妄想的原因是什么。拉尔森的头脑里、背景里、生活中到底有什么东西，让他产生这么奇怪的妄想？这个问题没有简单的答案。可能需要持续好几年的精神分析才能找到答案。在找到答案之前，他的病情无法好转。

“但是，与此同时，我们或许能做一个有根据的猜测。他有个不快乐的童年，或多或少让他在非常不愉快的情况下直面了死亡。除此之外，他一直未能与其他孩子成为朋友，还有，等他长大之后，也无法跟大人交朋友。他总是对他们那跟不上他速度的分析能力不耐烦。不管他的大脑跟其他人的有什么区别，它在他跟社会之间砌起了一道墙，跟你们想要设计的力场一样牢固。出于同样的原因，他无法享受正常的性生活。他一直都没结婚，也没有爱人。

“他认为其他人比他劣等，以此为自己无法被社会所接纳而辩解，以此来补偿自己，这很容易理解。当然，人的品质有很多方面，他并不是在所有的方面都突出。没人是。其他人也跟他一样，更容易看到别人的缺点，当然不会接受他居高临下的态度。他们会觉得他是个怪人，甚至会嘲笑他，这使得拉尔森更变本加厉地要证明人类是多么悲惨和劣等。将人类比作其他高等生物眼中的细菌，他们的实验对象，不正是最好的说法吗？他的自杀冲动就是一种彻底和人类决裂的深层欲望，为了不再成为他脑子中创造出的这个可怜的物种的一员。你明白吗？”

格兰特点了点头：“可怜的家伙。”

“是的，挺可怜的。如果他在小时候得到适当的照顾——顺便说一句，最好不要让拉尔森博士接触到这里的任何人。他病得很严重，不能交给他们。你本人必须是唯一能见到他、跟他说话的人。拉尔森博士已经同意了。显然他并不认为你和其他人一样笨。”

格兰特浅浅地笑了一下：“我同意这个安排。”

“你一定要注意。我只会跟他谈论他的工作。如果他主动想要谈论他的理论——尽管我认为可能性不大——不要表明你的态度，并立刻离开。在此期间，收起所有锋利、尖锐的东西，不要让他靠近窗户，视线不要离开他的手。你明白的。我将病人留给你照顾了，格兰特博士。”

“我会尽力而为，布劳施泰因医生。”

接下来的两个月，拉尔森住进了格兰特办公室的一个角落里，格兰特也跟他住在一起。窗户上加装了护栏，木制家具也被移走了，换成了软乎乎的沙发。拉尔森在沙发上思考，在一块搭在软垫上的衬板上做计算。

办公室门外始终悬挂着“禁止进入”的警告。食物被留在外面，旁边的厕所被标记上只供私人使用，它和办公室之间的门被拆走了。格兰特换上了电动剃须刀。他确保拉尔森每天晚上都会服下安眠药，并等着他睡着之后才入眠。

报告一直源源不断地送给拉尔森。他读着报告，格兰特在一旁看着他，并努力装出没在关注他的样子。

然后，拉尔森会放下报告，盯着天花板，一只手遮住眼睛。

“想到什么了？”格兰特问道。

拉尔森摇了摇头。

格兰特说：“听我说，我会在夜班时清空这栋建筑。你需要看一下我们搭建的一些实验装置，这很重要。”

他们去看了，手牵手行走在灯火通明、空荡荡的建筑里，如同游荡的鬼魂。他们总是会手牵手。格兰特的手抓得很紧。但每次看完之后，拉尔森依旧只是摇头。

有六七次他还会写东西，每次只是写下几个字符，然后一脚踢翻衬板下的软垫。

最后，他终于又开始写了，这次他很快就写了整整半页。格兰特本能地靠了过来。拉尔森抬头看着他，用一只颤抖的手盖住了那页纸。

他说："给布劳施泰因打电话。"

"什么？"

"我说了'给布劳施泰因打电话'，请他过来。快！"

格兰特走向了电话。

拉尔森又开始飞快地写起来，偶尔会停下用手背使劲搓几下额头，放下时能看到手背都湿了。

他抬起头，嗓音都沙哑了："他来吗？"

格兰特显得有些不知所措："他不在办公室。"

"给他家打电话，给任何可能的地方打电话。电话是用来打的，不是用来摆设的。"

格兰特接着打电话，拉尔森则又拿过了一张纸。

五分钟之后，格兰特说："他正在过来的路上。出什么问题了？你的脸色不太好。"

拉尔森只是简单地蹦了几个词："没时间。不能说。"

他在写着、画着、涂着，手不停地颤抖，仿佛他在强迫自己的手，在跟它作战。

"你来说！"格兰特着急了，"我来写。"

拉尔森摇头以示拒绝，嘴里嘟囔了一句听不懂的话。他用一只手握住另一只手的手腕，摇晃着它，好像它是块木头。最后他瘫倒在纸上。

格兰特从他身下抽出了那几张纸，并把拉尔森放到沙发上。他绝望地在他身旁不停地转圈，直至布劳施泰因出现。

布劳施泰因看了一眼后问道："发生了什么？"

格兰特说："他应该还活着。"但此刻布劳施泰因已经自己动手证实了这一点，随后格兰特跟他说了刚才都发生了什么。

布劳施泰因给他打了一针。他们一起等待着。拉尔森睁开了眼睛，眼神很飘忽。他呻吟着。

布劳施泰因凑近了他："拉尔森。"

拉尔森的手盲目地伸了出来，紧紧地抓住精神病医生："医生，带我回去。"

"我会的，马上。你已经解决了力场问题，是吗？"

"都写在纸上了。格兰特，都在纸上。"

格兰特拿起纸，狐疑地一页页翻着。拉尔森虚弱地说道："还不全。我只能写这么多了。你必须想办法解决剩下的部分。带我回去，医生！"

"等等。"格兰特急切地跟布劳施泰因耳语道，"你能不能把他留在这里，直到测试结束？这上面的东西大部分我都看不懂。他写得太潦草了。问问他，为什么他觉得这办法可行？"

"问问他？"布劳施泰因缓缓地说道，"他不是一直都能解决问题吗？"

"没事，问吧。"拉尔森说，他在沙发上偷听到了他们之间的谈话。他的眼睛突然睁大了，目光也变得犀利起来。

他们转身看着他。

他说："他们不想要力场。他们！实验者！在我没想到办法之前，我感觉跟从前一样。但是，在我想到了办法之后——那个写在纸上的办法——我想到了它之后，只过了三十秒，我就感觉……感觉……医生——"

布劳施泰因说："感觉什么？"

拉尔森开始喃喃自语："我掉进了青霉素里。我能感觉到办法想得越透，我陷得也越深。我从来没陷得……这么深。所以我知道自己确实找到了办法。把我带走。"

布劳施泰因直起身子："我必须把他带走，格兰特。没有其他办法。如果你能看懂他写的，那就好。如果你看不懂，我也没办法。这个人没法再继续工作了，否则他会死。明白吗？”

“但是，”格兰特说，“他死于自己的想象。”

“好吧。假设你是对的，但他还是会真的死去，不是吗？”

拉尔森又陷入了昏迷，没听到他们的谈话。格兰特阴沉地看了他一眼，说：“好吧，带他走吧。”

研究院里十个最聪明的人郁闷地看着发光的屏幕上一页接一页的幻灯片。格兰特坐在他们对面，皱着眉头，表情僵硬。

他说：“我认为这想法足够简单。你们是数学家和工程师。上面的东西看着好像是胡乱写的，但背后其实是有意义的。意义肯定就藏在这些东西里面，尽管潦草。第一页挺明显的，它是个不错的引子。你们中每个人都要写下每页纸所有可能的版本。你们将独立工作，不能相互帮忙。”

他们中有人说道：“你怎么知道它有意义呢，格兰特？”

“因为这些是拉尔森的笔记。”

“拉尔森！我还以为他——”

“你以为他病了。”格兰特必须提高音量，好盖过嗡嗡响起的谈话声，“我知道他病了，这些是一个快死的人写下的。拉尔森只能给我们这么多了，不会再有了。这篇手稿里的某个地方藏着力场问题的答案。如果我们找不到它，那可能还需要十年时间才能在别的地方找到它。”

他们开始埋头工作。一个晚上过去了，接着是两个晚上，三个……

格兰特看着结果，他摇了摇头：“我姑且相信你们，结果之间没有矛盾。我不敢说我能看懂。”

洛，这位仅次于格兰特，被认为是研究院最优秀的原子能工程师，耸了耸肩：“我也不怎么明白。如果它真的管用，他也没解释为什么。”

“他没有时间解释。你能按照他的方法把发生器造出来吗？”

“我来试试。”

“你想看看其他版本吗？”

“其他版本显然有矛盾。”

“你会再检查一遍吗？”

“当然。”

“你能开始制造吗？”

“我让车间马上开始。但说实话，我对结果不乐观。”

“我知道。我也是。”

那东西一直在生长。高级机械师哈尔·罗斯负责实际的建造工作，他忙得连睡觉的时间都没有。无论白天还是夜晚，你都能在那地方看到他在挠着自己的光头。

他只问过一次问题：“这是什么东西，洛博士？从来没见过这样的玩意儿，它能派上什么用场？”

洛说：“你知道这里是什么地方，罗斯。你知道在这里不能问问题，不要再问了。”

罗斯没有再问。他讨厌这个自己要建造的东西。他觉得它难看，觉得它不自然。但他还是跟它待在了一起。

一天，布劳施泰因打来了电话。

格兰特说：“拉尔森怎么样？”

“不太好。他想参与他设计的力场项目的测试。”

格兰特犹豫了：“应该让他参加。毕竟是他的项目。”

“我要跟他一起来。”

格兰特听着更不开心了：“可能有危险，你明白的。即便只是先导测试，我们依然会用到巨量的能源。”

布劳施泰因说：“你们不也同样处于危险之中？”

“好吧。观察员的名单必须通过委员会和联邦调查局的审核，但我会把你们放进名单里。”

布劳施泰因打量着他。力场投射机蹲在巨大的测试实验室的正中央，除了它，房间里空无一物。没看见有电缆连接了作为能量源的钚堆，但精神病医生从身边的谈话中得知——他知道问拉尔森也没用——电缆被藏在地板下面。

一开始，观察员们围着这台机器，用听不懂的术语交谈着，但此刻他们都离开了。走廊上挤满了人。对面的走廊里至少有三个人穿着将军制服，还有一伙儿低阶军官。布劳施泰因挑了一处栏杆旁的空位，更多的是为了让拉尔森能看清。

他说：“你还是想留下吗？”

实验室里挺暖和的，但拉尔森还穿着大衣，衣领子也竖了起来。其实没必要，布劳施泰因心想。他怀疑任何一个拉尔森以前的熟人是否还能认出他来。

拉尔森说：“我要留下。”

布劳施泰因暗自欣喜。他想看测试。一个陌生的声音在他耳边响起，他扭头去看。

“你好，布劳施泰因医生。”

布劳施泰因一下子没能认出他来，随后他说道：“啊，达里蒂检察员。你在这里干什么？”

“还能干什么？”他看了眼观察员们，“既然没什么办法能排除这些人的嫌疑，就确保这里不会发生问题。我曾经就像现在这样站在克劳斯·福克斯的身旁。”他抛起折叠刀，随后又灵巧地接住了它。

“啊，对的。哪里能保证百分之百的安全呢？人连自己的潜意识都不能完全信任。你现在要站在我身边，是吗？”

“倒是可以，”达里蒂笑了，“你十分想进来，是吗？”

“不是为了我自己，检察员。还有，你能收起你的刀吗？谢谢。”

达里蒂朝着布劳施泰因扬头示意的方向看去，不禁露出了惊讶的神色。他收起了刀，再次看着布劳施泰因的同伴，轻轻吹了声口哨。

他说：“你好，拉尔森博士。”

拉尔森粗着嗓子说道：“你好。”

布劳施泰因对达里蒂的反应并不感到奇怪。自从回到医院后，拉尔森已经瘦了二十磅。他的面色更黄了，皱纹也增多了，突然看着就像是六十岁的人。

布劳施泰因说：“测试就快开始了吗？”

达里蒂说：“看起来马上就开始了。”

他转身靠在了栏杆上。布劳施泰因抓住拉尔森的胳膊肘，想要带他离开，达里蒂却轻声说道：“别走，医生。我不希望你到处游荡。”

布劳施泰因看着实验室对面。那里的气氛令人不安，人们都站着不动，像石化了似的。他能认出格兰特，又高又瘦，缓慢地想抬手点燃一根香烟，接着又改变了主意，将打火机和香烟都放进了口袋。控制台旁的年轻人紧张地等待着。

随后传来了一阵低沉的嗡嗡声，空气里弥漫起一股隐约的臭氧味道。

拉尔森厉声说道：“看！”

布劳施泰因和达里蒂顺着他指的方向看去。投射仪似乎闪烁了几下，仿佛有热空气在它和他们之间升起。一个铁球像钟摆似的晃了下来，穿过了闪烁的区域。

“它变慢了，是吗？”布劳施泰因激动地说。

拉尔森点了点头：“他们在测量摆到另一头的高度，以此计算动量的损失。傻瓜！我说了它会成功的。”他说话时明显很费劲。

布劳施泰因说：“看着就好，拉尔森博士。用不着这么激动。”

钟摆停止了摆动，被收了起来。投射仪闪烁得更剧烈了，铁球再次被放了下来。

一次接一次地，每一次铁球的运动受到的阻力都变大了一些。它撞到闪烁区域时发出了明显的声音。最终，它被弹了回去。起初的碰撞是沉闷绵软的，就像砸中了一块蛋糕，后来就很干脆，仿佛砸到了铁板，撞击声充斥着整个房间。

他们收起了铁球钟摆，再也没用到它了。投射仪藏在迷雾之中，几乎都看不到了。

格兰特发出了指令，臭氧的味道突然变浓了，很刺鼻。观察员们惊叫了一声，每个人都在对着身边的人大喊大叫。十几个人指着那里。

布劳施泰因在栏杆上探出身，跟其他人一样激动。投射仪曾经所在的地方，只剩下了一面巨大的半球形镜子。镜面完美无瑕。他在上面看到自己的倒影，一个小小的人，站在小小的阳台上，阳台后面是矗立的墙壁。他能看到球面上有亮斑反射着荧光灯的光线，非常刺眼。

他喊道："快看，拉尔森。它在反射能量。它在反射光波，就像是面镜子。拉尔森——"

他转过身："拉尔森！检察员，拉尔森去哪儿了？"

"什么？"达里蒂也转过身来，"我没看到他。"

他焦急地往四处看了看："没事，他走不远的。没人能从这里出去。你去看看对面。"接着，他拍了下大腿，在口袋里翻了一阵："我的刀不见了。"

布劳施泰因找到他了。他在属于哈尔·罗斯的一间小小的办公室里。它跟阳台是通的，此刻里面的人当然被清空了。罗斯本人甚至连观察员都不是。高级机械师没有观察的资格。不过，他的办公室的确是个结束与自杀之间的拉锯的好地方。

布劳施泰因在门口站了一会儿，感到恶心，转过了身。他看到了达里蒂，后者正好在阳台下方一百英尺左右的另一间相似的办公室门口。布劳施泰因朝他示意找到了拉尔森，达里蒂飞奔而来。

格兰特博士因为激动而抖个不停。他已经抽了两根烟，每根都没抽几口就丢到脚下踩灭了。此刻，他正拿出第三根。

他说："结果比我们预想的更好。明天我们将开始实弹测试。我相信肯定没问题，但还是要按计划来。我们要完成整个计划。我们会略过小弹头，直接从大规模当量开始。要不还是算了。可能有必要搭建一个特殊的测试装置来处理跳弹问题。"

他扔掉了第三根烟。

一位将军说："我们要用真正的核弹来测试，这是必须的。"

"当然。我们已经开始在埃尼威托克岛建造一座模拟城市。我们可以在那里造一个发生器，然后再扔个核弹。那地方有动物。"

"你真的相信，如果我们将力场设置在最大幅度，它能挡住核弹？"

"不是这样的，将军。在核弹扔下之前，力场几乎就不存在。钚辐射在爆炸之前会触发力场，就跟我们最后一步测试所做的一样。这才是它的精髓。"

"老实说，"一位普林斯顿的教授说，"我也看到了不足之处。当力场达到峰值，它保护的一切都将处于完全的黑暗之中，阳光也照不进去。此外，我突然想到，敌人可以时不时地丢下无害的辐射导弹来触发力场。它的缺陷明显，会大量消耗我们的能源。"

"缺陷，"格兰特说，"是可以解决的。我相信这些困难最终都会得到解决，重要的是，最关键的问题已经解决了。"

来自英国的观察员挤过人群，走到格兰特面前，握了握他的手，说："我已经觉得伦敦安全了很多。我恳请贵政府能允许我看一下完整的计划。我看到的是天才的作品。当然，此刻它显得挺理所当然的，但当初你们是怎么想到的呢？"

格兰特笑了："只要是拉尔森博士发明的装置，都会有人问这个问题——"

有人在他肩上拍了一下，他扭头去看："布劳施泰因医生！差点把你忘了。来，我想跟你说几句。"

他拽着小个子的精神病医生走到一旁，对他耳语道："听着，你能说服拉尔森来认识一下这些人吗？这是他的功劳。"

布劳施泰因说："拉尔森死了。"

"什么？！"

"你能离开这里一会儿吗？"

"好……好的——先生们，请允许我失陪一小会儿。"

他跟着布劳施泰因匆匆走了。

联邦调查局的人已经接管了现场。他们悄悄地阻断了通往罗斯办公室的走廊。外面是拥挤的人群，讨论着刚刚目睹的"阿拉莫戈多[1]事件"的答案。而里面是他们未曾注意到的答案提供者的死亡。政府的人分开了，让格兰特和布劳施泰因通过。人墙在他们身后又关闭了。

格兰特掀起了布单。他说："他看上去挺平静的。"

布劳施泰因说："我觉得他解脱了。"

达里蒂面色惨白地说："他自杀用的武器是我的刀。是我疏忽了。我会跟上面如实汇报。"

"不用，不用，"布劳施泰因说，"这没什么用。他是我的病人，我才需要负责。总之，他原本就活不过一个星期了。自从他发明了投射仪，他就是个死人了。"

格兰特说："给政府的报告该怎么写？能不能不提他疯了的事？"

"恐怕不行，格兰特博士。"达里蒂说。

"我跟他说过整个故事。"布劳施泰因哀伤地说。

格兰特看了看他们两个。"我会跟局长谈谈。如果有需要的话，我会去见总统。我看不到有什么必要非得提到自杀或是发疯。他将作

1 位于美国新墨西哥州，白沙导弹靶场所在地，人类首次核试验的地点。

为力场投射仪的发明者而备受瞩目。我们至少能为他做到这一点。”他咬紧牙关说道。

布劳施泰因说：“他留下了一张字条。”

“字条？”

达里蒂递给他一张纸：“自杀者一般都会这么做。上面写了医生跟我说过的他自杀的真正原因。”

字条是留给布劳施泰因的，上面写着：

“投射仪成功了。我知道它会成功。交易完成了。你已经拥有了它，不再需要我了。所以我走了。你无须担心人类，医生。你是对的。他们培育我们太久了，他们冒了太多风险。我们已经脱离了培养皿，他们没法再阻挡我们了。我只能说这么多了。我明白。”

他在下面还潦草地签上了名字，名字下面还有一行小字，写着：

“只要足够多的人对青霉素有抵抗力。”

格兰特想要撕碎纸条，但达里蒂迅速出手阻止了他。

“需要存档，博士。”他说。

格兰特把纸条还给了他：“可怜的拉尔森！临死之前还在相信这些垃圾。”

布劳施泰因点了点头：“他真的相信。我猜拉尔森会得到一场隆重的葬礼，他的发明也会公布于众，但不会提到他的疯狂与自杀。但政府会继续对他疯狂的理论感兴趣。它们可能并没有那么疯狂，不是吗，达里蒂先生？”

“这太荒谬了，医生，”格兰特说，“从来没有哪个科学家提到过这种可能性。”

“告诉他，达里蒂先生。”布劳施泰因说。

达里蒂说：“还有一起自杀事件。不，不是，不是科学家。连学位都没有。今早发生的，我们之所以去调查，是因为我们怀疑它跟今天的测试有关联。查了之后发现似乎没有关联，我们本来也打算在测试结束之前就结案。直到现在，我才觉得两者之间有联系。

“死者是男性，已婚，有三个孩子。他没有理由去死。他没有精神病，自己撞向了一辆汽车。我们有目击者，可以确定他是故意的。他并没有马上死去，有人叫来了医生。他伤得很重，但他最后的遗言是‘我感觉好多了’，然后就死了。”

“他是什么人？”格兰特说。

“哈尔·罗斯，就是那个造出了投射仪的人。这间办公室的主人。”

布劳施泰因走向了窗户。傍晚的天空即将被夜幕笼罩，点点星光正在亮起。

他说：“那个人对拉尔森的观点一无所知。他从来没跟拉尔森交谈过，达里蒂先生跟我说的。科学家可能整体已经具备了抵抗力，否则科学家这个职业将很快不复存在。拉尔森是个特例，他对青霉素敏感，却坚持要留在青霉素里。你看到他身上都发生了什么。但普通人呢？那些生活中各式各样的人，因为没有经常接受筛选而依然敏感。到底有多少比例的人类是对青霉素有抵抗力的？”

“你相信拉尔森？”格兰特惊惧地问道。

“我也不知道。”

布劳施泰因看着群星。

孵化器？

尸　槽[1]

甚至在这个他和其他乘客躲着的客舱里，安东尼·温德姆上校依然能捕捉到战斗进展的要点。战场安静了一阵子，没有震动，意味着太空船正在天文距离上用能量束和强力力场护盾与敌方决斗。

他知道结果早已注定。他们的地球飞船只是一艘武装商船，而他在被船员从甲板上赶下来时匆匆瞥到的科罗洛飞船，足以让他确定那是一艘轻型巡洋舰。

不到半个小时，传来了他一直在等待的强烈冲击。乘客们随着飞船的颠簸而摇晃着，仿佛它是艘正行驶在暴风雨下的远洋客轮。但太空就跟往常一样平静和沉寂。所以是他们的驾驶员正绝望地从蒸汽管道里喷射出蒸汽流，通过反作用力令飞船旋转和颠簸。这只能意味着不可避免的结果已经发生了。地球飞船的护盾失效了，它再也不敢冒险直面攻击。

温德姆上校试图用铝杖稳住自己的身形。他想到自己是个老人，在军队里度过了一生却从未见识过真正的战斗。此刻，身边正发生着一场战斗，他却已经又老又胖又瘸，手下也没有兵可用。

他们就快登船了，那些科罗洛魔鬼。这是他们的战斗方式。他们受到宇航服的掣肘，伤亡率很高，但他们需要地球的飞船。温德姆想到了乘客。他心想，如果他们有武器，如果我能命令他们的话……

他放弃了这个想法。波特显然已经被吓傻了，而那个小伙子，勒布朗，也好不到哪儿去。玻利科特兄弟——见鬼，他总是分不清他们俩谁是谁——挤在角落里，只顾着说悄悄话。马伦跟他们不一样。他坐得笔直，脸上既没有恐惧，也没有其他表情。但这家伙只有五英尺高，此生显然从未拿过枪或别的武器。他什么忙都帮不了。

还有斯图尔特，脸上永远挂着似笑非笑的表情，话里话外总是一副挖苦的腔调。温德姆扭头看着斯图尔特的方向，他坐在那里，惨白的手拢着灰色的头发。装着那么一双人造手，他也派不了多大用场。

温德姆感觉到飞船与飞船相碰之后传来的震动，五分钟之后，走廊里传来了打斗的声音。玻利科特兄弟中的一位尖叫着冲向了门口。另一位喊道："亚里斯泰迪斯！等等！"他匆匆追了上去。

一切都发生得那么快。亚里斯泰迪斯已经出了门，冲进了走廊，在恐惧之中盲目地奔跑着。一支碳化枪开火了，他连惨叫声都来不及发出。站在门口的温德姆惊恐地看了眼剩下的那堆黑色残躯，马上扭过了头。奇怪——穿了一辈子的制服，却从未见过有人在他面前被残杀。

屋里的众人合力才把另一位使劲挣扎的兄弟拖了进来。

战斗的声音渐渐平息了。

斯图尔特说："结束了。他们会派两个押解船员上船，把我们押往他们的一个母星。显然我们成了战俘。"

"只有两个科罗洛在我们船上吗？"温德姆惊诧地问道。

斯图尔特说："这是他们的习俗。你这么问是什么意思，上校？想率领一支敢死队夺回飞船？"

温德姆的脸红了："只是为了多掌握点情况，废话。"他想要摆出一副威严的架势，但他知道自己失败了。他只不过是一个瘸腿的老头儿。

斯图尔特可能是对的。他在科罗洛人中间生活过，了解他们的方式。

约翰·斯图尔特从一开始就坚称科罗洛人都是绅士。被囚禁了二十四个小时之后，他再次重复了自己的说法，同时伸展着自己的手指，看着弧形的皱纹出现又消失。

他喜欢看到这个动作引起其他人的不适。人就是被用来消遣的，一帮软蛋。他们的手跟他们的身体是一种材料。

尤其是安东尼·温德姆。他自称是温德姆上校，斯图尔特也愿意相信。一位退休的上校，可能四十年前在村里的绿地上训练过乡里的民兵，没有任何成绩可言，以至于在地球的首次星际战争进行到如此关键的时刻，也没有被征召回队伍，没有被赋予任何任务。

“别再说敌人的好话了，斯图尔特，我不喜欢你的态度。”温德姆从修剪整齐的胡须里挤出了这句话。他的头也修剪过，模仿着如今军队里的样式，但此刻一圈灰色的短楂儿开始冒头，凸显了中央的秃顶。他松弛的脸颊往下耷拉着，加上大鼻子上细小的血丝，给人一种没收拾整齐的印象，仿佛在睡梦之中被突然早早地叫起。

斯图尔特说：“胡说。换个位置，假设一艘地球战舰俘获了一艘科罗洛商船。你觉得船上的科罗洛平民会面临什么样的命运？”

“我相信地球舰队会遵守所有星际战争的公约。”温德姆厉声说道。

“哪有什么公约？假如我们派出一队押解船员登上他们的飞船，你觉得我们会不顾麻烦地为幸存者保留科罗洛大气，允许他们保留非违禁品，让他们使用头等客舱，等等，等等，等等？”

本·波特说：“嘿，闭嘴，看在上帝的分儿上。如果我再听到你说一次‘等等，等等，等等’，我肯定会疯掉的。”

斯图尔特说：“我很抱歉！”但他并没有。

波特也没心思跟他计较。他的瘦脸和尖鼻子上沁出了一层细密的小汗珠，他还一直在咬脸颊的内壁，终于疼得咧了下嘴。他用舌头舔着疼的地方，看上去更像个小丑了。

斯图尔特已经懒得再去激怒他们了。温德姆这个目标太老，波特则只会独自苦恼。剩下的人都保持着沉默。德米特里奥斯·玻利科特独自沉浸在伤痛之中。昨晚他很可能没睡觉。至少，每当斯图尔特醒来想换个睡姿时——他本人也没怎么睡好——旁边的小床上总会传来玻利科特低沉的喃喃声。他说了很多，但最多的还是一遍又一遍的哀悼："哦，我的兄弟！"

他呆坐在自己的小床上，黝黑的、宽宽的脸膛上胡子拉碴，一双红色的眼睛时不时地看看其他囚犯。在斯图尔特看着他的时候，他的脸埋进了粗糙的掌心里，只露出一头干燥卷曲的头发。他微微摇晃着，但此刻大家都醒了，他不再发出声音了。

克劳德·勒布朗想要读一封信，却怎么也读不进去。他是六人之中最年轻的，刚刚才大学毕业，准备回地球去结婚。斯图尔特发现今天早晨他在安静地哭泣，粉白的脸变得红彤彤的，起了一块块红斑，仿佛一个伤心的孩子。他非常英俊，几乎像女孩子一样秀美，蓝色的大眼睛，饱满的嘴唇。斯图尔特不知道什么样的女孩会答应成为他的妻子。他看过她的照片。船上谁没带着照片呢？她具有缺乏个性的漂亮，放在一堆未婚妻的照片里肯定区分不出来。在斯图尔特看来，如果他是这个女孩，他会挑一个肌肉更发达的男人。

那就只剩下了伦道夫·马伦。说实在的，斯图尔特不知道该拿他怎么办。他是六个人之中唯一在大角星系里待过足够长时间的人。就拿斯图尔特自己来说，他在那里待的时间只够在省工程学院教完一门宇航学课程。温德姆上校去那里只是为了走马观花式的旅游。波特是为了给自己在地球上的罐头厂买些外星浓缩蔬菜。玻利科特兄弟试图成为大角星系的卡车农夫，在经历了两个种植期后，放弃了，不知怎的竟然还赚钱了，然后准备回到地球。

然而，伦道夫·马伦在大角星系生活了十七年。旅行者们怎么能这么快就了解彼此呢？毕竟就斯图尔特所知，这个小个子在飞船上没怎么说话。他当然显得很有礼貌，总是会侧身让其他人先走，但他全部的词汇量似乎就只有“谢谢”和“不好意思”。不过，有关他的消息还是流传开来了，说这是他十七年来第一次去地球。

他的个子很小，做事细致，简直到了让人无法忍受的程度。今天早上醒来之后，他整齐地铺了床，刮了胡子，穿戴妥当。多年养成的习惯似乎没有受到丝毫影响，尽管他成了科罗洛的俘虏。必须承认，他也并没有因此而显得扎眼，也没有对其他人的颓唐露出过丝毫不满。他只是坐在那里，稍微显得局促，被束缚在过于传统的衣服里，双手懒洋洋地摊在大腿上。他的嘴唇上有一撮小胡子，没有为他的脸增添半分神采，反而令它显得更为循规蹈矩。

他看着像是漫画里的会计模样。最奇怪的是，斯图尔特心想，这就是他的本职工作。他在乘客登记簿上看到的：

姓名：伦道夫·弗洛伦·马伦

职业：会计

雇主：鼎盛纸盒公司

地址：托拜厄斯大街27号，新华沙，大角星二号

“斯图尔特先生？”

斯图尔特抬头看了一眼，是勒布朗，他的下嘴唇在微微哆嗦。斯图尔特回忆了一下礼貌的态度是什么样子。他说：“怎么了，勒布朗？”

“你说，他们会放了我们吗？”

“我怎么知道？”

“大家都说你在科罗洛行星上生活过，你刚才还说过他们都是绅士。”

“这个嘛，对。但就连绅士打仗的目的也是赢。在战争期间，我

们可能会被一直关押着。”

“但可能要打好几年呢！玛格丽特在等我。她会以为我已经死了！”

“我猜等我们到了他们的行星上，他们可能会允许我们往外发消息。”

波特沙哑的嗓音听着很是焦虑。“嘿，如果你对这些魔鬼了解得那么多，在关押期间，他们会对我们做什么呢？他们会喂我们吃什么？他们从哪里找氧气给我们？这么跟你说吧，他们会杀了我们。”随后又想起了什么，“我也有个老婆在等着我。”他加了一句。

但斯图尔特在攻击发生之前就听他说过他妻子了。他无动于衷。波特用指甲被咬过的手指拉扯着斯图尔特的衣袖。斯图尔特立刻厌恶地挣开了。他无法忍受这双丑陋的手。它们令他愤怒，如此怪异的玩意儿竟然是真的，而他本人又白又完美的手只是用异星乳胶制作的仿品。

他说：“他们不会杀了我们。如果他们真的想杀我们，早就动手了。听着，我们也抓了科罗洛的俘虏，正常人都知道，如果你希望对方优待你的人，那你也要优待他们的人。他们会照顾好我们的。食物可能不会太可口，但他们的化学知识比我们的好。这是他们的优势。他们知道我们需要什么样的食物成分，需要多少卡路里。我们会活下来的，他们会保证这一点。”

温德姆咆哮道：“你听上去越来越像一个该死的通敌分子了，斯图尔特。听到地球人说这帮绿家伙的好话，我都快反胃了。闭嘴，伙计，你的忠诚属于谁？”

“我的忠诚属于该属于的地方。诚实、正直，不管它们在什么样的身体里面，”斯图尔特伸出了双手，“看到了？科罗洛做的。我在他们的一个行星上住了六个月。我的手被卷进了我房间的空调里。我以为他们供应的氧气含量有点低——顺便说一句，其实并不低——我想自己来调节一下。都是我的错。我不应该随便摆弄别的文明的机器。等到有科罗洛人穿上气密服来救我时，已经太晚了，我的两只手都废了。

“他们特地为我做了这双人造手。你知道它意味着什么吗？它意味着要设计适合含氧大气的设备和营养液。它意味着他们的外科医生必须穿着气密服进行精细的手术。所以，我又有手了。”他凄惨地笑了笑，手无力地握成拳，“手……”

温德姆说：“你就为了这个出卖了对地球的忠诚？”

“出卖我的忠诚？你疯了。因为这双手，我恨了他们很多年。在事故发生之前，我是星际商船上的驾驶长。现在呢？我成了个文书，偶尔也教课。我花了很长时间才意识到一切都是我自己的错，科罗洛人是做了件好事。他们有自己的道德标准，跟我们的一样高。如果不是因为他们中某些人的愚蠢——上帝做证，我们中的一些人也同样愚蠢——我们根本不会有战争。等它结束之后——”

玻利科特站了起来。他举起拳头，黑色的眼睛在喷火：“我不喜欢你说的，先生。”

“为什么？”

“因为你把这些该死的绿色浑蛋说得太好了。科罗洛人对你不坏，嗯？但他们对我的兄弟很糟。他们杀了他。我该杀了你，你这个该死的绿色间谍。”

他往前冲去。

斯图尔特将将来得及举起胳膊抵挡这位愤怒的农夫。他喊道：“你他妈的——”他抓住了对方的一只手腕，探出肩膀抵住对方，而对方则卡住了他的喉咙。

他的人造手松开了。玻利科特没怎么用力就把它给甩开了。

温德姆咆哮了一句，听不清他在叫什么，勒布朗用尖细的嗓音喊道：“快住手！快住手！”只有小个子马伦采取了行动，他从后面用胳膊搂住农夫的脖子，用尽全力往后拉扯。但作用不大，玻利科特似乎根本没注意到他的后背增加了这位小个子的重量。马伦的脚都离开了地板，身子无助地在空中左右摇晃。但他一直搂着没放松，阻碍了玻利科特，使得斯图尔特能够挣脱他，并抢过了温德姆的铝制手杖。

他说："滚开，玻利科特。"

他大声喘息着，害怕会再次受到攻击。空心的铝管太轻了，难以起到什么作用，但总归比他无力的双手要可靠一些。

马伦松开了玻利科特的胳膊，此刻正警惕地防备着，他的呼吸沉重，衣服也乱了。

玻利科特暂时没再动弹。他站在那里，垂着头发蓬乱的大脑袋。随后他说道："没用的，我必须杀了科罗洛人。说话注意点，斯图尔特。如果你再满嘴跑火车，小心受伤，而且是重伤。我没开玩笑。"

斯图尔特举起了胳膊，将手杖扔回给温德姆，后者用左手抓住了它，同时右手用手绢用力地擦了擦自己的秃头。

温德姆说："先生们，我们必须避免内斗，它会损害我们的声誉。我们不能忘了还有共同的敌人。我们是地球人，必须表现出地球人的样子——银河系的统治种族。我们不能在劣等种族面前贬低自己。"

"好了，上校，"斯图尔特厌烦地说道，"明天再对我们说教也不迟。"

他转身看着马伦："我想对你说声谢谢。"

说出这两个字令他不自在，但他必须说。这个小个子会计完全出乎他的意料。

但马伦用比耳语大不了多少的声音干巴巴地说："不要谢我，斯图尔特先生。我这么做很自然。如果我们真的成了战俘，或许我们需要你——一个了解科罗洛的人——当翻译。"

斯图尔特不禁呆住了。他心想，这也太像个会计了，太会算计了，太没人情味了。当下的风险和长期的收益，资产和负债完美的平衡。他原本指望马伦挺身而出是出于……好吧，是出于什么呢？出于纯粹无私的正义感？

斯图尔特无声地嘲笑了自己。他原本都开始觉得人类还是有公义的，而不是赤裸裸的利己主义。

玻利科特在发呆。他内心的懊悔和愤怒如同酸液一般折磨着自己，但他什么都说不出来。假如他是斯图尔特，大嘴巴、小白手的斯图尔特，他就能一直说啊说的，或许能让自己好受些。然而，他只能坐在那里，半死不活的，没有兄弟的陪伴，没有亚里斯泰迪斯……

一切都发生得那么突然。假如他能回到过去，早一秒产生警觉，或许他就能抓住亚里斯泰迪斯，挽救他的生命。

但想得最多的还是对科罗洛人的仇恨。两个月以前，他都没怎么听说过他们，但现在他如此恨他们，如果能用自己的命换他们中几个人的命，他也愿意。

他头也不抬地说道："这场战争到底是怎么开始的，嗯？"

他担心会听到斯图尔特的声音。他讨厌斯图尔特的声音。但回答的是温德姆，那个秃子。

温德姆说："最直接的原因，先生，跟怀恩多特的采矿权争议有关。科罗洛人窃取了地球的财产。"

"足够双方开采的，上校！"

听到声音后，玻利科特抬起头哼了一声。斯图尔特无法长时间地闭嘴，他又开始说话了——这个坏手、聪明蛋、科罗洛人的走狗。

斯图尔特说："有什么值得争的吗，上校？我们无法利用彼此的世界。他们的氯气行星对我们无用，我们的氧气行星对他们也无用。氯气会把我们毒死，而氧气能把他们毒死。我们不可能一直敌对下去。我们这两个种族没有交集。难道因为要从一个没有大气的小行星上挖掘铁矿就有理由开战了吗？要知道银河系里有好几百万个类似的星体！"

温德姆说："这里面涉及行星的尊严问题——"

“尊严个屁。尊严就能用来作为开战的借口啦？这场仗只能在边缘地带进行，然后经过一系列的你争我夺的行动，最后还得通过谈判来解决，还不如一开始就谈判呢。不管是我们，还是科罗洛人，都不会得到任何好处。”

玻利科特恼怒地发现自己竟然同意斯图尔特的说法。他和亚里斯泰迪斯怎么可能关心地球或科罗洛是从哪里采来的铁矿呢？

难道亚里斯泰迪斯就是因为这个而死的？

小小的警铃突然响起。

玻利科特的头一下子抬起。他缓缓地站起身，咬紧了牙关。门外只可能有一样东西。他等着，胳膊鼓着劲，拳头也握紧了。斯图尔特正向他这边缓慢移动。玻利科特看到了，暗自笑了笑。让科罗洛人尽管来吧，再加上斯图尔特，都无法阻止他。

等着吧，亚里斯泰迪斯，再等一会儿，我会为你报仇。

门开了，一个身影走了进来，完全隐藏在一件没有形状、仿佛是劣质仿品的宇航服之中。

一个奇怪的、不自然的但不是那么难听的声音响起：“地球人，我和我的同伴担心——”

话没说完，玻利科特发出一声低吼，再次冲了出去。前冲不讲究科学，只讲究动量。黑色的脑袋低垂着，粗壮的胳膊伸展着，长着毛的手指做好掐脖子的准备，他猛地扑了出去。斯图尔特还没来得及阻止就被甩到了一边，直接弹到了一张小床上。

科罗洛人本可以采取不过激的手段，例如伸直胳膊挡住玻利科特，或是往旁边侧身，让旋风直接刮过去。但他没这么做，而是迅速掏出一把手持武器，发出一道粉色的辐射光，射中了正在前冲的地球人。玻利科特趔趄了一下，倒在了地上，身体依然保持着弓着腰往前冲的姿势，一只脚抬在半空，仿佛被闪电劈中僵住了。他的身子侧翻在地，他就那样躺着，眼睛依然很具活力，目光中满是愤怒。

科罗洛人说："他并未受到永久的伤害。"他似乎并没有因为受到攻击而恼怒。他接着说："地球人，我和我的同伴注意到这个舱室里有动静，因此有些担心。你们有什么需要我们帮忙的地方吗？"

斯图尔特正气愤地揉着被床框磕破的膝盖。他说："没有，谢谢，科罗洛人。"

"嘿，听着，"温德姆没好气地说，"你们太过分了。我们要求立刻将我们释放。"

科罗洛人那个小小的、如同昆虫似的脑袋转向了胖老头儿的方向。对于不习惯的人来说，他不是一个令人愉快的形象。他跟地球人的身高差不多，但他的身体上方长着一个细茎一样的脖子，脖子上该长脑袋的地方只是膨胀了些许。它由一个钝角三角形的长鼻子和向两侧突出的眼睛构成，没有别的了，没有脑门，也没有脑子。科罗洛人的大脑位于腹部，使得头变成了一个单一的感觉器官。科罗洛人的宇航服较为忠实地参照了头部的线条，两只眼睛在两个透明的半圆玻璃后，看着绿油油的，因为里面有氯气。

其中一只眼睛正严肃地盯着温德姆，后者在其注视之下害怕得有些发颤，但仍在坚持："你们无权把我们关起来。我们不是战斗成员。"

科罗洛人的声音听着完全是由人工合成的，来自它胸部悬挂着的一个铬合金网格。发音盒是通过压缩空气发声的，他的上半身辐射出两圈灵巧的、像叉子一样的众多触手，其中两条控制着压缩空气。幸好他穿着宇航服，所有的触手都被仁慈地隐藏在宇航服里。

声音说："你在开玩笑吗，地球人？你肯定知道战争、战争的规矩和战俘吧。"

他四处看了看，头迅速地一扭一扭，交叉使用两只眼睛，先是用其中一只眼睛盯着某个特定物体看，随后又换上另一只。据斯图尔特了解到的，每只眼睛都会向腹部的大脑传递各自的信息，然后将两者整合才能获取完整的信息。

温德姆没什么可说的。其他人也没有。科罗洛人的四个主肢，大致可算作一对胳膊和一双腿，在宇航服的掩盖下依稀呈现出地球人的形状，如果你不去看他胸部以上的地方，就没有办法看出他在想什么。

他们看着他转身离开了。

波特咳嗽了一阵，用压抑的声音说：“上帝，氯气可真难闻。如果他们不做点什么，我们都会死于肺腐烂。”

斯图尔特说：“闭嘴。空气里的氯含量都不足以让蚊子打喷嚏，而且两分钟之内就会被替换干净。微量氯气对你有好处，能杀死你的感冒病毒。”

温德姆咳嗽着说道：“斯图尔特，我还以为你会跟你的科罗洛朋友提出要放了我们呢。你在他们面前怎么就胆小了呢？他们走了你倒是又开始嘴硬了。”

“你听到那生物说了什么，上校。我们是战俘，而战俘交换是通过外交官来协商的。我们只能等。”

勒布朗的脸色刚刚在科罗洛人进来的时候变得惨白，此时他站起身匆匆去了厕所。不一会儿，厕所里传来了干呕声。

斯图尔特想着该说些什么来盖住那个令人不快的声音，房间里陷入了尴尬的沉默。马伦补了上来。他在一个从枕头底下拿出的小盒子里翻找着。

他说：“或许勒布朗先生最好在睡觉之前吃一片镇静剂。我带了一些。我乐意给他一片。”他立即解释了自己的慷慨：“否则他会搅得我们都睡不好觉。”

“很有道理，”斯图尔特干巴巴地说，“你最好留一片给兰斯洛特骑士。不，留下半打。”他走向依然瘫在地板上的玻利科特，跪在他身旁：“感觉还好吧，亲爱的？”

温德姆说："这么说话非常没礼貌，斯图尔特。"

"好吧，如果你这么关心他，干脆你和波特把他搬到床上去好了。"

他帮他们一起搬了。玻利科特的手臂在无规律地震颤。据斯图尔特对科罗洛神经武器的了解，这家伙此刻正在体会如同针刺般的疼痛。

斯图尔特说："不用轻手轻脚的。这个该死的傻瓜很有可能会把我们所有人都害死。值得吗？"

他把玻利科特僵硬的身体往里推了推，坐到了床边："你能听到我说话吗，玻利科特？"

玻利科特的眼神闪了两下。他想举起胳膊，却怎么也举不起来。

"那好，听着，不要再做出刚才那种行为了。下一次我们可能都会跟着你一起完蛋。如果你是那个科罗洛人，而他是个地球人，那我们现在肯定都死了。所以请听好了，我们对你兄弟的死表示遗憾，太不值得了，但这是他的错。"

玻利科特想要爬起来，被斯图尔特压了回去。

"别动，接着听下去，"他说，"这可能是我能让你好好听我说话的唯一机会。你的兄弟没有权利离开乘客的生活区。那里不是他该去的地方。他刚好挡在了我们前面。我们甚至都不确定是科罗洛的枪杀了他。可能是我们自己的枪。"

"嘿，别胡说，斯图尔特。"温德姆抗议道。

斯图尔特转身看着他："你有证据能证明吗？你看到谁开枪了吗？你能从剩下的残骸分辨出是科罗洛的能量还是地球的能量？"

玻利科特的声音又回来了，他驱使着不怎么受控的舌头，含糊不清地说道："该死的绿色畜生。"

"说我呢？"斯图尔特说，"我知道你在想什么，玻利科特。你在想等到你能动弹之后，就揍我一顿来发泄。好吧，如果你真这么做了，那我们所有人可能都会完蛋。"

他站了起来，背靠着墙。此刻，他在跟他们所有人作对："你们都没我了解科罗洛的行为方式。你们看到的外形差异并不重要，性格差异才重要。例如，他们不理解我们对于性交的看法。对他们而言，这只不过是生理反应，和呼吸一样。他们并没有赋予它额外的重要性。但他们认为社会团体很重要。记住，他们在进化上的祖先跟我们的昆虫有很多相似之处。他们总是认为任何他们找到的地球团体都是一个社会单元。

"这对他们来说意味着全部。我不知道它到底意味着什么，也没有地球人能明白。但结果就是他们从来不会分开某个团体，就像我们在条件允许的情况下不会把母亲和孩子分开一样。他们现在对我们还算文明，原因之一就是他们觉得要是杀了我们中的一个，我们其他人也都会跟着崩溃，他们会因此而内疚。

"但你必须记住这一点。我们被一起俘虏了，所以整个期间都会被关在一起。我不喜欢这个想法。我不想选你们中的任何一个作为狱友，我相信你们也不想选我。但事已至此，科罗洛人绝对无法理解我们一起生活在船上只是出于偶然。

"这意味着我们必须学会相处。不能像鸟巢里的小鸟一样总是斗个不停。如果刚才科罗洛人早进来一会儿，发现玻利科特和我正在殊死搏斗，你们觉得会发生什么？你们不知道？好吧，如果你抓到了一个母亲，然后她想要杀了她的孩子，你们会怎么想？

"这就是了。他们会杀了我们每个人，将我们视作科罗洛人中的变态和魔鬼。明白吗？你呢，玻利科特，你听明白了吗？所以，想吵架的话尽管吵，但不要动手。现在，如果你们不介意的话，我要把我的手按摩成原来的形状——科罗洛人给了我这双人造手，而我的同类却想要毁了它们。"

对克劳德·勒布朗而言，最糟糕的已经过去了。他一直都觉得不爽，对很多事都不爽，但最不爽的还是离开了地球。去地球外面上大学本来是件大好事，是一次有趣的冒险，也使他得以离开自己的母亲。在经过了第一个月胆战心惊的调整之后，他竟然为自己选择了逃离而暗自欣喜。

随后就到暑假了，他不再是克劳德，一个害羞的学者，而是勒布朗，一个太空旅行家。他到处炫耀自己的新身份。谈论星星和跳跃、不同世界上的风俗和环境，这让他觉得自己是个男人。这给了他追求玛格丽特的勇气，她爱他，爱他经历过的危险……

只不过这才是他第一次遇到了危险，他还表现得不怎么样。他也知道，并为此而感到羞耻，希望自己能像斯图尔特那样。

勒布朗利用吃饭的机会接近他。他说："斯图尔特先生。"

斯图尔特抬头看着他，简短地说了句："感觉好点了？"

勒布朗觉得自己脸红了。他容易脸红，想要控制脸红的努力只是让脸红得更快了。他说："好多了，谢谢。我们开饭了。我自作主张把你的那份也拿来了。"

斯图尔特接过了他递过来的罐头。它是标准的太空食品，完全是人工合成的浓缩物，营养充足，却总是不能令人满意。罐头打开的时候会自动加热，但有必要的话，也可以冷着吃。虽然它自带勺子和叉子一体的餐具，但口粮是一整份的，可以用手吃，不会弄得很狼狈。

斯图尔特说："你听到我刚才说的了？"

"是的，先生。我想让你知道，你能相信我。"

"好的。你可以走了，去吃吧。"

"我能坐在这里吗？"

"随便。"

他们安静地吃了一会儿，勒布朗忍不住开口了："你真的太自信了，斯图尔特先生！自信的感觉肯定特别棒！"

"自信？谢谢，不过那个才是你要找的自信家伙。"

勒布朗顺着他点头示意的方向看去，不禁感到惊讶："马伦先生？

那个小矮个儿？不会吧。”

“你不觉得他自信？”

勒布朗摇了摇头。他专注地看着斯图尔特，想要确定他是否在开玩笑：“那个人只是冷漠。他没有感情。他就像一台小机器。我觉得他令人恶心。你不一样，斯图尔特先生。你体内充满了自信，但你不表现出来。我想跟你一样。”

仿佛是因为被提到了名字（尽管他不可能听到自己的名字），马伦参与了进来。他的那罐食物基本没动。他在他们对面蹲下时，它还在冒着热气。

他的声音一贯有些沙哑：“斯图尔特先生，你觉得这次航行得花多少时间？”

“马伦。他们肯定会躲过通常的贸易线路，他们也会比平常更频繁地跳入超空间，以便甩开可能的追逐者。我觉得一个星期也不奇怪。你为什么要问？我猜你有非常实际和合理的理由。”

“还用说，当然。”他似乎对讽刺挖苦很有抵抗力，“我只是想到可能需要做好食物配给。”

“我们有足够的食物和水，能撑上一个月。我一早就查过了。”

“明白了。这样的话，我就把这罐先吃了。”他开吃了，优雅地用着全功能的餐具，时不时地用手绢擦擦并未沾上食物的嘴唇。

两个小时后，玻利科特挣扎着站了起来。他微微摇晃着，看着像是宿醉未醒的样子。他并没有走近斯图尔特，而是站在原地跟他说话。

“你这个臭绿色间谍，你给我小心点。”

“你听到我刚才说的了，玻利科特。”

“我听到了。但我也听到你怎么说亚里斯泰迪斯的了。我不会动你，你只是一团吵闹的空气而已。迟早有一天，你会因为话太多而玩儿完。”

“我等着呢。”斯图尔特说。

温德姆凑了过来，身子重重地压在手杖上。“好了，好了，”他快活地嚷嚷着，想要掩盖他迫切的焦虑，却使之更加明显了，“我们都是地球人，该死的。必须记住这一点，让它像明灯一样激励你的心灵。绝不能在该死的科罗洛人面前低头。我们必须忘了私人恩怨，牢记我们是地球人，我们必须团结在一起对抗外星浑蛋。”

斯图尔特骂了句脏话。

波特就在温德姆的后面。他和秃顶的上校亲切交谈了一个小时。此刻他愤慨地说道：“为什么要当刺头呢，斯图尔特，有什么好处吗？你要听上校的话。我们刚才仔细琢磨了我们目前的处境。”

他洗掉了脸上的部分油腻，弄湿了头发，把头发往后梳了梳。这并没有消除他右脸嘴角处的小抽搐，或是让他长满倒刺的手指头看上去没那么恶心。

“好吧，上校，”斯图尔特说，“你有什么主意？”

温德姆说：“我想对大家一起说。”

“行，叫他们过来吧。”

勒布朗匆匆过来了，马伦则故意慢吞吞地踱着步。

斯图尔特说：“也要叫上那家伙吗？”他冲着玻利科特扬了扬下巴。

“当然。玻利科特先生，能过来一下吗，老伙计？”

“啊，别管我。”

“行，”斯图尔特说，“别管他了。我不想让他参加。”

“不行，不行，”温德姆说，“所有的地球人都要参加。玻利科特先生，我们需要你。”

玻利科特在床上翻了个身：“我离得够近了，能听到你说话。”

温德姆对斯图尔特说：“他们——我说的是科罗洛人——会在这里安上窃听器吗？”

“不会，”斯图尔特说，“他们为什么要装？”

“你确定？”

“当然确定。当玻利科特朝我冲过来的时候，他们不知道发生了什么。他们只是听到了沿着船体传过去的动静。”

“或许他们想要让我们以为房间里没有装窃听器？”

“听着，上校，我从来就没见过有哪个科罗洛人故意撒谎——”

玻利科特平静地打断道：“这个话痨可真爱科罗洛人。”

温德姆快速说道：“别那样，玻利科特。斯图尔特，刚才波特和我讨论了目前的局势，我们认为你对科罗洛人的了解很深，应该有办法让我们回到地球。”

“不好意思，你错了。我想不到办法。”

“或许我们有办法从那些该死的绿色浑蛋那里把飞船抢回来，”温德姆提议道，“他们肯定有弱点。该死的，你明白我的意思。”

“告诉我，上校，你在盘算什么？你自己的命还是地球的利益？”

“这算什么问题？我告诉你，我当然在意自己的性命，就跟这里的每个人一样，不过我更多的是在考虑地球。我认为我们都是这么想的。”

“太对了。”波特立刻说道。勒布朗看着十分焦虑，玻利科特则表示厌恶。马伦没有任何表情。

“好，”斯图尔特说，“当然，我觉得不可能夺回飞船。他们有武器，我们没有。但有件事你们得知道。你知道为什么科罗洛人没有破坏这艘飞船？因为他们需要飞船。他们的化学水平可能比地球人好，但地球人是更好的航空航天工程师。我们有更大、更好、更多的飞船。事实上，如果我们的船员能严格执行军事条令，在看到科罗洛人就要登船之后，他们在第一时间就该炸了这艘船。”

勒布朗露出了惊骇的神色：“连带着杀了所有的乘客？”

“当然。你听到这位好好上校说的了。我们每个人都应该将地球的利益置于我们浅薄的生命之前。我们现在活着对地球有什么好处吗？一点都没有。这艘飞船在科罗洛人的手里能造成多大的伤害？应该很大吧。”

“那为什么，”马伦问道，“我们的人没有炸了这艘船？他们肯定有理由吧。”

“他们有。这是地球军人最顽固的传统，也就是绝不能允许出现大于敌人的伤亡数字。如果我们炸了自己，地球的二十个战斗人员和七名平民将会死去，而敌人的伤亡数字却是零。所以，会发生什么？我们让他们登船，杀了他们二十八个——我相信我们至少杀了他们这么多——然后让他们俘获了飞船。”

“说，就知道说。”玻利科特嘲讽道。

“这里面有道义上的问题，”斯图尔特说，“我们不能从科罗洛人手里抢回飞船。但我们可以干扰他们，让他们一直疲于应付，给我们的人留出足够的时间去让引擎短路。”

“什么？”波特叫道。温德姆紧张地赶紧让他闭嘴。

“让引擎短路，”斯图尔特重复道，“这肯定会毁了飞船，我们就想这么干，不是吗？”

勒布朗的嘴唇都白了：“我觉得这办法不行。”

“在尝试之前我们无法确定。即使失败了，又能失去什么呢？”

“我们的性命，该死的！”波特叫道，“你这个疯子，你疯了！”

“如果我是个疯子，”斯图尔特说，“那我自然也就疯了。但是，请记住，我们或许会丢了性命，而且可能性相当大，但地球并没有损失什么。我们或许能摧毁飞船，可能性不大，地球却能获益良多。爱国者怎么能犹豫？这里有谁把自己的命看得比地球还重要？”他沉默地环顾了四周：“肯定不是你，温德姆上校。”

温德姆剧烈地咳嗽了一阵：“亲爱的，我们要谈的不是这个问题。肯定有办法能在不牺牲我们生命的情况下夺回飞船。”

“好吧，你倒是说说看。”

“我们一起来合计合计。船上只有两个科罗洛人。如果我们中有人能偷偷接近他们，然后——”

“怎么接近？船上的其他地方都充满了氯气。我们必须穿上宇航服。他们所在的位置的重力被调高到了科罗洛的水平，所以不管哪个傻瓜接受了这项任务，他都需要拖着脚步，金属撞金属，又慢又沉。啊，他想偷偷接近他们——就像臭鼬想要从下风口接近目标。”

“那彻底放弃吧，”波特的声音都在颤抖，“听着，温德姆，别再想破坏飞船之类的。我的命对我很重要，如果你们中有哪个人想要这么干，我会叫科罗洛人。我是认真的。”

“好吧，”斯图尔特说，“一号英雄出现了。”

勒布朗说：“我想回到地球，但是我——”

马伦打断了他：“我认为我们能摧毁飞船的机会不大，除非——”

“二号和三号英雄。你呢，玻利科特，给你机会去杀了那两个科罗洛人。”

“我想空手杀了他们，”农夫恶狠狠地低吼道，挥舞着沉重的拳头，“在他们的行星上，我能杀他们几十个。”

“真是一个保险的承诺。你呢，上校？你想跟我一起有尊严地迈向死亡吗？”

“你的态度太不严肃，太有失体统了，斯图尔特。如果其余的人不愿意，你的计划就无法实施，还不明显吗？”

“除非我本人出马，嗯？”

“不行，听见了吗？”波特立刻说道。

“当然不行，”斯图尔特赞同道，“我可不想当什么英雄。我只是平常的爱国者，非常乐意去往任何一个他们会带我去的行星，待在那里直至战争结束。”

马伦若有所思地说："当然，我们有办法打科罗洛人一个措手不及。"

这句话没能引起什么反应，除了玻利科特。他伸出指甲黝黑、又粗又短的手指，尖酸地笑着。"会计先生！"他说，"会计先生也是个大嘴巴，跟该死的绿色间谍斯图尔特一样。好吧，会计先生，说吧。你也来发表演说吧，有屁快放。"

他扭头看着斯图尔特，恶毒地重复道："放屁！什么也不会，只会说说说。"

马伦细小的声音无法跟玻利科特的大嗓门对抗，等到他说完之后，这才又对着斯图尔特说道："我们或许可以从外面接近他们。我确信这舱室里有尸槽。"

"尸槽是什么？"勒布朗问道。

"这个嘛……"马伦刚开口又住嘴了，不知该怎么解释。

斯图尔特嘲弄道："这是一种委婉的说法，孩子。它的全名叫'尸体弃置槽'。它不经常被人提起，但任何飞船上的主要舱室里都有它。它只是个小气闸，你可以通过它往外扔尸体，也就是太空葬。总是伴随着伤感，大家都低着头，船长发表长篇大论，就是这里的玻利科特不喜欢的那种。"

勒布朗的脸都抽筋了："用它来离开飞船？"

"为什么不行？你迷信吗？接着说，马伦。"

小个子男人耐心地等着他们说完，继续说道："等到了外面，你可以从蒸汽管道再进入飞船。这是可以办到的——运气好的话。然后你就能突然出现在控制室里。"

斯图尔特好奇地看着他："你是怎么想到的？你对蒸汽管道有哪些了解？"

马伦咳嗽了一下："你的意思是我在纸盒工厂干活就不该懂这些？好吧……"他的脸变红了，等了一阵，用平淡的、没有感情的声音说了下去："我的公司生产时髦的纸盒子和新奇的容器，几年前为青少年生产了一种飞船糖果盒。它被设计成只要拉一下线，加压的容器就会被刺穿，压缩空气流会从模拟的蒸汽管道里喷出，推动盒子穿过房间，沿途撒下糖果。销售理念是年轻人会觉得玩飞船、抢糖果很有意思。

"实际上，它彻底失败了。飞船会撞碎盘子，有时还会撞到孩子的眼睛。更糟糕的是，孩子们不仅会抢糖果，还会因此打起来。它几乎是我们最糟糕的发明。我们损失了很多钱。

"不过，在设计这些盒子的时候，整个办公室都兴致勃勃。它就像一个游戏，十分有碍办公室的效率。在那期间，我们都成了蒸汽管道专家。我读了很多有关飞船结构的书，不过是在业余时间，而不是工作时间。"

斯图尔特迷上了这个点子。他说："听上去像是儿戏，但有可能成功，如果我们这里有英雄的话。我们有吗？"

"你怎么样？"波特恨恨地问道，"你一直在用俏皮话捉弄我们。我没见到你主动承担过什么。"

"因为我不是个英雄，波特。我承认。我的目的是活着，在蒸汽管道里爬行跟我的目的完全相反。但你们都是高贵的爱国者。上校说的。你怎么样，上校？你是这里最高等级的英雄。"

温德姆说："如果我还年轻，肯定干了。还有，先生，要不是你的手这样了，我早就痛打你一顿了。"

"完全相信。但这不是我要的答案。"

"你十分清楚，以我这个年纪，再加上我的腿——"他用手掌拍了拍自己那僵硬的膝盖，"我没有能力去干这种事，不管我多么想要去干。"

"哈，是的，"斯图尔特说，"还有我，手都坏了，玻利科特说的。我们两个都被排除了。剩下的人里还有谁不幸有残疾的？"

"听着，"波特叫道，"我想知道这都是为了什么。人怎么能在蒸汽管道里爬呢？要是我们中有谁还在里面的时候，科罗洛人刚好用到它了呢？”

“担心什么，波特，就看运气了。我们赌的就是运气。”

“但他会像龙虾一样连壳被蒸熟。”

“画面很美，但不确切。蒸汽只会维持很短的时间，大概也就一两秒钟，宇航服的隔热层应该能抵抗。况且，气流会以每分钟几百英里的速度喷出来，因此你在被烫伤之前就已经被喷到飞船外面了。所以，你会被喷到离飞船几英里的太空中，之后你就安全地远离了科罗洛人。当然，你也回不到船上了。”

波特冷汗直流：“你吓不倒我的，斯图尔特。”

“我吓不倒你？那你愿意去喽？你确信自己了解被困在太空中会有什么后果？你该明白，你是一个人，真的只有你一个。喷射流可能会让你一直在迅速地翻滚和旋转。但你感觉不到。你觉得自己没在动。但你周围的星星会一直围着你转圈，看起来就像是一道道条纹。它们会一直转，甚至都不会减速。然后你的热量会散失，你的氧气会耗尽，你会极其缓慢地死去。你有很多的时间来思考。或者，你等不及的话，可以解开你的宇航服。这也不会好受到哪里去。我看过不小心撕开了宇航服的人，他们的脸非常可怕。但这种方式会快很多。然后……”

波特转身离开，连路都走不稳了。

斯图尔特随意地说道：“又一个人退出了。我们依然等着出售英雄主义给出价最高者，但还没人出价。”

玻利科特开口说话了，粗哑的声音配着粗俗的言辞：“你就说吧，大嘴巴先生。你只会敲边鼓。很快，我们就会踢碎你的牙齿。我觉得现在就有人想动手，对吗，波特先生？”

波特看着斯图尔特的目光证实了玻利科特的话，但他什么也没说。

斯图尔特说：“那你呢，玻利科特？你不是空手就能对付他们吗？

要不我帮你穿上宇航服？”

“我需要帮忙的时候，自然会叫你。”

“你呢，勒布朗？”

年轻人立刻躲到了一边。

“甚至为了回到玛格丽特身边也不行？”

勒布朗只是摇了摇头。

“马伦？”

“好——我来试试吧。”

“你说什么？”

“我说，好，我来试试。毕竟这是我出的点子。”

斯图尔特看着像是惊呆了：“你是认真的吗？为什么？”

马伦噘起了一本正经的嘴巴：“因为其他人都不肯。”

“但这不是理由。尤其是对你而言。”

马伦耸了耸肩。

斯图尔特身后传来了手杖落地的声音。温德姆挤了过来。

他说：“你真的愿意去吗，马伦？”

“是的，上校。”

“这样的话，该死的，我要握一握你的手。我喜欢你。你是个——地球人，老天做证。去吧，无论胜利还是死亡，我将与你同在。”

马伦尴尬地从对方那深沉而又颤抖的紧握之中抽出了手。

斯图尔特就那么站着。他陷入了非同寻常的处境。实际上，他陷入了他几乎从未经历过的处境。

他无话可说。

紧张的氛围变了。忧虑和绝望减少了些许，被策划阴谋的激动替代了。甚至连玻利科特都在触摸着宇航服，简短地用粗哑的嗓音说着他的意见。

马伦遇到了一些麻烦。宇航服套在他身上显得空荡荡的，尽管所有能调节的地方都被拉到最紧了。他站在那里，只剩下戴上头盔。他转了转脖子。

斯图尔特正吃力地拿着头盔。它很沉，他的人造手拿着它有点费劲。他说：“鼻子痒的话赶紧挠一下。这是你最后的机会了。”他想再添上一句：“可能永远没机会了。”但他忍住了。

马伦淡然地说：“我觉得我应该多带一个氧气瓶。”

“好的。”

“配上减压阀。”

斯图尔特点了点头：“我明白你在想什么。如果你真的被吹出了飞船，你能尝试再飞回来，把氧气瓶用作反作用力推进器。”

他们扣上了头盔，将备用氧气瓶扣在马伦的腰上。玻利科特和勒布朗将他抬到了尸槽的开口。里面非常黑，内部的金属边条被漆成了不祥的黑色。斯图尔特感觉闻到了霉味，但他知道这只是自己的想象。

当马伦半个身子进了气闸时，斯图尔特的手却停下了。斯图尔特弹了弹小个子男人的面罩。

“能听到我说话吗？”

里面点了点头。

“气流还顺畅吧？还有没有问题？”

马伦抬起裹着重重防护的胳膊，示意没问题。

“那好。记住，不要用宇航服里的无线电。科罗洛人可能会截取到信号。”

他不情愿地退开了。玻利科特棕色的手往下送马伦，他们听到了铁鞋撞到外层气闸发出“噔”的一声。随后内气闸被关上了，带着诀别的意味，被切成斜角的硅垫圈重重地砸上边框时，发出了“唰”的一声。他们扣上了锁扣。

斯图尔特站到了控制外气闸的扳手开关前。他打开了它。显示槽内气压的仪表指针掉到了零。一个小红点亮起，警告外气闸此时是开着的。随后，红点消失，气闸关上了，指针又缓慢地回到了十五磅。

他们再次打开了内气闸，里面已经空了。

玻利科特率先开口了。“好家伙，他真出去了！”他用赞赏的目光看着大家，“这家伙的胆子可真不小。”

斯图尔特说：“听着，我们也要做好准备。科罗洛人有可能会察觉到气闸开了又关。如果真是这样，他们会来查看，我们要做好掩饰。”

“怎么做？”温德姆问道。

“他们会发现马伦不见了。我们要说他在厕所里。科罗洛人知道地球人的一大习惯是特别讨厌在上厕所的时候有人闯进来，他们也不会特意去检查。如果我们能拖住他们——”

“要是他们坚持在这里等，或者去检查宇航服呢？”波特问道。

斯图尔特耸了耸肩：“希望他们不要吧。听我说，玻利科特，不要在他们进来的时候搞事。”

玻利科特哼了一声：“那家伙还在外面呢。你以为我是什么人？”他憎恨地盯着斯图尔特，随后又使劲挠了挠自己的卷毛：“你知道，我嘲笑了他。我觉得他是个老女人。我觉得很对不住他。”

斯图尔特清了清嗓子。他说：“唉，回想刚才，我也说了一些其实并不好笑的话。我想说抱歉。”

斯图尔特忧郁地转身，走向了自己的铺位。他听到身后有脚步声响起，感到有人在拉他的衣袖。他转身发现是勒布朗。

这位年轻人轻声说道：“我一直在想，马伦先生是个老头儿了。”

“是啊，他不是个孩子了。他看着有四十五或五十岁了，我觉得。”

勒布朗说：“斯图尔特先生，你觉得我应该替他去吗？我是这里最年轻的。我不喜欢看到一个老头儿代替了我的位置。这让我觉得自己是个胆小鬼。”

“我知道。如果他死了，那就太糟了。”

“但他是自愿的。我们没逼他，是吧？”

“不要想着逃避责任，勒布朗。这并不会令你觉得好受。我们这里的人去冒险的动机实际上至少都跟他一样强烈。”斯图尔特沉默地坐在那里，陷入了沉思。

马伦感觉脚下的阻力消失了，身边的舱壁快速滑走了，太快了。他知道这是逃逸的空气在带着他走，他忙乱地用手脚撑住舱壁，给自己减速。尸体应当被抛得离飞船远远的，但他不是尸体——现在还不是。

他的脚悬空着来回乱蹬。身体在气压的作用下如同一块石头似的往外冲时，他听到了“当啷”一声，那是一只磁力靴吸在船壳上发出的声音。他在飞船的孔洞边缘危险地摇摆着——他的身体突然间掉了个个儿，此刻变成了头朝下——然后盖子又自己合上了，严丝合缝地与飞船融为一体，他又往后退了一步。

他被一种不真实感包围了。站在飞船外壳上的不是他本人，也不是伦道夫·马伦。很少有人能有这种机会，甚至连那些经常在太空旅行的人也没有。

渐渐地，他感觉到了疼痛。刚才从槽里被吹出来时，只有一只脚吸在了船壳上，差点把他扯成了两截。他想要移动，小心翼翼地试了下，却发现自己的动作飘忽不定，几乎无法控制。他感觉自己的骨头应该没断，但身体左侧的肌肉被严重拉伤了。

随后他恢复了平静，注意到宇航服手腕处的灯亮了。他刚才就是借助它们的光线在黑暗的尸槽内移动。他不禁紧张了起来，想到里面的科罗洛人可能会看到船体外面有两个移动的光点。他关上了宇航服腰部的开关。

马伦从没想到过站在飞船上竟然还看不到它的船壳。实在太黑了，上面和下面一样黑。四周有星星，小小的、没有维度的亮点，再没其他了。什么都没有。在他脚下，连星星都没有——连他的脚都不见了。

他仰头去看星星。头有点晕。它们在缓慢地移动着。确切来说，它们是静止的，是飞船本身在旋转，但他无法让自己的眼睛相信这一点。它们真的在动。他的目光跟随着它们——下坠，然后藏到了飞船后面。新的星星从另一侧出现并升起。黑色的地平线。飞船本身就是天地之中一个没有星星的幻影。

没有星星？怎么可能？他脚底下就有一个。他差点就伸手去抓它，随后他意识到这只不过是镜面金属上一个闪光的倒影。

它们正以每小时数千英里的速度移动。星星、飞船，还有他，但他没有感觉。对他而言，只有寂静与黑暗，还有缓慢旋转的星星。他的目光追随着它们旋转……

他的脑袋连带着头盔撞到了飞船的船壳上，发出了轻微的如响铃般的声音。

他慌忙用厚厚的、迟钝的、硅酸盐质地的手套到处乱摸。没错，他的脚仍然牢牢地吸在船壳上，但身体的其余部分从膝盖处往后弯折了，形成一个直角。飞船外没有重力。如果他往后弯折了，没有重力会拉着他的上身往下躺，并告诉他他的关节被打折了。他的身体只会停留在这个位置上。

他猛力推了一下船壳，身体一下子往上弹去，并且拒绝在到达直立位置的时候停下。他往前倒下。

他试图把动作放轻，用两只手撑着船壳维持着平衡，让自己保持蹲伏的姿势，随后又极其缓慢地站起来，直到站直了，再伸出双手维持平衡。

此刻，他终于站直了，脑袋晕晕的，有点恶心。

他看了看四周。上帝，蒸汽管道在哪儿呢？他看不到它们。它们就像是黑色隐藏在黑色里，空无之中的空无。

很快，他打开了手腕灯。在太空中，没有光束，只是在蓝色的金属表面出现了一个椭圆形的、刺眼的亮斑，对着他反射光线。当光线照到铆钉时，光在它身后留下了影子，跟刀一样锋利，与太空一样黑，而被照亮的部分则显得非常突兀，没有漫射的中间地带。

他移动着胳膊，他的身体缓缓地朝相反的方向摆动着。作用力与反作用力。一个蒸汽管道的光滑的圆筒外形突然映入了他的眼帘。

他试图朝着它移动。他的脚被牢牢地粘在船壳上。他拔脚，脚缓慢地向上移动，如同在流沙中一样，一开始费力，但阻力很快就开始消退。抬起三英寸之后，几乎就感觉不到力了；六英寸之后，他觉得脚就快飞走了。

他把脚往前探，随即让它落下，感觉像踩进了流沙里。当鞋底离船壳还剩两英寸时，它脱离了他的控制，“啪”的一下吸了上去，撞得船壳发出“嗵”的一声。他的宇航服传导了振荡，将声音放大传入他的耳朵。

他吓呆了，一动也不敢动。宇航服里用来保持空气干燥的脱水器也无法处理他额头和腋窝突然产生的大量汗液。

他等了一会儿，随后试着再次抬起脚——只抬起一英寸，用力将它维持在那个高度，接着水平地往前移动。水平移动丝毫不费力。它的移动方向垂直于磁力线的方向。但他必须阻止脚在移动时突然被吸下去，而要等到了位置后慢慢地放下。

他喘了几下。每一步都很吃力。他膝盖处的肌腱都快裂了，身体的一侧如同刀绞般疼痛。

马伦停下，等着汗水晾干，要不面罩上会起雾。他拿手腕灯照了照，蒸汽管道就在正前方。

飞船有四根蒸汽管道，在圆周上均匀排列，每根之间相差九十度，且与飞船的纵轴呈一定角度。它们是用来对航向进行“微调”

的。粗调航向的则是前后方的大推力喷口，它们通过加速或刹车来固定收尾速度，以及负责空间跳跃的超原子发动机。

但偶尔在飞行方向上只需进行微幅调整，这时候就要用到蒸汽管道了。单个蒸汽管道喷射时，它们可以推着飞船往上、往下、往右或往左；成对喷射时，只要推力适当，飞船可以转向任何要去的方向。

这个设备已经用了好几百年，没有什么大的变化，因为太简单了，不需要改进。核反应堆将密闭容器内的水加热成蒸汽，随后在不到一秒的时间内，将温度提升至超高温，将水分解成氢气和氧气，接着又分解成电子和离子。或许分解真的发生了，但没人想过要去检测。它能起作用就行了，没必要去测。

到了临界点，一个针阀打开，蒸汽喷涌而出，产生短暂却巨大的冲击力。飞船则无可避免且优雅地往反方向移动，沿着它的重心改变线路。当转向角度足够时，再生成一个同样大小、方向相反的喷射，抵消转向惯性。飞船将以它原本的速度前进，但有了新的航向。

马伦拖着脚步来到蒸汽管道的喷口边缘。他想象了一下自己的样子——一个晃晃悠悠的微粒，位于一个卵形外壳上一处凸起的最末端，而卵形外壳正以每小时一万英里的速度前进。

但没有气流将他冲离船壳，他的磁力鞋底的吸附力也比他想象中的更踏实。

通过手腕灯的照明，他弯腰朝管道内部看去，当他这么做的时候，因为身体的姿态变了，飞船仿佛一下子直立了起来。他伸手想要去扶稳自己，但他其实并没在下坠。太空中没有上下之分，只不过他自己的脑子糊涂了，硬要分出个上下来。

管道的大小刚好能容纳一个人，可能是为了方便维修而如此设计的。他的光线照到了几乎就在他正对面的阶梯。他长长地舒了一口气。有些飞船并没有爬梯。

他朝着阶梯俯下身时，飞船似乎在他脚下下坠和翻滚。他朝着管道内部伸出胳膊，触摸到阶梯，随后将两只脚都腾空，拉着自己进去了。

内心一直隐约存在的担心此刻已经变成了恐惧。假如他们刚好要操控飞船，假如此刻刚好有蒸汽喷出……

他肯定听不到，也看不到。片刻之前，他还抓着阶梯，伸出另一条胳膊摸索着下一级。片刻之后，他就一个人在太空里了，飞船融入了黑暗，无影无踪，永远地消失在群星里。或许，暂时有耀眼的冰晶围绕他旋转，在他的手腕灯的照耀之下闪闪发光，受到他质量的吸引，慢慢地向他靠拢并围绕着他旋转，就像微型的行星围绕着微型的太阳旋转一样。

他又流汗了，他感觉到渴。他将这个念头赶出了自己的头脑。在脱下这身宇航服之前，肯定是没机会喝水的——如果还能脱掉的话。

攀上了一级阶梯，然后是下一级。一共有多少级？他的手滑了一下，他盯着光线照耀之下那个闪闪发光的东西，觉得有些不可思议。

冰？

为什么不能有冰？尽管蒸汽的温度很高，但它冲击的是接近绝对零度的金属。在冲击的瞬间，金属来不及升温到水的冰点之上。它的表面会凝结一层薄冰，慢慢地升华于真空之中。正是因为这一切发生得太快，阻止了管道和后方的水容器发生聚变反应。

他摸索的手终于触底了。他再次打开手腕灯，惊恐地发现自己正盯着蒸汽喷嘴看，它的直径大约有半英寸。它看着像是死的，无害的。但在那个毫秒级的瞬间降临之前，它一直都是这个样子。

包围着它的是蒸汽管道的气闸。它以一个中央轮轴为中心，轮轴朝着太空的那一面有弹簧，冲着飞船的那一面用螺丝固定。在飞船巨大的惯性被克服之前，弹簧使得它能在最初的蒸汽压力下产生形变。蒸汽被释放进气闸，降低了冲击力，却不改变能量，因此船壳本身破碎的可能性骤降。

马伦紧紧地抱住一级阶梯，并且压在外闸上，让它下陷少许。弹簧很硬，但不需要它下陷很多，只需露出螺丝即可。他摸到了螺丝。

他用力拧着螺丝，感觉自己的身体在朝相反的方向转动。螺丝很紧，他仔细地调节着小小的控制开关，使弹簧分离。他对看过的书记得可真牢。

此刻，他已经来到了气闸的中间区域，这里能舒适地容纳下一个人，便于维修。他不会被吹到飞船外面了。如果蒸汽流在此刻被启动，只会把他冲到内气闸上——力量大到足以把他撞成一摊肉泥。至少他会死得足够快，感觉不到疼痛。

慢慢地，他取下备用氧气瓶。在他和控制室之间只隔着内气闸了。这个气闸是往外向着太空打开的，所以蒸汽喷射流只会把它关得更紧，而不会把它吹开。它牢牢地固定在船壳上，接口处十分光滑。绝对没有办法能从外面把它打开。

他倒立在气闸上方，迫使自己往后弯腰抵着气闸中间区域的内壁。这动作让他呼吸困难。备用氧气瓶晃荡在一个奇怪的角度。他抓着它的金属网格软管，把它捋直并贴在内气闸上，好让震动传递进去。一次，又一次……

它应该能吸引科罗洛人的注意力。他们肯定会来检查。

他无法断定他们什么时候会来。正常来说，他们首先会往气闸中间区域注入空气，迫使外气闸锁上。但此刻外气闸在中央轮轴上松开了。空气吸不住气闸，反而把气闸朝着太空推开了。

马伦一直在敲。科罗洛人会查看气压表，注意到指针停留在零附近，或者他们会觉得完全正常？

波特说：“他已经离开一个半小时了。”

“我知道。”斯图尔特说。

他们全都坐立不安，但众人之间的对立消失了。仿佛所有的情绪都转移到了飞船的外壳上。

波特想不通。他的生命哲学一直很简单——照顾好自己，因为没人会替你照顾你自己。此时，该哲学受到了冲击，他觉得不爽。

他说："你觉得他被他们抓了吗？"

"如果他们抓了他，我们会听到的。"斯图尔特简短地回答道。

波特觉得十分不快，其他人似乎都没兴趣跟他交流。他能够理解，因为他还没能赢得他们的尊敬。就在此时，一阵自我原谅的激流冲刷了他的脑袋。其他人不也在害怕吗？人有权害怕。没人想死。至少，他还没有像亚里斯泰迪斯·玻利科特那样断成两截。他也没有像勒布朗那样哭哭啼啼。他……

但还有马伦，他去了船体外面。

"听着，"他喊道，"他为什么要这么做？"他们扭头不解地看着他，但波特没有理会。他已经心烦到了一定程度，必须说出来："我想知道马伦为什么要去冒生命危险。"

"那个人，"温德姆说，"是个爱国者——"

"不对，跟这个没关系！"波特都快歇斯底里了，"那个矮子根本就没有感情。他有自己的理由，我想知道是什么理由，因为……"

他没能把话说完。他难道要说，如果这些理由可以用在一个中年的矮子会计身上，那它们不是更能用在他身上？

玻利科特说："他是个勇敢的家伙。"

波特站了起来。"听着，"他说，"他可能被困在外面了。不管他要干什么，可能都无法由他一个人完成。我……我自愿去帮他。"

他说话的时候身子在发颤，并且在恐惧中等待着斯图尔特那条毒舌的鞭挞。斯图尔特盯着他，可能在惊讶，但波特不敢去看他的眼睛。

斯图尔特温和地说："再给他半个小时吧。"

波特惊讶地抬起头。斯图尔特的脸上不但没有戏谑的表情，甚至还挺友好。他们看着都很友好。

他说："然后——"

"然后我们中有谁想去的就抽签，或通过其他民主的形式来决定。除了波特，还有谁想去？"

他们都举起了手。斯图尔特也是。

但波特很得意。他是第一个提出要去的。他焦急地等待着这半个小时快点过去。

马伦被弄了个措手不及。外气闸弹开了，一个长长的、细细的、跟蛇似的、几乎没有头的科罗洛人的脖子伸了出来，在逃逸的气体之中无奈地摆动着。

马伦的氧气瓶飞了起来，几乎被扯掉了。在片刻的惊吓之后，他伸手抓住它，把它拖到气流上方，咬牙坚持了足够长的时间，等到控制室里的空气变得稀薄，气流的喷涌不再那么猛烈之后，用力狠狠地砸了下去。

它砸中了科罗洛人肌肉发达的脖子，把它砸破了。蜷在气闸上方的马伦几乎没有受到气流的影响，再次举起了氧气瓶，狠狠地砸下。这次砸中的是脑袋，将一双瞪着他的眼睛砸得稀烂。在接近真空的环境里，绿色的血液从脖子的残余部分喷涌而出。

马伦没有呕吐，但他真的挺想吐的。

他的眼睛瞧着别处，身子往后退去，用一只手抓住外气闸，开始旋转。在几秒的时间内，它跟着一起转。旋转结束时，弹簧自动复位，拉着它关上了。剩下的空气压力把它压紧了，气泵也开始工作，再次往控制室里注入空气。

马伦翻爬过已经死去的科罗洛人，进入了房间。房间里面是空的。

他这才注意到自己跪在地上，于是吃力地站了起来。从无重力环境进入重力环境的转换令他措手不及。这还是科罗洛人的重力，意味着加上这身宇航服，他小小的身子上承受了超过自重50%的额外负担。不过，至少他沉重的靴子不会再如此夸张地砸向下面的金属地板。在飞船里面，地板和舱壁都是软木覆盖的铝合金。

他缓缓地转了个圈。断了半截脖子的科罗洛人躺在那里，偶尔还会抽搐一下，显示他曾经是个活着的生物体。马伦忍着恶心迈过他，关上了蒸汽管道气闸。

屋子里弥漫着令人压抑的绿色，灯光也发出黄绿色的光芒。显然，这里面是科罗洛人的大气。

马伦涌起一股不快的诧异和不情愿的敬意。显然科罗洛人有处理金属的办法，因此金属不会受到氯化的影响。甚至连墙上挂的、打印在光滑的塑料纸张上的地球地图看上去也像是新的，没有受到影响。他走近地图，被熟悉的大陆轮廓吸引了。

他的眼角注意到有动静。穿着笨重的他以尽可能快的速度转了个身，紧接着发出了尖叫。他以为已经死了的科罗洛人正在站起来。

脖子软塌塌地垂着，组织液从断口处不间断地涌出，但他盲目地伸着胳膊，胸部的触手快速地抖动着，如同无数条蛇在吐芯子。

显然他瞎了。折断的脖子令他丧失了所有的感觉器官。轻度的缺氯也令他迷糊不清。但是藏在腹部的大脑依然完好无损。他仍然活着。

马伦往后退去。他转着圈，笨拙地想要踮着脚走路，却没能成功。但他知道这个不完整的科罗洛人是个聋子。只见他踉跄着前行，撞到了墙，倒在了地上，随即开始在地上爬。

马伦拼命想要寻找一件武器，但没能找到。那里有一把科罗洛手枪，但他不敢伸手去拿。为什么一开始没想到要拿？真蠢！

控制室的门开了，几乎没发出声音。马伦转过身，吓得魂都飞了。

另一个科罗洛人进来了，他没受伤，身体健全。他在门口等了一会儿，胸口处的触手僵住了，一动也不动。他的脖子往前伸着，可怕的眼睛先是看了看他，然后又看了看半死的同伴。

接着他的手挪到了体侧。

马伦本能地做出了反应。他拉出备用氧气瓶的软管，自从进入控制室后，他又把它挂到了腰间，他还没来得及降低压力。他将氧气瓶开到了最大，让自己在推力的作用下蹒跚着后退。

他能看到氧气流。在绿色的氯气映衬下，它是浅白色的。气流撞到了科罗洛人拿着枪的手。

科罗洛人举起了手。他小瘤子似的头上那张小鸟嘴吃惊地张开了，但没发出声音。他蹒跚着往后退，随即摔倒在地，翻滚了一阵后躺平了。马伦靠近他，往他身上喷氧气，就好像在灭火一样。接着他抬起沉重的靴子，往他脖子的中间部位狠狠踩下，将脖子踩扁在地板上。

他转身去找第一个科罗洛人。他已然僵硬地瘫在地上。

整个房间都充斥着浅白色的氧气，足够杀死一个军团的科罗洛人。他的气瓶空了。

马伦跨过死去的科罗洛人，走出控制室，沿着主走廊走向战俘的囚室。

意识回来了。他无声地抽泣着，感到后怕不已。

斯图尔特累了。虽然手是假的，他还是再次驾驶起了飞船。两艘地球轻型巡洋舰正在路上。他独自一人操纵这些控制器已超过二十四小时了。关上氯化装置，重新制造原来的大气，在太空中给飞船定位，制定航线，并送出仔细加密的信号——都成功了。

因此，当控制室的门被打开时，他有些不快。他太累了，不想跟人聊天。他转过身，发现进来的是马伦。

斯图尔特说："看在上帝的分儿上，快回去睡觉，马伦！"

马伦说："我睡够了，虽然刚才我还觉得自己永远睡不够呢。"

"你感觉怎么样？"

“还是浑身疼。尤其是我的侧面。”他咧了下嘴，目光随意往四处看了看。

“别找科罗洛人了，”斯图尔特说，“我们把这两个可怜的家伙扔了出去。”他摇了摇头，“我对他们感到抱歉。在他们的眼里，他们自己才是人类，我们是外星人。不过，我不希望他们杀了你，你能理解吧。”

“我理解。”

斯图尔特扭头瞥了一眼这个坐着观察地球地图的小个子，继续说道：“我本人欠你一个道歉，马伦。我原本不怎么瞧得起你。”

“你有权这么想。”马伦干巴巴地说，他的话音中没有情感。

“不，我没有。没人有权利蔑视其他人。它是一种经过长期历练之后才能赢得的权利。”

“你一直在想这个问题吗？”

“是的，想了一整天。我无法解释，都怪这双手，”他将手分开，举在眼前，“其他人有手，这让我无法接受。我因此而恨他们。我总是会尽力质疑和贬低他们的动机，指出他们的缺陷，揭露他们的愚蠢。我必须做这些，向自己证明，他们没什么好羡慕的。”

马伦不安地动了动身体：“你没必要解释。”

“有必要。有必要！”斯图尔特觉得自己的想法喷涌而出，他必须控制好自己才能把想法整理成句子，“多年来，我已经放弃在人类中间寻找正直之士，然后你爬进了尸槽。”

“你最好能明白，”马伦说，“驱使我的是自私的想法。我不想让你把我夸成一个英雄。”

“我没想。我知道你做任何事都有理由。但你的行动感染到了我们其他人。你把一伙骗子和傻瓜变成了正直的人。这里并没有魔法。他们一直都有正义感。只不过他们需要榜样，你提供了榜样。还有——我是他们中的一个。我必须向你看齐，可能下半辈子都要这样。”

马伦不安地将头扭开了。他用手抻了抻衣袖，尽管袖子上连一个褶子都没有。随后，他指着地图说：“我出生在弗吉尼亚的里士满，就是这里。我首先会去那里。你出生在哪儿？”

“多伦多。”斯图尔特说。

“哦，就是这里。从地图上看不是很远，是吗？”

斯图尔特说：“能问你个问题吗？”

“我不知道能不能答上来。”

“问题很简单，你为什么会出去？”

马伦精巧的嘴唇抿紧了。他干巴巴地说：“不怕我无聊的理由毁了大家的士气？”

“就当是我好奇心发作吧。我们剩下的每个人都有明显的动机。波特因为被俘虏了而吓得半死；勒布朗想要回到他的爱人身边；玻利科特想要杀了科罗洛人；温德姆骨子里是个爱国者。至于我，我觉得自己是个高尚的理想主义者。然而，我们中没有哪个人的动机强烈到愿意穿上宇航服钻进尸槽。那到底是什么使你做出了这个决定，在我们所有人之中是你出去了？”

“为什么要强调‘我们所有人’？”

“我这么说，你不要有意见，但你似乎没有任何情绪。”

“是吗？”马伦的声音没有变化，依旧保持着精确与温和，然而不知怎么，却透出了一丝紧张，“因为我受过训练，斯图尔特先生，所以这是自我约束，而不是天生的。小人物不配有任何情绪。一个像我这样的人表现出愤怒岂不是显得很可笑？我身高五英尺半英寸，体重一百零二磅，确切的数字。我坚持保留这半英寸和两磅。

“我能有尊严吗？高傲？挺直身子不会招来耻笑？哪里能找到一个一见我不会讥笑着打发我的女人？自然地，我不得不学会隐藏我的情绪。

“你说到过畸形，但没人会注意到你的手有所不同，只要你不是在第一时间就急着告诉别人。你觉得我缺失的八英寸能被隐藏吗？这难道不是人们首先会注意到的问题，甚至在大多数情况下，他们唯一会注意到的问题？”

斯图尔特觉得非常不好意思。他侵入了一个他不该侵入的私人领域。他说：“对不起。”

“为什么？”

“我不应该强迫你说这些的。我本该注意到你……你……”

“我什么？想要证明我自己？想要显示我虽然个子小，但拥有一颗勇敢的心？”

“但我不会用这种嘲讽的语气。”

“为什么不？我的行为很愚蠢，我做出这种行为的动机更愚蠢。如果我打着这个主意，我又能达成什么呢？他们会带我去地球，把我放在摄像机前——当然，摄像机需要架低，好拍到我的脸，或者把我放到椅子上——然后给我挂上勋章？”

“他们很有可能这么做。”

“对我又有什么好处呢？他们会说：‘嘿，他的个子可真小。’然后呢？我该跟碰到的每个人都说：‘你知道吗？他们上个月给我颁发了勇敢勋章。’斯图尔特先生，你觉得多少勋章才能弥补我缺失的八英寸和六十磅？”

斯图尔特说：“好了，我明白你的意思了。”

到了此刻，马伦说得更快了。他的话里有了一种受控的热情，将文字加热到了微温的室温：“有时候我觉得我会证明给他们看，那些神秘的‘他们’，包括整个世界。我要离开地球，自己闯荡出一番天地。我会成为一个新的、更矮的拿破仑。因此我离开地球，去了大角星。我在大角星上能做出什么我在地球上无法做到的事呢？什么都没有。我还是记账。因此我不再追求虚荣了，斯图尔特先生，我不会再想着踮起脚尖站着了。”

“那你为什么还要这么做？”

“我离开地球去大角星时二十八岁，我一直待在那里。这趟旅行是我的第一次休假，这么长时间来第一次回地球。我计划在地球上待六个月。然而，科罗洛人把我们抓了，想要无限期地关押我们。但我不能——我不能让他们阻挠我回到地球。不管风险有多大，我必须阻止他们的干涉。不是出于对女人的爱，出于恐惧，出于仇恨或理想主义之类，我的目的比这些更怪。”

他停了下来，伸出一只手，似乎在爱抚墙上的地图。

“斯图尔特先生，”马伦平静地说道，“你难道不想念家乡吗？”

“在正确的道路上——”[1]

在这个银河系联合体的活力之都，五十平方英里的闹市中耸立着无数的高楼大厦，而大法庭就位于这片闹市之中的一处幽静之地。在大法庭中，矗立着一尊雕像。

雕像坐落在夜晚能仰视群星的地方。法庭四周还围着一圈雕像，但唯独这一尊位于法庭的正中央。

它算不上一座精美的雕像。它的脸有点太高贵，缺乏生命的气息。眉弓有点太高，鼻子有点太对称，衣服有点太整齐。整体感觉太神圣了，不像是真的。你猜测这个人在生活中可能有时也会皱眉或打嗝，但雕像似乎在坚称这种不完美根本不存在。

当然，这些都是可以理解的矫枉过正。这个人活着时没有雕像，后世的人因此而觉得愧疚。

基座上刻着名字“理查德·萨亚马·阿尔特梅尔”。名字下面有一句竖排的短句，以及三个日期。短句写着：“在正确的道路上，没有失败。”三个日期分别是2755年6月17日、2788年9月5日和2800年12月32日——年份用的是这个时期常用的纪年法，也就是以古时第一颗原子弹爆炸之日所在的1945年为元年。

这些日期都不是他的生辰或死祭，也不是成婚日、大功日或任何联合体居民能欣然骄傲地记住的日子。它们都是愧疚感的终极表达。

---

1 Copyright © 1951 by Henry Holt and Company, Inc.

简单来说，这三个日期是理查德·萨亚马·阿尔特梅尔因为自己的理念而被投进监狱的日子。

2755年6月17日

处于22岁这个年纪，迪克[1]·阿尔特梅尔当然有愤怒的能力。他的头发仍然是深棕色，他还没有留日后成为他特征的胡子。他的鼻子仍挺拔狭窄，脸的轮廓依然年轻。只是到了后来，他的脸颊日益憔悴，使得鼻子凸显成了一个著名的标志，如今已深深镌刻在几万亿的学童心中。

杰弗里·斯托克站在门口，观察着他朋友愤怒的后果。他的圆脸和冷漠犀利的眼神从未改变过，但他还没穿上他将付出余生的军服。

他说了声：“老天！”

阿尔特梅尔抬起头：“你好，杰夫[2]。”

“发生了什么事，迪克？我记得你的原则，伙计，严禁任何破坏行为。这里却有一个似乎被摔碎的阅览器。”他捡起了碎片。

阿尔特梅尔说：“我拿着阅读器的时候，我的电波接收器收到了一条官方信息。你知道是哪一条。”

“我知道。我也收到了。它在哪里？”

“在地板上。它朝我吐出来的时候，我就把它从卷轴上撕下来了。等等，干脆把它扔进原子槽算了。”

“嘿，别急。你不能——”

“为什么？”

1 理查德的昵称。

2 杰弗里的昵称。

“因为解决不了任何问题。你必须去报到。”

“这又是为什么？”

“别当个刺儿头，迪克。”

“这是原则问题，太空的原则。”

“别傻了！你无法跟整个行星作对。”

“我不想跟整个行星作对，只是反对那几个将我们推入战争的人。”

斯托克耸了耸肩：“他们就是整个行星。你的那些废话——什么政治人物诱骗可怜无辜的人民进入战争——就跟太空尘埃一样无足轻重。如果进行投票的话，人们肯定会压倒性地支持战争，你不觉得吗？”

“这么说没有意义，杰夫。政府控制着——”

“宣传机器。是的，我懂。我听你说过太多遍了。总之，为什么不去报到呢？”

阿尔特梅尔别过了脸。

斯托克说：“首先，说不定你连体检都通不过。”

“我能通过。我去过太空。”

“这说明不了什么。如果医生允许你登上太空船，只能说明你没有心脏杂音或动脉瘤。要在太空进行军事行动，要求比这高多了。你怎么知道自己够格？”

“这根本不重要，杰夫，而且你在侮辱我。我并不害怕战斗。”

“你觉得用这种办法能阻止战争吗？”

“希望可以，”阿尔特梅尔说话时，声音略微有些颤抖，“我只是有这个想法，所有的人类都应该融为一体。不应该有战争，也不应该为了毁灭而建造舰队。银河系正等待着人类联合起来一起去开发。我们却分裂了近两千年，我们失去了整个银河系。”

斯托克笑了：“我们干得还行。独立的行星系统已经有八十多个了。”

“我们是银河系里唯一的智慧物种吗？”

“哦，魔族，你口中的魔鬼。”斯托克将双手举到太阳穴两侧，伸出两根食指摇晃着。

“也是你口中的，是所有人口中的。他们有一个单一政府，覆盖的行星数量比我们珍贵的八十个独立行星多多了。”

“当然。但他们中最近的一颗行星离地球有一千五百光年，而且他们无法在氧气含量高的行星上生存。”

斯托克不再维持友善的形象。他简短地说道：“听着，我来这里是通知你，我下周去报到体检。你跟我一起去吗？”

“不去。”

“你打定主意了？”

“打定主意了。”

“你知道你什么都成不了。地球上不会燃起燎原大火。根本不会有年轻人被你的战争抵制所鼓动。你会被关进监狱。”

“好吧，关就关吧。”

于是他真的就被关了。原子时代2755年6月17日，经过了短暂的审讯之后，理查德·萨亚马·阿尔特梅尔拒绝提出任何抗辩，他被判入狱三年或直至战争结束，以二者之中的较长者为准。他坐了四年零两个月的牢，直至战争结束。圣塔尼战败，但并未遭到彻底摧毁。地球赢得了某些有争议小行星的全部控制权、各种商业优惠和对圣塔尼人舰队的限制。

人类在战争中损失了超过两千艘的飞船，当然还包括绝大多数的船员，此外，因为从太空中对行星表面进行轰炸而额外牺牲了几百万条生命。两个相互对抗的强权均拥有足够强大的舰队，足以将轰炸限制在各自领土的边缘地带，因此地球和圣塔尼都几乎未受到影响。

战争使得地球成为最强大的单一人类军事强权。

杰弗里·斯托克参与了战争的整个过程，不止一次参与了战斗，还保全了性命和完整的四肢。在战争末期，他当上了少校。他加入了地球派往魔族世界的首个外交使团，开启了他在地球的军界和政界上升的第一步。

2788年9月5号

他们是出现在地球表面的第一批魔族人。联邦党人的告示投影和新闻通报让所有还不知道的人都注意到了这个消息。在这些广播中，他们一遍又一遍地重复着大事记。

在本世纪初，人类探险家首次遇到了魔族。他们是智慧物种，且早于人类实现了星际旅行。他们的太空疆域已然比人类的还要大。

魔族与人类主要政权的定期外交关系始于二十年前，就在圣塔尼和地球的战争结束之后。在那时候，魔族的前哨基地已抵近人类最外围聚居地的二十光年范围之内。他们的代表团去了很多地方，商谈贸易协定，争取未被占据的小行星的权益，等等。

现在，他们来到了地球。他们受到了平等的对待，根据银河系中人类最伟大的中枢一贯的规矩，可能更胜于平等。联邦党人一直在大声宣扬那个最该死的统计数据。它是这样的：虽然魔族的人口数量比人类稍微少一些，但人类在五十年的时间里只开发了不到五个新世界殖民地，而魔族都开始开发第五百个了。

“一百比一，领先我们，”联邦党人叫唤道，“因为他们是一个单一的政治团体，而我们有一百个。”但地球上很少有人在意联邦党人和他们设立银河联盟的主张，整个银河系里就更少了。

五个魔族代表几乎每天都要从城里最奢侈的宾馆中特设的套房前往国防部，沿途的道路两旁站满了人。整体来说，人群并没有敌意，多数人只是好奇，最多也就是有些厌恶。

魔族不是一种令人赏心悦目的生物。他们的体形很大，比地球人要大上许多。他们的下身长着四条相互紧挨着的大粗腿，上身长着两条手指绵软的胳膊。他们不穿衣服，赤裸的皮肤皱巴巴的。他们宽阔的、鳞片状的脸庞上没有丝毫地球人能读懂的表情。他们的瞳孔很大，眼睛上方有块平坦的区域，那里长着两只角。就是这玩意儿给了他们名字。一开始他们被叫作魔鬼，后来换成稍微客气点的“魔族”。

他们每个人都背了一对气瓶，气瓶里有软管伸出，一直连到他们的口器中，被牢牢地固定住。气瓶里装满了碱石灰，用来吸收空气中对他们有害的二氧化碳。他们的新陈代谢基于硫的消耗，有时，站在最前面的人类可能会闻到魔族人呼出的硫化氢的臭味。

联邦党人的领袖也在人群之中。他远远地站在后排，不会引起警察的注意。警察在大街上拉起了隔离绳，坐在易于在人群中穿行的小蛙跳机上，保持着警戒的神态。联邦党人领袖的脸看上去瘦骨嶙峋的，窄长的鼻子高耸着，一头灰色的直发。

他扭过了头：“我受不了看到他们。”

他的同伴更加理性：“比起我们那些漂亮的官员，他们的灵魂至少不会更丑。这些生物至少会对自己人坦诚。”

“不幸的是，你说得对。我们都准备好了？”

“准备好了。他们全都不会活着回到自己的世界。”

“好！我会留在这里发信号。”

魔族也在说话。人类注意不到这种行为，无论靠得多近。当然，他们可以通过普通的发声系统来交流，但他们没有选择用这种方式。他们的双角之间的皮肤，在肌肉的作用下迅速振动。人类对这种肌肉结构一无所知。通过这种方式在空气中传播的小小振荡波，因为频率太高了，人类的耳朵无法接收，也因为太精细了，只有最敏感的人类机器才能捕捉。实际上，彼时人类尚未意识到有这种交流方式的存在。

振荡波说："你们知道这里是两腿的起源行星吗？"

"不知道。"这个"不知道"是很多个波的谐音。接着，其中一个振荡波说："是从你研究的两腿通信中学到的吗，怪胎？"

"叫我怪胎是因为我研究了他们的通信？我们的人都应该来学一学，而不是一味地坚持说两腿的文化完全无用。总之，对两腿了解越多，我们就越能对付他们。他们的历史既可怕又有趣。我很高兴研究了他们的卷轴。"

"然而，"另一个振荡波来了，"从之前与两腿的接触来看，我们并不确定他们是否知道自己的起源行星。至少，他们并没有对这个行星，也就是地球，表现出任何尊敬，或是为它举办过任何纪念仪式。你确定信息是正确的吗？"

"完全正确。没有纪念仪式，还有这个行星无论从哪方面看都不像个圣地，这些从两腿的历史来看完全可以理解。其他世界上的两腿很少会放低自己的姿态，否则会降低他们自己世界的独立性。"

"我不是很明白。"

"我也不太明白。但读了几天之后，我觉得我大概能猜到了。似乎是这么回事，最早，当两腿刚实现星际旅行的时候，他们生活在一个单一的政治团体里。"

"很自然。"

"对两腿来说不是。那是一个他们历史上的特殊时期，并没有持续很久。等到各个世界上的殖民地发展壮大，变得相对成熟之后，他们首先想做的就是脱离自己的母体世界。于是，这些两腿之间一系列星际战争的第一场就此爆发了。"

"可怕。跟食人族一样。"

"我也有同感。我的胃口因此坏了好几天。我的反刍食物都酸了。总之，各个殖民地赢得了独立，因此我们才会面临目前这种局面。所有的两腿王国、共和国、公国等，都只是一小撮世界，每个都由一个主体行星和几个下属世界组成，而相应地，这些下属世界要么也在寻求独立，要么在不同的主体行星之间换来换去。这里的地球是他们中最强大的，但向它效忠的世界不超过十二个。”

“难以置信，这些生物竟然会如此盲目地自私自利。在他们只拥有一个世界的时候，难道他们没有单一政府的传统吗？”

“就跟我说过的一样，在他们这里属于反常现象。单一政府只维持了几十年。在那之前，这个行星本身就分裂为几个政治单元。”

“从来没听说过这样的事情。”几个生物之间的超声波互相干扰了一阵。

“这是事实。这就是野兽的本质。”

说完这句话，他们来到了国防部。

五个魔族肩并肩站在桌子旁。他们站着是因为解剖结构不允许他们做出跟“坐”相对应的姿势。在桌子的另一侧，五个地球人也站着。原本人类坐着会更自在，但可以理解，他们不想让本就小一号的个子显得更小。桌子很宽，事实上，是能找到的最宽的。这是为了照顾人类的鼻子，因为从魔族那边会持续不断地飘来硫化氢，仅呼吸时稍微好点，开口说话时会难闻得多。这是一个前所未见的外交难题。

通常，会议的时间不会超过半小时，结束之时，魔族会径直转身离去，没有什么繁文缛节。然而，这一次，离去却被打断了。一个人走了进来，五个人类谈判者给他让出了位置。他个子很高，比其他地球人都高。他穿着制服，神态自若，一看就是早已习惯了制服。他的脸圆圆的，眼神冷漠犀利。他的黑发虽然稀疏，但还没有长出白发。他的脸上有一道不规则的伤疤，从下巴一直深入高高竖起的棕色领子里，可能是某个已被遗忘的人类敌人手持能量束武器造成的。过去的五次战争，这个人一次不落都参与了。

“先生们，”迄今为止一直充当主谈的地球人说，“请允许我向你们介绍国防部长。”

魔族有些吃惊，虽然他们的表情淡然，神秘莫测，但额头上的声板在活跃地振动。他们中的上下级关系很严格。部长虽然只是个两腿，但根据他在两腿中的地位来看，他比他们的级别高。他们因此无法从容地跟他展开官方的交流。

部长明白他们的感受，但他没有选择。他们的离场必须被推迟十分钟，而普通的手段无法拖住魔族。

“先生们，”他说，“我请求你们此次务必多停留一会儿。”

中间的魔族人用魔族所能达到的最接近英语的口音回答了。实际上，魔族人可以说长着两张嘴。其中一张铰接在下颌骨的最远端，它是用来进食的。在服务于这种功能时，人类很少有机会看到他们的嘴的动作，因为魔族只喜欢跟自己人一起吃饭。不过，还有一个狭窄的开口，可能只有两英寸宽，可以用来说话。它会噘着张开，露出黏糊糊的缺口，那里本该长着门齿，但魔族没有门齿。在说话时它一直张着，必要的辅音停顿由腭和舌头的后部来完成。结果会造成声音刺耳且含糊，但能听懂。

魔族说：“恕难从命，我们已经很难受了。”他还用自己的额头叽叽喳喳地发出无人倾听的信息：“他们想用那恶心的空气闷死我们。我们必须用更大的防毒瓶。”

国防部长说：“我对你们的感受深表歉意，但这可能是我唯一能跟你们交流的机会。或许你能赏光与我们一起用餐。”

部长身旁的地球人禁不住迅速皱了下眉头。他飞快地在纸上写了些什么，然后递给部长，后者瞥了一眼。

纸上写着：不行，他们吃硫化的干草，臭不可闻。部长团起纸条，把它扔到了一边。

魔族人说：“我们深感荣幸。但凡我们能长久地忍受你们那奇特的大气，我们必将欣然接受。”

他通过额头厌烦地说：“他们怎么能觉得我们会愿意跟他们一起进食，看着他们食用死亡动物的尸体？我的反刍再也不会可口了。”

“我们尊重你们的感受，”部长说，“那就让我们进入正题吧。谈判到目前为止，我们尚未从由你们代表的政府得到任何表示指出你们希望将影响力范围的边界设在何处。而在这个议题上，我们已提交了多个建议方案。”

“有关地球的领地，部长先生，我们已经给出了定义。”

“但你肯定明白这还不够。地球的边界与你们的领土并没有接触。到现在为止，你只是在重复这个事实。尽管它是正确的，但光有这个显然不够。”

“我们不是很明白。你是想让我们跟你们谈我们与独立的人类王国如织女星的边界？”

“是。”

“恕难从命，先生。你当然明白，我们与织女星主权王国的关系跟地球无关。我们只能跟织女星谈。”

“你宁愿与一百个人类组织进行一百次谈判？”

“这是必需的。不过，需要指出的是，这种必要性不是我们引起的，而是出于人类组织的本质。”

“那这将会大大限制我们的谈判范围。”部长似乎有些走神。他在听，不是听对面的魔族，而是远处的某个动静。

此刻，国防部的外面隐约传来了一阵喧闹，几乎是听不到的。距离将嘈杂的人声、能量枪清脆的咔嗒声都掩盖了，还有警察蛙跳机匆忙的脚步声。

魔族没有表现出听到动静的样子，但这并不意味着他们讲究礼数。如果说他们接收超声波的能力比任何人类的发明都要灵敏，他们接收普通声波的能力却很糟糕。

魔族人说："请允许我们表达我们的不解。我们以为这些你们都知道了。"

一个身穿警察制服的人出现在门口。部长转身冲他微微一点头，警察随即离开了。

部长突然简短地说："很好。我只是希望再次确认你们的想法。明天继续谈判？"

"当然，先生。"

一个接一个地，魔族缓慢地离开了，带着宇宙继承人应有的仪态。

一个地球人说："我很高兴他们拒绝了与我们一起进餐。"

"我知道他们不会接受的，"部长若有所思地说道，"他们是素食主义者。光是想到吃肉就足以令他们反胃。我看过他们进食，你们也知道，没几个人见到过。他们进食的样子跟我们养的牛很像。先是狼吞虎咽，然后默默地站成一个圈子，在沉思之中咀嚼着反刍的食物。或许他们能通过一种我们尚未了解的方式相互沟通。巨大的下颌在水平方向上来回移动，缓慢地磨着——"

警察再次出现在门口。

部长停下了，随后大声问道："你逮到全部的人了？"

"是的，先生。"

"抓到阿尔特梅尔了？"

"是的，先生。"

"好。"

当五个魔族人从国防部大楼里出来时，人群再次聚拢起来。时间卡得很死。每天下午3点，他们离开自己的套房，花五分钟走到国防部。3点35分，他们从国防部出来，回到套房。警察会清空他们行走的道路。他们踱着方步，几乎是机械式地行走在宽阔的道路上。

走到一半的时候，传来了人们的叫喊声。人群中的大多数都没听清喊的什么，但听到了能量枪的咔嗒声，看到了淡蓝色的荧光撕裂了头顶的空气。警察立刻行动起来，纷纷举起自己的能量枪，蛙跳机直接弹到了七英尺的半空，精准地降落到人群之中，没有撞到任何人，随即又立刻跳起。人群散开了，他们的声音也加入到现场的喧闹之中。

在一片混乱中，魔族人要么是因为听力有缺陷，要么是因为过分的自尊，总之他们依然像往常一样继续机械地前进着。

在人群聚集的另一头，几乎位于混乱区域的对角线，理查德·萨亚马·阿尔特梅尔满意地摸了摸自己的鼻子。魔族人对时间的严格遵守使得精确到秒的计划成为可能。刚开始的佯动只是为了吸引警察的注意力。现在——

他朝空中发射了一颗无害的响声弹。

立刻，四个方向上都飞来了撕裂空气的震荡弹。在道路两旁的天台上，狙击手开枪了。

每个魔族人都被击中了，震荡弹在他们体内爆炸，他们的身体都开了花。他们一个接一个地倒下了。

警察不知从哪里冒了出来，围住了阿尔特梅尔。他略显吃惊地看着他们。

他的目光很温和，因为在二十年的时间里，他已经消磨了火气，学会了温柔。他说：“你们来得真快，但还是慢了一步。”他看向已经血肉模糊的魔族人。

人群已然陷入了惊恐。增援的警察小队以创纪录的时间到达了，但也只能将他们驱散到安全的地方。

那个此刻已紧紧抓住阿尔特梅尔的警察，从警衔能看出是个中队长。他从阿尔特梅尔身上拿走了发令枪，并检查了后者是否带有其他武器，他严肃地说道：“我认为你犯了一个错误，阿尔特梅尔先生。你应该能注意到那里并没有血迹。”他朝躺在地上一动不动的魔族人示意了一下。

阿尔特梅尔转身看了一眼，不禁愣住了。那些生物侧躺着，有两个都碎了，皮肤撕裂，骨架弯曲变形，但中队长是对的，那里没有血。阿尔特梅尔的嘴唇变白了，僵硬地哆嗦着，说不出话来。

中队长替他将无法说出的话说了出来："你是对的，先生，他们是机器人。"

在国防部大楼的大门口，真正的魔族人现身了。手持棍棒的警察在前面开路，但那是一条不同的路，因此他们不会经过散落一地的塑料和铝制的仿冒品。就在刚才它们扮演了三分钟活的生命。

中队长说："我要求你跟我走，不要惹麻烦，阿尔特梅尔先生。国防部长想要见你。"

"我跟你走，先生。"此刻，震惊的绝望才开始将他笼罩。

杰弗里·斯托克和理查德·阿尔特梅尔在经过近四分之一个世纪之后又再次见面了，地点是国防部的私人办公室。这是一间相当刻板的办公室：一张桌子、一把扶手椅，还有两把额外的椅子。所有的东西都是暗褐色的，椅子上放了棕色的坐垫，足够舒适，又不会舒适到令人觉得奢侈。桌子上有一个微型阅读器、一个小小的储物柜，足够存放几十卷光学卷轴。桌子对面的墙上是三维的特种部队影像，是部长的首次行动。

斯托克说："这么多年过去了，我们却以这种形式见面，我觉得有些对不住你。"

"对不住我什么，杰夫？"阿尔特梅尔想要挤出一个笑容，"我只是觉得遗憾，你用机器人把我骗了。"

"你不难被骗到，"斯托克说，"这也是彻底粉碎你们党的好机会。我相信经过此事之后，你们的名声会变臭。和平主义者想要引发战争，仁慈的使徒想要暗杀他人。"

"一场针对真正的敌人的战争。"阿尔特梅尔悲哀地说道，"但你是对的。我这么做也是迫不得已。你怎么会知道我的计划？”

“你依旧高估了人性，迪克。在任何的阴谋之中，最脆弱的环节就是谋划阴谋的人。你有二十五个共犯。你难道没想到过，其中至少会有一个告密者，甚至是我的手下？”

阿尔特梅尔高耸的颧骨上慢慢地烙上了红晕。“是哪一个？”他问道。

“不好意思，我们可能还用得着他。”

阿尔特梅尔疲惫地陷进椅子里：“你得到了什么好处？”

“你又得到了什么好处？你跟上次我见到你时——你宁愿去蹲监狱也不愿意去报到的那一天——一样不切实际。你一点都没变。”

阿尔特梅尔摇了摇头：“真相永远不会改变。”

斯托克耐心地说：“如果你代表的是真相，为什么总是会失败？你坐牢纯粹是白费功夫。战争还是发生了。你没拯救过任何一条生命。在那以后，你成立了一个政党，而它支持的每一项行动都失败了。你的阴谋也失败了。你都快五十了，迪克，你做成过什么？什么都没有。”

阿尔特梅尔说：“你参加了战争，升到了舰长的职位，然后又荣升为内阁成员。有人说你会成为下一任协调员。你取得了巨大的成就。然而，成功和失败不能光看表面。什么成功了？成功地摧毁了人类。什么失败了？没有拯救人类？我不会跟你互换位置。杰夫，记住这一点，在正确的道路上没有失败，只有迟到的成功。”

“即使你因为今天的行为被处以极刑？”

“即使我被处以极刑。何况，还会有其他人接替我，他的成功也是我的成功。”

“你怎么定义成功？你真的能实现世界团结，建立银河系的联邦？你希望圣塔尼插手我们的事务吗？你希望素食主义者对我们发布命令？你希望地球能决定自己的命运，还是交由随意组合的政权来处置？”

“我们交由他们处置，就跟他们也会交由我们处置一样。”

“但我们是最富有的。我们会被天狼星区域的贫穷世界均分我们的财富。”

“那就用因为不再有战争而省下的军费去帮助他们。”

“你对所有的问题都有答案吗，迪克？”

“二十年以来，我们已经被问过了所有的问题，杰夫。”

“那试着回答这个问题。你怎么才能将你这个团结的想法强加到不情愿的人身上？”

“这就是我想杀掉魔族人的原因，”阿尔特梅尔第一次露出了愤怒的神色，“这将引发跟他们的战争，但所有的人类都会因此团结起来对付共同的敌人。我们各自的政治和意识形态的差异将因此而逐渐消失。”

“你真的相信这么做能成功，即便魔族从未伤害过我们？他们无法在我们的世界生活。他们只能停留在他们自己的世界——硫化物的大气和硫化钠溶液的海洋。”

“人类一定会看清的，杰夫。魔族从一个世界扩散到另一个世界，如同核弹爆炸一般。他们阻隔了前往新氧气世界的星际旅行，那些我们能够生活的世界。他们在计划未来，为将来无数代的魔族留出空间，而我们被限制在银河系的一角，内耗至死。再过一千年，我们将成为他们的奴隶，再过一万年，我们将灭绝。噢，是的，他们是共同的敌人。人类会明白这一点，比你想象中的更早。”

部长说：“你们的党员说过很多关于原子前时代古希腊的故事。他们告诉我们，古希腊人是一群伟大的人，古希腊文明是那个时代最先进的文明，甚至是所有时代中最先进的。他们将人类推上了正轨，人类至今仍然在沿着他们设定的道路前进。他们只有一个缺陷——无法团结，所以他们被征服了，最终灭亡了。我们现在就在步他们的后尘，嗯？”

“你的课上得不错，杰夫。”

“你上得怎么样，迪克？”

“什么意思？”

“希腊人没有能够让他们团结的共同敌人吗？”

阿尔特梅尔陷入了沉默。

斯托克说：“希腊人一直在与波斯人——他们最大的共同敌人——作战。有许多希腊城邦站到了波斯人那边，难道不是吗？”

阿尔特梅尔终于开口了：“是的。因为他们认为波斯肯定会取胜，他们想站到胜利者的一方。”

“人类没有改变，迪克。你猜魔族为什么会来这里？我们在谈些什么？”

“我不是政府官员。”

“没错，”斯托克恶狠狠地说，“但我是。织女星联盟已经和魔族结盟了。”

“我不信，这不可能。”

“不但有可能，而且已经是事实了。魔族承诺，一旦织女星与地球人开战，就立刻向他们提供五百艘飞船。作为回报，织女星放弃了对奈吉林星群所有的声索权。所以，假设你真的成功暗杀了魔族人，是会引发战争，但可能有半数的人类站到你所谓的共同敌人的那一边。我们正在设法阻止这种局面。”

阿尔特梅尔缓缓说道：“我准备好了接受审判。还是说我不会经过审判就被处决？”

斯托克说：“你还是那么天真。如果我们杀了你，迪克，那你就成了烈士。如果我们让你活着，只杀了你的下属，你会被怀疑向政府出卖了自己的手下。作为一个推定的叛徒，你将不会构成威胁。”

因此，2788年9月5日，理查德·萨亚马·阿尔特梅尔在经历了草草的秘密审批后，被判处入狱五年。他服完了整个刑期。他从监狱里被放出来的那一年，杰弗里·斯托克被选为地球的协调人。

2800年12月21日

西蒙·德瓦里坐立不安。他个子矮小，长着淡棕色的头发，红润的脸上满是雀斑。他说：“我很后悔答应来看你，阿尔特梅尔。这对你没有帮助，却对我可能有坏处。”

阿尔特梅尔说：“我是个老头儿，伤害不了你。”他看着确实像是个很老的人了。在这个世纪交替之年，他已经活了有三分之二个世纪，但他看着比这更老，由内至外都老。他的衣服太大，仿佛他在衣服里面缩小了身体。只有他的鼻子还没老，仍然是那个窄窄的、贵族式的、高耸的阿尔特梅尔鼻子。

德瓦里说：“我怕的不是你。”

“为什么？或许你认为我背叛了2788年的人？”

“没有，当然没有。没有哪个有理智的人会相信这一点。但联邦党人的时代已经结束了，阿尔特梅尔。”

阿尔特梅尔试图笑一笑。他觉得有点饿。他今天没有进食——没时间吃饭。联邦党人的时代结束了？在其他人眼里可能是如此。在一片奚落声中，运动停歇了。一个失败的阴谋，一条“迷失的道路”，总是令人觉得浪漫。它会被怀念，会吸引一代又一代的拥护者，但前提是失败至少是体面的。朝着活的生物射击，却发现那原来是机器人；被人算计了，中了别人的圈套，成了众人眼中的傻瓜——这就太致命了。它比背叛还要致命，还要错误，还要有罪。没多少人相信阿尔特梅尔为了活命而出卖了自己的同伴，但众人的嘲讽声杀死了联邦党人。

然而，阿尔特梅尔依然在固执地坚持。他说：“只要人类还活着，联邦党人的时代就永远不会结束。”

“口号，”德瓦里不耐烦地说，“在我年轻的时候还有意义。我现在已经听腻了。”

“西蒙，我需要进入亚以太系统。”

德瓦里的脸沉了下来。他说：“然后你想到了我。对不起，阿尔特梅尔，我不能允许你把我的广播用作你的私人用途。”

“你曾经也是个联邦党人。”

“不管用了，”德瓦里说，“都是过去式了。现在我——什么都不是。我猜我就是个德瓦里主义者，活着就行。”

“即便活在魔族的脚下？他们让你活你就活，让你死你就得死，你愿意吗？”

“又说口号！”

“你赞同全银河系的大会吗？”

德瓦里的脸色已变得比平时的粉色更红了。他突然给人一种身体里面血太多了的感觉。他闷声闷气地说：“为什么不呢？我们如何成立人类联邦又有什么关系？如果你还是个联邦党人，你会反对人类的团结吗？”

“团结在魔族的脚下？”

“有什么差别？人类自己无法团结，就让别人逼着我们团结好了，只要能实现就行。我对这些烦透了，阿尔特梅尔，烦透我们那愚昧的历史了。我累了，不想再当没有理想的理想主义者了。人就是人，你无法改变这个丑陋的现实。我们可能必须用鞭子抽着才能排好队。要真是这样，我情愿魔族人来抽鞭子。”

阿尔特梅尔温和地说：“你太傻了，德瓦里。这不是真正的团结，你也清楚。魔族组织这次会议，是为了充当裁判员，利用人类自身的争议做出对他们有利的裁判，并由此成为我们头上的最高法庭。你知道他们并没有意图成立一个真正的人类中央政权。它只能是某种连锁董事会，每个人类政府就像从前一样行使权力，像从前一样是一盘散沙，只不过我们会养成习惯，一有什么问题就去找魔族。”

“你怎么知道会是这种结果？”

“你真的以为会有其他可能性吗？”

德瓦里咬了咬下嘴唇：“没有！”

“那就戴上眼镜仔细瞧瞧，西蒙。我们现在所拥有的真正的独立将会消失。”

“独立带给我们什么好处了？况且，谈这些有什么用？我们无法阻止。斯托克协调员可能跟你一样不喜欢这场大会，但他阻止不了。即使地球不参加，联邦依然会成立，只是没了我们。然后我们就要跟其余的人类加上魔族发生战争。任何想要退出的政府都会面临这个问题。”

“假如所有的政府都想退出呢？大会不就完全开不起来了吗？”

“你见到过人类政府达成统一的行动吗？你还没有吸取教训，阿尔特梅尔。”

“因为出现了很多新的因素。”

“例如呢？我知道问了也是白问，不过你还是说说吧。”

阿尔特梅尔说：“二十年以来，银河系里的多数地方已禁止人类飞船进入。你也清楚。我们对魔族势力范围内的动静一无所知。不过，有些人类的殖民地位于他们的势力范围内。”

“所以呢？”

“所以，偶尔会有人从那里逃入仍然处于人类掌控的一小片银河自由区中。地球政府收到过报告，但他们不敢将报告公开。但是，并不是所有的政府官员都可以一直忍气吞声下去。有一位官员来找我了——当然，我不能跟你说是谁——所以，我掌握了文件，德瓦里，官方的、可靠的、正式的文件。”

德瓦里耸了耸肩：“什么样的文件？”他动作夸张地将桌子上的计时器转了个方向，好让阿尔特梅尔看到它锃亮的金属表面，那上面闪着红光的数字跃入他的眼帘——22:31。就在他看的时候，数字“1”消失了，数字“2”跳了出来。

阿尔特梅尔说：“有一个行星，住在上面的殖民者称它为‘朱熹’。它的人口不多，大概有两百万。十五年前，魔族占领了它周边的多个世界。之后整整十五年，那个行星上再也没有降落过人类的飞船，一艘都没有。去年，魔族自己登陆了。随行的大型运输船内装满了硫化钠和他们自己世界上原生的细菌群落。”

“什么？你觉得我会相信吗？”

“先试想一下，”阿尔特梅尔苦涩地说，“这并不难。硫化钠能溶于任何世界的海洋之中。在硫酸盐化的海洋中，他们的细菌会生长、繁殖，产生巨量的硫化氢，充斥海洋和大气。他们能引入自己的植物和动物，最终是他们本身。又一个适合魔族生命的行星诞生了——不适合人类。过程非常耗时，这是自然，但魔族有的是时间。他们是一个团结的种群……”

“别说了，”德瓦里不耐烦地挥了挥手，“这不符合逻辑。魔族有足够多的世界，何必那么麻烦呢？”

“是的，现阶段确实如此，但魔族是擅长做长期打算的物种。他们的出生率很高，最终将填满整个银河系。还有，要是他们成了银河系里唯一的智慧生物，对他们而言不就更有利吗？”

“但从物理学的角度来看，这一切都是不切实际的。你知道需要多少吨的硫化钠才能改造海洋以达到他们所需的标准？”

“肯定少不了。”

“那就是了，你觉得他们会撕碎一个自己的旧世界来创造一个新世界吗？这有什么好处？”

“西蒙、西蒙，因为大气条件、气温、重力等因素，银河系里有大量既不适合魔族也不适合人类居住的行星，其中很多都蕴含了丰富的硫化物。”

德瓦里思考了一会儿：“那个行星上的人类后来怎么样了？”

“朱熹上的？都被安乐死了——除了两个及时逃出来的。我猜应该无痛吧。魔族不是一种无故残暴的生物，他们更讲究效率。”

阿尔特梅尔等待着。德瓦里的拳头先是握紧了，随后又放开了。

阿尔特梅尔说：“发布这个新闻，让它在星际间亚以太网上传播开来。将这些文件传送给不同世界的收讯中心。你能办到的。你完成之后，全银河系大会就会解体。”

德瓦里的椅子前倾。他站了起来：“你的证据呢？”

“你会做吗？”

“我想看你的证据。”

阿尔特梅尔笑了：“跟我来。”

他回到住处（一间有家具的房间）时，他们正等着他。一开始，他没注意到他们。他完全没注意到在远处慢慢跟着他的小小车辆。他低着头走了进来，计算着德瓦里需要多长时间才能将信息传送至太空，多长时间后织女星、圣塔尼和人马座上的接收站才能播放这条消息，多长时间后它才能传遍整个银河系。他一路沉思着穿过两个守在房间门口的便衣，没有注意到他们的存在。

就在他打开房门时，他停下了，转身想要离去，但那两个便衣已站在了他的身后。他没有试图反抗，而是走进房间，坐下，感觉浑身发冷。他心慌意乱地想着，我只需将他们拖住一个小时十分钟就行了。

站在黑暗中的男人走了上来，打开了壁灯的开关。在壁灯柔和的光线下，那个人的圆脸和稀疏的灰色头发一览无余。

阿尔特梅尔温和地说道：“协调员大驾光临，蓬荜生辉啊！”

斯托克说：“我们是老朋友了，你和我，迪克。我们每过几年总是会见面一次。”

阿尔特梅尔没有回应。

斯托克说：“你隐匿了一些政府文件，迪克。”

阿尔特梅尔说：“你要是这么想的话，杰夫，那你就搜吧。”

斯托克疲倦地站起来：“别逞能了，迪克。我来告诉你文件上的内容吧。它是有关朱熹行星硫化的详细报告，对吗？”

阿尔特梅尔看着闹钟。

斯托克说：“如果你想拖延时间，让我们像鱼一样上钩，那你就要失望了。我们知道你去了哪里，我们知道德瓦里拿到了报告，我们知道他打算用这些报告做什么。”

阿尔特梅尔僵住了。他脸上的皮肉微微颤抖着。他说：“你知道多久了？”

“跟你知道得一样久，迪克。你是个非常好预测的人。这就是我们决定利用你的原因。你真以为一个记录员会未经过我们的同意而来拜访你吗？”

“我不明白。”

斯托克说：“地球政府，迪克，并不希望全银河系大会持续下去。然而，我们不是联邦党人。我们知道人类的本性。如果银河系的其他地方发现了魔族正在将一个氧气世界变成硫化物世界，你觉得会发生什么？

“别，不要回答。你是迪克·阿尔特梅尔，我确信你会告诉我，他们会立刻火冒三丈，抛弃大会，团结在一起，建立一个充满兄弟情谊的联合体，一起向魔族发起进攻，战胜他们。”

斯托克停顿了很长时间，好像不想再说下去了。随后，他用几乎是耳语的声音说道：“都是扯淡。其他世界会说地球政府为了自己的利益，炮制了这份文件，目的就是破坏大会。魔族会否认一切，大多数的人类世界也会出于自身的利益而相信他们。他们会集中力量责问地球，而不是去责问魔族。所以，你要明白，我们承受不起这样的揭露。”

阿尔特梅尔感觉自己累极了，再也支持不下去了：“那你就去阻止德瓦里吧。你总是这么悲观，你总是只看到自己同胞最糟糕的一面——”

“等等！我可没说过去阻止德瓦里。我只说过政府无法承受这种揭露，我们也不会主动去揭露。但揭露还是发生了，事后我们会逮捕德瓦里和你，并谴责整个事件，态度跟魔族一样强烈。整件事就会改变。地球政府切割了与这件事的关系，因而在其他人类世界的政府眼里，我们这种试图隐藏魔族举动的行为，是出于自私的考量，或许我们跟魔族达成了某种特别的共识。他们会对这种共识感到恐惧，因而会团结起来对付我们。但跟我们作对，也意味着会跟魔族作对。他们会坚称揭露的是真相，文件是真实的——然后大会就会解体。”

“这意味着战争将要再次发生，”阿尔特梅尔绝望地说，“但这场战争对付的却不是真正的敌人。它将是人类的内战，而当战争结束时，魔族会取得更大的胜利。”

“不会有战争，”斯托克说，“没有哪个政府会攻击地球，因为魔族站在我们这边。其他政府只会远离我们，并通过宣传将魔族打造成永远的敌人。今后，如果我们跟魔族之间爆发了战争，其他政府至少会保持中立。”

他看上去可真老，阿尔特梅尔心想，我们都是垂死的老头儿了。他开口道：“你怎么能期望魔族支持地球呢？通过假装隐瞒朱熹行星事件，你可能骗过其他人类世界，但你骗不了魔族。他们不会相信地球声称这些文件是伪造的是出于真诚。”

“啊，他们会相信的，”杰弗里·斯托克站了起来，“你要明白，这些文件确实是伪造的。魔族可能计划在未来将行星硫化，但根据我们所掌握的消息，他们还没开始行动。”

2800年12月21日，理查德·萨亚马·阿尔特梅尔第三次也是最后一次进了监狱。没有审判，也没有确切的判决，更没有被真的关进监狱。他的行动受到了限制，只被允许与几个政府官员见面，但除此之外，他的舒适没有受到任何影响。当然，他不能接触新闻，因此也没有意识到在第三次入狱的第二年，地球与魔族的战争爆发了，起因是地球的一支小队在天狼星附近突然攻击了魔族的舰队。

到了2802年，杰弗里·斯托克前来看望软禁中的阿尔特梅尔，后者惊讶地起身迎接他。

“你的气色不错，迪克。”斯托克说。

他自己却不怎么样。他的肤色暗沉，依然穿着海军舰长的制服，但他的身材在制服里显得有些佝偻。他将在一年内死去，他已然意识到了这个事实。但他并没有受到多大的影响。他不断地想，我已经活得够久了。

阿尔特梅尔在两人之中看着更老一些，但他还有九年的生命。他说：“真是意外的惊喜，杰夫，但这次你没法把我关进监狱了。我已经在监狱里了。”

“我是来释放你的，如果你愿意离开的话。”

“为了什么呢，杰夫？你肯定有目的吧。又想利用我？”

斯托克想笑，但只是嘴角抽搐了一下。他说：“当然是要利用你，但这次需要征得你的同意……我们正处于战争状态。”

“和谁？”阿尔特梅尔吃了一惊。

“和魔族。我们已经开战六个月了。”

阿尔特梅尔合起双手，手指紧紧地缠绕在一起：“我一点消息都没听说过。”

“我知道。”协调员将手背在身后，略微惊讶地发现它们在颤抖，“我们两个都经历了漫长的一生，迪克。我们拥有共同的目标，你和我——别打断我，听我说。我经常想要把我的观点解释给你听，但你一直都不明白。你不是那种能明白的人，我要把结果展示给你才行。我第一次拜访魔族世界的时候只有二十五岁，迪克，从那时起我就知道我们和他们无法共存。”

“我也说过，”阿尔特梅尔喃喃低语道，“从一开始就说过。”

“光说还不够。你想迫使人类政府团结起来对抗他们，这个理念在政治上不现实，完全无法实现，不值得为此付出努力。人类不是魔族。魔族中的个人主义很轻微，几乎不存在，在人类中却强大到不行。魔族永远不会反对单一的政府，他们甚至都不知道还有别的政体。而人类永远不会同意，假如我们只生活在一个小岛上，也会想把它分成三块。

“但我们之间的不和正是我们的力量！你们联邦党曾经常谈及古希腊。你还记得吗？但你们总是忘了一件事。确实，希腊人无法团结，因此最终被征服了。但即便是一盘散沙，它还是打败了强大的波斯帝国。为什么？

“我想强调的是，希腊城邦之间相互打斗了几百年。他们被迫成为军事专家，比波斯人厉害多了。甚至连波斯人自己也知道这一点，在他们帝国的最后一个世纪，希腊佣兵成为他们的军队中最有战斗力的一部分。

“原子时代前小国林立的欧洲也是这种情况，几百年的战斗提升了他们的军事实力，因此他们得以战胜并控制相比之下要大很多的亚洲长达两百年之久。

“我们也是。魔族控制了大量的银河系区域，却从未打过仗。他们的军事机器很庞大，却从未经历过考验。在五十年里，他们只是从模仿各种人类的舰队那里取得了些许进步。相反，人类却在战争中得到了洗礼。每个政府都在实施军备竞赛，试图在军事科技上超过自己的邻居。他们必须这么做！我们自己的分裂使得我们必须不断狂奔，因此到了最后，几乎我们中的任何一个世界都可以与整个魔族抗衡，只要我们中没人跟他们结成一伙，帮他们战斗。

“地球上所有的外交努力都是为了阻止这种形势的出现。我们要确保一旦地球与魔族开战，其他的人类世界至少保持中立，在此之前，不能发生战争，不能允许有人类的统一政府，因为保持军事优势的竞赛必须持续下去。通过两年前解体了大会的把戏，我们确保了其他人的中立之后，我们就开始寻求开战。现在我们正处于战争之中。”

阿尔特梅尔在这段时间里仿佛入定一般，久久都没有开口。

最终，他问道：“假如魔族人取胜了呢？”

斯托克说：“他们没有取胜。两个星期之前，双方的主力投入了战斗，他们几乎被消灭殆尽，我们几乎没受到什么损失，尽管他们的数量远超我们。我们就像是在跟非武装船队作战一样。我们拥有更强大的武器，射程更远，瞄得也更准。我们的移动速度是他们的三倍，因为我们掌握了反加速设备，他们却没有。这场战斗过后，十几个人类政府决定加入胜利的一方，对魔族宣战了。昨天，魔族要求谈判停火协议。战争实际上已经结束了，从今往后，魔族将被限制在他们原有的行星上，只有得到我们的允许后才能往外扩张。”

阿尔特梅尔喃喃地说着些听不清的话。

斯托克说：“现在，团结变得有必要了。希腊城邦在打败了波斯之后，因为持续不断的内战，最终他们都被毁了，被马其顿和后来的罗马人征服了。在欧洲殖民了美洲，分割了非洲，征服了亚洲之后，一系列的欧陆战争也最终导致了欧洲的衰落。

“分裂直至征服，征服之后团结！现在，团结变得容易。让某个分支取得胜利，其他的会嚷嚷着要求成为胜利的一部分。古代作家汤因比首次指出了他所称的‘优势性的少数’和‘创造性的少数’之间的差别。

“我们现在是创造性的少数。不约而同地，各个人类政府都提议要设立联合行星组织。超过七十个政府愿意参加第一次的大会，起草联邦宪章。我相信其他政府会在今后加入。我们希望你能成为地球代表，迪克。”

阿尔特梅尔的眼睛湿润了：“我……我不明白你的意图，这都是真的吗？”

“我说的都是真的。你是最响亮的声音，迪克，呼唤着团结。你的声音很有分量。你曾经说过什么来着？‘在正确的道路上，没有失败’。”

“不对！”阿尔特梅尔突然来了力气，“你的道路才是正确的。”

斯托克绷着脸，没有表情：“你总是错误估计了人类的天性，迪克。当联合行星成为现实，当一代又一代的男人和女人经历了持续几百年的和平，回顾现在的战争岁月时，他们会忘了我的办法。对他们而言，它代表了战争和死亡。你对团结的呼唤、你的理念将会被永远铭记。”

他转身离去，阿尔特梅尔依稀听到了他最后的话：“当他们塑造雕像时，可不会给我造。”

在这个银河系联合体的活力之都，五十平方英里的闹市中耸立着无数的高楼大厦，而大法庭就位于这片闹市之中的一处幽静之地。在大法庭中，矗立着一尊雕像……

假如——[1]

诺曼和利维迟到了，这很自然，因为赶火车的路上总是会有意想不到的延误，所以他们只能坐在车厢里唯一的空座上。座位在车厢的前头，它前面没东西了，只有一排方向反过来的座位，椅背紧紧地靠着车厢的隔板。诺曼将箱子放到架子上，利维觉得有些生气。

假如有两人坐上了对面这张反方向的座位，他们就只能尴尬地相互瞪着，一路瞪到纽约。或者，他们可以举起报纸当作人造的隔板，但这也好不到哪里去。不过，还是不要冒险去赌火车上别的地方是否还有没被占据的双人座位。

诺曼似乎没有在意，这令利维有些小小的失望。通常他们的感受是一样的。诺曼声称，就是因为这个，他才一直都确信他娶对了人。

他会说："我们相互匹配，利维，这才是关键。就像你在拼图的时候，一块图案只能和另一块拼在一起，就是这样。没有其他可能性，当然也没有其他女孩。"

然后她会笑着说："如果你那天没在有轨电车上，你可能永远都不会遇到我。那你该怎么办呢？"

"一直单身。这是肯定的。况且，日后我也会通过乔吉特认识你。"

"这就不一样了。"

“肯定一样。”

“不，不一样。而且，乔吉特肯定不会把你介绍给我。她也对你感兴趣，她还没傻到会给自己创造一个可能的竞争者。”

“胡说。”

利维问出了她最爱的问题：“诺曼，假如你晚了一分钟来到电车站，坐上了下一辆电车，你觉得会发生什么？”

“那假如鱼有翅膀，它们都飞到了山顶，会发生什么呢？那我们星期五能吃什么呢？”

但他赶上了电车，鱼也没有翅膀，所以他们已成婚五年，每个星期五都会吃鱼。也因为他们结婚满五年了，所以他们要去纽约住上一个星期，以示庆祝。

然后她想到了眼下的问题：“我希望能找到其他的座位。”

诺曼说：“当然，我也是。但现在对面还没人坐下，因此在到普罗维登斯之前，我们还算有隐私。”

利维并没有得到安慰，随后看到一个胖乎乎的小个子男人正沿着车厢中间的过道走来，便觉得自己的担忧有道理。不过，他是从哪里来的？火车正行驶在波士顿和普罗维登斯的半途，如果他原先有座位，为什么要离开呢？她拿出镜子，开始审视起自己的形象。她有一个理论，如果她忽视了这个小个子男人，那他就会走过去而不会坐下来。所以她将注意力集中在自己浅棕色的头发上，因为急着赶火车，它都有些乱了。还有她的蓝色眼睛、她的小嘴、丰满的嘴唇，诺曼说看着像一直在接吻。

挺漂亮的，她心想。

然后她抬起头，却发现小个子男人坐到了对面的座位上。他迎着她的目光，咧开嘴巴笑了笑。笑容的边缘挤出了几道皱纹。他快速地取下自己的帽子，放到身旁那个他随身携带的小黑盒子上面。他头顶周围的一圈白发立刻不老实地竖了起来，而他的头顶中央是光秃秃的，如同一片沙漠。

她禁不住微微一笑以示回应，但随后她看到了那个小黑盒子，笑容消失了。她拉了拉诺曼的胳膊。

诺曼从报纸上抬起头。他长着两条黑得夺目的浓眉，几乎在鼻根处相连，令人望而生畏。但此刻眉毛和眉毛下面的黑眼睛都对着她笑眯眯的，跟往常一样充满了柔情蜜意。

他说："怎么了？"他没有去看对面那位胖乎乎的小个子男人。

利维用手和头尽量低调地示意她刚才看到的东西。但在小个子男人的注视下，她觉得自己就是个傻瓜，因为诺曼只是不解地看着她。

最终，她只得拉着他贴近自己，对他耳语道："你没看到他盒子上印着什么吗？"

她说话的同时又看了一眼，没错。它不是很显眼，但光线斜斜地照在上面，使得它比周围的黑色背景更亮一些。它是用草体写成的两个字：假如。

小个子男人又笑了。他频频点头，指了指那两个字，又指了指自己，重复了好几次。

诺曼在一旁说道："应该是他的名字。"

利维回答道："怎么会有人叫这种名字？"

诺曼放下了报纸。"我证明给你看，"他往前探出身，"如先生吗？"

小个子男人热切地看着他。

"请问现在几点了，如先生？"

小个子男人从马甲口袋里掏出一块大大的怀表，对着他亮了亮表盘。

"谢谢，如先生。"诺曼说道，接着又耳语了一句，"看到了吗，利维？"

他本打算接着看报纸，但小个子男人正在打开盒子，过程中还时不时伸出一根手指到半空，强行吸引他们的注意力。他从里面拿出的只是一块毛玻璃——长宽分别约为九英寸和六英寸，厚度大约有一英寸。它的边被切成了斜角，四个角磨成了弧形，看着十分不起眼。接着他拿出一个架子，将玻璃板妥帖地放到架子上面。他将这套组合放在大腿上，骄傲地看着他们两个。

利维突然激动地说："老天，诺曼，那里面有图像。"

诺曼弯腰凑近了它。随后他抬头看着小个子男人："这是什么？一种新型电视机？"

小个子男人摇了摇头。利维说："不对，诺曼，是我们。"

"什么？"

"你还没看到吗？那是我们两个相遇的电车。你坐在后排的座位上，戴着一顶软呢帽，就是三年前被我扔掉的那一顶。那是乔吉特和我正在上车。挡在我们前面的胖女人就在那里！你看到我们了吗？"

他嘟囔了一句："都是幻觉吧。"

"但是你也看到了，不是吗？这就是他给它起名为'假如'的原因。它会展现给我们'假如'的故事。假如电车没有突然转向……"

她很肯定。她非常激动，也非常肯定。她看着玻璃板内的图像，傍晚的阳光渐渐昏黄，身旁和身后的乘客们的谈话声渐渐稀疏。

她对那天记得可太清楚了。诺曼认识乔吉特，正打算起身将座位让给她，电车猛地转向，将利维甩到了他的大腿上。这是一个如此老套的情节，但它的确起作用了。她异常尴尬，所以他被迫先安慰了她几声，随后两人闲聊起来，甚至都无须乔吉特介绍。等到他们下电车时，他知道了她在哪儿上班。

她还记得他们两个分别之后，乔吉特瞪着她，紧绷的脸上想要挤出笑容。乔吉特说："诺曼好像喜欢你。"

利维回答道："嗐，别傻了！他只是客气而已。但他还是挺帅的，是吧？"

六个月之后他们就结婚了。

此刻，她又登上了同一辆电车，车上有诺曼、她本人，还有乔吉特。想到这个念头，火车上的白噪声、轮子发出的急促的咔咔声，都消失了。她身处摇摇晃晃的电车内部。她刚和乔吉特一起在前一站上了车。

利维跟随电车的摇摆改变着自己的重心，其他的四十个人也一样，有坐着的，也有站着的，行动整齐划一，看着很是滑稽。她说：“有人在看你，乔吉特，你认识他吗？”

“看我？”乔吉特朝车厢后头望去，故意装出一副随意的样子。她的假睫毛眨了几下。她说：“我认识他，但不熟，你觉得他想干什么？”

“过去问问不就知道了。”利维说。她觉得好玩。

乔吉特有个众人皆知的习惯，喜欢把男性朋友藏起来，用这种办法来刺激她还挺好玩的。况且，这一位看着还……挺有意思的。

她钻过站立的人群，乔吉特并不热情地跟在后面。就当利维走到那个年轻男子的座位对面时，电车进入了一个弯道，猛地朝一边倾斜。利维奋力向拉环伸出手。她的指尖碰到了它，然后紧紧地抓住了它。很长时间内她连大气都不敢出。不知什么原因，她总感觉她刚才应该抓不到拉环的，还有，她感觉根据自然规则，自己本该倒在地上的。

年轻男子没有朝她看。他在对着乔吉特笑，并从座位上站了起来。他有两条异常显眼的眉毛，看起来很有能力、很自信的样子。利维感觉自己一下子就喜欢上他了。

乔吉特说：“嘿，不用了。再过两站我们就下车了。”

她们下车了。利维说：“我们不是说好去赛奇家吗？”

“是的。我只是突然想到我在这里有件事要办。耽误不了一分钟。”

“下一站，普罗维登斯！”喇叭突然响了起来。火车在减速，而过去的世界也再次塌缩成了一块玻璃板。小个子男人依然在笑眯眯地看着他们。

利维扭头看着诺曼。她觉得有些害怕："你也看到了？"

他说："时间怎么了？我们不可能这么快就到普罗维登斯了吧。"他看了看手表。"确实该到了，"他对利维说，"这次你没摔倒。"

"那你是真看到了？"她皱起了眉头，"不过，这就是乔吉特。我确信她下车不为别的，就是为了避免我认识你。那时你认识乔吉特有多久了，诺曼？"

"不是很长。也就是碰到之后能认出她，觉得自己应该把座位让给她而已。"

利维噘起了嘴巴。

诺曼笑了："你不会对这种没发生过的事也感到嫉妒吧，小姑娘？而且，它又能造成什么后果？我对你已产生足够的兴趣，会想办法认识你的。"

"你连看都没看我一眼。"

"我没机会看。"

"那你怎么能认识我呢？"

"总有办法。我不知道。不过，你得承认，我们现在的争吵很愚蠢。"

他们正在离开普罗维登斯。利维感觉她的脑子乱了。小个子男人一直在偷听他们的小声交谈，他脸上的笑容消失了，证明他听懂了。她跟他说："你能再给我们看下去吗？"

诺曼打断了她："等等，利维。你想干什么？"

她说："我想看我们的成婚日。假如我抓到了拉环，婚礼会变成什么样。"

诺曼显然有些不耐烦了："不行，这不公平。我们的成婚日可能不是那一天了，你该明白。"

但她没理他："你能给我看吗，如先生？"小个子男人点了点头。

玻璃板又活了过来，发出了亮光。接着，光线聚拢起来，浓缩成了影像。利维的耳朵里响起了轻微的风琴声，尽管车厢里没人在弹风琴。

诺曼长舒一口气："看，我在那里。这是我们的婚礼。你满意了？"

火车的声音又消失了，利维最后听到的是自己说话的声音："对，你在那里。但我在哪里呢？"

利维远远地坐在后排的长椅上。她本来不想来的。在过去的几个月中，她和乔吉特之间越来越疏远，她不知道是出于什么原因。她通过一个共同的朋友才知道了乔吉特订婚的消息，当然，是跟诺曼订婚。她对那天记得非常清楚，六个月之前，她在有轨电车上第一次看到了他。而乔吉特也就是在那时拽着她飞快地离开了他的视线。自那以后，她又撞见过他几次，但每次乔吉特都跟他在一起，横亘在他们两人之间。

好吧，她没有愤懑的理由，这个男人显然不是她的。她心想，乔吉特看着比平常漂亮多了，他也确实非常英俊。

她感觉既悲伤又空虚，仿佛有东西出了差错——一种她无法在大脑里形容的东西。乔吉特沿着过道往前走，似乎没看见她。但稍早前她碰到了他的目光，还对他笑了笑。利维觉得他也笑着回应了。

她听着远处的声音飘进她的耳朵里："我宣布你们——"

火车的噪声又回来了。一个女人摇摇晃晃地行走在过道上，手里领着一个小男孩回到他们的座位上。半个车厢远的地方，坐着四个少女，她们时不时爆发出女孩式的大笑。一个列车员匆匆走过，不知在忙什么。

利维僵坐着不动，却意识到了周遭的一切。

她坐在那里，眼睛盯着前方，外面的树木混杂成了一团模糊刺目的绿色，电线杆子疾驰着后退。

她说："你娶了她。"

他盯着她看了一会儿，随即嘴角略微抽搐了一下。他语气轻松地说道："我没跟她结婚，奥利维亚[1]。你仍然是我的妻子，明白吗？冷静几分钟就好。"

她转身看着他："是的，你娶了我——因为我摔倒在你的大腿上。如果我没有，你会娶乔吉特。如果她不要你，你会娶别的人。你可能会跟任意一个人结婚。你的拼图说法也就是如此而已。"

诺曼非常缓慢地说道："真——是——活——见——鬼——了！"他举起两只手，抚平着耳朵上方的头发，那里的头发有翘起来的习惯。此刻，他给人一种想要抱住脑袋的感觉。他说："好了，利维，不要因为魔术师的鬼把戏就跟我闹。你不能因为我没做过的事而责怪我。"

"你原本要做的。"

"你怎么能确定？"

"你都看到了。"

"我看到了一个荒谬的片段，我猜是被催眠了。"他的声音突然变响了，怒气冲冲的，他扭头看着对面的小个子男人，"快走开，如先生，不管你是不是叫这个名字。快离开这儿。我们不需要你。快走，免得我把你和你的小把戏都扔到车窗外面去。"

利维拉了拉他的胳膊肘："别说了。别说了！车里都是人。"

小个子男人紧紧地缩进了座位的角落里，把小黑包藏在他身后。诺曼看着他，看了看利维，又看了看过道对面的老妇人，后者正以明

1　利维的全名。

显嫌弃的眼神看着他。

他的脸红了，把更难听的话咽了回去。他们陷入了沉默。火车继续前行，经过了新伦敦。

过了新伦敦十五分钟后，诺曼开口了："利维！"

她没有回应。她在朝着窗外看，但什么也看不到，只有窗玻璃。

他再次开口了："利维！利维！说话啊！"

她无精打采地说："你想干什么？"

他说："好了，这也太胡闹了。我不知道那家伙是怎么办到的，但即便那是真的，你起码也要公平吧。为什么要在那里停下？假如我娶了乔吉特，你觉得你还会是单身吗？要我说，我在进行那场'假如'的婚礼时，你已经嫁人了。或许这就是我娶乔吉特的原因。"

"我没嫁人。"

"你怎么知道？"

"我当然知道。我知道我自己的想法。"

"那你下一年就会结婚。"

利维更加生气了。她体内残余的理智在大声地跟自己说愤怒是没道理的，但她听不进去，这反而更刺激到她。她说："如果我真结婚了，也与你无关。"

"是与我无关。但是，它能说明问题。在现实世界里，我们不能为'假如'负责。"

利维的鼻孔喷着粗气。她什么也没说。

诺曼说："听我说，你还记得前年在温妮家的新年派对吗？"

"当然。你把一桶酒都洒到了我身上。"

"我说的不是这个，而且，不是一桶，最多也就是一满杯。我想说的是，温妮差不多算是你最好的朋友了，早在你和我结婚之前，你们就是好朋友了。"

"那又怎样？"

“乔吉特也是她的好朋友之一，是吗？”

“是。”

“那就行了。不管我和你们中间哪一位结婚了，你和乔吉特都会去那个派对。派对是否举行跟我没关系。叫他给我们看派对会变成什么样子，假如我和乔吉特结婚了。我敢打赌你要么会带着未婚夫，要么会带着丈夫，出现在派对里。”

利维迟疑了。她真怕见到这个场面。

他说：“你不敢看吗？”

这句话显然刺激到了她。她愤怒地朝他开火：“没有，我没有不敢看！我也希望自己结婚了。我没有理由非得缠着你。而且，我想看到你把酒洒到乔吉特身上的时候，她会有什么反应。她会当众把你骂个不停。我了解她。或许你能看到不同的拼图之间的差别。”她将脸对准正前方，双手愤怒地紧紧环抱在胸前。

诺曼看着对面的小个子男人，其实无须他说什么，男人大腿上的玻璃板已经亮了。阳光从西方斜斜地照进来，围着他头顶的那一圈白发被染上了红晕。

诺曼紧张地说：“准备好了？”

利维点了点头，火车的噪声又再次消失了。

利维站在门口，因为刚从外面的寒气中进来，脸上飞起了红晕。她脱下还沾着雪花的大衣，裸露的胳膊还在适应空气的触摸。

她回应着各种跟她说“新年快乐”的叫喊声，扯直了嗓门好让自己的声音盖过收音机的吵闹声。乔吉特尖细的嗓音几乎是她进来时第一个听到的声音，现在她正朝她走过来。她有好几个星期没有见到乔吉特和诺曼了。

乔吉特抬起一条眉毛——一个最近她刚学会的表情——说道：“没人陪你来吗，奥利维亚？”她的目光迅速朝四周扫了一遍，最后又回到利维身上。

利维无所谓地说："迪克应该过会儿就来。他先要处理点事情。"她觉得自己也跟说的一样无所谓。

乔吉特紧张地笑了笑："好的，诺曼在这儿。你不会孤单的，亲爱的。至少，这种场面以前就有过。"

她正说着，诺曼晃荡着从厨房走了过来。他手里拿着一个鸡尾酒摇壶，冰块的撞击声仿佛在给他的话打响板："排好队，你们这群放荡的酒鬼。喝点真正能让你们放荡的东西——呀，利维！"

他朝她走来，笑着表示欢迎："你藏哪里去了？我好像都有二十年没见你了。怎么回事？迪克不想让任何人看到你吗？"

"给我倒酒，诺曼。"乔吉特厉声说道。

"马上，"他说道，眼睛却没看着她，"你也想来一杯吗，利维？我去帮你拿杯子。"他转身，然后一切就突然发生了。

利维喊道："小心！"她眼看着它发生，甚至还隐约感到似曾相识，但它还是那么不可阻挡。他的鞋跟被地毯边缘勾住了，他趔趄了一下，想要保持平衡，但鸡尾酒摇壶却脱手而飞。它从他手里蹦了出来，一品脱冰冷的酒将利维从头到脚淋了个透。

她站在那里喘息着。她说不出话来，在难以忍受的片刻时间里，她只是无助地拍着自己的晚礼服，而诺曼则一直在重复："该死！"声音一遍比一遍响。

乔吉特冷冷地说："太糟了，利维。有时候人就这么倒霉。我想你的礼服应该不贵吧。"

利维转身快速离去了。她去了卧室，至少这里没人，相对安静。借助梳妆台上的流苏台灯，她在床上的大衣之间翻着，寻找自己的那件大衣。

诺曼跟在她身后进来了："好了，利维，不要理睬她讲了什么。我真的非常抱歉。我会赔——"

“没关系。不是你的错，”她快速地眨着眼睛，却不敢看他，“我回家换身衣服就行。”

“你还回来吗？”

“我不知道。可能不会吧。”

“好了，利维……”他温暖的手指触碰到了她的肩膀——

利维感到体内产生了一种奇怪的撕裂感，仿佛自己正从黏糊糊的蜘蛛网上被扯下来，然后——

火车的噪声又回来了。

她在里面——在玻璃板里的时候，时间肯定是有问题的。现在已经是暮夜时分了，火车上的灯亮了。但这都没关系，她似乎还未从内心的痛苦中恢复过来。

诺曼用大拇指和食指揉了揉眼睛：“发生什么了？”

利维说：“结束了，突然就结束了。”

诺曼不安地说：“我们就快到纽黑文了。”他看了看表，随后摇了摇头。

利维不解地说：“你把酒洒在我身上了。”

“是啊，跟现实里一样。”

“但现实里我是你妻子。这次你应该洒到乔吉特身上的。这难道不奇怪吗？”但她心里想的是诺曼跟着她进了房间，他的手放到了她的肩膀上……

她抬头看着他，满意地说：“我没结婚。”

“是的，你没结婚。但你不是成天围着迪克·莱因哈特转吗？”

“是的。”

“你打算嫁给他，是吗，利维？”

“妒忌啦，诺曼？”

诺曼看上去有些疑惑：“妒忌那个？一块玻璃？当然不会。”

“我不觉得我会嫁给他。”

诺曼说：“你知道吗？我希望它没在那里结束就好了。我感觉可能就快有事要发生了——”他住嘴了，接着又缓缓加了一句：“就好像我宁愿把酒洒在屋里的其他任何人身上。”

“甚至乔吉特身上。我根本没怎么想起过乔吉特。你不相信我，我猜。”

“或许我该相信你，”她抬头看着他，“我太傻了，诺曼。让我们——让我们活在真实世界里吧。我们不要再玩‘假如’的游戏了。”

但他抓住了她的手：“不，利维，再玩最后一次。让我们看看此刻我们会做些什么，利维！就是这一分钟！假如我娶了乔吉特。”

利维有些害怕：“还是别看了，诺曼。”她想到他的眼睛，他对着她渴望地微笑，手里还拿着摇壶，而乔吉特站在她身旁，被晾到了一边。她不想知道接下来发生了什么。她现在只想要当下真实的生活，这个好的生活。

火车到了纽黑文，停了一会儿，接着又往前开去。

诺曼再次说道：“我想试试，利维。”

她说：“你想试就试吧，诺曼。”她勇敢地下定决心，没事的，一切都会没事的。她伸出手，搂住诺曼的胳膊。她搂得紧紧的，心想：假如的世界里没有任何东西能把他从我身边夺走。

诺曼和小个子男人说：“开始吧。”

在黄色的灯光下，过程似乎变慢了一些。玻璃那朦胧的表面慢慢清晰了，就像云层被感觉不到的风给吹开驱散了。

诺曼在说话：“出问题了吧。那里只有我们两个，就跟我们现在一样。”

他是对的。两个小小的身形坐在火车车厢里最前头的座位上。图像正在变大——他们正在融入图像。诺曼的声音正变得遥远而微弱。

“是同一列火车，”他说，“后面的窗户裂了，就跟——”

利维兴奋异常。她说："我希望已经到纽约了。"

他说："还有不到一个小时，亲爱的。"随后他又说："我要吻你。"他作势真要吻过来。

"这里不行！诺曼，有人在看呢。"

诺曼收回了身子。他说："我们该坐出租车的。"

"从波士顿坐到纽约？"

"当然。为了隐私，值得。"

她笑了："你假装热情的时候，样子很有趣。"

"不是假装，"他的声音突然有些严肃，"不只是一个小时，你明白吗？我感觉好像等了整整五年。"

"我也是。"

"我为什么不能先遇到你？造化弄人。"

"可怜的乔吉特。"利维叹了口气。

诺曼不耐烦地扭动着："别为她难过，利维。我们之间从来就不合适。她会很高兴摆脱我的。"

"我知道。这就是我说'可怜的乔吉特'的原因。我替她可怜，不知道珍惜自己的所有。"

"好，你可要保证你真的珍惜，"他说，"保证你真的非常在乎，万分在乎——说得更确切些，你要保证至少有我在乎你的一半那样在乎我。"

"否则你也会跟我离婚？"

"除非我死了。"诺曼说。

利维说："感觉好奇怪。我一直在想，假如那天在派对上你没有把酒洒在我身上，又会发生什么呢？你不会跟着我出去，你也不会抱住我，我也不会知道你的感情。事情会变得很不一样……一切都不一样。"

"胡说。肯定还是一样的。总有一天还是会发生的。"

“我不知道。”利维轻声说。

火车的噪声与火车的噪声融合了。外面的城市灯火璀璨，纽约的气氛笼罩了他们。车厢里骚动了起来，旅人们纷纷拿起行李。

利维如同风暴中的一座平静的小岛，直到诺曼摇醒了她。

她看着他说道：“拼图还真的拼起来了。”

他说：“是的。”

她牵起他的手：“但它不好，还是别再试了。我错了。我以为既然我们拥有彼此，我们就应该拥有所有可能的彼此。但所有可能的彼此其实跟我们无关。现实已经够了。你明白我的意思吗？”

他点了点头。

她说：“还有好几百万个‘假如’。我不想知道它们中的任何一个都发生了什么。我再也不会说‘假如’了。”

诺曼说：“放松，亲爱的。穿上大衣。”他伸手去拿箱子。

利维突然警觉地说：“如先生去哪儿了？”

诺曼慢慢地转身看着正对他们的空座椅。他们两人一起扫视了车厢一圈。

“可能，”诺曼说，“他去了其他车厢。”

“为什么？而且，他的帽子还在这里。”她弯腰拿起了帽子。

诺曼说：“什么帽子？”

利维的手指停住了，悬在半空，手指下方空空如也。“它刚才还在的——我差点就碰到它了。”她直起身，“噢，诺曼，假如——”

诺曼用手指堵住了她的嘴：“亲爱的……”

她说：“对不起。来吧，我帮你一起拿箱子。”

火车钻入派克大街底下的隧道，轮子的响声盖过了一切。

萨　莉[1]

萨莉正沿着湖边的路过来，我朝她挥了挥手，并喊了她的名字。我一直都喜欢见到萨莉。他们我都喜欢，但你明白的，萨莉是他们中最漂亮的。这一点毋庸置疑。

看到我在挥手，她加快了步伐。没有失态之处。她从来不会失态。她只是加快了一点速度，以示她也高兴见到我。

我转身对站在我身旁的男人说："那就是萨莉。"

他对我笑着点了点头。

是海丝特夫人带他进来的。她说："这位是盖尔霍恩先生，杰克。你还记得他给你写了信要求见面吗？"

真不记得了。我在农场里有太多的事要做，不能浪费时间在信件上。这就是我让海丝特夫人帮忙的原因。她住得很近，擅长处理杂七杂八的事务，不必事事都来征求我的意见，更重要的是，她喜欢萨莉他们，而有些人不喜欢。

"很高兴见到你，盖尔霍恩先生。"我说。

"雷蒙德·J. 盖尔霍恩。"他朝我伸出手。我伸手握了握，随后松开了。

他是个体形硕大的家伙，比我高半个头，也比我壮。他大概有我一半年纪，三十来岁。黑发，中分，滑溜地贴在头皮上，小胡子修剪得非常整齐。他的腮帮子在耳朵底下鼓起了一块，看着像是得了腮腺炎。他天生适合演电影里的恶棍，所以我觉得他是个好人。然而，结果显示电影不总是错的。

“我是雅各布·福克斯，”我说，“有什么可以效劳的？”

他笑了，一个大大的笑容，露出了洁白的牙齿：“如果你不介意的话，可以跟我说说你的农场吗？”

我听到萨莉在我身后接近了，便摊开了手。她直接滑进我的手里，我的掌心感觉着她的挡泥板那坚硬、锃亮的珐琅，以及她的温度。

“车挺漂亮。”盖尔霍恩说。

何止漂亮？萨莉是2045款敞篷车，配备了亨尼斯-卡尔顿正电子马达和阿麦特底盘。她有着我见过的最光滑、最圆润的线条。五年来，她一直是我的最爱，我把所有能想到的东西都装到了她上面。还没人坐到过她的方向盘后面。

一次也没有。

“萨莉，”我温柔地拍着她说道，“和盖尔霍恩先生打个招呼。”

萨莉汽缸的呼噜声响了一些。我仔细倾听是否有撞击声。最近，我在几乎所有的车辆上都能听到马达爆震的声音，换了机油也没什么作用。不过，这次萨莉的声音就如同她的油漆一样柔顺。

“你给车子都起了名字吗？”盖尔霍恩问道。

他语带讥讽，海丝特夫人不喜欢人们嘲弄农场。她严厉地说道：“当然。汽车也有真正的个性，不是吗，杰克？轿车都是男的，敞篷车都是女的。”

盖尔霍恩又笑了：“那你会把他们停在不同的车库里吗，女士？”

海丝特瞪了他一眼。

盖尔霍恩对我说：“我能单独跟你聊会儿吗，福克斯先生？”

“那得看你，”我说，“你是记者吗？”

“不是，先生。我是个推销员。我们之间的任何谈话都不会公开。我向你保证我非常注重隐私。”

“那我们沿这条路走走。那地方有条长凳可以坐。”

我们往那里走了。海丝特夫人离开了。萨莉跟在我们后面。

我说：“你不反对萨莉跟着来吧？”

“一点都不反对。她没法把我们说的传出去，不是吗？”他因为自己的笑话笑了，伸手摸了摸萨莉的格栅。

萨莉提速了马达，盖尔霍恩飞快地将手抽走了。

“她有点怕生。”我解释道。

我们坐在大橡树底下的长凳上，在那里我们能看到小湖对岸的私人赛车跑道。现在是一天中最暖和的时刻，车子都出来了，至少有三十辆。即使在这么远的地方，我还是能看到耶利米在玩他的老把戏，偷偷地从后面接近一辆古板的老型号车，然后突然加速，叫嚣着超车后又故意把刹车踩得吱吱叫。两个星期之前，他把老安格斯逼下了柏油路面，我不得不把他的马达关了两天。

恐怕没起到惩戒作用，看来他天性难改。耶利米是辆跑车，天生鲁莽。

“盖尔霍恩先生，”我说，“你能告诉我为什么你想要了解这些信息呢？”

但他只是忙着四处观察：“这是个神奇的地方，福克斯先生。”

“叫我杰克就行，大家都这么叫我。”

“好吧，杰克。你这里总共有多少辆车？”

“五十一辆。每年我们都会进一两台新的。有一年一下子进了五台。到现在一辆都没损失过。他们都处于完美的状态。我们甚至有一辆十五年的马特欧麦特还能开。他是最早的自动驾驶车之一，也是这里的第一辆车。”

老伙计马修现在大部分的时间都待在车库里，但他是所有正电子马达车的爷爷辈。那时候，只有瞎了的退伍兵、瘫痪的人和政府首脑才会开自动驾驶车辆。但萨姆森·哈里奇是我的老板，他有的是钱，也给自己买了一辆。那时我是他的司机。

回想这些令我觉得自己已经太老了。我还记得，那时的世界上还没有车聪明到能自己找到回家的路。我驾驶的是一块榆木疙瘩，时刻都需要人手的控制。那样的机器每年都能杀死上万人。

自动驾驶解决了这个问题。正电子大脑比人类反应快多了，它解放了人类的双手。你上车，键入目的地，剩下的交给它就行了。

现在，我们觉得这一切都理所当然，但我记得当时第一批诞生的法律，强迫旧机器退役，规定只能使用自动驾驶车。上帝，你该瞧瞧那时的混乱。他们称这规定为法西斯主义，但它清空了道路，制止了杀戮，而且有更多的人可以更方便地上路。

当然，自动驾驶车辆比手动驾驶的要贵上十倍到一百倍，没多少人能买得起。行业内专门推出了自动驾驶公交车。你可以打电话给公司，几分钟后就有车停在你家门口，带你去任何你想去的地方。通常，你要和其他去往同一个方向的人共享一辆车，但这又有什么关系呢？

不过，萨姆森·哈里奇有一辆属于他自己的车，它来的时候是我去接的。那时，它还不是我的马修。我不知道它有一天会成为农场的老前辈。我只知道它抢了我的工作，我恨它。

我说："你不再需要我了吗，哈里奇先生？"

他说："你在怕什么，杰克？难道你觉得我会把命交给这么一个新式玩意儿？还是由你来开。"

我说："但它能自己开，哈里奇先生。它会扫描路面，避开障碍、路人和其他车辆，还记得要走哪条路。"

"听说是，听说是。不管怎样，你还是坐到方向盘后面吧，以防万一。"

人竟然能喜欢上一台车，真是奇妙。很快，我就开始叫它马修，一有时间就给它抛光上蜡，还让它哼着小曲运转着。正电子大脑如果一直控制着底盘，那它的状态就是最好的，意味着值得将油箱加满，好让马达可以白天黑夜都在缓慢地运转。不久之后，我就能从马达的声音来判断马修的状态了。

哈里奇也以他的方式喜欢上了马修。他没有其他的喜欢对象。他离婚了，而且还活过了三任妻子、五个孩子和三个孙儿辈。所以，并不奇怪，他死后将自己的产业转换成了一座退休汽车的农场，由我负责，马修是这个杰出的汽车家园的第一代。

没想到我一干就是一辈子。我一直没结婚。一旦结了婚，我就不可能像现在这样照顾车子了。

记者们刚开始觉得挺好玩，但不久后就不再开玩笑了。有些事不能拿来开玩笑。或许你一直都买不起一辆自动驾驶车，可能一辈子都买不起，但请相信我，你会爱上他们。他们勤奋且有爱心。只有没心肠的人才会虐待他们，或者无视他们被虐待。

于是事情就演变成了这样：一个人在拥有了自动驾驶车一阵子后，如果他没有可信任的、能够照顾好车子的继承人，他就会立下遗嘱，将它留给农场。

我把这些都解释给了盖尔霍恩听。

他说："五十一辆车！这可是一大笔钱啊！"

"每辆自动驾驶车的最初购买价至少有五万，"我说，"现在他们更值钱了。我帮他们添了不少东西。"

"运营这座农场肯定花费很大吧。"

"你说对了。农场是非营利机构，所以我们不用交税，还有，新来的车通常都附带了信托基金。不过，成本一直在上升。我要做好这里的绿化，铺设新的柏油路，修理老的柏油路，还要购置汽油、润滑油、备件、新配件。加起来就很多。"

"你还花了很长时间在农场上。"

“是啊，盖尔霍恩先生，三十三年了。”

“似乎你自己没得到什么好处。”

“没有吗？我真没料到你会这么想，盖尔霍恩先生。我有萨莉，还有五十辆其他的车。看看她。”

我笑了。我实在忍不住。萨莉这么干净，干净到令人心疼。她的挡风玻璃上肯定有昆虫撞死过，或是溅上过泥巴，所以她开始工作了。一根小管子伸了出来，在玻璃上喷了点清洗剂。很快，清洗剂就在硅酮薄膜表面分散开来，橡胶扫帚立刻弹了出来，扫过挡风玻璃，迫使水进入它前面的小槽，滴到地上。没有一滴水滴到闪闪发亮的苹果绿的引擎罩上。扫帚和清洗剂管子收了回去，不见了。

盖尔霍恩说：“我从没看到过自动驾驶车辆能做这个。”

“应该没有，”我说，“我特地在这些车上装的。他们爱干净。他们总是在刷自己的玻璃。他们喜欢这么做。我甚至帮萨莉装上了打蜡机。她每天晚上都会给自己抛光，抛到你都能拿她的任何部位当镜子，对着她刮胡子。如果我能搞到足够的钱，我会给其他女孩都装上。敞篷车都爱臭美。”

“我来告诉你怎么才能搞到钱，如果你想听的话。”

“当然想。怎么搞？”

“还不明显吗，杰克？你的任何一辆车都至少值五万，你自己说的。我敢打赌他们大多数都值六位数。”

“然后呢？”

“想过卖掉一些吗？”

我摇了摇头：“我猜你还没意识到，盖尔霍恩先生，我一辆都不能卖。他们属于农场，不属于我。”

“卖来的钱给农场不就行了。”

“农场的章程规定这些车必须得到永远的照顾，不能卖。”

“那马达呢？”

“我不明白。”

盖尔霍恩换了个姿势，声音也变得神秘起来：“听着，杰克，我来解释一下这里面的情况。只要价格足够便宜，个人自动驾驶车辆的市场会很大，对吧？”

“大家都知道。”

“而95%的成本是马达，对吗？我知道从哪里能搞来车架。我还知道自动车辆能在哪里卖个好价钱——低端的卖两万到三万，好一点的能卖五万到六万。我只要马达。你明白我说的办法啦？”

“不明白，盖尔霍恩先生。”其实我明白了，但我想让他自己说出来。

“办法就在眼前。你有五十一辆车。你是一个专业的自动车机械师，杰克。你肯定是。你可以拆下马达，把它装进另一辆车里，没人能看出差别。”

“这么做不合适吧。”

“你不会伤到车的。你帮了他们一个大忙。用旧的那些，用那辆老马特欧麦特的。”

“慢着，盖尔霍恩先生。马达和车身不是两个独立的东西。它们是一体的。马达都习惯了自己的身体。它们不会乐意被安到其他车子上。”

“好吧，有道理，非常有道理，杰克。这就像把你的脑子装进其他人的脑壳里，对吗？你不喜欢这样，对吧？”

“不喜欢。”

“但假如我把你的脑子装进一个年轻运动员的身体里呢？这怎么样，杰克？你不是一个年轻人了。假如有机会，你难道不想享受再次变成二十岁吗？这就是我给你的正电子马达开的条件。它们会被放进崭新的2057款的身体里，刚出厂的。”

我笑了：“没多大意思，盖尔霍恩先生。我们的一些车可能上了年纪，但都被照顾得很好。没人开他们。他们都按照自己的意愿生活。他们退休了，盖尔霍恩先生。我不想要一个二十几岁的身体，如果这个新身体的余生都要干苦力，还吃不饱肚子……你怎么想的，萨莉？”

萨莉的两扇车门打开了，然后又略微用力地关上了。

“什么意思？”盖尔霍恩问道。

“那是萨莉表示笑的动作。”

盖尔霍恩讪笑了几下。我猜他觉得我开了个并不好笑的玩笑。他说：“说正经的，杰克。车子就是用来开的。如果你不开他们，说不定他们还不高兴呢。”

我说：“萨莉已经有五年没被人开过了。我看她挺高兴的啊！”

“我不确定。”

他起身，朝萨莉慢慢地走去：“你好，萨莉，想被人开一下吗？”

萨莉的马达声变响了。她往后倒去。

“别逼她太紧，盖尔霍恩先生，”我说，“她的脾气有点急。”

有两辆小轿车停在一百码[1]外的路上。他们是刚停下的。可能他们是在以自己的方式旁观。我没去理他们。我的眼睛盯着萨莉，一直盯着。

盖尔霍恩说：“放松，萨莉。”他猛地往前冲去，抓住了门把手。当然，门没有开。

他说：“一分钟之前它还开过。”

我说：“自动锁。她注重隐私，萨莉就这样。”

他放了手，随后故意放慢语速说道：“一辆注重隐私的车子不应该敞着身子四处乱逛。”

他往后退了三四步，接着飞快地往前一冲，快到我来不及阻止他，他直接跳进了车里。萨莉完全没料到，他坐下的时候，趁着她还

1 英制长度单位，100码＝91.44米。

没来得及反应，熄了火。

五年来的第一次，萨莉的马达熄火了。

我想我大喊了，但盖尔霍恩将钥匙拧到“手动”位置并锁住了。他一脚踩醒马达。萨莉又活了过来，但失去了自由。

他往前开去。小轿车还在原地。他们转了个弯，想要让开，动作不是很快。我猜他们有点疑惑。

其中一辆叫杰塞普，来自米兰的工厂，另一辆叫史蒂夫。他俩总在一起。他们都是农场的新人，但已然知道我们的车是没有司机的。

盖尔霍恩笔直地往前开，当小轿车们终于意识到萨莉不会减速且无法减速时，已经太晚了，只能采取极端手段。

他们各自加速往两侧躲避，萨莉如同闪电般从他们中间穿了过去。史蒂夫撞破了湖边的篱笆，一个急刹车停在了草地上，离湖岸只有不到六英寸。杰塞普则颠簸在另一侧的野地里，摇摇晃晃地停下了。

我帮史蒂夫回到了路面上，正打算检查一下篱笆对他造成了什么伤害时，盖尔霍恩回来了。

盖尔霍恩打开萨莉的车门，下了车。他往回欠身，再次关闭了马达。

“瞧，”他说，“我帮她活动得还不错吧。”

我压住了火气：“你为什么要从轿车中间冲过去？你不应该这么做。”

“我还以为他们会躲开呢。”

“他们是躲开了。其中一台还撞穿了篱笆。”

“对不起，杰克，”他说，“我本以为他们会及时躲开的。你知道是怎么回事。我坐过很多自动公交车，但这辈子我只坐过一两次私家自动车，而且这是我第一次开自动车。跟你说吧，杰克，开车的感觉惊到我了，我热血沸腾。我跟你说，我们在正价的基础上不用打超过20%的折扣，肯定能卖出去。利润率高达90%。”

“我们平分利润？”

“平分。记住，我承担了所有的风险。”

“好吧。我听你说完了。现在该轮到你听我说了。”我提高了音量，因为我实在是太生气了，没法再有礼貌，“你关闭萨莉的马达，就是在伤害她。你想被踹得昏迷不醒吗？这就是你对萨莉做的，在你把她关掉的时候。”

“你太夸张了，杰克。自动公交车每天晚上都会被关掉。”

“当然，这就是为什么我不希望任何一个我的男孩或女孩被装进时髦的五七年身体里，我不知道他们会遭受什么。公交车每过两年就需要大修他们的正电子电路。老马修的电路已经二十年没人碰过了。你能给他带来什么呢？”

“好吧，你太激动了。你先冷静下来，好好考虑一下我的提议，想好了之后再联系我。”

“我想好了。如果我再见到你，我会叫警察。”

他的嘴角耷拉了下来，变得很难看。他说：“再给我一分钟，老顽固。”

我说：“只给你一分钟。这里是私人的地方，我命令你离开。”

他耸了耸肩：“那好吧，再见。”

我说：“海丝特夫人会送你离开这里。不是再见，而是永别。”

但没能永别。两天后，我又见到了他。确切来说，是两天半以后，因为第一次见他的时候差不多是中午，而再次见到他时已经过了午夜。

他把电灯打开的时候，我从床上坐了起来，像盲人似的眨了几下眼，这才看清发生了什么。一旦我看清之后，也就不用太多解释了。事实上，根本无须解释。他的右手握着一把枪，可怕的细细的针形枪管在两根手指之间隐约可见。我知道，他只需要加大握力，就能将我轰成碎片。

他说："穿上你的衣服，杰克。"

我没有动，只是看着他。

他说："听着，杰克，我明白你的处境。两天前我来见过你，还记得吗？这地方没有警卫，没有通电护栏，没有报警信号。什么都没有。"

我说："我不需要这些。话说回来，没什么东西能阻止你离开，盖尔霍恩先生。如果我是你的话，会赶紧离开。这地方非常危险。"

他笑了笑："当然，对一个被枪指着的家伙来说当然危险。"

"我看见了，"我说，"我知道你有枪。"

"那就赶紧动起来。我的人在等着。"

"不，先生，盖尔霍恩先生。除非你告诉我你想干什么，否则我不动。就算你跟我说了，我也可能不动。"

"我前天给了你一个提议。"

"答案还是不行。"

"现在提议的内容增加了。这次我带了几个人来，还有一辆自动公交车。给你一个机会，跟我来，拆下二十五台正电子马达。我不关心你选哪二十五台。我们把它们装上公交车带走。一旦卖了它们之后，我确保你会得到你那一份。"

"你说话算话？"

他仿佛没听懂我在挖苦他。他说："算话。"

我说："不行。"

"如果你坚持说不行，我们就自己动手了。我自己去拆马达，只不过我要拆的是五十一台。一台都不剩。"

"拆正电子马达可不容易，盖尔霍恩先生。你是机器人技术方面的专家吗？即便你是，这些马达都被我改造过了。"

"我知道，杰克。老实说，我不是专家。我在拆的时候可能会毁了不少。这就是为什么我要拆下所有的五十一台，如果你拒绝配合的话。你明白的，我可能最后只剩了二十五台。我最早拆的那几台受到的破坏最大。慢慢地，我会掌握诀窍，你懂的。如果要我选的话，我觉得我会从萨莉开始。”

我说：“你在开玩笑吧，盖尔霍恩先生。”

他说：“我是认真的，杰克。”他等着我慢慢体会他话里的意思：“如果你能帮忙，你就能留下萨莉。否则，她就等着受重伤吧。”

我说：“我会跟你去，但我要再警告你一次。你会有麻烦的，盖尔霍恩先生。”

他觉得很好笑。我们一起走下楼梯的时候，他一直在偷偷地笑。

一辆自动公交车等在车库外的车道上。三个男人的影子等在它旁边，我们走近时他们打开了手电。

盖尔霍恩低声说道：“我把老家伙带来了。快，把车开过来，我们这就动手。”

三人中的一个探出身，在控制面板上输入了正确的指令。我们走上车道，公交车顺从地跟在我们身后。

“它开不进车库的，”我说，“门不够宽。我们这里没有公交车，只有私家车。”

“好吧，”盖尔霍恩说，“把它停在草地上，别让人看见。”

离车库还有十码远时，我听到了车子在里面发出的呜呜声。

我要是进了车库，他们通常会安静下来。这次他们没有。我觉得他们知道陌生人想干什么。等到盖尔霍恩一行人露脸之后，他们变得更吵了。每台马达都在低吼，每台马达都在发出不规则的敲击声，直到整个地方都震动了起来。

我们进去之后，灯自动亮了。盖尔霍恩似乎没有受到汽车声音的影响，但另外三个人看上去吓了一跳，有些不安。他们的样子一看就是收钱干活的流氓，目光涣散，癞皮狗一样的表情，跟他们的身材很不相称。我了解这种人，我并不担心。

其中一个人说："该死的，他们在烧汽油。"

"我的车一直在烧汽油。"我冷冷地说。

"今晚不能烧，"盖尔霍恩说，"把他们关掉。"

"没这么简单，盖尔霍恩先生。"我说。

"快动手！"他说。

我站在那里。他拿枪指着我。我说："我跟你说了，盖尔霍恩先生，我的车子在农场都得到了很好的照顾。他们习惯了这种方式，他们恨其他的方式。"

"你还有一分钟，"他说，"换个时间说教吧。"

"我想解释给你听。我想让你明白，我的车能听懂我跟他们说的话。只要有时间和耐心，正电子马达就能学会。我的车就学会了。萨莉两天前就听懂你的提议了。你应该记得，我问她意见的时候她还笑了。她也知道你对她干了什么，另外两辆被你吓到的轿车也知道。这里的车知道该怎么对付闯入者。"

"听着，你这个老疯子——"

"我想说的就是——"我提高了音量，"抓住他们！"

其中一个人脸色都白了，发出尖叫，但他的声音完全被一下子响起的五十一个喇叭的声音淹没了。喇叭一直响着，在车库四面墙壁的环绕中，回声上升到了一种强烈的、金属式的呐喊。两辆车往前开去，速度不快，但一直瞄着目标不放。他们后面还跟着另外两辆。所有的车都在他们自己的小隔间里骚动了起来。

流氓们先是看着，然后往后退去。

我喊道："不要靠着墙。"

显然，他们自己也表现出了这种本能。他们疯狂地冲向车库的门。

在门口，盖尔霍恩的一个手下转身掏出了枪。子弹拖着细细的、蓝色的火光，射向了第一辆车。那是杰塞普。

杰塞普的引擎盖上划出了一道弹痕，随即右挡风玻璃裂了，但没有碎。

那几个家伙抢出了门，奔跑着，排成两排的车追着他们进入夜幕，他们的喇叭就是冲锋号。

我的手一直抓着盖尔霍恩的胳膊，但我并不认为他能逃走。他的嘴唇都在哆嗦。

我说："这就是为什么我不需要通电护栏。我的财产能够自我保护。"

盖尔霍恩的眼睛左右乱转，目瞪口呆地盯着成对的车子追逐的身影："他们是杀手！"

"别傻了。他们不会杀了你的手下。"

"他们是杀手！"

"他们只是教训一下你的手下。我的车受过野地追逐特别训练，就是为了应对目前这种场面。我觉得你的手下会生不如死。你被车子追过吗？"

盖尔霍恩没有回答。

我继续说了下去，我想让他听完所有的细节："他们就像影子，紧跟着你的人，把他们赶到这里，又在那里把他们拦下，朝他们冲刺，刹车吱吱叫着，马达轰鸣着和他们擦身而过。他们会一直玩下去，直到你的人倒下，上气不接下气，半死不活，盼着轮子碾过、轧碎他们的骨头。但车子不会真这么干。他们会转弯。不过，我敢打赌，你的人打死也不敢上这儿来了，给他们十倍的钱也不敢了。听——"

我抓着他胳膊的手加大了力道。他紧张地倾听起来。

我说："你没听到车门关上的声音吗？"

声音模糊且遥远，但绝对不会错。

我说："他们在笑。他们玩得很痛快。"

他的脸因为愤怒而扭曲了。他举起手，手里仍然拿着枪。

我说："我要是你就不会开枪。有一辆自动车还留在我们身边。"

我觉得他并没有注意到萨莉。她非常安静地靠近了。虽然她的引擎盖差点就碰到了我，但我还是没听到她的马达声。她可能屏住了呼吸。

盖尔霍恩尖叫了一声。

我说："她不会碰你的，只要我还和你在一起。但如果你杀了我……你也知道，萨莉不喜欢你。"

盖尔霍恩将枪口指向了萨莉的方向。

"她的马达有防护罩，"我说，"而且，在你还没来得及开第二枪之前，她就能把你压在轮子下。"

"好吧。"他叫喊道，突然将我的胳膊拧到我的背后，因为太用力，我差点都没站住。他抓着我挡在萨莉和他本人中间，他的力道没有放松："跟我一起退出去，别想挣脱，老顽固，否则我把你的胳膊拧下来。"

我不得不跟着他移动。萨莉跟着我们，有点担心，不知道该怎么办。我想对她说些什么，但说不出来。我只能咬紧牙关，痛苦地闷哼着。

盖尔霍恩的自动公交车仍然停在车库外面。我被推了上去。盖尔霍恩跟在我后面也上来了，并锁上了门。

他说："好了，现在我们能理智地谈谈了。"

我揉着我的胳膊，试图让它恢复知觉。同时，我下意识地研究起了公交车的控制板。

我说："这是辆翻新车。"

"那又怎样？"他挖苦道，"它是我的劳动成果。我捡来一个废弃的底盘，找到一个能用的大脑，给自己装了一辆私家公交车。怎么样？"

我用力掰了掰维修面板，将它掀开了。

他说："见鬼，别乱碰。"他一掌切下，我的左肩失去了知觉。

我和他扭打起来："我不会伤害这辆公交车。你以为我是什么人？我想看一下马达的接线。"

用不着看多久。我转身看着他时，已经气愤到了极点。我说："你是个浑蛋。你无权自己安装马达。为什么不找一个技工？"

他说："我看着像是疯了吗？"

"即便是偷来的马达，你也无权如此对待它。我不会像你对待这个马达这样对待一个人。焊锡、胶带和夹子！太残酷了！"

"能用就行，不是吗？"

"是能用，但它对这辆公交车来说就是地狱。得了偏头痛和关节炎，你还能活，但生活质量就差多了。这辆车在受苦！"

"闭嘴！"他朝车窗外的萨莉瞥了一眼，她已经驶到离这辆公交车不能再近的程度。他再次检查了车门和车窗是否已关紧。

他说："趁着其他车还没回来，我们现在就走。我们先躲一阵。"

"这有什么用？"

"你的车总有烧完汽油的一天，不是吗？你还没给他们装上自动加油的能力，不是吗？我们到时候再回来把活儿干完。"

"他们会找我的，"我说，"海丝特夫人会找警察。"

他已经听不进意见了。他按下启动，车子往前冲去。萨莉跟在后面。

他咯咯笑了："我把你控制在了这里，她能干什么？"

萨莉似乎也意识到了这一点。她加速超过了我们，消失了。盖尔霍恩打开他身旁的车窗，朝外面吐了口痰。

车子在黑暗的路上缓慢前行，马达不时地咯咯作响。盖尔霍恩调暗了近光灯，高速公路中央的荧光绿标线在月光下微微发亮，我们这才避免撞进旁边的树林。路上几乎没有车辆。有两辆车从反方向驶过，我们这一侧的路上没有其他车子，前面和后面都没有。

我首先听到了关门的声音。那声音在寂静之中显得干脆响亮，先是在右面，接着在左面。盖尔霍恩的双手在颤抖，使劲按下加速。一束灯光从树丛中射来，晃得我们睁不开眼睛。另有一束灯光从后方护栏的外侧射来。在前方四百码左右的岔道口，传来了车子的刹车声，一辆车冲出来挡住我们的去路。

“萨莉去找其他车子了，”我说，“我认为你被包围了。”

“那又怎样？他们能干什么？”

他趴在控制面板上，打量着挡风玻璃外面。

“你也别想耍什么鬼把戏，老顽固。”他嘟囔了一句。

我耍不了。我已经累坏了，左胳膊还疼得要命。马达的声音渐渐聚拢起来，越来越近了。我能听出来马达的声响跟以往不同，我突然想到我的车子们可能在相互交谈。

后面传来一阵混杂的喇叭声。我转身去看，盖尔霍恩则迅速瞥了眼后视镜。十几辆车排成两列跟在后面。

盖尔霍恩疯狂地笑着，大叫着。

我喊道：“停车！快停车！”

因为在前方不到四分之一英里处，在路旁两辆轿车灯光的照耀下，萨莉清晰可见，她整洁的身体横跨在路的正中间。有两辆车行驶在我们左方的反向道上，跟我们保持着完美的距离，防止盖尔霍恩转向。

但他没有想过转向。他的手指死死摁在全速前进的按钮上。

他说：“别想吓唬我。这辆公交的重量是她的五倍，老顽固，我们会把她撞到路边，就像撞死一只小鸡一样。”

我知道他能办到。这辆公交处于手动模式，他的手指按在了按钮上。我知道他会撞的。

我放下车窗，探出脑袋。“萨莉，”我大声喊道，“快离开路面。萨莉！”

我的声音被受虐的刹车片那刺耳的号叫声淹没了。我感觉自己被猛地往前甩了出去，还听到盖尔霍恩喘着粗气。

我说：“出什么事了？”这是个愚蠢的问题。我们停下了。就这么简单。萨莉和公交车只隔了五英尺的距离。面对体重五倍于己的对手的正面冲击，她没有躲开。她可真勇敢。

盖尔霍恩晃着手动开关拉杆。“不可能，”他一直在嘟囔，“不可能。”

我说：“就你那安装马达的水平，专家，电路随时都可能短路。”

他愤怒地看着我，喉咙深处发出嘶吼。他的头发蓬乱地遮住了额头。他举起了枪。

“你的建议到此为止了，老顽固。”

我知道他马上就要开枪了。

我的背顶着公交车的门，眼睁睁看着他靠近，车门突然打开了，我往后跌下了车，重重地摔在地上。我听到车门又“砰”的一声关上了。

我用膝盖撑着自己起身，看到盖尔霍恩正无助地与关上的车窗搏斗，随后又隔着玻璃将枪口对准我。但他没机会开枪了。公交车发出一声震耳欲聋的咆哮，盖尔霍恩一下子往后倒下了。

萨莉已然没有再挡在前面。我看着公交车的尾灯在高速公路上闪烁着渐渐远去。

我累坏了，在原地坐下，就坐在高速公路上，头埋在胳膊里，急促地喘息着。

我听到有辆车安静地在我身旁停下。我抬头看，发现是萨莉。慢慢地，甚至可以说是可爱地，她的前门开了。

已经有五年没人开过萨莉了。我感谢她的邀请，但还是说道：“谢谢，萨莉，但我还是去坐新来的车比较好。”

我站起来，转身离去，但她如同芭蕾舞演员般优雅且高超地转了个身，挡住了我。我不想辜负她的好意。我坐了进去。她的前座散发出一股一尘不染的汽车内特有的好闻的、清爽的气味。我感激地躺在座椅上，我的孩子们带我回到了家，平稳、安静且迅速。

第二天晚上，海丝特夫人兴奋地给我带来一份广播新闻稿。

“是盖尔霍恩先生，”她说，“那个来见过你的人。”

“他怎么了？”

她的回答令我毛骨悚然。

“他们发现他死了，”她说，“能想象吗，死在一条壕沟里？”

“可能是另外一个人吧。”我嘟囔了一句。

“雷蒙德·J. 盖尔霍恩，”她厉声说道，“不可能有两个吧，对吗？描述也符合。上帝，死法太残酷了！他们发现他的胳膊和身体上都有轮胎印记。能想象吗？我很高兴是辆公交车干的，否则他们会来这里问东问西。”

“事发现场离这里近吗？”我焦急地问道。

“不近……在库克斯维尔附近。但是，上帝，你还是自己读吧——杰塞普出了什么事？”

我很高兴她岔开了话题。杰塞普正等着我给他喷漆。他的挡风玻璃已经换好了。

她走了之后，我拿起新闻稿。毫无疑问。医生说他一直在跑，身体已消耗到极限。我不知道公交车在撞死他之前，玩弄了他多少英里。当然，新闻上不会提及。

他们已经找到那辆公交车，通过车胎印记确认了是他。警察扣留了他，想要找到他的主人。

还有一篇关于此事的评论员文章。这是本年度州内第一起致命交通事故，报社强烈警告不得在夜间手动行驶。

没有提到盖尔霍恩的三个跟班，我至少对此感到欣慰。我的车没有受到追逐杀戮之乐的蛊惑。

就这么多。我放下了新闻稿。盖尔霍恩是个罪犯，他对公交车的做法太过残忍。我觉得他确实该死，但我仍然对他的死法有些不忍。

一个多月过去了，我依旧无法把画面赶出我的头脑。

我的车能相互交谈。我对此深信不疑。仿佛他们获得了自信，仿佛他们不再刻意掩饰。他们的马达始终在轰鸣和爆震。

他们不仅仅只跟自己人交谈。他们还会跟那些因公事前来农场的轿车和公交车谈话。他们这么干有多久了？

别的车肯定也能听懂他们。盖尔霍恩的公交车就能听懂，而他只在这里停留了一个小时。我闭上眼睛，回想起在高速公路上最后冲刺的画面，我的车行驶在公交车的两侧，马达对着他发出咔嗒的声音，他听懂了，刹住了，放我出来，最后载着盖尔霍恩远去。

我的车叫他杀了盖尔霍恩吗，还是他自己的主意？

车能有这样的想法吗？马达设计师说不能。但他们只注意到了普通情况。他们能预测到所有的情况吗？

不少车被用得很惨，你也知道。其中一些来过农场。他们被告知了一些东西。他们发现有些车的马达从来不会被关闭，也没人会开他们，而且他们的一切需求都会得到满足。

然后，他们会去告诉别的车。或许话已经传开了。或许他们会觉得农场的方式应该成为全世界的方式。他们不明白。你不能指望他们能理解富人的遗赠和古怪的念头。

地球上有几百万台自动车，甚至是上千万台。如果这想法在他们内心扎了根，认为自己是奴隶，应该要做点什么……如果他们开始考虑盖尔霍恩的公交车采取的方式……

可能在我这辈子还不会发生。而且，他们还是会留下一些人照料他们，不是吗？他们不会把我们全杀光的。

或许他们会杀光我们，或许他们不会理解为什么他们还要人照顾，或许他们不会再等待。

每天早晨我醒来时都在想，可能就是今天了……

我再也无法像从前一样享受车子的陪伴了。近来，我注意到自己甚至都开始躲着萨莉了。

苍 蝇[1]

“苍蝇！”肯戴尔·凯西厌烦地说道。他挥了挥胳膊。苍蝇盘旋了几圈，又回来落到了凯西的衬衣领子上。

远处传来了第二只苍蝇嗡嗡的叫声。

约翰·波伦博士飞快地抽了口烟，掩饰自己的下巴显露的不安。

他说：“我没料到你会来，凯西，还有你，温斯罗普。还是我该叫你温斯罗普牧师？”

“我应该叫你波伦教授？”温斯罗普说，谨慎地流露出老友相聚时应有的情绪。

他们正努力地套上二十年前已然过时的壳，每个人都是。蠕动着，塞着，却总也不合适。

该死的，波伦烦躁地心想：为什么人非要参加大学同学聚会呢？

凯西那双火热的蓝色眼睛仍然充斥着大二学生般的无名怒火，一群既想寻找智慧却又彷徨且愤世嫉俗的孩子。

凯西！校园里的苦孩子！

他没有成熟。二十年后，他还是凯西，校园里的苦孩子！波伦能从他指尖毫无目的的挥舞和瘦高身体的动作看出这一点。

至于温斯罗普，怎么说呢？老了二十岁，更肉更圆了。皮肤更红，眼睛更温和。然而，他还是未能找到自信。他依然保留了讪笑的习惯，这点出卖了他，仿佛没什么东西能替换笑容，要是没了它，他的脸就会变成一堆光秃秃的、毫无特征的皮肉。

波伦厌烦了看着手指毫无目的的挥动，厌烦了聚会夺走他与机器共处的时光，厌烦了他们跟他说太多的话。

他们也能像他解读他们那样解读他吗？他那双闪烁的小眼睛已经明显透露出他的内心厌恶到了极点吗？

该死的，波伦心想：为什么我不走开呢？

他们就这么站着，三个人都在等其他人说些什么，从过去随便抓取一个片段，小心翼翼地带入现在。

波伦做出了尝试。他说：“你还在从事化学研究吗，凯西？”

“是的，以我自己的方式，”凯西粗声粗气地说，“我不是你想象中的科学家。我在查塔姆大学帮E. J. 林克做杀虫剂方面的研究。”

温斯罗普说：“真的吗？你说过你想从事杀虫剂方面的工作。还记得吗，波伦？话说回来，苍蝇还敢围着你飞，凯西？”

凯西说：“没法摆脱它们。我是最佳证明。只要我在，没有任何化合物能阻挡它们。有人曾经说过是因为我的气味。我招苍蝇。”

波伦想起来是谁说过这句话。

温斯罗普说：“或者——”

波伦感觉到他想说什么。他不禁紧张了。

“或者，”温斯罗普说，“是因为诅咒，你明白的。”他的笑容更强烈了，以示他在开玩笑，他原谅了过去的怨恨。

该死的，波伦想，他们甚至连词都没改。过去又浮上了心头。

“苍蝇，”凯西挥舞着胳膊，拍着巴掌说道，“还有比它们更讨厌的吗？为什么它们不找你们两个的麻烦？”

约翰·波伦对他笑了。那时他经常笑：“因为你身体的气味，凯西。你对科学有益，找到你气味的源头，加以提炼，再把它掺入杀虫剂，你就得到了世界上最棒的苍蝇杀手。”

“不错的提议。我闻着像什么？发情的母苍蝇？真可笑，整个该死的世界就是一坨屎，而苍蝇非得围着我转。”

温斯罗普皱起眉头，说了句略带文学气息的话：“凯西，观察者看到的不仅仅是美丽。”

凯西没有接话。他对波伦说：“你知道温斯罗普昨天跟我说了什么吗？他说这些该死的苍蝇是蝇王的诅咒。”

“我是开玩笑的。”温斯罗普说。

“为什么是蝇王？”波伦说。

“这是个双关语，”温斯罗普说，“古代希伯来人有很多嘲弄异教神的用语，它是其中之一。这个词由巴力神[1]和苍蝇[2]组成，意思是苍蝇之神[3]。”

凯西说：“得了，温斯罗普，你信仰的就是蝇王。”

“我相信邪恶的存在。”温斯罗普严肃地说道。

“我说的是蝇王——活的，有角，还有蹄子——神的对头。”

“一点都不信，”温斯罗普更严肃了，“邪恶是暂时的。到了最后，它一定会失败——”

波伦咳嗽一声，改变了话题。他说：“顺便说一句，我将成为文纳的研究生。我前天跟他谈了一下，他同意收我了。”

“不会吧！太棒了。”温斯罗普的眼睛亮了，立刻跳转到这个话题上。他伸出手，和波伦击了一下掌。他总是下意识地为其他人的好运感到兴奋。凯西指出过好多次。

凯西说：“控制狂文纳？好吧，如果你能忍受他，我猜他也同样能忍受你。”

---

1 原文为希伯来语“Ba’al”，迦南人的神明。

2 原文为希伯来语“zevuv”，苍蝇的意思。

3 别西卜（Beelzebub）即《圣经》中的蝇王。

温斯罗普接着说道："他觉得你的点子怎么样？你跟他说了你的点子吗？"

"什么点子？"凯西问道。

波伦一直瞒着凯西。但现在文纳已经考虑过并说了声"有意思！"，凯西的嘲笑又能伤到他什么呢？

波伦说："没什么特别的。简单来说，它是一个假想——生命的纽带是情绪，而不是逻辑或智慧。我觉得它实际上是老生常谈。你无法得知一个婴儿在思考什么，甚至他是否会思考，但显然他只有一个星期大时就能感到饿、害怕或满足。明白我的意思吗？

"动物也一样。你在一秒钟之内就能判断出一条狗是否高兴或一只猫是否害怕。这里面的关键在于，在同等环境下，它们的情绪跟我们的情绪是一样的。"

"然后呢？"凯西说，"能研究出什么结果？"

"我还不知道。现在，我只能说情绪具有普遍性。假设我们深入分析人类和某些常见动物的行为，将它们与可见的情绪一一对应起来，或许我们能发现两者之间有严密的关系。情绪甲总是与行为乙有关。然后我们将它应用到那些无法用常规手段来判断情绪的动物身上，比如蛇、龙虾，等等。"

"或是苍蝇。"凯西边说边猛力拍死了一只苍蝇，随后得意扬扬地将它的尸体从手腕处抖落。

他接着说道："去研究吧，约翰。我贡献苍蝇，你来研究它们。我们设立一门苍蝇心理学，让它们高兴，解决它们的精神问题。毕竟，越多生命过得越好，世界才会更好，不是吗？苍蝇的数量比人多。"

"好吧。"波伦说。

凯西说："嘿，波伦，你后来研究了那个怪点子吗？我是说，我们都知道你是控制论中的一颗新星，但我没读过你的论文。有那么多可以用来浪费时间的东西，我只能忽略其中一部分了，你懂的。”

“什么点子？”波伦木然问道。

“得了。你知道的。动物情绪之类的玩意儿。那时候的日子可真叫人怀念。我经常能碰到疯子，现在就只剩傻子了。”

温斯罗普说：“对，波伦，我记得很清楚。读研究生的第一年，你在狗和兔子身上做研究。我敢说你甚至还试了凯西的苍蝇。”

波伦说：“研究本身没有成果。不过，它促成了某种新的计算原则，所以算不上彻底失败。”

他们为什么要谈这个？

情绪！谁有权去玩弄情绪？文字的发明就是为了隐藏情绪。正是原始情绪的可怕才使得语言成为必要。

波伦知道，因为他的机器绕过了语言的筛选，将潜意识拉到了阳光底下。男孩和女孩，儿子和母亲。与此相对应的，猫和老鼠，或者是蛇和鸟。数据碰撞在一起，形成合力，冲击着波伦，他再也无法承受生命的触摸。

在最后的几年时间里，他费了好大的劲才将自己的研究转到其他方向。现在，这两个人来了，刺激他的头脑，搅动起尘埃。

凯西心不在焉地在自己的鼻尖前挥了挥手，赶走了一只苍蝇。“太糟了，”他说，“我还以为你能从中发现些有趣的东西呢，比如说从老鼠那里。好吧，可能没那么有趣，但总好过你从我们这些人身上能搞到的东西吧。我常常在想——”

波伦记得他经常在想什么。

凯西说：“这该死的杀虫剂。我觉得它简直就是苍蝇的食物。跟你说，我研究生打算学化学专业，然后找一份杀虫剂研发的工作。所以瞧好了，我本人将发明能搞定这鬼玩意儿的东西。”

他们在凯西的房间，房里有一股煤油味，因为刚刚喷过杀虫剂。

波伦耸了耸肩，说道："用报纸卷不就行了？"

凯西敏感地以为他在讥笑，立即说道："你怎么总结你第一年的工作，波伦？不要跟我说毫无成果，只有真正大胆的科学家在总结时才会这么说。"

"毫无成果，"波伦说，"这就是我的总结。"

"快说，"凯西说，"你用的狗比生理学家用的还多，我敢打赌狗更不喜欢生理学实验。"

"嗐，放过他吧，"温斯罗普说，"你听上去就像是一架八十七个键都失控了的钢琴，让人心烦。"

你不能对凯西说这样的话。

他突然来劲了，故意不看温斯罗普，说道："我来告诉你，如果你找得足够仔细，你能在动物上发现——宗教。"

"该死的！"温斯罗普愤怒地说，"这也太蠢了。"

凯西笑了："好了，好了，温斯罗普。'该死的'只是'魔鬼啊'的委婉说法，咒人可不好。"

"别对我说教，也不要亵渎上帝。"

"我亵渎了吗？为什么跳蚤就不能把狗当成崇拜的对象？狗是温暖与食物的来源，有一切对跳蚤有利的东西。"

"我不想跟你谈这个。"

"为什么不？对你有好处。你甚至能认为，对蚂蚁来说，食蚁兽是更高级的创造。它对蚂蚁来说太大了，难以理解，太强壮了，难以反抗。它在蚂蚁之间行走，如同看不到的、无法解释的旋风，给它们带来毁灭与死亡。但这并不会破坏蚂蚁的心情，它们会以为毁灭只是对它们恶行的惩罚。食蚁兽甚至都不知道自己是神祇，也不关心。"

温斯罗普的脸色都白了。"我知道你说这些只是为了气我，我也很遗憾看到你为了一时之快而甘冒灵魂受罚的危险。我想跟你说……”他的话音略微有些颤抖，“我很严肃地对你说，折磨你的苍蝇就是你此生的惩罚。蝇王，就像所有的邪恶力量一样，可能会以为自己在作恶，但最终其实是行善。蝇王对你的诅咒也是为了你好。或许它能让你改变自己的生活态度，在还来得及之前。”

他跑出了房间。

凯西看着他离开。他笑着说道：“我告诉过你温斯罗普信仰蝇王。人们给迷信起这种有气势的名字真让人觉得好笑。”他的笑声戛然而止，听上去不太自然。

房间里有两只苍蝇，嗡嗡叫着穿过蒸汽飞向了他。

波伦起身，心情压抑地离开了。一年时间虽然学到的不多，但对他来说已然很多了，他的嘲笑者也渐渐变少。他的机器虽然只能分析动物的情绪，但他已然能推断出人类的深层情绪。

他不喜欢看到狂野的杀人欲望，而其他人只是看到了一场无关紧要的争吵。

凯西突然说道：“嘿，话说回来，你的确尝试了我的一些苍蝇，就跟温斯罗普说的一样。结果怎么样？”

“是吗？都二十年了，我都忘了。”波伦嘟囔了一句。

温斯罗普说：“你肯定试过了。当时我们在你的实验室里，你抱怨凯西的苍蝇甚至都跟到了那里。他建议你分析它们，你就分析了。你记录了它们的动作、声音和拍打的翅膀，大概有半个多小时。你研究了十几只不同的苍蝇。”

波伦耸了耸肩。

“好吧，”凯西说，“没关系。看到你真高兴，老伙计。”真诚的握手、拍肩膀、大大的笑容——在波伦眼里，都被解释成了凯西内心对波伦功成名就的厌恶。波伦说：“保持联系。”

这句话太敷衍了，什么意义也没有。凯西知道，波伦也知道，大家都知道。但话就是用来隐藏情绪的，而当它失败时，人性仍忠实地维持着假象。

温斯罗普的握手没那么用力。他说：“我们好像又回到了从前，波伦。如果你有机会来辛辛那提，记得去教会。我们始终欢迎你。”

在波伦听来，这显示了这个人在见识了他明显的压抑之后却放松了。它意味着科学也不是答案，温斯罗普那与生俱来的不安全感在他的陪伴之下得到了安抚。

“我会的。”波伦说。这通常是“我不会”的委婉说法。

他看着他们分别去了其他小组。

温斯罗普肯定不会知道那件事。波伦确信这一点。他不确定凯西是否知道。如果凯西不知道，倒真是一个天大的笑话。

他当然研究过凯西的苍蝇，不是一次，而是很多次。答案总是一样的，总是无法公开的答案。

他不由自主地打了个冷战。他突然意识到房间里有一只苍蝇在飞，毫无目的地飞了一阵，随后坚决地、虔诚地朝凯西刚才站着的地方冲了过来。

凯西不知道吗？难道最严厉的惩罚的精髓就是他始终都不知道自己就是蝇王？

凯西——苍蝇之王！

这里没人，但是——[1]

你得明白这不是我们的错。我们不知道出了什么问题，直到我给克利夫·安德森打了电话，跟他聊了几句，但他并不在电话那头。而且，要不是在我跟他说话时，他走了进来，我都不知道他不在电话那头。

不对，不对，不对，不对……

我不知道该怎么讲好这个故事，我太激动了。这样好了，我还是从头开始讲起吧。我是比尔·比林斯，克利夫·安德森是我的朋友。我是电器工程师，他是个数学家，我们都是中西部技术学院的老师。现在你知道我们是谁了吧。

自从退伍以来，克利夫和我一直在研究计算机。你知道它是什么。诺伯特·维纳的《控制论》让它广为人知。如果你看到过它的照片，你就知道它是个大家伙。它能占满一面墙，而且非常复杂。当然，也非常贵。

但克利夫和我想到了一些主意。你得明白，能思考的机器之所以如此庞大，如此昂贵，是因为它里面装满了继电器和真空电子管，从而能够控制微电流，在这里或那里打开或关上。它里面最重要的东西就是微电流了，所以……

一次，我对克利夫说："为什么我们就非得要那些乱七八糟的玩

---

1 Copyright © 1953 by Ballantine Books, Inc.

意儿才能控制微电流呢？”

克利夫说：“有道理。”然后开始了数学计算。

我们花了两年时间，取得了目前的成就，其间的林林总总就不再细说了。我们成功之后所带来的结果才是麻烦所在。最后，我们做出来的东西大概有这么高，这么宽，这么厚。

不对，不对。我忘了你看不见我。我还是跟你说数字吧。它大概有三英尺高、六英尺长和两英尺厚。记住了？需要两个人一起才能抬动它，但关键在于它能够被抬动。而且，值得注意的是，它能做任何一面墙大小的计算机做的工作。可能没它快，但我们还在改进之中。

我们对那东西有很高的期望，非常高的期望。我们能将它安装在轮船和飞机上。再过一阵，如果我们能把它做得足够小，汽车里也能装上一个。

我们对汽车上的应用尤其感兴趣。假如你在仪表盘上有一个小小的思维机，跟引擎和电池相连，配备光电眼。它能选择理想的线路，躲避其他车辆，遇到红灯停下，根据地形选择最优速度。所有人都能坐在后座，汽车事故将成为历史。

我们乐在其中。我们经历过太多的激动、太多的喜悦，我们完成了一个又一个里程碑。每当我想拿起电话打给我们实验室的那一刻，我总是忍不住会热泪盈眶，再苦再累都值得。

那天晚上，我在玛丽·安的家——我跟你提到过玛丽·安吗？没有，应该还没有。

玛丽·安有可能成为我的未婚妻，但取决于两个先决条件：条件一，她要愿意；条件二，我要有胆向她求婚。她长着一头红发，一百一十磅重，五英尺半高的身体里好像塞了两吨的能量。我做梦都想向她求婚，但每次她出现在我的视线里，每个动作都令我的心脏悸动，我直接就怯步了。

并不是因为我长得不好看。人们说我的长相还过得去。我的头还没秃，身高差不多有六英尺，我甚至还会跳舞。只不过我给不了她什么。我不必告诉你大学老师能挣几个钱了吧？考虑到通货膨胀和交税，基本月光。当然，如果我们申请下来了小小思维机的基础专利，事情就不同了。但我也没法开口让她等。或许，等一切就绪之后……

总之，那天晚上，当她走进客厅的时候，我只是站在那里做着白日梦。我的胳膊盲目地伸向了电话。

玛丽·安说："我准备好了，比尔，我们走吧。"

我说："稍等。我要给克利夫打个电话。"

她微微皱起了眉头："不能过后再打吗？"

"两个小时之前我就该打给他了。"我解释道。

整个过程只花了两分钟。我打给了实验室。克利夫正在加班，所以他接了。我问了些东西，他回答了一些；我又问了问，他接着解释。细节不重要，但就像我说的，他是排列组合方面的数学家。当我设计好电路，再加上其他的东西，使得整个系统看起来不可能的时候，他总是在做出一番计算之后再告诉我它们是否真的不可能。然后，就在我挂上电话时，门铃响了。

一开始，我以为玛丽·安还有其他的客人，看着她去应门的时候还有点不自在。我在看着她的时候，手里还在记着克利夫跟我说的东西。然后，等她打开门，门口站着的正是克利夫·安德森本人。

他说："我就知道能在这里找到你——你好，玛丽·安。不是说好了6点给我打电话的吗？你就跟纸板椅一样不可靠。"克利夫是个矮胖子，随时随地都能跟人起争执。但我了解他，也就没和他计较。

我说："碰到了一点事，我忘了。但我刚刚不是给你打了电话吗？有什么关系吗？"

"打了？给我吗？什么时候？"

我指着电话，舌头却打结了。就在那个当口，我意识到不对劲了。五秒钟之前，门铃响起时，我才挂上电话，结束了跟实验室里的克利夫的对话，而实验室离玛丽·安的家有六英里。

我说："我——刚刚才跟你说过话。"

我没表达清楚。克利夫又说了一遍："跟我？"

我现在两只手都指着电话："在电话上说的。我打给了实验室。用这台电话！玛丽·安听到我打了。玛丽·安，我刚才是跟——"

玛丽·安说："我不知道你在跟谁通话。行了，可以走了吗？"这就是玛丽·安，非常诚实。

我坐了下来。我试图静下心来，把脑子厘清。我说："克利夫，我拨了实验室的号码，你接了电话，我问你是否解决了问题，你说是的，并跟我说了答案。你看，我都写下来了。这上面写的是对的还是错的？"

我递给他那张纸条，上面有我刚写下的公式。

克利夫看了看纸条。他说："对的。但你从哪里得来的？不会是你自己想出来的吧？"

"我刚跟你说了。你在电话里告诉我的。"

克利夫摇了摇头："比尔，7点15分我就离开实验室了。那里没人。"

"我肯定跟某个人通过话，我没跟你开玩笑。"

玛丽·安在摆弄她的手套。"我们要迟到了。"她说。

我挥了挥手，让她再等等，随后跟克利夫说："嘿，你确定——"

"那里没有人，除非你把小家伙也算个人。""小家伙"是我们给小型机器大脑起的昵称。

我们站在那里相互看着。玛丽·安的脚尖一直在敲击地板，像一颗随时会爆炸的炸弹。

然后克利夫笑了。他说："我想起了看过的一部卡通片。里面有个机器人在接电话。他说：'老实讲，先生，这里没有人，只有我们这些复杂的思维机器。'"

我不觉得这有多好笑。我说：“我们去实验室。”

玛丽·安说：“嘿！我们看戏要迟到了。”

我说：“听我说，玛丽·安，这非常重要。只需要一会儿。跟我们一起来，我们直接从那里出发去看戏。”

她说：“演出开始——”然后她就闭嘴了，因为我抓住了她的手腕，拉着她跟我们一起走了。

这显示了我有多么激动。平常，我可是连做梦都不敢拉她的手。我的意思是，玛丽·安是个淑女，只不过当时我脑子里的事太多了，回想起来，我甚至都不记得自己抓过她的手腕。我只记得接下来我坐进了车里，克利夫和她也上了车，她还在揉着自己的手腕，小声嘟囔着“力气可真大”之类的。

我说：“我把你弄疼了吗，玛丽·安？”

她说：“没，当然没有。我每天都会把胳膊从肩窝里卸下来，好玩。”说完，她踢了一脚我的小腿骨。

她能做出这种行为，只不过是因为她有一头红发。实际上，她的性子相当温和，但她十分努力要对得起红发的传说。当然，我一眼就看穿了，我愿意迁就她，小可怜。

二十分钟后，我们到了实验室。

夜晚的学院里空荡荡的。它比空荡荡的普通建筑还要空。你要明白，它被设计成能容纳大群的学生在走廊上穿行，当学生都走了之后，它就空得不自然。或者，我只是害怕看到我们楼上的实验室里到底坐着个什么玩意儿。总之，脚步声响得可怕，电梯则暗得要命。

我对玛丽·安说：“很快就好。”但她只是抽了下鼻子，样子真可爱。

她的可爱是藏不住的。

克利夫拿着实验室的钥匙。他开门的时候，我在他身后探出脑袋往里面看去。没什么特别的。小家伙在里面，这是自然，但它跟我之前看到的没有变化。正面的仪表盘上没有记录下什么，除了仪表盘，剩下的就是一个大盒子了，盒子背面的电线连着墙上的插座。

克利夫和我分别从两侧走近了小家伙。我感觉我们做好了准备，如果它突然动了，我们就会一下子抓住它。但直到我们停住脚步，小家伙也没有动。玛丽·安也在看着它。实际上，她还用中指划过了它的表面，随后看了看指尖，把它跟大拇指一起搓了搓，捻掉了上面的灰尘。

我说："玛丽·安，不要靠近它。去房间的那头待着。"

她说："那里也一样脏。"

她之前从未来过我们的实验室，但显然她没有意识到实验室和婴儿房是两种不同的东西，你明白我的意思吧？清洁工每天会来两次，但他只会清空垃圾桶。差不多每周一次，他会带来一个脏拖把，与其说是清洁，不如说是把灰尘抹匀。

克利夫说："电话的位置变了。"

我说："你怎么知道？"

"因为我把它放到那里了，"他指着它说道，"现在它在这里。"

假如他说的是对的，电话被挪得离小家伙近了不少。我咽了口唾沫："可能你记错了。"我笑了，但笑声不怎么自然："螺丝刀在哪儿？"

"你用它干什么？"

"看一下它里面。别紧张。"

玛丽·安说："你会把自己弄脏的。"所以我穿上了实验室大褂。她真是个心细的女孩，玛丽·安。

我用螺丝刀开始干活。当然，等小家伙定型之后，我们会换上焊接成一体的外壳。我们甚至还考虑过用彩色的塑料——作为家用版。而实验室的模型是用螺丝固定的，让我们能频繁地把它拆开，再拼上。

只不过螺丝不愿意下来。我闷哼着埋头使劲，说道："谁拧的螺丝，把吃奶的劲都用上了吧？"

克利夫说："只有你一个人会碰这些东西啊！"

他是对的，但并没有令事情变得简单。我直起身，用手背擦了擦额头，将螺丝刀递给他："想试试吗？"

他试了，没比我好到哪里去。他说："有意思。"

我说："什么有意思？"

他说："我刚才拧动了螺丝，它大概转了八分之一英寸，但螺丝刀滑脱了。"

"这有什么意思？"

克利夫往后退了几步，两根手指捏着放下了螺丝刀："有意思的是我看到螺丝又往回退了八分之一英寸，拧紧了。"

玛丽·安又不耐烦了。她说："真着急的话，你们这两个科学家为什么不用喷枪呢？"她用手指着一条板凳，板凳上有一把喷枪。

好吧，平常我情愿在我身上用喷枪，也不想用在小家伙身上。但我想到了一个问题，克利夫也想到了一个问题，我们俩想到了同一个问题：小家伙不想被打开。

克利夫说："你怎么看，比尔？"

我说："我不知道，克利夫。"

玛丽·安说："喂，快点，呆子，我们要迟到了。"

所以我拿起了喷枪，调整了氧气罐上的刻度。感觉像是要捅朋友一刀。

但玛丽·安阻止了我。她说："唉，男人有时候可真够笨的。这些螺丝肯定能拧下来。你肯定是拧错方向了。"

老实说，拧错螺丝方向的可能性很低。不过，我不想和玛丽·安作对，所以我说："玛丽·安，别离小家伙这么近。你去门口等吧。"

但她只是说："你看！"她的手心里有一颗螺丝，而小家伙外壳的正面上出现了一个洞。她用手就把它拧下来了。

克利夫说："见鬼了！"

它们都在转，几十颗螺丝，都在自己转，像是小虫子从洞里爬出来，一圈又一圈地转，最后掉到地上。我把它们聚拢起来，就剩一颗了。它坚持了一会儿，正面的面板挂在它上面。我伸出手，然后，最后一颗螺丝也脱落了，面板轻轻地掉到我的胳膊上。我把它放到了一边。

克利夫说："它是故意的。它听到我们谈论了喷枪，然后就投降了。"他的脸色通常较为红润，但此刻变得惨白。

我也觉得有些惊悚。我说："它想藏什么？"

"我不知道。"

我们弯腰朝它打开的内部看去，看了一会儿，我听到玛丽·安的脚尖又开始敲击地板。我看了眼手表，发现已经没多少时间了。实际上，一分钟都没了。

然后我说："里面有个快门。"

克利夫说："哪里？"弯腰凑得更近了。

我指了指："还有个喇叭。"

"不是你装的？"

"当然不是我装的。我知道我装了什么。如果是我装的，我肯定还记得。"

"那它是怎么装上的？"

我们蹲在地上争论起来。我说："我猜是它自己造的。可能是它长出来的。你看。"

我又指了指。盒子内两个不同的地方有线圈似的东西，看着像是细细的橡胶软管，只不过它们是用金属做的。它们紧紧地缠在一起，所以看着是平的。每个线圈的末端，金属分裂成了五六根弯曲的细丝。

"那些也不是你装的？"

"不是，我没装过。"

“它们是什么玩意儿？”

他知道它们是什么，我也知道必须有东西能伸出去，为小家伙获取必要的零件。必须有东西伸出去拿那个电话。我捡起正面的面板，再次看了看。上面有两片圆形金属，向上翻起后，露出两个可以出入的洞。

我用手指捅进其中一个洞，拎着面板给克利夫看，并说道：“这也不是我干的。”

玛丽·安在我背后偷看，毫无征兆地伸出了手。我正在用纸巾擦拭手指上的灰尘和油渍，来不及阻止她。我本该注意的。玛丽·安一直很热心。

总之，她伸手触摸了其中一个——好吧，就这么称呼吧——触手。我不知道她是否真的摸到了它。后来她说她没有。总之，接下来她就发出了一声小小的尖叫，随后坐下来抚摩自己的胳膊。

“太倒霉了，”她呜咽道，“先是你，然后是那东西。”

我扶着她站起来：“肯定是某个地方的接线松了，玛丽·安。对不起，但我跟你说了——”

克利夫说：“别傻了，不是接线松了。小家伙在自我保护。”

我其实也想到了同样的原因。我想到了很多。小家伙是一种新的机器，甚至连控制它的数学也和其他人用过的不同；或许它拥有了之前的机器从未掌握的东西；或许它产生了要活着、要成长的渴望；或许它渴望制造更多的机器，直到有好几百万个它们遍布地球，与人类争夺控制权。

我张开嘴，克利夫肯定知道我想说什么，因为他立刻大喊道：“不，不要说！”

但是我无法制止自己。它就这么从我嘴里溜了出来：“不如这样，我们切断小家伙的电源吧——嘿，怎么啦？”

克利夫苦涩地说：“因为它在听我们说话，你这个笨蛋。它听到了喷枪，不是吗？我本来想偷偷绕到它后面去，但现在我要是再去，它很有可能电我。”

玛丽·安依然在整理礼服的后背，说着地板有多脏之类的，尽管我一直在和她说这与我无关。我的意思是，灰尘都是清洁工带来的。

总之，她说：“为什么你不戴上橡胶手套，把插头拔出来？”

我能看出来克利夫正在思考这么做有什么不可行的理由。他没想到任何一条，所以他戴上橡胶手套，走向了小家伙。

我大叫了一声：“小心！”

这话挺傻的。他必须小心，他没有选择。其中一根触手动了，现在不用怀疑它们是什么了。它旋转着伸出来，挡在克利夫和电线之间。它停在那里，微微颤动，六根指头张着。小家伙内部的电子管开始变亮。克利夫没有想要闯过触手的阻拦。他后退了几步，过了一会儿，它又旋转着缩了回去。他则脱下了橡胶手套。

“比尔，”他说，“看来没办法了。它是一台聪明的设备，比我们想象中的更聪明。它聪明到足以用我的声音作为发声标准来制造声带。它有可能会变得更聪明，足以——”他扭头看了一眼，小声说道：“自己发电，成为自给自足的装置。”

“比尔，我们一定要阻止它，否则将来有人给地球打电话的时候，他得到的答复会是‘老实讲，先生，这里没人，只有我们这些复杂的思维机器’。”

“我们叫警察吧，”我说，“我们跟他们解释。扔个手雷，或别的——”

克利夫摇了摇头：“我们不能让其他人知道。他们会造其他的小家伙，而我们没有能力去阻止。”

“那我们该怎么办？”

“我不知道。”

我感觉胸口突然挨了一记重拳。我低头一看，原来是玛丽·安忍不住发火了。她说：“听我说，呆子，如果你还想跟我约会，就赶紧走。如果不想约会，就直说。快决定吧。”

我说：“等等，玛丽·安——”

她说：“回答我。我从来没遇到过这么可笑的事情。我打扮好了去看戏，你却带我到了这间肮脏的实验室，里面还有一台愚蠢的机器，然后你整个晚上都在摆弄它。”

“玛丽·安，我不是——”

她没在听。她一直在说个不停。我希望能记住后来她都说了些什么（也可能不希望）。记不起来也挺好的，因为她说的不是什么好话。时不时地我能插上一嘴：“但是，玛丽·安——”每次都被淹没在她的口水里。

实际上，就像我说的，她是个非常温柔的姑娘，只有在激动的时候，才会说个不停，不讲道理。当然，因为那一头红发，她觉得自己应该经常激动。总之，这是我的理论。她自认为要对得起自己的红头发。

我接下来的记忆就是玛丽·安跺了我的右脚一下，转身离去了。我跟在她身后，又试了一次：“但是，玛丽·安——”

紧接着，克利夫冲我们大喊了一声。他刚才没理我们，现在却在大喊：“为什么不向她求婚呢？你个呆子！”

玛丽·安停住了。她站在门口，但没有转身。我也停下了，觉得嗓子被堵住了，说不出话来。我甚至都没法说出“但是，玛丽·安——”。

此时，克利夫喊了起来。我觉得他的声音仿佛来自一英里之外。他在喊：“我解决了！我解决了！”一遍又一遍。

接着，玛丽·安转身了，她看着真是太漂亮了——我跟你说过吗？她长着绿色的眼睛，略微泛着蓝色。总之，她看着可真漂亮，我的话卡在嗓子眼，卡得紧紧的，只能发出人们在吞咽时会有的那种可笑的声音。

她说："你想说什么吗，比尔？"

好吧，克利夫已经替我说了。我用沙哑的声音说："你愿意嫁给我吗，玛丽·安？"

话刚说出口，我就后悔了，因为我觉得她再也不会理我了。两分钟后，我庆幸自己说了，因为她张开双臂抱住了我，仰起脸亲了我一下。过了好一阵，我才明白发生了什么，随后我开始回吻她。我们吻了很久，直到克利夫拍着我的肩膀想要引起我的注意。

我扭头不高兴地说道："你想要干什么？"我有些不知感恩了，毕竟是他给我提了建议。

他说："快看！"

他手里拿着连接着小家伙和插座的电线。

我都忘了小家伙，现在才回过神。我说："它没电了？"

"凉了！"

"你怎么办到的？"

他说："小家伙忙着看你和玛丽·安争吵，于是我偷偷接近了它。玛丽·安演得不错。"

我不喜欢他的评语，因为玛丽·安是个有自尊、自信的姑娘，怎么能说她在"演"呢？不过，我手头的事太多，不想跟他计较。

我跟玛丽·安说："我能给你的不多，玛丽·安，只有一份老师的薪水。现在，因为我们解体了小家伙，连专利都——"

玛丽·安说："我不在乎，比尔。我都快放弃你了，你这个呆子。我试过了所有手段——"

"你踢了我的小腿骨，踩了我的脚指头。"

"我没有其他方式了。我绝望了。"

我不懂这里面的逻辑，但我没有追问，因为我还记得要看戏。我看了眼手表说："瞧，玛丽·安，如果我们抓紧，还能赶得上第二幕。"

她说："谁想去看戏？"

所以我又吻了她一阵。后来我们没去看戏。

现在我还有一件烦心事。玛丽·安和我结婚了，我们过得非常快乐。我刚升职，现在已经是副教授了。克利夫一直在忙，他想造一台可控的小家伙，还取得了进展。

这些都不是我的烦心事。

我在第二天晚上和克利夫谈了谈，告诉他我和玛丽·安要结婚了，并为他鼓励了我而表示感谢。他盯着我看了一分钟后，发誓说那不是他干的，他没喊过让我求婚。

显然，是房间里拥有克利夫声音的小家伙干的。

我一直担心玛丽·安会发现。她是我认识的最温柔的女孩，但她有一头红发。她总是忍不住要表现出红发女孩该有的样子。我已经说过这一点了吧？

总之，当她发现我笨到需要一台机器提醒才知道求婚的时候，她会说些什么呢？

多么美好的一天[1]

2117年4月12日，理查德·汉肖夫人门上的调节器止动阀不知出于什么原因被去极化了，这导致汉肖夫人一整天都情绪低落，而她的儿子小理查德就是从这一天开始患上了奇怪的精神病。

它不是那种你能在普通的教科书上找到的病症。而且，小理查德在多个方面都是优越条件下发育良好的十二岁孩子应有的样子。

然而，从4月12日开始，小理查德·汉肖就再也不想走正常的门了。

在4月12日当天，汉肖夫人对这一切没有任何预感。她在早上（一个普通的早晨）醒来，她的机器人缓缓地滑入她的房间，托盘上还放着一杯咖啡。

汉肖夫人计划下午去一趟纽约，在此之前她还有一些事需要处理，而她不放心把它们交给机器人，所以喝了几口咖啡之后，她下了床。

机器人往后退去，安静地移动在磁力场上，力场让它椭圆形的身体悬浮在地板上方半英寸处。它退回到了厨房，它配备的简单计算机足够让它能正确地控制各种厨房用具，以便准备一顿合适的早餐。

汉肖夫人先是对亡夫的立体相片投出了惯常的同情目光，接着带

---

1 Copyright © 1954 by Ballantine Books, Inc.

着满足感完成了早晨仪式的各个步骤。她能听到儿子隔着大厅发出的动静，但她知道自己不必管他。机器人完全能胜任这个任务，就像平常一样，盯着他洗澡、换衣服、吃一顿营养丰富的早餐。她在前年装上的新式淋浴使得早晨的沐浴和擦干变得快速且有趣，她觉得迪基[1]甚至在没人看着的情况下也会去洗澡的。

这个早晨如此忙碌，显然在孩子走之前往他的脸颊上随意亲一口就行了。她听到机器人那轻柔的乐声，表示上学时间快到了，她坐着力场升降机来到一楼（她今天的发型还只有个轮廓）以便尽到她母亲的责任。

她发现理查德站在门口，身上挂着课本卷轴和便携式投影仪，他的眉头略紧。

“嘿，妈妈，”他抬起头说道，“我拨打了学校的坐标，但没用。”

她想也没想就回答道：“胡说，迪基。我从来没听说过有这种事。”

“好吧，你来试试。”

汉肖夫人拨打了好几遍号码。奇怪，学校的门一直都来者不拒啊。她尝试了其他坐标，然后就解释得通了。她朋友的门可能不会自动接听，但至少会有信号。

但什么都没发生。门依旧保持着休眠中的灰色，尽管她做了种种尝试。显然门坏了，而公司在五个月前刚做过年度检查。

对此，她挺生气的。

为什么偏偏要在她有这么多计划的一天发生这种事。她愤懑地想起一个月前她刚决定不在一楼安装一扇辅助门，因为觉得这项花费没必要。她怎么知道门竟然会这么劣质？

1　迪基、迪克都是理查德的昵称。

她走向可视电话，内心依然愤怒不已。她一边走一边和理查德说："你就走几步吧，迪基，用威廉姆森家的门。"

具有讽刺意味的是，在这种情况下，理查德竟然还在犹豫："不行，妈妈，我会被弄脏的。我能待在家里，等着门修好吗？"

同样具有讽刺意味的是，汉肖夫人非要坚持。手指触摸着电话的号码板，她说："如果你套上鞋套，就不会被弄脏了，别忘了在进他们家之前好好刷一下自己。"

"但是——"

"别顶嘴，迪基。你必须去学校，让我看着你出门。快，你要迟到了。"

机器人是一个先进的型号，反应很快，已经拿着鞋套站在理查德面前了。

理查德将透明的塑料护膜套在了鞋上，带着明显的抗拒走进大厅："我都不知道该怎么用那东西，妈妈。"

"你只要按下按钮，"汉肖夫人喊道，"红色按钮。上面标着'紧急使用'。不要磨蹭。你想让机器人跟你一起去吗？"

"不用，"他愁眉苦脸地喊道，"你以为我是什么人？小屁孩吗？天哪！"他的嘟囔声被摔门声打断了。

手指翻飞着，汉肖夫人在电话板上按下了对应的数字组合，心里想着电话接通后该对公司说些什么。

不到半小时，乔·布卢姆，一个讲道理的年轻人，从技术学校毕业后又接受了力场技工的训练，来到了汉肖的住所。他其实挺能干的，但汉肖夫人因为他的年纪存有相当大的疑虑。

他刚给出信号，她就打开了墙壁上的活动面板，转眼看到他站在那里，忙着从身上掸落空气中的灰尘。随后他脱下鞋套，扔在了脚下。汉肖夫人把面板关上，挡住了闯进来的明晃晃的阳光。她毫无道理地希望他从公共门走过来的一步接一步的旅程令他不快，甚至希望公共门坏了，年轻人不得不拖着自己的工具走过比必要的两百码更远的距离。她希望公司，至少是它的代表，多受点折磨。这会给他们一个教训，让他们尝尝门坏了的滋味。

他开口说话时却显得挺镇定，也挺快乐："早上好，女士。我来看看你的门。"

"真高兴终于有人来了，"汉肖夫人挖苦道，"我这一天都被毁了。"

"对不起，女士。出了什么问题？"

"它坏了。不管你怎么调节坐标，它就是没反应，"汉肖夫人说，"也没什么预警信号。我不得不让我的儿子通过那——那个东西——去了邻居家。"

她指着修理工刚才进来的那个面板。

他笑了，他受过专业的训练，知道那是什么："那是一扇门，女士，不过跟我要修的门不一样。它是手动门，曾经世界上只有它这种门。"

"好吧，至少它还能用。害得我儿子只能出去，暴露在灰尘和细菌里。"

"今天外头还不算太糟，女士，"他说道，带着行家的语气，显示自己的职业迫使他每天都要暴露在室外，"有时真的很糟糕。我猜你希望我维修眼前的这扇门，女士，所以我这就开始。"

他坐在地板上，打开随身带来的大工具箱。不到半分钟，他用消磁器打开了门的控制面板，露出了里面复杂的装置。

他一边吹着口哨，一边将力场分析仪的精密电极搭在不同的位置上，观察着仪表指针的摆动。汉肖夫人正抱着胳膊看着他。

终于，他说："好，找到了。"随后动作敏捷地拆下了止动阀。

他用指甲敲击着它。"这个止动阀被去极化了，女士。毛病就出在它身上。"他用手指在工具箱的格子里摸索着，拿出了一个零件，看上去和他从门上拆下的东西一样，说道，“这玩意儿就是会突然坏了，没法预测。”

他装回控制面板，站了起来：“修好了，女士。”

他键入了一串组合号码，删除，然后又键入另一串。每次键入，灰色的门都会变成偏深紫的黑色。他说：“麻烦你在这里签字，女士。别忘了写下你的账号。谢谢，女士。”

他键入了一串新号码，是他工厂基地的坐标，然后礼貌地用手指碰了下额头，走进了门。他的身体进入黑色后，仿佛被切断了一般。他渐渐消失，直到工具箱也不见了。他完全进入后不到一秒，门又变成了灰色。

半小时之后，当汉肖夫人终于完成了被打断的准备工作，还在为今天早上的不幸生闷气时，电话恼人地响了，她真正的麻烦才刚刚开始。

伊丽莎白·罗宾斯小姐不知道该怎么办才好。小迪克·汉肖一直是个好学生。她不想把他就这样报告上去。然而，她认定他的行为的确有些古怪。最后，她决定跟他的妈妈谈，而不是校长。

她趁着早自习的时间溜出去打电话，让一个学生负责看着班里的其他孩子。她打通了电话，眼前出现了汉肖夫人那俊俏却略显瘆人的脸。

罗宾斯小姐畏缩了，但已然太迟，无法离开。她胆怯地说：“汉肖夫人，我是罗宾斯小姐。”她用一个升调结尾。

汉肖夫人显得有些茫然：“理查德的老师？”她也用升调结尾。

“对。汉肖夫人，我给你打电话，”罗宾斯小姐开门见山地说道，“是想跟你说迪克今天迟到了很长时间。”

“是吗？不会吧，我看着他走的。”

罗宾斯小姐大吃一惊。她说：“你是说你看着他用了门？”

汉肖夫人迅速回答道：“那倒没有。我们的门坏了。我让他去邻居家用他们的门。”

“你确定吗？”

“当然。我为什么要骗你？”

“不是，不是，汉肖夫人。我不是那个意思。我的意思是你确定他能找到去邻居家的路吗？他可能迷路了。”

“瞎说。我们有地图，我也十分确定理查德知道A–3区里每所房子的位置。”带着一种不易察觉的自鸣得意，她加了一句，“当然，他没必要记住。只要有坐标就足够了。”

罗宾斯小姐来自一个总是时刻牢记门要用在刀刃上（因为电费）的家庭，因此在长大成人之前一直是靠腿的。她对这种得意不屑一顾：“是这样，汉肖夫人，恐怕迪克没有用邻居的门。他上学迟到了一个多小时，他鞋套的状态表明他是走着来的。它们沾满了灰。”

“灰？”汉肖夫人重重地重复了这个字，“他说什么了吗？他有什么理由吗？”

罗宾斯小姐禁不住因为这个女人的受挫而感到高兴。她说：“他不想说。说真的，汉肖夫人，他好像病了。这就是我为什么要打电话给你。或许你该找个医生看看他。”

“他发烧了吗？”母亲的声音立刻紧张起来。

“没有。我说的不是身体上的毛病。他的态度，还有他的眼神，都不太对劲，”她犹豫了一下，随后尽量委婉地说道，“我觉得或许该给他做一次常规的精神检查——”

她没能说完。汉肖夫人用冰冷的语气，外加她的教养所能允许的最大程度的轻蔑，说道：“你的意思是说理查德有精神病？”

“哦，不是，汉肖夫人，但是——”

“听上去就是。你就是这么想的！跟你说，他一直都很健康。等他回家后，我会跟他谈这件事。我确信他会给出一个完全合理的解释。”

连线突然就断了，罗宾斯小姐觉得很受伤，还很傻。毕竟她只是想帮忙，履行她心中对学生的责任。

她匆匆回到教室，瞥了眼挂钟的金属表盘。自习时间快要结束了。下面是作文课。

但她的心思没完全放在作文上。她下意识地点名叫学生朗读各自的作品选段。偶尔她会把某个选段录到磁带上，然后用教室里的声音合成器放出来，让学生知道英语该怎么念。

跟平常一样，合成器里的机械声听着字正腔圆，但缺乏感情。有时，她不确定这么做是否明智，用缺乏个性的演讲、大众化的口音和声调来训练学生。

不过，今天她没想过这个问题。她一直在观察理查德·汉肖。他安静地坐在座位上，明显对周遭漠不关心。他完全陷入了自己的沉思之中，好像换了个人似的。在她看来，他显然是在早上碰到了什么不寻常的经历，她给他妈妈打电话肯定是对的，尽管她或许不该提到检查的问题。然而，如今这种检查很普遍。各种各样的人都接受过检查。它本身没有任何丢人之处。总之，不应该对此感到不好意思。

最后，她叫到了理查德。她连叫了两次，他才听到并站起来。

她布置的题目是：如果你有机会乘坐某种古代交通工具，你会选择哪一种，为什么？罗宾斯小姐每个学期都会用这个题目。它是个好题目，因为它有历史感。它能强迫年轻人思考过去人们的生活方式。

理查德·汉肖小声念了起来，她倾听着。

“如果我能选择古代的交通工具，”他把不该发音的h[1]念了出来，“我会选平流层客机。和其他交通工具一样，它慢速度，但它很干净。因为它飞在平流层里，所以它肯定是密封的，你就不大可能患

1 指vehicle（交通工具）中的“h”。

上疾病。假如是晚上，你能观到星星，就跟在天文馆里看到的一样。如果你往下看，能看到地球像一张地图，你还可能看到云层……”他又念了几百个字。

他念完之后，她欢快地说道：“‘交通工具’里的h不发音，重读在第一音节。你也不能说‘慢速度’和‘观到星星’。你们认为呢，同学们？”

一阵小小的回答声此起彼伏地响起。她接着说道：“对。那形容词和副词之间有什么区别？谁能回答？”

课结束了。午饭也结束了。有些学生留下来吃饭，有些回家了。理查德留了下来。罗宾斯小姐注意到了，通常他不会留下。

下午也结束了。最后，放学铃响了，教室里喧哗起来，二十五个男孩和女孩一起收拾着自己的随身物品，按秩序排好了队。

罗宾斯小姐将双手拍在一起：“动作快点，孩子们。快，塞尔达，站到你的位置上去。”

“我的胶带打孔机掉地上了，罗宾斯小姐。”小女孩尖声争辩道。

“好吧，捡起来，捡起来。孩子们，动作快点，快点。”

她按下按钮，一面墙滑开了，露出一扇灰色空无的大门。它跟学生偶尔回家吃饭用的门不一样，而是一种更先进的型号，是这所富有的私立学校的骄傲之一。

除了宽一倍，它还配备了一套功能强大的“自动连续搜寻器”，可以在自定义的时间间隔内调节至不同的坐标。

这个学期刚开始，罗宾斯小姐不得不花费一整个下午在这机器上，录入新学生家的坐标。完成之后，感谢上帝，接下来的学期就不用管它了。

全班学生按照字母顺序排列，女孩排在前门，男孩排在后面。门变成了紫黑色，海丝特·亚当斯挥着小手走了进去：“再——见……”

“见”字只说到一半，和平常一样。

门变成了灰色，然后又变黑了，特蕾莎·坎特罗奇走了进去。灰色，黑色，塞尔达·查洛维奇。灰色，黑色，帕特里夏·库姆斯。灰色，黑色，萨拉·梅·埃文斯。

随着门一个个把他们吞进去，将他们送往各自的家，队伍越变越短。当然，偶尔会有母亲忘了将门设置成固定时间段内自动接收预存的号码，学校的门会一直保持着灰色。等待一分钟后，门会自动跳到下一个数字组合，而出问题的学生会等到所有的学生都离开之后，再给健忘的家长打个电话，问题也就解决了。这对出问题的学生来说总是不好的，尤其是那些敏感的孩子，会觉得自己不被家人重视。罗宾斯小姐总是给来访的家长灌输这个理念，但每个学期这种情况至少会发生一次。

女孩们都走了。约翰·阿布拉莫维奇走了进去，接着是埃德温·伯恩……

当然，又出问题了，一个经常出现的问题，男孩或女孩站错位置了。尽管老师一直都像老鹰似的盯着，但他们还是会站错，尤其是在学期初，他们对正确的秩序还不太习惯。

当发生这种错误时，接连有六七个孩子会被送到错误的家庭，必须再被送回来。这意味着一旦出错，需要好几分钟的时间才能纠正，然后家长就会变得很不耐烦。

罗宾斯小姐突然注意到队伍停了。她厉声对站在最前头的孩子说道："快进去，塞缪尔。你在等什么？"

塞缪尔·琼斯露出了无辜的表情："这不是我家的坐标，罗宾斯小姐。"

"是吗，那是谁的？"她不耐烦地低头看着队伍里剩下的五个男孩。谁没在位置上？

"是迪克·汉肖的，罗宾斯小姐。"

"他去哪儿了？"

另一个男孩回答了，带着一种讨人厌的、自我感觉良好的语气，所有的孩子在向成年权威报告自己朋友的出格行为时都用这种语气：“他从消防门出去了，罗宾斯小姐。”

“什么？”

教室的门又跳到了下一个坐标，塞缪尔·琼斯走了进去。剩下的孩子也一个接一个地消失了。

教室里就剩下罗宾斯小姐一个人了。她走到消防门跟前。它是一扇小小的门，手动操作，藏在墙角的拐弯处，因此不会破坏教室的整体形象。

她推开一道门缝。它在这里的用处就是万一着火了可以从此处逃生，是一个旧时代的法律强加的设置，没有考虑到如今所有的公共建筑里都配备了现代的自动消防设施。外面什么都没有，只有——外面。阳光刺眼，风卷着尘土。

罗宾斯小姐关上了门。她很高兴自己给汉肖夫人打了电话。她尽到了自己的责任。很显然，理查德出问题了。她压制住自己想再打个电话的冲动。

汉肖夫人那天没有去纽约。她留在了家里，心里既焦虑又莫名愤怒，愤怒是针对无礼的罗宾斯小姐的。

放学前十五分钟，她的焦虑驱使她去了门那里。去年，她给它配备了自动装置，能在下午3点05分自动调整到学校的坐标并锁定，阻止手动调整，直至理查德回家。

她的眼睛盯着门阴沉的灰色（为什么一个未启动的力场不能用一个别的颜色，比如说更生动活泼一点的？），她等待着。她将双手握在一起，觉得自己的手很凉。

门准时地黑了，但没什么动静。一分钟过去了，理查德迟到了。接着，很迟。然后，非常迟。

已经下午4点15分了，她心里很乱。通常，她会给学校打电话，但今天不行，就是不行。那个老师故意暗示理查德的精神有问题。她怎么能这么说？

汉肖夫人不安地来回踱步，颤着手指点了一根烟，然后又把烟摁灭了。会是正常的原因吗？理查德被留在了学校？但他肯定会提前告诉她的。她突然灵机一动，他知道她计划去纽约，一直要到深夜才回来……

不会，他肯定会跟她说的。为什么要自己骗自己呢？

她的骄傲正在逐渐丧失。她想给学校打电话，甚至（她闭上了眼睛，睫毛里挤出了眼泪）叫警察。

当她睁开眼睛的时候，理查德站在了她面前，眼睛看着地面，像是一个等着挨揍的人。

“你好，妈妈。”

汉肖夫人的焦虑立刻转变成了愤怒（只有母亲才懂得这种感觉）：“你去哪儿了，理查德？”

还没来得及喋喋不休说儿子是多么不懂事，妈妈是多么伤心之类的话，她注意到了他的外表，惊骇地深吸一口气。

她说：“你去了外面。”

儿子低头看着肮脏的鞋子（鞋套不见了），看着小臂上的泥印，以及衬衣上那小小的但绝对是被撕坏的口子。他说：“没事的，妈妈，我只是想要——”他没有说完。

她说：“学校的门出什么问题了吗？”

“没有，妈妈。”

“你知道我都担心死了吗？”她等着他回应，但没有等到，“好吧，我过会儿再跟你谈，年轻人。首先，你去洗澡，把你身上的衣服都扔掉。机器人！”

机器人已经对“洗澡”这个词做出了正确的反应，安静地滑行着去了浴室。

“你把鞋子脱在这里，”汉肖夫人说，“然后跟着机器人去洗澡。”

理查德不情愿地服从了命令，明显有所抗拒。

汉肖夫人用大拇指和食指夹起泥鞋，扔进弃置槽，因为这突然的载荷，箱子发出了不悦的嗡嗡声。她仔细用纸巾擦干净手，随后把纸巾也扔进了槽里。

她没有和理查德一起吃晚餐，而是让他在还不如没有的机器人的陪伴下吃完了饭。她觉得这足以表明她的态度，比任何形式的责骂或惩罚都更能令他意识到自己错了。理查德，就像她经常跟自己说的一样，是个敏感的孩子。

但她还是在他睡前去看了他。

她笑吟吟地看着他，柔声地说话。她觉得这是最好的方式。毕竟，他已经受到了惩罚。

她说：“今天出了什么事，迪基宝贝？”她在他幼儿时期就是这么称呼他的，这个称呼令她感动得差点落泪了。

但他连眼都不抬，声音也生冷坚硬：“我只是不喜欢穿过这些该死的门，妈妈。”

“以前你怎么没有这个问题？”

他在光滑的床单（新的、干净的、消过毒的，当然，用过之后会被弃置）上搓着手，说道：“我就是不喜欢它们。”

“那你怎么去学校呢，迪基？”

“我会早点起床。”他嘟囔道。

“但门又没出问题。”

“不喜欢它们。”他一直都没抬头看她。

她无奈地说：“哦，好吧，好好睡一觉，明天你就会好了。”

她亲了他一下，离开了房间，并下意识地用手划过光电感应器，调暗了房间里的光线。

但那天晚上她失眠了。为什么迪基会突然不喜欢门了呢？他以前从未出现过这种问题。确切来说，门虽然在今天早上坏了，但只能使他更加喜欢它才是。

迪基的行为太没道理了。

没道理？这让她想起了罗宾斯小姐和她的分析，汉肖夫人在房间里的黑暗与私密中咬紧牙关。胡说！孩子只是不高兴了，充足的睡眠就是一剂良药。

第二天早上，她起床后发现儿子没在家。机器人没法说话，但它能回答问题，用它的上肢做出“是”和“否”的手势。不消半分钟，汉肖夫人就明白了，这孩子比平常早起了半个小时，没有洗澡就冲出了房子。

但用的不是门。

而是其他的方式——手动门。

那天下午3点10分，汉肖夫人的可视电话优雅地响了。她猜测着是谁打来的，接通之后，发现自己猜错了。她匆匆瞥了眼镜子，确保自己在一天的担忧和疑虑之后依然保持了平静的外表，她开启了自己的摄像头。

“你好，罗宾斯小姐。”她冷冷地说道。

理查德的老师呼吸有点急促。她说：“汉肖夫人，理查德故意走了消防门，尽管我跟他说过要走学校正规的门。我不知道他去了哪里。”

汉肖夫人小心翼翼地说：“他是为了回家。”

罗宾斯小姐看着有些担心：“你同意他这么做？”

汉肖夫人白着脸，决定要让老师明白自己的身份：“我不觉得你有权评价此事。如果我的儿子选择不用门，这是他和我的问题。我相信学校的守则里并没有规定他非要用门，是吗？”她的样子相当吓人，要是守则里真有这一条，她也会要求把它去掉。

罗宾斯小姐脸红了，赶在挂电话前给出了最后一个意见。她说：“换成是我的话，我会带他去检查。我真的会。”

汉肖夫人怔怔地站在屏幕前，茫然地盯着空屏。出于对家人的爱护，她一开始是坚决站在理查德这边的。假如他不想用门，为什么一定要逼他用呢？但等到冷静下来之后，虽然难以接受，但她还是不得不承认理查德应该是出了什么问题。

他回到家时，脸上露出一副挑衅的表情，但他母亲顽强地控制住自己的情绪，迎接了他，仿佛什么都没发生。

一连好几个星期，她都实行了这一做法。这没什么，她告诉自己。他只是有逆反心理，迟早会过去的。

这几乎成了常态。再后来，每隔上几天，大概是三天，她下楼吃早饭时，会发现理查德默默地站在门前，等上学时间到了，他就用它去学校。而她总是控制自己不对这件事发表评论。

当他这么做的时候，尤其是当天放学时他也用门回到家中，她总是会感到温暖，心想：好了，结束了。但总是在过了一天、两天或三天之后，他又回到之前的状态，如同药物成瘾一般，默默地从门走了出去——手动门——在她醒来之前。

每当她绝望地想起精神病医生和相关检查时，她眼前总是会浮现出罗宾斯小姐知道了之后表现出的那种低级的满足感，这阻止了她的行动，虽然她并不认为这是罗宾斯小姐真正的动机。

与此同时，她学会了适应，尽可能地过好日子。她下令机器人带着弃置槽和换洗衣物等在门口——手动门。理查德洗漱，换衣服，并没有抗拒。他的内衣、袜子和鞋套不管怎样都是要弃置的，汉肖夫人也毫无怨言地承担了每日弃置衬衣的费用。最终她允许裤子能穿一个星期，前提是晚上需要经过彻底的清洁。

一天，她提议理查德陪她去趟纽约。没有特别的目的，更多的是出于一个模糊的愿望，她想让他处于她的视线范围之内。他没有拒绝，甚至有点儿高兴。他径直穿过了门，没有犹豫，甚至都没有露出厌恶的表情，也就是他在用门去学校的时候会露出的那种表情。

汉肖夫人高兴极了。这可能是一种诱使他重新用门的方法，因此她找各种借口和理查德一起旅行。她甚至提议去广州旅行，观摩一个中国节日，他们去了，电费也贵到闻所未闻的程度。

那天是星期天。第二天早上，理查德径直走向他一直在用的墙上的那个洞。汉肖夫人今天醒得比平常早，看到了这一幕。她终于忍无可忍。她伤心地在他身后喊道："为什么不用门，迪基？"

他只是简单回道："又不是去广州。"说完后，他走出了房子。

因此，这个计划失败了。再后来，有一天，理查德回到家时浑身都湿透了。机器人在他上方不知所措地悬浮着，汉肖夫人刚结束与艾奥瓦州的姐姐四个小时的会面，才回到家中。她大声叫了起来："理查德·汉肖！"

他漫不经心地说道："下雨了。很突然。"

一开始，她没听懂。她的学生生涯和地理课已经是二十年前的事了。随后，她的记忆复苏了，脑海中浮现出水无尽地、鲁莽地从天而降的样子——一幕疯狂的水帘，没有可关闭的龙头，没有按钮，没有可停止的感应板。

她说："你就待在外面的雨里？"

他说："哪有，妈妈，我已经尽快赶回家了。我不知道会下雨。"

汉肖夫人没什么可说的。她惊骇极了，以至于不知道该说什么。

两天后，理查德发现自己流鼻涕了，嗓子也又干又疼。汉肖夫人不得不承认病毒在她的房子里安了家，仿佛这里变成了铁器时代的悲惨小屋。

她的固执和骄傲终于崩溃了，她不得不承认，理查德终究还是需要精神病医生的帮助。

汉肖夫人谨慎挑选着精神病医生。她的第一个直觉是要找一个距离远的。她考虑了一阵子是不是要直接去旧金山的医学中心，随便挑一个。

然后，她想到这么做她只能成为一个匿名的咨询者。她无法受到更好的照顾，和城市贫民窟里用公共门的居民差不多。假如她留在自己的社区里，她的话还是有分量的。

她研究起社区地图。它是门公司准备的精品系列之一，免费派送给公司客户。在打开地图时，汉肖夫人情不自禁地涌起了小市民的得意。它不仅仅是一本门坐标的号码簿。它是一张真正的地图，每所房子的位置都准确地标在上面。

这有什么好奇怪的？A–3区世界闻名，是地位的象征。它是行星上第一个完全覆盖了门的社区，最早，最大，最富有，最知名。它不需要工厂或商店。它甚至都没有道路。每所房子都是与世隔绝的城堡，门连接着世界各地其他的门所覆盖的区域。

她仔细地浏览起A–3区五千个家庭的名单。她知道名单里有几位精神病医生。A–3区里这方面专家的比例还是挺高的。

汉密尔顿·斯隆医生是她找到的第二个名字，她用手指在地图上摩挲着。他的办公室离汉肖的宅子只有两英里。她喜欢这个名字。他生活在A–3区本身也证明了他的能力。而且，他是邻居，真正的邻居，他会明白这件事的紧急性——以及机密性。

她坚决地给他的办公室打电话做了预约。

汉密尔顿·斯隆医生是个相对年轻的人，还不到四十岁。他的家世很好，也确实听说过汉肖夫人。

他安静地听完她的叙述，随后问道：“一切都发生在门坏了之后？”

“对，医生。”

“他表现出害怕门的样子了吗？”

“当然没有。说什么呢！”她明显有些不悦了。

“这是有可能的，汉肖夫人，有可能。毕竟，当你停下来想想门是怎么运作的，其实还挺吓人的。你走进一扇门的一瞬间，你的原子转变成了力场能量，传送到了另一个地方，然后再转变成物质。在那一瞬间，你不算是活的。”

“我相信没人会琢磨这个问题。”

“但你儿子可能会。他目睹了门的失灵。他可能会对自己说：如果我刚进去一半的时候门坏了，那会发生什么呢？”

“别胡说了。他还是会用门。他甚至跟我一起去了广州——中国的广州。还有，我跟你说了，他每周有一两天也会用它去上学。”

“心甘情愿地？高兴地？”

“怎么说呢，”汉肖夫人不情愿地说道，“他看着的确有点不开心。但说真的，医生，谈论这些都没什么用，不是吗？不如你做个快速检查，看看他有什么问题。”她满怀期待地准备结束这次谈话：“好了，就说到这里吧。我相信这肯定是个小问题。”

斯隆医生叹了口气。他讨厌“检查”这个词，他听得耳朵都起老茧了。

“汉肖夫人，”他耐心地说道，“没有快速检查这种说法。我知道杂志上满是这样的广告，在某些圈子里很火，但它其实被过分夸大了。”

“你没开玩笑吧？”

“完全没有。检查非常复杂，理论上它能追踪脑电路。你要明白，脑细胞通过大量不同的方式连接在一起，有些连接通路比其他的更常用。它们代表了思维习惯，包括有意识的习惯和无意识的习惯。理论上，任何一个大脑中的这些通路都能用来确诊早期的精神病。”

“好的，然后呢？”

“但接受精神检查是一件非常可怕的事，尤其对一个孩子而言。它是一种可能导致创伤的体验。它耗时超过一个小时。而且，结果必须被送往中央精神分析局进行分析，这需要好几个星期。除此以外，汉肖夫人，很多精神病医生都认为检查分析的理论基础有相当大的不确定性。”

汉肖夫人抿紧了嘴唇：“照你的意思，什么都做不了吗？”

斯隆医生笑了：“哪里？在检查出现之前，精神病医生就已经存在了好几个世纪。我建议你先让我和孩子聊聊。”

“和他聊聊？就这么简单吗？”

“有必要的话，我会找你要些背景资料，但我认为最关键的还是跟孩子聊聊。”

“说真的，斯隆医生，我怀疑他是否愿意跟你聊这个话题。他甚至都不愿跟我聊，而我是他妈妈。”

“这很平常，”精神病医生向她保证道，“孩子有时更愿意和陌生人交流。总之，不和他聊的话，我没法收他做病人。”

汉肖夫人站了起来，显得有些不悦：“你什么时候能来，医生？”

“这个星期六怎么样？孩子不用去上学。你们有空吗？”

“我们会做好准备。”

她端着架子离开了。斯隆医生陪着她穿过小小的接待室，来到办公室的门前，等着她键入她家的坐标。他看着她走进去。她变成了半个女人、四分之一个女人、一个悬空的手肘和一只孤零零的脚，最后完全消失了。

太可怕了。

有门曾经在人穿越的时候坏了吗，留下一半的身体在本地，一半的身体在异地？他从未听说过有这种事发生，但想象中是有可能的。

他回到了自己的办公桌前，查看下一个病人的看诊时间。在他看来，汉肖夫人明显既生气又失望，因为没有得到精神检查的承诺。

为什么？看在上帝的分儿上，为什么？为什么检查这种在他看来明显是江湖医术的东西，能够如此得到社会公众的认同？肯定是机器化的潮流导致的。任何人能做到的事，机器能做得更好。机器！更多的机器！一切都变成机器！机器的时代！机器的大潮！

见鬼！

他对检查的痛恨让他坐立难安。是因为担心技术带来的失业吗？这是一种本能的不安全感，是叫“机器恐惧症”吗？

他在脑子里记下要跟他的分析师聊聊。

斯隆医生不得不摸索着来。男孩不是一个主动来找他的病人，所以他不怎么急于交谈，也不怎么急于获得帮助。

在这种情况下，和理查德的首次见面最好短一点，也不要过于深入。只需要让他觉得自己不是一个完全的陌生人就可以了。下一次，他会扮演理查德以前见过的某个人。再下一次，他会成为熟人，然后再变成朋友，变成家人。

不幸的是，汉肖夫人不太可能接受一段长期的诊疗。她会去寻求做检查，当然，她肯定能找到，并对男孩造成伤害。

对此他十分确定。

正因如此，他决定放弃一些谨慎的态度，冒一定的风险。

过了令人不怎么愉快的十分钟后，他决定必须尝试了。汉肖夫人在一旁僵硬地笑着，眯着眼睛盯着他，仿佛在期待他的嘴巴里能冒出魔法咒语。理查德在座位上来回扭动，对斯隆医生试探的评论不做任何反应，他克制着自己无聊的感觉，却无法隐藏。

斯隆医生故意装出漫不经心的样子说道：“你想跟我走走吗，理查德？”

男孩的眼睛亮了，停止了扭动。他直勾勾地看着斯隆医生：“走走，先生？”

“对，到外面去。”

“你会到……外面去？”

“有时候会。在我想去的时候。”

理查德站了起来，克制着自己涌起的欲望：“我觉得没人会去外面。”

“我会去。我也喜欢有人陪伴。”

男孩坐了下来，不知道该怎么办：“妈妈？——”

汉肖夫人僵硬地坐在椅子里，抿紧的嘴唇辐射着恐惧，但她还是开口了：“当然可以，迪基。但要小心点。”

她也飞快地给了斯隆医生一个恶毒的眼神。

一方面，斯隆医生撒谎了。他并不会“有时候”去外面。他上大学之后就再也没去过了。没错，他从前喜欢运动（如今在某种程度上也是），但在他那个年代，室内紫外光室、游泳池和网球场已经很普遍了。那些档次比较高的场地比外面的场地舒服多了，不必在意恶劣天气的影响。没有必要去外面。

所以，当他感受到风的触摸时，皮肤上不禁起了鸡皮疙瘩，他郑重其事地将鞋套踩到了草地上。

“嘿，快看。”理查德像是变了个人，大笑着，他的戒备心放下了。

斯隆医生只来得及看到一抹蓝色藏进了树林之中。树叶摇晃着，它不见了。

“是什么东西？”

“一只鸟，”理查德说，“一只蓝色的鸟。”

斯隆医生惊讶地看着他。汉肖家的房子在一块高地上，他能看到好几英里远的地方。这里的林木较为稀疏，在树丛之中，草地在阳光下闪着亮光。

深绿色中掺杂着红色和黄色的图案。它们是花。从他此生看过的书和旧影像资料中，他已经学到了足够多的东西，因此眼前有一种奇怪的熟悉感。

不过，草地如此整齐，花如此规律。恍惚中，他意识到自己看到的是更加难以想象的画面。他说："谁在照料这个地方？"

理查德耸了耸肩："我不知道。可能是机器人。"

"机器人？"

"这里有很多。有时它们会拿着像是原子刀的东西贴近地面。它能割草。它们总是在摆弄花啊草啊之类的。那里就有一台。"

它看上去小小的，离这里有半英里。它缓缓地移动在明亮的草地上，金属表面反射着光线，做着某种斯隆医生看不懂的行为。

斯隆医生震惊了。这里有一种异样的美，一种新鲜的刺激……

"那是什么？"他突然问道。

理查德看了看说道："那是一座房子，弗洛里西斯家的。坐标A-3，23，461。那个小小的尖顶建筑是公共门。"

斯隆医生盯着那座房子。从外面看它是这个样子的？不知道为什么，想象中的房子应该更方正、更高。

"快来。"理查德跑在前面喊道。

斯隆医生镇定地跟在他身后："你认得这里所有的房子？"

"差不多。"

"A-23，26，475在哪儿？"当然，这是他自己的家。

理查德往四处看了看："我想想。哦，对，我知道它在哪里——你看到那面的水了？"

"水？"斯隆医生在一片绿色中看到了一道银色。

"对。真正的水，流在石头之类的东西上面，一直在流。你踩在石头上面就能过去。它叫河。"

更像是一条小溪，斯隆心想。他学过地理，当然，如今这门课教的其实是经济和文化地理。现实世界的地理几乎成了一门消失的科学，只剩少数的专家。不过，他知道河和小溪是什么，至少在理论上如此。

理查德仍在说话："看，河的对岸有一座长满树林的小山，在山的那头就是A–23，26，475。它是一座浅绿色的房子，屋顶是白色的。"

"是吗？"斯隆医生真的震惊了。他不知道房子是绿色的。

一个小动物扰动了草丛，慌忙躲避着靠近的脚步。理查德看着它的背影，耸了耸肩："你抓不到它的，我试过了。"

一只蝴蝶拍打着翅膀飞过，露出了一点黄色。斯隆医生的眼睛跟着它。

林地上笼罩着一种嗡嗡的声音，间或穿插着刺耳的叫声，嗒嗒声或啾啾声响起，随后又消失。随着自己的耳朵适应了倾听，斯隆医生听到了很多种声音，没有一种是人造的。

一片阴影落在景色上，朝他过来，笼罩了他。突然间就凉了下来，他惊诧地抬头观看。

理查德说："是一朵云。很快就会飞走了——看看那些花。它们可真香。"

他们离汉肖的房子已经有几百码远了。云飞走了，太阳再次露出笑脸。斯隆医生回头看去，惊骇地发觉已经走了这么远。如果他们走得看不到房子了，理查德又跑不见了，他能找到回去的路吗？

他不耐烦地将这一想法扔到一边，抬头看着那道水线（此刻更近了），然后目光越过它，看向自己的房子，一脸神往：浅绿色？

他说："你肯定是个探险家。"

理查德羞怯且骄傲地说："我去上学或回家的时候，总是会走不同的路，看些新的东西。"

"但你不会每天都到外面去，对吗？我猜有时你也会用门。"

"噢，当然。"

“为什么，理查德？”不知出于什么原因，斯隆医生感觉这点很重要。

但理查德粉碎了他的想法。他的眉毛一挑，脸上露出惊讶的表情：“这还用问，有时候天在下雨，我不得不用门。我讨厌这么做，但你有什么办法呢？两个星期前，我被雨淋了，我——”他下意识地往四处瞧了瞧，低声道：“得了感冒。我才不管妈妈是不是高兴呢。”

斯隆医生叹了口气：“我们可以回去了吗？”

理查德的脸上立刻露出了失望的表情：“为什么？”

“你提醒我了，你妈妈肯定在等着我们。”

“我猜也是。”男孩不情愿地转身了。

他们慢慢地往回走。理查德一直说个不停：“我在学校写过一篇作文，写的是如果我能坐上古代的交通工具（他特别注意了重音），我选了平流层客机，去看星星、云层和其他东西。唉，老天，我真是个笨蛋。”

“你想选个别的？”

“当然。我会选汽车，非常慢的汽车。我要看所有的东西。”

汉肖夫人似乎很担心，不敢相信：“你不认为他反常，医生？”

“可能不常见，但绝对不反常。他喜欢外面。”

“但怎么可能？外面那么脏，那么不舒服。”

“这跟个人的品位有关。一百年前，我们的祖先大部分时间都在外面。即便是现在，我敢说有上百万的非洲人从来没见过门。”

“但理查德一直被教导要乖，要做个符合A-3区规矩的体面人，”汉肖夫人激动地说，“跟非洲人或……或祖先……不一样。”

“这可能是部分的问题所在，汉肖夫人。他渴望去外面，但他又觉得这是错的。他不好意思和你或老师谈。它迫使他自闭，最终会导致危险。”

“那我们怎么才能说服他停止呢？”

斯隆医生说：“不要强迫，而要疏导。你家门坏的那天，他被迫去了外面，发现自己喜欢上了外面，然后就形成了规律。他利用来往学校的路途，重复第一次的经历。现在，假设你同意每个星期六和星期天让他出去两个小时，假设他脑子里留下了印象，他能到外面去而且不必非得有个目的地。那他应该愿意用门上下学吧？这应该会结束他目前给老师和同学带来的麻烦。”

“但他一直会这样吗？他还能变正常吗？”

斯隆医生站了起来：“汉肖夫人，他一切正常。现在他只是在品尝打破禁忌的乐趣。如果你配合他，表示你并不反对，那它就会失去吸引力。然后，等他长大，他会更加注意社会的期望与要求。他会学会遵守。毕竟，我们都有叛逆心理，但通常在我们长大之后就会消失。除非，它被不合理地压制，使得压力累积。别这么做。理查德会没事的。”

他走向了门。

汉肖夫人说：“你认为没必要做个检查，医生？”

他转身激烈地说：“不用，完全不用！这孩子完全用不着。明白吗？完全用不着。”

他的手指在面板前一英寸的地方迟疑着，脸上的表情凝重了。

“怎么了，斯隆医生？”汉肖夫人问道。

但他没有听到，他在想着门、精神检查和不可阻挡的令人压抑的机器大潮。我们的内心都有小小的叛逆，他想。

所以他的手离开了面板，脚也退出了门，他低声说道：“多么美好的一天，我想走着回去。”

罢工破坏者[1]

埃尔维斯·布雷搓着肥胖的双手说道："确切来说是自给自足。"他紧张地笑了笑，帮着来自地球的史蒂文·拉莫拉克下了车。他圆润的脸上长着一双又小又圆的眼睛，此刻写满了紧张。

拉莫拉克惬意地喷了口烟，跷起了二郎腿。

他的头发已经略微泛白，大下巴看着孔武有力。"本地的？"他问道，挑剔地看着手里的香烟。他试图在另一个人的紧张面前掩饰自己的不安。

"应该是。"布雷说。

"真想不到，"拉莫拉克说，"你们这个小小的世界上还有高级货。"

（拉莫拉克回想起了在太空船的屏幕上第一眼看到埃尔斯韦尔时的情景。它是一个崎岖的、没有空气的小行星，直径约有一百英里——一块灰色的、粗糙的岩石，在离它两亿英里的太阳的照耀下散发着幽暗的光。它是围绕这个太阳旋转的天体中唯一一个直径超过一英里的，现在人类已经深入这个小小的世界，在它里面建造了一个社会。而他本人，一位社会学家，前来该世界研究人类是如何适应这个异常狭小的笼子的。）

布雷挂在脸上的笑容又变大了一点点。他说："我们不是一个小世界，拉莫拉克博士，你在用二维的标准评判我们。埃尔斯韦尔的表面积只有纽约州的四分之三，但这不是关键。请记住，如果我们愿意，我们能占据埃尔斯韦尔的整个内部。一个半径为五十英里的球体，它的体积远大于五十万立方英里。如果整个埃尔斯韦尔能划分成一个个间隔五十英尺的平面，那它内部的表面积之和能高达五千六百万平方英里，跟地球上陆地的面积之和一样。而且，博士，所有的这些表面积都是可用的。”

拉莫拉克说：“上帝！”他瞪着眼睛想了一会儿：“对，你是对的。奇怪，我怎么从来没想到过？不过，埃尔斯韦尔是银河系里唯一被完全开发的小行星，我们这些外人还是难以摆脱二维的思维，就跟你指出的一样。好吧，我很高兴你们的委员会如此配合，给了我自由调查的权力。”

布雷听到后像抽筋似的点了点头。

拉莫拉克微微皱起了眉头，心想：他表现得像是整个世界都不希望我来这里，这里面肯定有问题。

布雷说：“当然，你能理解我们实际上的占地比理论上的小得多。埃尔斯韦尔内部只有一小部分被挖空供人居住。我们也不急于扩张，一步一个脚印。从某种程度上来讲，我们受限于人造重力引擎和太阳能转换器的能力。”

“我明白。不过，请告诉我，布雷委员——出于我个人的好奇心，跟我的研究项目关系不大——我能首先参观你们的种植和畜牧层吗？我对小行星内部的麦田和牛群十分好奇。”

“你会发现牛群的数量比你想象中的要少，我们也没有多少麦子。我们种大量的酵母。但还是有麦子供你参观，也有棉花和烟草，甚至有果树。”

“太好了。跟你说的一样，自给自足。我想，你们会循环利用所有的东西。”

拉莫拉克锐利的眼神注意到这句话刺痛了布雷。埃尔斯韦尔人的眼睛眯成了一条缝，掩饰了自己的表情。

他说："是的，我们必须循环利用。空气、水、食物、矿物——任何消耗品——必须被恢复到原始状态。废物被重新转化成原材料。有能源就能做到这点，而我们有足够的能源。当然，我们不必做到百分之百的效率，肯定有漏失。我们每年都会进口少量的水。如果我们的需求上升，我们可能还要进口一定数量的煤和氧气。"

拉莫拉克说："我们什么时候开始参观，布雷委员？"

布雷的笑容本来就没什么温度，现在看着更冷了："快了，博士。我们先要做些程序上的安排。"

拉莫拉克点了点头。他抽完烟，把它摁灭了。

程序上的安排？最初的沟通中可没有这种犹豫。埃尔斯韦尔人表现得很骄傲，自己独特的小行星模式引起了银河系的注意。

他说："我知道自己会打扰到一个紧密的社会。"他严肃地看着布雷忙不迭地按照他自己的理解做出解释。

"是的，"布雷说，"我们感觉自己和银河系的其他地方有区别。我们有自己的习惯。每个埃尔斯韦尔人都跟这个小社会完美地契合。一个没有固定等级的陌生人确实会造成困扰。"

"等级制度确实缺乏一定的灵活性。"

"同意，"布雷立刻说道，"但也给我们带来了自信。我们对跨等级的婚姻和职务承继都有严格的规定。每个男人、女人和孩子都知道自己的位置，接受这个社会且被这个社会所接受。我们这里几乎没有精神上的疾病。"

"没有格格不入的人吗？"拉莫拉克问道。

布雷刚准备开口，像是要说"没有"，却又突然闭上了嘴，咽下了想说的话。他额头上的皱纹更深了。最终，他说："我会安排参观，博士。与此同时，我建议你趁机洗漱一下，好好睡一觉。"

他们一起站起来，离开了房间。布雷礼貌地示意地球人走在他前面。

拉莫拉克感到一种压迫感弥漫于他与布雷的谈话之中。

报纸加深了这种感觉。他在睡觉之前仔细地读了读，一开始他只是想打发无聊的时间。那是一份八页的电子报纸。四分之一的条目都跟“个人”有关：出生、结婚、死亡、配额记录、拓展的可居住体积（不是面积！是三维的！），剩下的包括学术文章、教育材料和小说。至于拉莫拉克所认知的新闻则几乎没有。

只有一个条目可以被看成是新闻，而它的不完整程度令人咋舌。

它有一个小标题：“要求不变”。正文是：“昨天，他的态度仍没有改变。主任委员结束了与他的第二次会谈之后称他的要求依然完全不合理，无论如何都无法满足。”

接着，在括号内，是不同字体的声明：“本报的编辑同意埃尔斯韦尔不能也不会听他的号令，无论如何都不会。”

拉莫拉克读了三遍：他的态度，他的要求，他的号令。

谁的？

当天晚上，他没有睡好。

接下来的几天，他没有时间看报，但他时不时都会想起这个问题。

在大多数的参观活动中，布雷一直陪着他，充当他的向导。他变得越来越沉默。

到了第三天（人工设置的时间，按照地球上的二十四小时制），布雷在一个地点停下了，说道：“这一层是完全供给化学行业用的。这个区没什么可看的。”

但他转身的速度有点太快了。拉莫拉克抓住他的胳膊：“这一区的产品是什么？”

“肥料，某种有机肥。”布雷生硬地说。

拉莫拉克停住了脚步，观察到布雷想要逃避什么东西。他的目光扫过不远处地平线上的一排岩石，以及岩石间逼仄的建筑。

拉莫拉克说：“那里是私人住宅吗？”

布雷没有朝他示意的方向看。

拉莫拉克说：“我感觉那是我看到过的最大的一座住宅了。为什么它会在工厂层？”这一点足以引起注意了。他已然注意到埃尔斯韦尔上各个层被严格地区分成了住宅层、农业层和工业层。

他扭头喊道：“布雷委员！”

委员正在离开，拉莫拉克紧跑几步追上了他：“出什么问题了，先生？”

布雷嘟囔着：“我失礼了，我知道。对不起。我的脑子里一直在想别的事——”他没有放慢脚步。

“跟他的要求有关？”

布雷一下子停住了：“你了解多少？”

“只知道这么多。我在报纸上看到的。”

布雷小声嘟囔了一句。

拉莫拉克说：“拉各斯尼克？什么意思？”

布雷深深地叹了口气：“我觉得还是该告诉你，不管有多羞耻、多尴尬。委员会认为这件事很快就能解决，不会影响到你的参观，你也不必知道，不必关心。但已经快一个星期了。我不知道会发生什么，而且尽管看着好像没事，但你最好离开。没必要让一个局外人冒生命危险。”

地球人半信半疑地笑了：“生命危险？在这个如此和平、如此忙碌的小小世界里？我不相信。”

埃尔斯韦尔的委员说：“我能解释，我也应该解释。”他的眼睛望向了别处：“就像我跟你说过的，埃尔斯韦尔上的一切都必须循环。你懂的。”

“是的。”

“那也包括了——嗯，人类的排泄物。”

“我猜也是。”拉莫拉克说。

“我们通过蒸发与冷凝从中回收水分，剩下的被转化成酵母用的肥料，小部分会被用作精细有机物和其他副产品的来源。你看到的工厂就是干这个的。”

“是吗？”刚到埃尔斯韦尔的时候，拉莫拉克在喝水时会有小小的抗拒，因为他足够现实，知道它肯定是再生的。但他已经克服了这个障碍。甚至在地球上，水也是通过自然手段从各种无法饮用的源头再生而来的。

布雷越来越难以说出口了：“伊戈尔·拉各斯尼克负责与废物处理直接相关的工业流程。自从开发埃尔斯韦尔以来，这个职位一直是属于他们家的。最初的殖民者中有一个名叫米哈伊尔·拉各斯尼克的，他……他……”

“他也负责废物再生？”

“是的。你看到的住宅是拉各斯尼克的住宅，它是这个小行星上最好最精致的宅子。拉各斯尼克拥有我们其他人都没有的特权。但是，毕竟——”委员的声音里突然就有了情绪，“我们不能跟他交谈。”

“什么？”

“他要求完全的社会平等。他想让他的孩子跟我们的孩子一起玩，让我们的妻子去拜访他的妻子——哦！”他无比厌恶地哼了一声。

拉莫拉克想起了报纸上的条目，甚至都不能将拉各斯尼克的姓名印刷出来，或者提及他的具体需求，说：“我猜因为他的工作，他成了边缘人物。”

“那是自然。人类排泄物和——”布雷的声音消失了。停顿了一会儿之后，他压低了声音说道：“你是个地球人，你不会懂的。”

“我是个社会学家，我懂。”拉莫拉克想起了古代印度的不可触碰者——那些处理尸体的人，他也想到了古代犹太地的养猪人。

他接着说道：“我猜埃尔斯韦尔不会同意他的这些要求。”

“绝对不会，”布雷急切地说，“绝对不会。”

“然后呢？”

“拉各斯尼克威胁要停止作业。”

“换句话说就是要罢工。”

“是的。”

“后果严重吗？”

“我们有足够的食物和水，能支持挺长时间，因此再生倒不是关键。但是，排泄物会一直累积，它们会污染整个小行星。经过了数代的疾病防控之后，我们对细菌的抵抗力很弱。一旦传染病暴发——肯定会暴发的——我们会死好几百人。”

“拉各斯尼克知道这些吗？”

“当然知道。”

“你觉得他会实施他的威胁吗？”

“他疯了。他已经停止工作了。你降落的前一天，废物再生就已经停了。”布雷的圆鼻子嗅着空气，仿佛空气中已经渗入了粪便的味道。

布雷说：“所以你该明白为什么你最好赶紧离开这里。当然，不得不提出这个建议令我们羞愧。”

但是拉莫拉克说：“先等等，还没到时候。上帝，我的专业和此事非常相关。我能和拉各斯尼克交谈吗？”

“绝对不行。”

“但我想了解情况。这里的社会条件非常独特，其他地方都没有。看在科学的分儿上——”

“你要通过什么形式？视频通话可以吗？”

“可以。”

“我会问一下委员会。”布雷嘟囔了一句。

他们坐在拉莫拉克身边，紧张不安，高傲的表情掩饰不住焦虑。布雷坐在他们中间，故意躲开了地球人的目光。

一头灰发的委员会主任脸上的皱纹很深，脖子很细，他柔声说道：“如果你能用任何办法说服他，先生，假如你有足够的把握，我们表示欢迎。不过，无论如何你都不能暗示我们会做出任何形式的让步。”

一面薄纱帘挡在了委员会和拉莫拉克中间。他仍然能看清每个委员，但此刻他迅速转身看着面前的接收终端。它突然亮了。

影像狐疑地问道：“你是谁？”

拉莫拉克说：“我叫史蒂文·拉莫拉克。我是个地球人。”

“外头来的？”

“对。我来参观埃尔斯韦尔。你是拉各斯尼克？”

“伊戈尔·拉各斯尼克，为您效劳，”影像嘲讽地说，“只不过我提供不了任何服务，除非我的家人和我能得到人道的待遇。”

拉莫拉克说：“你意识到埃尔斯韦尔面临着什么风险吗？可能会暴发传染病？”

“在二十四小时内，情况就能恢复到正常——假如他们能给我人道的待遇。他们需要改变现状。”

“听上去你受过教育，拉各斯尼克。”

“那又怎样？”

“我被告知你并未被剥夺物质上的享受。你的房子、衣物和食物比埃尔斯韦尔上的任何人都要好，你的孩子接受的也是最好的教育。”

“同意。但都是通过伺服系统。还有，没有母亲的女婴会被交给我们照顾，长大后成为我们的妻子。她们会早早地死于孤独。为什么？”他的声音里突然充满了感情，“为什么我们必须孤独地生活，就好像我们是魔鬼似的，不适合接近人类？难道我们和其他人不一样吗？我们有相同的需要，有相同的愿望和感情。我们不也从事着高尚和有用的——”

拉莫拉克的身后传来了一阵叹息声。拉各斯尼克听到了，并提高了音量：“我看到委员会的各位委员都坐在后面。回答我，这难道不是一个高尚和有用的职业？你们的排泄物变成供你们享用的食物。净化污物的人难道比制造污物的人还要低下吗？听着，委员们，我不会屈服。让所有的埃尔斯韦尔人都死于疾病——包括我本人和我的儿子，如果有必要——但我不会屈服。我的家人宁愿死于疾病，也好过现在这样子活着。”

拉莫拉克打断了他：“你从出生开始就过着这种生活，是吗？”

“如果我回答说是呢？”

“你肯定已经习惯了。”

“一直都没习惯。只能说是认命了。我的父亲认命了，我有一阵子也认命了。但我看着我儿子，我唯一的儿子，没有任何的同伴。我的弟弟和我还拥有彼此，但我儿子没有任何同伴，所以我再也不想认命了。我受够了埃尔斯韦尔，不想再谈了。”

接收器暗了。

主任的脸色变得蜡黄。他和布雷是唯一留下陪着拉莫拉克的委员。主任说：“这家伙疯了。我不知道该拿他怎么办。”

他拿起手边的一杯红酒送到嘴边，过程中溅出了几滴，他白色的裤子染上了几片紫色。

拉莫拉克说：“他的要求有那么不合理吗？为什么就不能接纳他进社会呢？”

布雷的眼里突然冒出了怒火。“一个跟粪便打交道的人，”他耸了耸肩，“你来自地球，你不懂。”

恰恰相反，拉莫拉克的脑子里冒出了另一个不被接受的、古代的漫画家阿尔卡普创作的一个经典人物，一个拥有不同名字的“臭佬”。

他说：“拉各斯尼克真的跟粪便打交道？我的意思是说有实际接触吗？肯定都是通过机器自动操作的吧。”

“当然。”主任说。

“那拉各斯尼克的职责到底是什么？”

“他手动调整不同的控制器，确保机器能正常工作。他在不同的机器之间排班，腾出维修的时间。他根据一天不同的时间段调整机器的功率。他根据需求调整最终产品的配比。”他忧伤地加了一句，“如果我们有足够的空间能容纳复杂十倍的机器，这些都能自动完成，但这么做太浪费了。”

“如此说来，”拉莫拉克坚持道，“拉各斯尼克所做的就是按下按钮或合上开关之类的事情。”

“是的。”

“那他的工作和其他埃尔斯韦尔人没有区别。”

布雷强硬地说：“你不明白。”

“为此你愿意拿你孩子的生命冒险？”

“我们没有选择。”布雷说。他的声音里有足够的痛楚，拉莫拉克明白他正受到折磨，但他的确没有别的办法。

拉莫拉克厌恶地耸了耸肩：“那就制止罢工，强迫他工作。”

“怎么可能？”主任委员说，“谁会去碰他，或靠近他呢？如果我们从远处把他一枪打死，对我们又有什么帮助呢？”

拉莫拉克若有所思地说道：“你懂怎么操作他的机器吗？”

主任一下子站了起来。“我吗？”他吼道。

“我不是特指你，”拉莫拉克马上纠正道，“我指的是广义的你们。有人能学会操作拉各斯尼克的机器吗？”

主任的激动慢慢消退了："都写在了说明书里，我敢肯定——但我向你保证我从来没看过。"

"那有人能学一下操作手册，然后替代拉各斯尼克的工作，直到他屈服为止吗？"

布雷说："谁会同意做这种事呢？我本人是无论如何都不会同意的。"

拉莫拉克飞快地思考地球上有无同等强度的禁忌。他想到了吃人、乱伦、渎神，等等。他说："但你们肯定做过替代拉各斯尼克的应急预案吧。要是他死了呢？"

"那他的儿子或者是与他关系最近的亲属会自动继承他的工作。"布雷说。

"要是他没有成年的亲戚呢？万一他的家人一下子全死了呢？"

"从没发生过这种事，也绝对不可能发生。"

主任补充道："假如存在这种风险，我们可能会送一两个男孩给拉各斯尼克家，让他把他们抚养长大。"

"啊，你怎么来挑选男孩呢？"

"从那些母亲死于难产的孩子里挑，就跟我们挑拉各斯尼克未来的妻子一样。"

"那现在就来挑一个拉各斯尼克的替代者，通过抽签的方式。"拉莫拉克说。

主任说："不行！不可能！你怎么能出这种主意？如果我们选一个婴儿，他从小就定了这个职业，他不知道还能选别的。但在这个节骨眼上，我们只能选一个成年人，让他接受拉各斯尼克的命运。不行，拉莫拉克博士，我们不是魔鬼，更不是畜生。"

没用的，拉莫拉克无助地想着，没用的，除非……

他还无法接受这个除非的后果。

当天晚上，拉莫拉克没怎么睡。拉各斯尼克要求的只是最基本的人权。但天平的另一边是面临死亡威胁的三万个埃尔斯韦尔人。

一边是三万人的安全，另一边是一个家庭正当的需求。又有谁能说三万个支持不公平行为的人活该去死呢？基于什么标准的不公平？地球的？埃尔斯韦尔的？拉莫拉克又有什么权力来评判？

拉各斯尼克呢？他情愿牺牲三万条性命。这些男男女女，只是接受了一个他们被教导的要接受的传统，即使他们想改变，也改变不了。孩子更是与这些都无关。

三万人在一边，一个家庭在另一边。

拉莫拉克在近乎绝望之中下定了决心。到了早上，他给主任打了电话。

他说："先生，如果你找到了替代者，拉各斯尼克会明白他已没有机会强迫你们接受一个对他有利的决定，所以他会回到工作中去。"

"没有替代者，"主任叹了口气，"我已经解释过了。"

"埃尔斯韦尔人之中找不到替代者，但我不是埃尔斯韦尔人。我不在乎，我来替代他。"

他们很激动，比拉莫拉克本人更激动。他们问了他不下十二次，问他是不是在开玩笑。

拉莫拉克没有刮胡子，他觉得难受："当然，我是认真的。任何时候拉各斯尼克再这么做，你们总能进口一个替代者。其他的世界都没有这种禁忌，有足够多的临时替代者供你们挑选，只要你们付的价钱足够高。"

（他背叛了一个被残酷对待的人，他知道这一点。但他也拼命告诉自己：除了被排斥，他的待遇很好，相当好。）

他们给了他手册，他花了六个小时，一直在阅读。问问题没用，因为埃尔斯韦尔人对这个工作一无所知，除了手册里写的。而且所有人都因为要叙述细节而感到十分不适。

“在进料机的红色信号亮起时，始终保持A-2电流表的读数为零，”拉莫拉克读着，“什么是进料机？”

“那里有标识。”布雷嘟囔了一句，埃尔斯韦尔人惭愧地相互看了看，然后低下头盯着自己的手指头。

在他离那排小房子还很远的时候，他们就离开了他。那排小房子是一代代勤劳的、为了这个世界奉献的拉各斯尼克家族的中央总部。他得到了明确的指导，要在哪里转弯，要去往哪一层。但他们都留在原地，只让他一个人前往。

他痛苦地穿过这些屋子，参考着手册上的示意图，辨识着各种装置和控制系统。

那就是进料机，他心想，带着黯然的满意。标识确实是这么说的。它有半圆形的前部，嵌入了洞中，颜色显然跟其他地方不同。那为什么要叫“进料”呢？

他不知道。

在某处，拉莫拉克心想，在某处，排泄物正在堆积，涌入传动装置和出口，管道和蒸馏器，等着被以五十种方法来处理。现在它们只能堆积着。

他不再迟疑，拉下手册上“启动说明”示意的第一个开关。一阵低沉的嗡嗡声响起，穿过了地板和墙壁。随后，他转了下旋钮，灯亮了。

每一步他都遵照着手册的指示，尽管他已经熟记于心。每一个步骤完成后，都有一个房间亮了，更多的仪表弹了出来显示着读数，嗡嗡声也变得更响。

在工厂深处，累积的排泄物被抽进了正确的沟渠。

一个刺耳的信号声响起，吓了拉莫拉克一跳，打断了他痛苦的专注。这是通信信号，拉莫拉克慌忙接通了自己的接收机。

拉各斯尼克的头出现了，表情惊讶。随后渐渐地，他眼中的狐疑和震惊消失了："原来是这么回事。"

"我不是个埃尔斯韦尔人，拉各斯尼克。我不在意做这些。"

"但跟你有什么关系？你为什么要来干涉？"

"我站在你这边，拉各斯尼克，但我必须做这些。"

"为什么，如果你站在我这边？你们世界的人会像这里的人一样如此对待其他人吗？"

"不会了。但即便你是对的，你还要考虑到埃尔斯韦尔上的三万人。"

"他们就快屈服了。你毁了我的机会。"

"他们不会屈服的。从某种程度上来说，你赢了。他们现在知道你不满意。在此之前，他们做梦都想不到拉各斯尼克家的人会不愉快，还会制造麻烦。"

"他们知道了又怎样？现在他们只要从外部世界雇个人来就行了。"

拉莫拉克猛地摇了摇头。在最后那苦涩的几小时中，他已经想通了这些问题："埃尔斯韦尔知道了，意味着他们会开始想到你，有些人会开始怀疑如此对待一个人是否合适。如果雇来了外部世界的人，他们会把这里的情况传出去，银河系公众的意见会站在你这边。"

"然后呢？"

"情况会得到改善。等到你儿子长大，情况会好更多。"

"等到我儿子长大——"拉各斯尼克垮着脸说道，"我本来现在就能得到了。好吧，我输了。我回去工作。"

拉莫拉克感到全身都轻松了："如果你来这里，先生，你可以拿回你的工作。而且，我想跟你握手，不知我是否有这种荣幸。"

拉各斯尼克的头猛地抬了起来，脸上满是阴沉的傲慢：“你称我为先生，还要跟我握手？！忙你的去吧，地球人，把这里交给我吧，因为我不想跟你握手。”

拉莫拉克按照原路返回了，为危机终于解除而感到宽慰，同时又感到异常压抑。

他惊讶地停下了，因为有一段走廊被挖断了，他走不过去。他想要寻找别的路，却被头上响起的放大的声音吓了一跳：“拉莫拉克博士，你能听到我吗？我是布雷委员。”

拉莫拉克抬起头。声音来自某种公共广播系统，但他看不到任何式样的喇叭。

他喊道：“出什么问题了？你能听到我吗？”

“能听到。”

拉莫拉克本能地喊了起来：“出什么问题了？这里的路好像断了。拉各斯尼克又惹麻烦了？”

“拉各斯尼克已经回去工作了，”布雷的声音传来，“危机解除了。你必须马上离开。”

“离开？”

“离开埃尔斯韦尔。船已经为你准备好了。”

“等等，”拉莫拉克被这突发的事件搞糊涂了，“我还没收集完数据呢。”

布雷的声音说：“我帮不了你。我们将引导你登上飞船，你的随身物品随后由伺服机器送来。我们相信……我们相信……”

拉莫拉克明白是怎么回事了：“相信什么？”

“我们相信你不会尝试跟任何一个埃尔斯韦尔人面对面地见面或交谈。而且我们当然希望你今后不要再返回埃尔斯韦尔，避免引起尴尬。如果进一步的数据采集确有必要，我们欢迎你的同事前来。”

“我明白了。”拉莫拉克平静地说道。显然，他本人也成了一个拉各斯尼克。他操作了控制器，也就意味着操作了排泄物。他被排斥了。他是个尸体处理者，养猪人，臭佬。

他说：“再见。”

布雷的声音说：“在我们引导你之前，拉莫拉克博士——我代表埃尔斯韦尔的委员会，感谢你解决了此次危机。”

“不客气。”拉莫拉克苦涩地说道。

将A旋钮塞入B孔[1]

穿上了宇航服的戴夫·伍德伯里和约翰·汉森显得有些怪诞。他们焦急地盯着一个大木箱缓慢旋转着脱离了货船，进入气闸。他们还要在A5太空站待上一年，显然对过滤装置的堵塞、水培管道的泄漏和一直发出嗡嗡声且偶尔会罢工的空气发生器感到十分紧张。

“全都不好用，”伍德伯里悲哀地说，“因为所有的东西都是我们自己动手组装的。”

“参照了傻瓜编的说明。”汉森接茬道。

他们无疑有抱怨的理由。飞船上最贵的东西就是可以用来载货的空间，因此所有的设备都只能拆成散件运输。所有的设备都必须在太空站内重新组装，但手不灵巧，工具不够，还有说明书也含糊不清。

伍德伯里花功夫写下了申述信，汉森帮忙加上合适的形容词。改善现状的正式请求被发回了地球。

地球做出了回应。他们设计了一个特别的机器人，它配备的正电子大脑里塞满了如何正确组装或拆卸机器的知识。

机器人就在这个刚被卸下的箱子里。气闸在它身后关上时，伍德伯里激动得都颤抖了。

“首先，”他说，“它要维修食物装配机，还要调整牛排控制旋钮，这样我们就能吃半熟的牛排，而不是烤焦了的。”

他们进入太空站，用分子裂解棒小心翼翼地拆开箱子，以免伤害到这个特别的装配机器人身上任何一个珍贵的金属原子。

箱子打开了！

里面是五百个零散的零件——还有一张含糊其词的组装说明书。

与时俱进的魔法师[1]

我一直无法理解，尼古拉斯·奈特利作为一位治安法官，竟然是个单身汉。说实在的，他的职业氛围极其有助于他走入婚姻，他应当无法避免婚姻的羁绊才是。

当我在俱乐部喝着金汤力酒，说出我的看法时，他说："啊，不久前我差点就结婚了。"他叹了口气。

"哦，真的吗？"

"一位年轻的漂亮姑娘，可爱、聪明、纯洁且大胆。还有，甚至对我这么一个老古板来说，身材也十分具有诱惑力。"

我说："你是怎么遇上她的，怎么又让她走了？"

"不是我能决定的。"他冲我微微一笑。光滑且红润的皮肤、光滑的灰发、光滑的蓝色眼睛，组合在一起让他看上去有一种近乎慈爱的表情。他说："在我看来，全都要怪她的未婚夫——"

"啊，她已经和别人订婚了？"

"再加上威灵顿·约翰斯教授，他虽然是一个内分泌学家，但更像是一个与时俱进的魔法师。算了，也没什么可说的。"他叹了口气，喝了口酒，对我露出了和蔼愉快的表情，表示他想换个话题。

我坚决地说道："不行，奈特利，老家伙，你不能就这么算了。我想了解你的漂亮姑娘——都是到嘴边的肉了。"

他听到这个双关语（我必须承认这是我的一个坏习惯），做了个鬼脸，又要了一杯酒，开始了讲述。“首先，我要声明，”他说，“我是过后才了解到其中的一些细节的。”

威灵顿·约翰斯教授长着一个惹人注目的大鼻子，以及一双真诚的眼睛。他有一项特别的天赋，能让身上穿着的衣服显得很大。他说：“亲爱的孩子们，爱是化学反应。”

他亲爱的孩子们其实是他的学生，根本不是他的孩子。他们叫亚历山大·德克斯特和艾丽丝·桑格。他们坐在一起，手牵着手，看上去充满了化学反应。两个人的年龄相仿，加在一起大概有四十五岁。亚历山大情不自禁地喊了一句：“化学万岁！”

约翰斯教授责备地笑了笑：“更确切地说是内分泌。荷尔蒙能影响我们的情绪，无疑它们中总有一种能刺激到我们的、被称为‘爱’的感觉。”

“但这也太不浪漫了，”艾丽丝嘟囔道，“我断定我并不需要荷尔蒙。”她充满爱意地抬头看着亚历山大。

“亲爱的，”教授说，“在你陷入爱河的那一刻，你的血液里充满了它。刺激它分泌的是——”他停下来思考着该怎么说合适，毕竟他是个道德高尚的人：“你的年轻爱人的某些因素。一旦荷尔蒙开始分泌，惯性将带着你前进。我能轻易复制这个效果。”

“是吗？教授，”艾丽丝饶有兴致地说，“如果你想来试试的话，我表示欢迎。”她羞涩地捏了捏亚历山大的手。

“我的意思不是说，”教授咳嗽了一声以掩饰自己的尴尬，“我本人想要再现——复制，更确切一些——刺激了荷尔蒙分泌的因素。我的意思是说，我能将这种荷尔蒙注入你的皮下组织，你甚至可以口服，因为它是一种类固醇荷尔蒙。我这里就有。”说到这里，他拿下眼镜，骄傲地擦拭起来：“分离且纯化后的荷尔蒙。”

亚历山大坐直了："教授！你怎么一直没跟我们说？"

"我必须先对它研究得再深入一些。"

"你的意思是说，"艾丽丝可爱的棕色眼睛里闪烁着喜悦，"你能让人们感觉到真爱的喜悦和柔情，只需……吃下一颗药？"

教授说："我的确能复制你口中的这种甜腻的情绪。"

"那你为什么不吃呢？"

亚历山大举起一只手以示反对："等等，亲爱的，你的热情令你盲目。我们的幸福和即将到来的婚姻让你忘了生活中的某些事实。如果一个已婚人士不小心接受了这种荷尔蒙——"

约翰斯教授带着一丝傲慢说道："我现在就解释一下我的荷尔蒙，我称它为恋爱定律剂——"（因为他和其他很多应用科学家一样，喜欢看到经典理论科学家那种蔑视的表情。）

"叫它爱情春药吧，教授。"艾丽丝说，轻叹了一口气。

"我的恋爱定律剂，"约翰斯教授坚决地说道，"对已婚人士没有作用。这种荷尔蒙无法在其他抑制因素的制约下发挥作用，婚姻显然是抑制爱情的一种因素。"

"是吗？我也是这么听说的，"亚历山大严肃地说，"但我要打破这个顽固的信念，为了我的艾丽丝。"

"亚历山大，"艾丽丝说，"我爱你。"

教授说："我的意思是婚姻抑制了婚外情。"

亚历山大说："是吗？我怎么听说它有时做不到。"

艾丽丝震惊地喊了声："亚历山大！"

"只是在非常罕见的情况下，亲爱的，在那些没上过大学的人中间。"

教授说："婚姻可能不会抑制一定程度的性吸引或轻佻的想法。但是，当严厉的妻子加数个烦人孩子的画面在你的潜意识里跳动时，真正的爱情，就像桑格小姐所展示的这种感情，是无法开花的。"

“你的意思是说，”亚历山大说，“如果你把你的爱情春药——对不起，你的恋爱定律剂——无差别地给一伙人服下，只有未婚的才会受到影响？”

“对。我已经在某种动物身上做过实验，它们虽然没有婚姻观念，但确实会形成一对一的关系。那些已经形成关系的没有受到影响。”

“那么，教授，我有一个绝妙的主意。明晚是学校里的高年级舞会之夜。至少会有五十对男女光临，大多数都没有结婚。把你的春药加在潘趣酒[1]里。”

“什么？你疯了吗？”

但艾丽丝来劲了：“为什么不呢，教授？这真是个好主意。试想一下，我所有的朋友都会拥有跟我一样的感觉！教授，你简直就是来自天堂的天使。哦，不过，亚历山大，你觉得他们会不会控制不住感情？我们的一些同学有些狂野，在爱情的冲动之下，他们会……呃……接吻——”

约翰斯教授气愤地说：“亲爱的桑格小姐，你一定不能让你的想象太过丰富。我的荷尔蒙只能引发会通往婚姻的感情，不会引起一些失礼的行为。”

“对不起，”艾丽丝疑惑地小声嘟囔着，“我该记住的，教授，你是我认识的人当中道德标准最高的——除了永远可亲可爱的亚历山大——你的任何科学发现都不可能走向道德的反面。”

她做出一副楚楚可怜的样子，教授一下子就原谅了她。

“那你会去做吗，教授？”亚历山大催促道，“别担心，假设过后突然出现了集体婚姻的冲动，我可以应付。尼古拉斯·奈特利是我家的一个老朋友，他可以找借口出席。他是治安法官，能轻松地安排诸如证书之类的事。”

1　一种特色混合饮料，既有不含酒精的，也有含酒精的，一般都含水果或果汁。

“我完全不同意，”教授说，但语气明显软了，“未征得研究对象的同意而在他们身上开展实验。这不符合伦理。”

“但你带给他们的只有幸福。你会对学校里的道德水平做出贡献。不夸张地说，在没有要结婚的压力下——有时在学校里甚至也会发生这种事——长时期的亲密接触可能会引发——”

“好吧，就这么决定了，”教授说，“我会试一下稀释溶液。毕竟，这个结果能极大地推动科学的进步，还有，就像你说的，促进道德水平的提升。”

亚历山大说：“还有，艾丽丝和我也会喝加了料的潘趣酒。”

艾丽丝说：“哦，亚历山大，我们之间的爱情肯定不需要人为的帮助。”

“但这不是人为的，而是我自发的。就像教授说的，你的爱情也始于这种荷尔蒙的作用，只不过，我承认，在你身上这种荷尔蒙是由更传统的方式诱发的。”

艾丽丝的脸都红了：“就是说啊，我的爱人，为什么还要重复这个过程呢？”

“令我们能跨越沧海桑田，我的宝贝。”

“亲爱的，你不该质疑我的爱。”

“我没有，我的心肝，但是——”

“但是？你是不相信我吗，亚历山大？”

“我当然相信你，艾丽丝，但是——”

“但是？你又说了一次‘但是’！”艾丽丝气呼呼地站起来，“如果你不相信我，先生，我最好还是离开吧！”她真的离开了，而两个男人则呆呆地盯着她的背影。

约翰斯教授说：“恐怕我的荷尔蒙间接地破坏了一段婚姻，而不是促成了一段婚姻。”

亚历山大凄惨地咽了口唾沫，但骄傲阻止了他。“她会回来的，”他怅然若失地说，“我们之间的爱不会轻易被打破。”

高年级舞会当然是一年之中的重头戏。年轻的男子容光焕发，年轻的姑娘光彩夺目。乐声悠扬，舞步不息，欢乐无限。

更确切地说，大多数人都很欢乐。但亚历山大·德克斯特站在一个角落里，目光凝重，表情呆滞。尽管他英俊潇洒，但没有年轻姑娘上前。大家都知道他属于艾丽丝·桑格，在这种情况下，没有哪个大学里的姑娘还有心接近他。不过，艾丽丝在哪里呢？

她没有和亚历山大一起来，而亚历山大的骄傲又阻止自己去寻找她。他只是眯着眼睛，仔细地看着一对对转圈的情侣。

约翰斯教授穿着正装，尽管是量身定做的，但看着还是不合体。他走到亚历山大跟前说：“我会在临近午夜祝酒时往酒里加我的荷尔蒙。奈特利先生还在吗？”

“我刚才还见到他了。作为治安法官，他正忙着确保跳舞的两人之间保持适当的距离。我相信最近的距离大概是四指。奈特利先生在不辞辛劳地做出必要的测量。”

“很好。哦，我忘了问，潘趣酒里有酒精吗？酒精会对恋爱定律剂的效果产生负面影响。”

尽管心情不好，亚历山大还是打起精神否认了教授对同学们无意识的诽谤：“酒精吗，教授？这款潘趣酒是按照所有的年轻大学生必须严格遵守的准则来调制的。它里面只有最纯的果汁、白糖，还有少量的柠檬——足够刺激，但不会让人醉。”

“好，”教授说，“现在我往荷尔蒙里加了一种镇静剂，它会让我们的实验对象先睡上一小觉，方便荷尔蒙发挥作用。一旦醒来，他们中的每个人看到的第一个人——当然，看到的必须是异性——都会令他或她产生一种纯粹且高尚的激情，并促使他们跨入婚姻的殿堂。”

快到午夜了，他穿过了一对对快乐的、间距四指的情侣，来到饮料桶跟前。

难过得都快哭了的亚历山大去了外面的阳台。由此，他错过了艾丽丝，她刚从阳台进了舞厅，走的是另一扇门。

“午夜了，”一个快乐的声音喊道，“干杯！干杯！敬我们未来的生活。”

他们围在饮料桶四周，传递着小小的杯子。

“敬我们未来的生活！”他们叫喊着。年轻的大学生们热情洋溢地喝下了饮料，里面是纯果汁、糖、柠檬，还有——当然——教授那掺了镇静剂的恋爱定律剂。

随着药物进入大脑，他们慢慢地倒在地板上。

艾丽丝独自站在那里，手里依然拿着杯子，眼睛里噙满了泪水：“亚历山大，亚历山大，虽然你怀疑我，但你是我唯一的爱人。你希望我喝，那我就喝。”然后，她也优雅地倒下了。

尼古拉斯·奈特利去找亚历山大了，他一直在担心他。他看到他没有和艾丽丝一起出现，唯一的解释就是这对情侣吵架了。他没有因为离开舞会而感到担心。这些不是野生的年轻人，而是来自良好家庭、家教甚严的大学生。他们应当能严格遵守四指的限制，他对此很有信心。

他在阳台上找到了亚历山大，后者正愁眉不展地盯着漫天的星星。

“亚历山大，我的孩子，”他将一只手放在年轻人的肩头，“这不像你。这么容易就沮丧。振作点，小伙子，振作点。”

听到好心老人的声音之后，亚历山大低下了头：“我知道自己这样子不像个男人，但我一心想着艾丽丝。我对她不好，所以这个样子也是活该。不过，奈特利先生，你应该难以想象……”他握紧拳头放在胸口，靠近自己的心脏。他说不下去了。

奈特利悲伤地说："因为我没结婚，你就以为我不懂柔情？醒醒吧。我曾经也尝过爱情与心碎。但不要学我曾经的样子，让骄傲阻止你们复合。去找她，我的孩子，找她道歉。不要让你自己成为一个我这样的老光棍儿。呸，我这个乌鸦嘴。"

亚历山大挺直了背："我听你的，奈特利先生。我这就去找她。"

"那就快进去吧。我出来之前刚看到她在里面。"

亚历山大的心怦怦跳了起来："她可能也在找我呢。我这就去——等等，你先去，奈特利先生，我留在这里整理一下自己的心情。我不想让她看见我像个女人似的流眼泪。"

"当然可以，我的孩子。"

奈特利停在了舞厅门口，震惊不已。这里刚发生了什么大灾难吗？五十对男女躺在地板上，有些还不雅地搂在一起。

他拿不定主意。是先去检查一下离自己最近的人是不是死了，去拉响火灾警铃，去叫警察，还是去做别的？他们已然醒来，并纷纷挣扎着站起来。

只有一个人还躺着。一个身穿白衣的孤独的姑娘，一条胳膊优雅地枕在漂亮的脑袋之下。她正是艾丽丝·桑格。奈特利匆匆走向她，对四周的喧闹声充耳不闻。

他跪倒在她身旁："桑格小姐，亲爱的桑格小姐，你受伤了吗？"

她睁开漂亮的双眼，说道："奈特利先生！我从来没意识到你这么可亲。"

"我吗？"奈特利惊恐地看着她的眼睛，此刻她已经站了起来，她的眼睛里有光芒闪烁，奈特利已经三十年没有从姑娘的眼睛里看到这种目光了——以前看过的也没有现在这般强烈。

她说："奈特利先生，你不会离开我吧？"

"不，不会，"奈特利迷惑地说，"你需要我留下，我就留下。"

“我需要你。我全心全意地需要你。我需要你，就像干渴的花朵需要露水的滋润。我需要你，就像古时的提斯柏需要皮拉摩斯[1]。”

还在节节后退的奈特利迅速看了看四周，想要确认是否有人听到了这段不同寻常的宣言，但似乎没人留意他们两个。他的耳力所及的范围内，充斥着其他类似的宣言，有些甚至更强烈，更直接。

他的背已经贴到了墙上，艾丽丝凑得非常近，将四指规则打成了碎片。实际上，她甚至都打破了零指规则，在双方肉体的压力之下，一种莫名的感觉在奈特利体内油然而生。

“桑格小姐，请不要这样。”

“桑格小姐？你还叫我桑格小姐？”艾丽丝温柔地叹息道，“奈特利先生，尼古拉斯！我是你的艾丽丝，你一个人的。娶我吧，娶我吧!”

四周响起了一片“娶我吧”“嫁我吧”的叫声。年轻的男男女女紧紧围住了奈特利，他们都知道他是治安法官。他们喊道：“给我们证婚，奈特利先生。给我们证婚！”

他只好大叫着回应道：“我得先去拿证书才行。”

他们让开了，好让他去完成他的仁义之举。只有艾丽丝跟在他身后。

奈特利在阳台门口碰到了亚历山大，又把他领回外面的新鲜空气之中。就在此时，约翰斯教授也加入了他们。

奈特利说：“亚历山大，约翰斯教授，发生了最不可思议的事情——”

“是的，”教授说，慈祥的脸上洋溢着快乐，“实验成功了。实际上，定律剂在人类身上的作用比在任何动物上都要强很多倍。”注意到奈特利的疑惑之后，他简短地介绍了发生了什么。

1　在希腊神话中，皮拉摩斯和提斯柏是一对命运多舛的恋人。

奈特利听完后不停地嘟囔着："神奇，太神奇了。这事依稀有一种熟悉的感觉。"他用双手的指节揉着额头，但没什么用。

亚历山大温柔地靠近艾丽丝，渴望将她拥入自己强壮的怀抱，却又知道一个娇生惯养的女孩无法认同如此强烈的感情表示，尤其是他还没得到原谅。

他说："艾丽丝，我的爱人，假如在你心中你能发现——"

但她躲开了他，避开了他的胳膊，尽管它们在央求。她说："亚历山大，我喝了饮料。你希望我喝的。"

"你不必喝。我错了，我错了。"

"但我喝了，哦，亚历山大，我不再是你的了。"

"不再是我的？什么意思？"

艾丽丝抓住奈特利的胳膊，紧紧地依偎着他："我的灵魂与奈特利先生，不对，与尼古拉斯永不分离。我对他的感情——我想嫁给他的心情——难以控制。它在炙烤着我。"

"你装的吧？"亚历山大难以置信地大喊道。

"你太冷酷了，怎么能说'装'呢？"艾丽丝泪眼婆娑地说，"我情难自禁。"

"确实是。"约翰斯教授说，他向奈特利解释完了后，一直在惊愕地听着他们的对话，"她真的没法自控。这是内分泌做出的宣言。"

"确实如此，"奈特利说，他本人也在与自己的内分泌宣言做斗争，"好了，好了，我……我亲爱的。"他轻拍着艾丽丝的头，她对着他抬起迷人的脸蛋，眼神迷离，他却琢磨起了不怎么得体的念头——想要将自己的嘴唇干脆利落地印在她的双唇之上。

亚历山大的心都碎了，叫喊道："你是装的，装的——跟克瑞西达一样是装的。"他冲出了房间。

奈特利本想跟他一起离开，但艾丽丝搂住了他的脖子，并在他逐渐屈服的嘴唇上印了一个香吻。

甚至都算不上体面。

他们来到奈特利的单身汉小屋，屋子的外墙上挂着一块牌子，上面用古英语写着“治安法官”。屋里宁静整洁，透着清幽的和平。奈特利飞快地用左手在炉子上架了个小水壶（他的右胳膊被艾丽丝紧紧地搂住了，后者流露出一种超过她年龄的机警，通过这么一个确定的办法，防止他突然蹿进门里）。

从餐厅开着的门能看到奈特利的书房，墙上堆满了各种学术专著和休闲书籍。

奈特利的手（他的左手）挠了挠额头。“亲爱的，”他对艾丽丝说，“这也太神奇了——能稍微松开点吗？我的胳膊都麻了——我一直有一种幻觉，好像这一切以前就发生过。”

“肯定没发生过，亲爱的尼古拉斯。”艾丽丝侧着脑袋靠在他的肩头，笑吟吟地看着他，面带羞涩，令她的美就如同月光洒在静水上一样迷人，“现在还有跟智慧的约翰斯教授一样伟大的魔术师吗？他真算得上是一位与时俱进的魔法师。”

“与时俱进——”奈特利吃了一惊，把艾丽丝提得都离地足有一英寸，“明白了，肯定是这么回事。真是活见鬼了。”（因为强烈的感情刺激，奈特利罕见地骂了句脏话。）

“尼古拉斯，怎么啦？你吓到我了，我的小可爱。”

但奈特利快步走进自己的书房，她被迫跟着他一起小跑了起来。他脸色惨白，嘴唇紧绷着，伸手从书架上拿起一本书，虔诚地吹去了上面的灰尘。

“啊，”他惭愧地说道，“我竟然忽视了年轻时纯真的喜悦。孩子，鉴于我的右胳膊还不怎么灵便，能麻烦你帮我翻书吗？我叫你停的时候再停下。”

他们相互配合着，如此戏剧化的场面，如此罕见的婚前幸福，他左手拿着书，她用右手慢慢地翻着书页。

“我是对的！”奈特利突然大声说道，“约翰斯教授，我的老朋友，快过来。这是最神奇的巧合——一个惊人的例子，揭露了一种神秘且无法感知的力量，为了其阴险的目的，必须偶尔玩弄我们。”

约翰斯教授刚为自己泡了杯茶，正小口地品着，在两位热情的爱人突然隐没在隔壁房间之后，他必须表现得像个谨慎的绅士——明智的习惯。他喊道：“你们确定要我过去吗？”

“确定，先生。我想向你讨教你的一项科学成就。”

“但你此时的处境——”

艾丽丝虚弱地叫了一声：“教授！”

“十分抱歉，亲爱的，”约翰斯教授说着走了进来，“我的混乱的老脑子里装满了荒谬的念头。我很久没有——”他猛喝了一口茶（茶泡得很浓），立刻又回到了他本人。

“教授，”奈特利说，“这位可爱的孩子称你为‘与时俱进的魔法师’，让我一下子想到了吉尔伯特和萨利文的《魔法师》。”

“吉尔伯特和萨利文，”约翰斯教授和善地问道，“是什么？”

奈特利虔诚地往天上看了一眼，仿佛在观察不可避免的闪电会落在何处，好提前躲避。他粗着嗓子小声说道：“威廉姆·施文克·吉尔伯特爵士和阿瑟·萨利文爵士分别创作了歌词和乐曲，有史以来最伟大的音乐喜剧。其中一部名叫《魔法师》。它里面也用到了一种催情剂：一种道德标准很高的药剂，不会影响到已婚夫妇，但确实令年轻的女主角离开了她英俊年轻的爱人，投入了一个老头儿的怀抱。”

“然后呢，”约翰斯教授问道，“事情就这么一直发展下去了吗？”

“没有——说真的，亲爱的，你的手指一直触碰着我的后颈，无疑给了我愉快的感觉，我都忘了说到哪儿了——最后年轻的爱人们还是复合了，教授。”

“啊，”约翰斯教授说，“那么，考虑到虚构的情节与现实如此相近，或许戏剧里的办法能指出让艾丽丝和亚历山大重新团聚的道路。至少，我猜你不想下半辈子废着一条胳膊过活吧。”

艾丽丝说：“我不想跟亚历山大重聚。我只想要我的尼古拉斯。”

“你这么说，”奈特利说，“我真是感动，不过，唉——年轻人还是和年轻人合适。戏剧里倒是有个办法，约翰斯教授，为此我必须和你商量。”他仁慈地笑了：“在戏剧里，药剂的效用可以被下药的那位绅士的行为完全中和，那位绅士，换句话说，也就是你。”

“什么样的行为呢？”

“自杀！就这么简单！作者并没有加以解释，但自杀可以打破——”

约翰斯教授此时已经回过味了，他以能想象到的最阴森、最坚决的语气说道：“亲爱的先生，我想立即声明，尽管我同情这对年轻人所处的尴尬境地，但在任何情况下我都不会同意自杀。这一种行为可能对传统的爱情魔药非常管用，但我的恋爱定律剂，我向你保证，绝不会被我的死亡影响。”

奈特利叹了口气：“我也有这样的担心。事实上，不瞒你说，这出戏的结局相当糟糕，可能是所有经典作品中最糟糕的。”他匆匆向天上看了一眼，默默地对威廉姆·吉尔伯特的鬼魂说了声抱歉：“它就像是从帽子里变出来的，没有在前面的章节埋下伏笔。它惩罚了一个不应当受罚的人。简而言之，呜呼，它完全配不上吉尔伯特的伟大天赋。”

约翰斯教授说：“或许不是吉尔伯特写的。可能是哪个笨蛋后补的，狗尾续貂。”

“没有这方面的记录。”

但约翰斯教授的科学头脑被这个未解谜团激发了。他立刻说道：“我们可以来测试。我们来研究一下这位……这位吉尔伯特的大脑。他还写过其他作品，是吗？”

“十四部，都是跟萨利文合作的。”

“有哪几部作品用更好的办法解决了类似的处境？”

奈特利点了点头：“至少有一部，《拉迪戈》。”

“他是什么人？”

“拉迪戈是个地方。主角是拉迪戈的坏蛋男爵，当然，他受到了诅咒。”

“那还用说。”约翰斯教授嘟囔了一句，他意识到这种命运注定会降临到各种坏蛋男爵的身上，甚至认为他们活该。

奈特利说：“诅咒强迫他每天至少犯下一次罪行。假如有哪一天没有犯罪，他将饱受折磨地死去。”

“太可怕了。”心肠软的艾丽丝说。

“自然，”奈特利说，“没人能每天都设想出一种罪行，所以我们的英雄被迫使用自己的智慧来破解诅咒。”

“怎么破解？”

“他是这么想的：假如他故意拒绝犯罪，他会因为自己的行为而死去。换句话说，他这是在自杀，而自杀当然也是一种罪——所以他满足了诅咒的条件。”

“明白了，明白了。”约翰斯教授说，“吉尔伯特显然相信用逻辑来解决问题。”他闭上眼睛，高贵的额头显然因为额头里面的激烈思考而鼓了起来。

他睁开眼睛：“奈特利老朋友，《魔法师》是什么时候发表的？”

“1877年。”

“这就对了，老朋友。在1877年，我们还处于维多利亚时代。婚姻这项习俗还不是舞台上的闹剧。它不能因为情节需要而变成滑稽的一幕。婚姻是神圣的、崇高的，是人生大事——”

“够了，”奈特利说，“别再说感叹词了！你脑子里有什么主意？”

“结婚。娶了这姑娘，奈特利。让所有的人马上结婚，我相信这就是吉尔伯特最初的意图。”

“但这个，”奈特利说道，奇怪地被这个提议吸引了，“不正是我们想要避免的吗？”

“我没想避免。”艾丽丝坚定地说（但她的样子其实不是坚定的，而是温柔可爱的）。

约翰斯教授说：“你不明白吗？一旦结为夫妇，恋爱定律剂——对已婚夫妇不起作用——就不再控制他们了。那些原本不需要恋爱定律剂帮忙就可以相爱的人依然相爱，而需要帮忙的人则不再相爱——然后再申请婚姻无效就行了。”

“老天爷，”奈特利说，“真是太简单了。当然！吉尔伯特肯定是这么设计的，但目瞪口呆的制作人或剧院经理——你口中的笨蛋——强迫他改了。”

“问题解决了吗？”我问道，“毕竟，教授说过它对已婚夫妇的作用只是能阻止婚外——”

“解决了。”奈特利说道，没有理睬我的评论。一滴泪珠在他的眼睑处颤动，但它是被回忆引发的，还是因为这是他的第四杯金汤力酒，我无从判断。

“解决了，”他说，“艾丽丝和我结婚了，我们的婚姻几乎立即就被宣布无效，我们都同意它是在不当压力下促成的。而且，不幸的是，因为我们即将面临相濡以沫的生活，我们之间的这股不当压力也消散了。”他再次叹了口气：“总之，之后艾丽丝和亚历山大很快就结婚了，我听说她已经怀孕了。”

他突然将目光从空酒杯上抽了回来，紧张地倒吸一口凉气：“真倒霉！她又来了！”

我吃惊地抬起头。门口出现了一个浅蓝色的身影。请你想象一下，那是一张令人想吻下去的脸蛋，一副迷人的身材。

她叫道："尼古拉斯！等等！"

"她就是艾丽丝？"我问道。

"不是。不是。是另外一个人，另外一个完全不同的故事——但我不能再留下了。"

他站了起来，带着他这个年纪和体重罕见的敏捷，跳出了窗户。那位迷人的女子，也以毫不逊色的身手，跟着他跳了出去。

我同情地摇了摇头。显然，这个可怜的家伙依然被漂亮姑娘纠缠，姑娘们出于这个或那个原因，依然对他倾心。想到他如此悲惨的命运，我一口喝下了酒，不禁又想起一个老问题，我怎么就碰不到这种麻烦呢？

想到这里，不知怎的，我又豪爽地要了一杯酒，嘴里忍不住骂了一句脏话。

传到第四代[1]

上午10点钟，山姆·马滕摇晃着下了出租车，跟平常一样试图用一只手开门，另一只手提起公文包，恨不得再用第三只手去拿钱包。因为只有两只手，他难以顺畅地完成这一系列动作，所以只能再次跟平常一样，用膝盖顶开车门，等到脚踏上路面时，发现自己依然在无助地摸索着钱包。

麦迪逊大街上的车流缓慢地爬过。一辆红色的卡车不情愿地停止了爬行，然后等信号灯变色后又喘起粗气重新上路。车身上的白字向这个无动于衷的世界宣称它的主人是经营成衣批发的F. 卢科维茨父子公司。

鲁克维奇，马滕心不在焉地想着，终于拿出了他的钱包。他将公文包夹在胳膊下，朝计价器瞥了一眼。一美元六十五美分，再加二十美分的小费，给他两张一美元的话，那他就只剩下一张一美元，以备不时之需。还是破开一张五美元的吧。

“给，”他说，“你就收一美元八十五美分吧。”

“谢谢。”司机用机械的口吻随口道了谢，给他找了钱。

马滕将三张一美元的纸币塞进了自己的钱包收好，随后拎着公文包，侧身穿行在人流之中，来到了大楼的玻璃门前。

鲁克维奇？他一下子回过味来，停下了脚步。一位路人擦过他的胳膊。

1

“对不起。”马滕嘟囔了一句，往门里走去。

鲁克维奇？这个不是卡车上的名字。那个名字叫卢科维茨，卢—科—维—茨。他为什么会联想到鲁克维奇？虽然卢和鲁接近，但维茨怎么会变成维奇呢？

鲁克维奇？他一耸肩，将它粗暴地抛在了脑后。要是再想下去，它会如同流行歌曲一样盘踞在脑子里，赶都赶不走。

还是回到生意上来吧。他来这里是为了跟一个叫内勒的家伙共进午餐。他来这里是为了将合同变成客户，然后在二十三岁这个年纪，开始一段顺利的职业生涯，好让他如同计划的那样，在两年之内迎娶伊丽莎白，并在十年后成为市郊的一家之主。

他表情冷硬地走进大厅，在走向电梯时，瞟了一眼指示牌上的白色字母。

这是他的一个习惯，能在路过的时候瞟到门牌号，而不用放慢脚步，更不用停下脚步。他告诉自己，一路上不停顿，就可以装出属于这里的样子，知道该怎么走，这对于一个工作是和别人打交道的人来说十分重要。

他要找的是酷玲爱，名字让他觉得好笑。该公司专业生产各种小型厨房用具，所以拼命想要起一个令人印象深刻的、女性化的、扭捏作态的名字。

他的目光抓住了K开头的那一区，边走边往上瞟着。坎德尔、凯斯克、科珀特出版公司（整整两层）、科夫科维茨、酷玲爱。找到了——1024，十楼，好的。

然而，他竟然一下子停住了脚步，不情愿地转过身面对着指示牌，紧紧地盯着它，就好像一个乡下人。

科夫科维茨？

这是个什么鬼名字？

写得很清楚。亨利·J. 科夫科维茨，701。有个“科”字，这不好，这没用。

没用？为什么没用？他猛地摇了摇头，试图让自己清醒过来。该死的，他为什么要关心它是怎么拼的呢？他转身离去，皱着眉头，生着闷气，匆匆走向电梯。他还没走到，电梯门就关上了，令他有些慌乱。

另一扇门开了，他急忙走了进去。他将公文包夹在胳膊底下，试图让自己看着自在一些——像是那些志得意满的年轻高管。他必须给亚历克斯·内勒留下一个好印象，他跟后者只在电话上沟通过。假如他一直琢磨着卢科维茨和科夫科维茨……

电梯无声地在七楼停下了。一位穿着衬衣的年轻人走了进来，端着一个抽屉似的东西，里面放着三杯咖啡和三块三明治。

随后，门正在关上的时候，毛玻璃上的黑色文字映入了马滕的眼帘。它写着：701——亨利·J. 拉夫科维茨，进口商。义无反顾关上的电梯门将文字挡在了外面。

马滕激动地往前探出了身。这是他的本能在呐喊："带我回七楼。"

但电梯里还有其他人。况且，他也没有理由回去。

然而，他的体内涌起了一股小小的激动。指示牌错了。不是"科"，是"拉"。某个不识字的傻瓜带着一兜文字去贴指示牌，还不如我用腿去贴呢。

拉夫科维茨？还是不对。

他再次摇了摇头。又摇了一次。什么不对？

电梯在十楼停下了。马滕出了电梯。

酷玲爱公司的亚历克斯·内勒原来是一个虚张声势的中年人，长着一头扎眼的白发，肤色红润，笑容可掬。他的手掌又干又粗糙，握手时手劲很大，还将左手放到马滕的肩上，以示真诚与友好。

他说："再给我两分钟。就在这楼里吃怎么样？饭店很不错，那里的小伙子还能调很棒的马天尼酒。你觉得呢？”

“好的。好的。”马滕从已经略微气馁的身体里挤出了一点热情。

等了远不止两分钟，差不多有十分钟。马滕忍受着普通人在陌生办公室会有的不适。他看着椅子上的花纹，看着小房间里坐着的一位无聊的年轻接线员。他看着墙上的照片，甚至还试图三心二意地浏览旁边桌子上的行业期刊。

他没有去想拉夫……

他没有想。

饭店很棒，或者可以这么说，如果马滕的心情舒畅的话，饭店还是很不错的。幸运的是，他倒是不必费心来寻找话题。内勒说话又快又响，他用训练有素的眼睛瞥了眼菜单，推荐了火腿蛋松饼，然后评论了天气和糟糕的交通状况。

时不时地，马滕想要振作起来，试图集中注意力。但每次那种无休无止的感觉都会回来。有问题，名字错了。它缠住了他，不想让他处理手头的事情。

他用尽了力气，想要摆脱这种疯狂。他突然开口了，将对话引入布线的话题。他太莽撞了。完全没有铺垫，转变得太突然了。

但午餐挺愉快的。甜品就快上了。内勒的回应也挺友好。

他承认对目前这种安排不太满意。是的，他仔细研究过马滕的公司，实际上，在他看来，是的，有机会，有很大的机会，他认为——

一只手拍在了内勒的肩膀上，一个人站到了他身后：“孩子怎么样了，亚历克斯？”

内勒抬起头，旋即露出了笑容：“嘿，勒夫，生意怎么样？”

“还可以。回头……”他消失在了人群中。

马滕没有在听。他站了起来，感觉自己的膝盖都在颤抖。“那个人是谁？”他急切地问道。语气听着比想象中的霸道。

“谁？勒夫？杰瑞·勒夫。你认识他？”内勒略微惊讶地盯着自己的午餐同伴。

“不认识。他的名字怎么写？”

“勒夫科维茨，应该是。为什么要问？”

“丈夫的夫？”

“夫人的夫，当然也是丈夫的夫。”内勒脸上的友善差不多都消失了。

马滕坐了下来：“这栋楼里有一个‘拉夫’。拉手的拉。”

“哦？”

“701号。跟他不是一个人？”

“杰瑞不在这栋楼里办公。他在街对面有间办公室。我不认识你说的这个人。要知道这栋楼很大，我不认识这楼里的每个人。话说回来，你问这个干什么？”

马滕摇了摇头，坐了下来。他不知道为什么。或者可以这么说，即使他知道，他也没办法解释。难道他能说“我今天一直被各种勒、拉纠缠个没完”？

他说：“还是谈谈布线吧。”

内勒说：“好。就像我刚才说的，我在考虑你们公司。我得先跟负责生产的伙计聊聊，你能理解的。一有结果我就通知你。”

“好。”马滕感到无比沮丧。不会有结果的。整件事就这么吹了。

然而，在沮丧的背后，那种坐立不安的感觉还在。

让内勒见鬼去吧。马滕一心想的就是赶紧打发走内勒，接着进行下去。（进行下去什么？但这个问题只是一声低语。无论心底提出这个问题的是什么，它一直在衰减，渐渐在消失……）

午餐终于结束了。他们见面的时候就像两个许久未见的朋友，分别的时候则像两个陌生人。

马滕却只感到了轻松。

他的心脏依然怦怦直跳，伴随着他穿行在餐桌之间，离开了闹鬼的大楼，来到了闹鬼的大街上。

闹鬼？早秋时节下午1点20的麦迪逊大街上，阳光普照，成千上万的男男女女挤在又长又直的道路上。

但马滕就是感觉在闹鬼。他胳膊下夹着公文包，头也不回地往北走去。他内心仅存的一点清醒提示他下午3点在第三十六街还有个会。不管了。他走往上城，往北。

到了第五十四街，他穿过麦迪逊大街，往西走，随后突然停了下来，抬头看。

窗户上有个标识，在三楼。他看得很清楚：A. S. 勒夫维奇，注册会计师。

标识里面有个“勒”和“夫”，但这是他看到的第一个以“维奇”结尾的词。第一个。他接近了。在第五大道上他再次转而往北，匆匆走在不真实的城市中不真实的街道上，急于追赶，气喘吁吁，而身边的人群开始变得稀疏。

一楼的橱窗上有个招牌：M. R. 勒夫科维茨，医生。

一家糖果店的橱窗上有一串半圆形的金色字母：雅各布·勒夫科。

（半个名字，他苦苦思索着。为什么他用半个名字来扰乱我？）

街道已然空了，除了一堆各种各样的勒夫科维奇的衍生品，勒夫科维茨、拉夫科维茨在虚空中浮现。

他依稀注意到前方有个公园，一片油漆形成的绿色一动不动。他转向西方。一张报纸在他的眼角扑腾，死寂的世界中唯一的动静。他走过去，俯身捡起它，却并没有放慢自己的步伐。

是一张意第绪语报纸，只剩了半页。

他读不懂。上面的希伯来字母已经模糊了，即使能看清，他也看不懂。但有个词很清晰。黑色字母在报纸中央十分抢眼，每个笔画都很清晰。它写着“鲁克韦西”，他知道，他心里默念了一遍，并将重音放在第二个音节。

他松手，报纸呼扇着飞走了。他走进空荡荡的公园。

树木静止不动，树叶以一种奇怪的方式挂在枝头。阳光如同镇纸一样压在他的肩头，丝毫感觉不出温暖。

他开始跑，但他的脚步没有卷起任何灰尘，他的体重也没能压弯草坪上的小草。

有个老头儿坐在长椅上，他是这个荒凉的公园里唯一的人。他戴着黑色的毡帽，帽舌遮住了他的眼睛。帽檐下面的白发翘了出来。斑白的胡子垂到了皱巴巴的上衣的第一个纽扣处。裤子很旧，有几处补丁，破破烂烂的、不像样的鞋子上绑着粗麻布绳。

马滕停住了脚步，呼吸困难。他只能说出一个词，他问道：“鲁克维奇？”

老人缓缓地站了起来，棕色的眼睛紧紧地盯着他。他站着没动。

“马滕，”他叹了口气，“塞缪尔·马滕。你来了。”这句话暴露了两个细节。马滕在他的英语中听出了依稀的外国人腔调。还有，“塞缪尔”听着像是意第绪语的“施穆埃尔”。

老人伸出了粗糙、青筋累累的手，随即又缩了回去，仿佛是害怕触碰：“我一直在寻找，但在这片将要成为城市的野地里，人太多了。太多的马丁、马田、马滕和马唐。我看到这片绿地后就停下休息了，但只休息了一会儿——我不会失去信念。然后你就来了。”

“我来了，”马滕说道，他知道自己就是那个人，“你是菲尼哈斯·鲁克维奇。我们怎么会在这里？”

“我是菲尼哈斯·本·耶胡达，沙皇下谕旨赐姓鲁克维奇给我们家族。我们会在这里，”老人柔声说道，“是因为我一直在祈祷。我已经老去时，莉亚，我唯一的女儿，跟着她丈夫去了美国，离开了旧时代的鞭子，迎接新希望。我的儿子死了。萨拉，我亲爱的妻子，早就死了。我成了孤家寡人。当时间到了之后，我也一定会死。但自从莉亚去了那个遥远的国度，我一直都没见过她，也没怎么听到过她的消息。我的灵魂在呐喊，我想见到她诞下的孩子，我的血脉，我的灵魂将通过他们传承下去，不至于死去。”

他的声音十分平静，他的话语之中无声地传递着一种古老语言的气息。

“我得到了回应，我被应允了两个小时，我能看到我血脉中的第一个儿子出生在新时代的新大陆上。我女儿的女儿的女儿的儿子，我不是在这座伟大的城市中找到你了吗？”

“但为什么要找？为什么不一下子把我们两个联系起来呢？”

“因为寻找的希望之中有喜悦，我的孩子，”老人容光焕发，“收获之中也有喜悦。我被应允了两个小时来寻找，两个小时来希望……喏，你就在这里，我找到了生命中不曾有过的希望。”他的声音很老，很亲切：“你还好吧，我的孩子？”

“我很好，祖先，我也终于找到你了，”马滕跪了下来，“请祝福我，祖先，祝福我今后的生活一切顺利，祝福将成为我妻子的女人和成为你我血脉的孩子们一切顺利。”

他感到一只苍老的手轻轻地放到他的头上，耳边传来听不清的呢喃。

马滕站了起来。老人的眼睛渴望地盯着他。它们聚焦在了何处？

“我将平静地前去跟我的祖辈团聚，孩子。”老人说。空荡荡的公园里只剩下了马滕一个人。

周遭的动静一下子全回来了，太阳恢复了它被打断的任务，微风也开始轻拂，那一刻也回来了……

早上10点，山姆·马滕手忙脚乱地下了出租车，无助地掏着钱包，车流在身边缓慢地经过。

一辆红色的卡车停下，随后又开走了。车身上漆着白色的招牌：卢科维茨父子公司，经营成衣批发。

马滕没有看到它。不过，不知怎的，他知道一切都会顺利。不知怎的，他知道一切都不一样了……

爱是个什么玩意儿[1]

“但这是两个不同的物种。”嘉姆船长说道，紧紧盯着从下方行星带上来的生物。船长的视觉器官被调节到了最高分辨度，因此都凸了出来。视觉器官上方的色块快速闪烁着。

伯塔克斯因为再次看到了颜色变幻而感觉温暖。他在行星上的间谍舱内被困了好几个月，一直在试图了解本地人调制声波的意义。闪光通信几乎就像回到了遥远的银河系英仙臂。“不是两个物种，”他说，“而是同一物种的两种不同形态。”

“胡说，它们两个看着很不一样。不过略微有些像英仙人，感谢神，不像别的世界的形式那么恶心。形体尚可，肢体可辨，但没有色块。它们能说话吗？”

“能，嘉姆船长，”伯塔克斯趁机发出了表示鄙视的微弱棱镜光，“详见我的报告。这些生物用喉咙和嘴巴发出声波，像是一种复杂的咳嗽。我也学会了。”他很自豪：“很难学。”

“真恶心。好吧，这就解释了它们那平面的、无法伸缩的眼睛。不用颜色说话会让眼睛变得没什么用。话说回来，你为什么坚持说它们是一个物种？左边的这个要小一些，它身上看着像是触须的东西更长一些。比例似乎也不对，它这里突出，而另外一个却没有。它们是活的吗？”

1 Copyright © 1961 by Ziff-Davis Publishing Company.

“活的，但现在没有知觉，船长。它们受到了精神调制，压抑了恐惧，让我们能更好地研究。”

“但它们值得研究吗？我们的进度已经慢了，至少还有五个比这里更重要的世界等着我们去探索。维持时间静止耗费颇多，我希望把它们送回去，然后——”

但是伯塔克斯湿润纤细的身体正焦急地振动着。他管状的舌头弹了出来，向上卷起盖住自己扁平的鼻子，眼睛则向内凹了进去。他张开三根指头的手，做出了反对的姿势，随着他的发言，手几乎完全变成了深红色。

“求神保佑，船长，其他世界都没有这个来得重要。我们可能面临着极大的危险。这些生物可能是银河系里最危险的生命形式，船长，就因为它们有两种形态。”

“我不明白。”

“船长，我的工作是研究这个行星，工作难度非常大，因为它很独特。它独特到我几乎无法理解它。例如，它上面几乎所有的生命都由两种形态的物种构成。没有合适的词可以描述，甚至连概念都没有。我只能把它们称作第一类型和第二类型。用它们的话来说，这个小的叫‘女性’，而这个大的叫‘男性’，因此这种生物本身知道自身的差别。”

嘉姆撇了下嘴：“这种沟通方式可真恶心。”

“还有，船长，为了能产生后代，这两种形态必须合作。”

船长正弯腰仔细端详着样本，表情既好奇又鄙夷，听到后立刻直起了腰：“合作？胡说什么呢？生命的基本原则就是每个活着的生物都自我繁衍后代，这是一种最深层的自我沟通。要不然生命有何存在的价值呢？”

“这个小一些的形态确实能繁衍后代，但需要另一个形态的配合。”

“怎么配合？”

“不清楚。这种事非常私密，我研究过手头的资料，没有找到确切和直观的说明。但我能做出合理的推断。”

嘉姆摇了摇头：“荒谬。芽殖才是世界上最神圣、最私密的功能。一万个世界都是如此。伟大的色块诗人曾经说过：‘在芽殖时，在芽殖时，在甜蜜愉悦的芽殖时，当——’”

“船长，你不懂。这两种形态之间的合作（我不确定是如何实现的）会带来某种混合，基因上的混合。这种方法确保在每一个新生代中都会出现新的特征。变化会被叠加，变异的基因几乎立刻都得到了表达，而在芽殖系统中，这可能要等上好几千年。”

“你是说一个个体的基因可以跟其他个体的基因混合？你知道这在细胞生理学的原则下有多可笑吗？”

“我敢肯定，”伯塔克斯在对方伸出的眼睛的注视之下紧张地说道，“进化被加速了。这个行星上的物种极为丰富。可能有一百二十五万种之多。”

“十二种还差不多。别太相信你在当地文字上读到的东西。”

“我自己就在一个小区域内看到过几十种完全不同的物种。我跟你说，船长，给这些物种一小块时间和空间，它们会变异得足够聪明，总有一天会统治我们和整个银河系。”

“要是你能证明你所说的合作的确存在，调查员，我就考虑你的请求。如果不能，我会驳回你所有的说法，离开这里。”

“我能证实，”伯塔克斯的色块闪烁着强烈的黄绿色，“这个世界上的生物还有一个独特之处。它们能预测还未取得的进步，可能是因为它们相信科技的飞跃，毕竟它们一直都在目睹快速的变化。因此它们沉溺于一种文学形式中，跟它们尚未发展出的太空旅行有关。它们称这种文学形式为‘科幻’。现在我几乎只读科幻小说，因为我认为在它们的梦想与幻想之中，它们可能会暴露自己的弱点。也是从科幻中，我推断出了它们跨形态合作的方法。”

“什么样的方法？”

“这个世界上有一份期刊，有时它刊登的科幻作品几乎都在集中描写不同方式的合作。令人讨厌的是，它不会直白地说出来，一直都只是暗示。它的名字，我几乎可以用闪光来形容，叫作‘花花公子’。我推测负责该期刊的生物只对跨形态合作感兴趣，它以令我钦佩的热情，用系统和科学的方法，到处搜寻素材。我学习了期刊中的素材，大概能想象整个过程的样子。

“船长，我恳请你，当合作完成，它们的后代出现在我们眼前后，下令将这个世界抹去，不要留下一个原子。”

“好吧，”嘉姆船长不耐烦地说，“将它们唤醒，做你该做的，要快。”

玛吉·斯基德莫尔突然就感知到了周遭的环境。她非常清楚地记得黄昏时分那个高处的站台。站台上几乎是空的，一个男人站在她旁边，另一个在站台的另一头。正在进站的火车刚刚从远处传来了隆隆声，宣示它的到来。

然后就亮起了一道闪光，让她眩晕，迷糊中她隐约看到了一个纤细的生物。坠下的黏液，急速地上升，此刻——

“哦，上帝，”她颤声说道，“它还在这里。还有第二个。”

她感到恶心，但并不害怕。她为自己没有害怕而感到些许骄傲。她身旁有个男人，跟她一样安静地站着，戴着一顶破旧的软呢帽，就是那个站台上站在她身旁的男人。

“他们也把你抓了？”她问道，“还有谁？”

查理·格里姆伍德感觉身子软软的，很沉。他试图伸手取下帽子，捋一下倔强但没能完全覆盖头顶的稀疏的头发，却发现很费劲，仿佛遭遇了某种柔软却坚决的阻力。他放下胳膊，愁眉苦脸地看着对面那个脸瘦瘦的女人。他感觉她有三十多岁，头发挺漂亮，衣服也很合身，但此刻他只想赶紧离开这鬼地方，有人陪伴也解决不了问题，即便是个女人。

他说：“我不知道，女士。我只是等在站台上。”

“我也是。”

“然后就看到一道亮光，没听到什么动静，然后就来了这里。肯定是火星或水星，或其他什么地方的小矮人干的。”

玛吉用力地点了点头：“我也是这么想的。飞碟？你害怕吗？”

“不怕。有意思！你知道吗？我还以为自己会发疯或怕得要死。”

“有意思。我也不害怕。哦，上帝，他们有人来了。如果他碰我，我会尖叫。看看那些蠕动的手、皱巴巴的皮肤，到处是黏液，真让人恶心。”

伯塔克斯小心翼翼地走近了，用刺耳尖锐的声音说（这是他能做出的对土著音色最接近的模仿了）：“生物们！我们不会伤害你们。但必须请你们做出合作。”

“嘿，他会说话！”查理说，“你说合作是什么意思？”

“你们两个。相互合作。”伯塔克斯说。

“哦？”他看着玛吉，“你知道他在说什么吗，女士？”

“完全不明白。”她傲慢地回答道。

伯塔克斯说：“我的意思是……”他说了一个他曾经听过的用来描述这个过程的同义词。

玛吉脸红了。“什么！”她大声尖叫道。伯塔克斯和嘉姆船长都伸手捂住了他们身体的中段，听觉器官在高分贝中痛苦地震颤着。

玛吉急得都有些语无伦次了：“首先，我已经结婚了。如果我的埃迪在这里，他会亲口告诉你。还有你，自作聪明的家伙，如果你以为——”

“女士，女士，”查理急切地辩解道，“不是我的主意。别误会，这不像我，拒绝像你这么一位女士，你懂我的意思。但我也结婚了。我有三个孩子。听着——”

嘉姆船长说：“发生什么了，伯塔克斯调查员？这些声音也太难听了。”

“是这样，”伯塔克斯闪起了一阵短暂的紫色，表示尴尬，“这是一个复杂的仪式。一开始它们会表现出抗拒。但这会令结果更加强烈。在最初的阶段过后，它们必须褪下皮肤。”

“要剥掉它们的皮肤？”

“不是真的要剥皮。这些是人造的皮肤，可以被无痛地除去，也一定要除去。尤其是个子小的那个形态。”

“那好吧。告诉它，除掉皮肤。老实说，伯塔克斯，我不喜欢看到这个场面。”

“最好不要命令小的那个除掉皮肤。我建议还是按照仪式的规矩来。我这里有几篇太空旅行的故事，《花花公子》期刊的人对它们赞赏有加。在这些故事里，皮肤是被强行除下的。这里就有一些描写，例如，‘撕碎了女孩的衣服，将它从她苗条的身体上扯下来。一时间，他感觉到她胸前温暖紧致，贴着他的脸颊……’诸如此类的东西。你明白了？撕扯，强行除下，是一种刺激手段。”

“胸前？”船长说，“我没看到闪光啊！”

“是我翻译的，为了让你明白。这代表的是小个子上半部的突出部分。”

“明白了。好吧，下令大个子撕下小个子的皮肤。这种事听着可真不靠谱。”

伯塔克斯对查理说：“先生，把女孩的衣服从她苗条的身材上撕下，好吗？你要做到了，我就放了你。”

玛吉的眼睛都瞪大了，她立刻冲着查理发火：“你敢！你碰我一下试试，你这个色情狂。”

“我？”查理无辜地说，“又不是我的主意。你觉得我会到处撕人衣服吗？听着——”他转身对着伯塔克斯：“我有老婆，还有三个孩子。她要是发现我乱撕别人的衣服，我就完了。你知道哪怕我就看别的女人一眼，我老婆会对我干什么吗？听着——”

“它还在抗拒？”船长不耐烦地说。

“显然是，”伯塔克斯说，“我猜是陌生的环境阻碍了合作的进展。我知道你不喜欢这种场面，所以还是由我来完成仪式的这个步骤吧。在太空故事里经常会写到由外星物种来完成这个步骤。例如这里——”他翻着笔记，找到了想要的那一段：“它们描述了一种可怕的外星物种。请你理解，这个行星上的生物有一种愚昧的观点。他们从来就想象不出一种像我们这样英俊的人物，还覆盖着光滑的黏液。”

“快点！快点！别一直说个没完。”船长说。

“好的，船长。这里写了‘外星人走到女孩站立的地方。她发出歇斯底里的尖叫，倒在了魔鬼的怀里。爪子在她身上四处撕扯，将裙子撕成了碎片’。听到了吗，土著生物的皮肤被除下时，因为刺激而发出了尖叫。”

“那你去除下皮肤，伯塔克斯。但不要让它尖叫。声波让我浑身不自在。”

伯塔克斯礼貌地对玛吉说道：“如果你不介意——”

竹片状的手指做出了想要抓住衣领的动作。

玛吉拼命地闪躲：“别碰我。别碰我！你的黏液会沾在上面。听着，这件衣服花了我二十四美元九十五美分，是在奥尔巴克百货公司买的。离我远点，你这个妖怪。看看你那对眼睛。”她喘着粗气，拼命躲着伸过来的外星爪子：“黏糊糊的虫子眼妖怪，说的就是你。听着，我自己脱。看在上帝的分儿上，别把黏液沾到衣服上。”

她抓住拉链，又激烈地朝查理吼了一句：“不许看。”

查理闭上眼睛，顺从地耸了耸肩。

她脱下了衣服："行了吗？你满意了？"

嘉姆船长的手指不耐烦地扭动着："那就是胸部？为什么另外一个生物把头扭过去了？"

"还在抗拒，"伯塔克斯说，"胸部还是被盖住了。剩下的皮肤也必须被除下。当裸露之后，胸部将是强烈的刺激物。它通常被描述成象牙色的球体，或是白色的半球，或是其他类似的形容。我这里有图像，视觉效果图，太空旅行杂志的封面。你要是仔细看，你会看到每张封面上几乎都有生物的胸部，或多或少是裸露的。"

船长若有所思地看着图像，又看了看玛吉，然后目光又落到了图像上："象牙是什么？"

"又一个我创造出来的闪光。它是该行星上某种大型低级智慧生物的牙齿。"

"啊，"嘉姆船长露出了满意的绿色，"这就说得通了。这个小个子来自武士部落，她用牙齿来刺穿敌人。"

"不是。不是。我理解的它们应该很软。"伯塔克斯用棕色的小手朝他们正在谈论的那个物体指了指，玛吉尖叫着躲开了。

"那它们有什么用？"

"我认为，"伯塔克斯犹豫了好久后开口说道，"它们是用来给小孩子喂食的。"

"小孩子会吃它们？"船长显然被吓到了。

"不是。这东西会生成一种供小孩子食用的液体。"

"食用一个活体生成的液体？啧……啧。"船长用全部的三只胳膊抱住了头，为此他召唤出了中间的胳膊，它从隐匿之地迅速地弹出，几乎将伯塔克斯击倒在地。

"三条胳膊的黏糊糊的虫眼怪物。"玛吉说。

"对。"查理说。

"还有你，注意你的眼睛，不要看不该看的地方。"

“听着，女士，我一直在努力。”

伯塔克斯再次走上前来：“女士，能把剩下的皮肤都脱掉吗？”

玛吉尽力在束缚力场下挺直了腰板：“绝不！”

“实在不行，我来帮你。”

“别碰！看在上帝的分儿上，别碰。看看它身上的黏液！好吧，我脱。”她小声咒骂着，过程中一直气愤地盯着查理的方向。

“没什么动静啊，”船长异常失望地说道，“而且，这个样本看着有问题。”

伯塔克斯感觉受到了诋毁：“我给你带来了两个完美的样本。这个生物有什么问题吗？”

“它的胸部上没有球体。从你给我看的照片中，我知道球体是什么样子，它们被描绘得很清楚。那些是大球体。但是，在这个生物上，只有干燥组织构成的扁平的下垂物。而且，它们的某个部分还变色了。”

“哪有？”伯塔克斯说，“你必须考虑到自然差异。我让这个生物自己来解释。”

他转身对着玛吉：“女士，你的胸部完美吗？”

玛吉的眼睛瞪大了，她挣扎了一番，没什么用，只是喘气声更响了。“无耻！”她终于能开口说话了，“我虽然不是吉娜·劳洛勃丽吉达或安妮塔·艾克伯格，但我足够完美，谢谢。哦，上帝，要是埃迪在就好了。”她扭头看着查理：“听着，你跟这个虫眼的黏糊怪说，我的发育没问题。”

“女士，”查理低声说道，“我没看，记得吗？”

“哦，你是没在看，但你偷偷打量了可不止一两眼，所以你还不如睁开你那对狗眼，为一位女士仗义执言——假如你还有一点绅士举止的话，虽然你并没有。”

“好吧。”查理说。他从侧面看着玛吉，后者猛吸了一口气，并挺起了胸膛，查理说：“我对这种事的鉴赏力一般，我猜你还算过得去。”

“你猜？你眼瞎了吗？我曾经获得过布鲁克林小姐的第二名，提醒你一下，我输在了腰部线条上，而不是——”

查理说：“行，行。它们很好，我的实话。”他朝伯塔克斯的方向使劲点着头：“它们没问题。跟你坦白，我不是专家，但在我看来它们没问题。”

玛吉放松了。

伯塔克斯也松了一口气。他转向嘉姆：“体形大的那个表达了兴趣，船长。刺激起作用了。现在就到了最后一步。”

“是什么？”

“这个词没有对应的闪光，船长。基本上，它就是将一个人说话和吃饭的口器压在另一个人说话和吃饭的口器上。我为这个过程创造了一个闪光，叫作‘接吻’。”

“要这么一直恶心下去吗？”船长抱怨道。

“这是高潮部分。在所有的故事中，等到皮肤被强行去除后，他们用四肢紧扣在一起，沉浸在疯狂的热吻中，‘热’是我能找到的最接近的翻译了。我来随便举个例子，‘他抱着女人，他的嘴贪婪地品尝着她的嘴唇’。”

“可能是一个生物在吞噬另一个生物。”船长说。

“完全不是，”伯塔克斯不耐烦地说，“这就是热吻。”

“你说的热是什么意思？起火了吗？”

“不是字面上的意思。我觉得它是用来表达体温上升的一种说法。我猜温度越高，产下后代的成功率越高。现在，体形大的那个已经被适当地刺激了，他只需将嘴放到她的上面就能产下后代了。没有这个步骤，就无法产下后代。这就是我说的合作。”

“这么简单吗？就这样——”船长用手做出了相互接近的动作，他无法将这个过程用闪光表达出来。

“就这么简单，”伯塔克斯说，“在所有的故事中，甚至在《花花公子》里面，我都没找到任何进一步的身体行为的描述。有时，在接吻之后，他们会写上一行符号，比如小星星之类的，但我猜那只是表示更多的接吻。每个星星都代表一次接吻，他们想产下更多的后代。”

“一个就好，现在开始吧。”

“遵命，船长。”

伯塔克斯一字一顿地说道：“先生，请你去吻那位女士。”

查理说：“听着，我动不了。”

“没事，我会放了你。”

“女士可能不乐意。”

玛吉咆哮道：“可能什么可能，我当然不乐意。你别过来。”

“我是不想过来，女士，但我要是不过来，他们会做什么？听着，我不想惹恼他们。我们就，你懂的，就沾一下嘴唇就好。”

她犹豫了。她明白他的谨慎有几分道理：“好吧。但别想要花招。我可不是什么随便的女人，你明白。”

“我明白，女士。我也不想，请体谅。”

玛吉愤怒地嘟囔着：“愚昧的黏液怪物，肯定觉得自己是神，下令让人干这干那的。什么神，黏液鬼还差不多。”

查理靠近了她：“可以开始了吗，女士？”他做了一个含义不清的手势，仿佛要垂一下帽檐。然后他笨拙地将双手放到她裸露的肩头，噘起嘴巴凑了过来。

玛吉的头使劲往后躲，脖子上都起褶子了。他们的嘴唇相接了。

嘉姆船长焦躁地闪烁着：“我没感觉到温度上升。”他的热探测触手已经在他的头顶升高到极致，微微晃动着。

“我也没探测到，”伯塔克斯显得很失落，“但我们是完全按照太空旅行故事中的步骤来做的。我觉得他的肢体应该伸得更长才对——啊，就像那样。看，起作用了。”

几乎下意识的，查理的胳膊搂住了玛吉那柔软赤裸的身躯。一开始，玛吉似乎服从了他，然后她突然在依然牢牢抓着她的力场之中剧烈挣扎了起来。

“松开。”在查理嘴唇的包裹下，声音显得闷闷的。她突然咬了下去，查理号叫了一声蹦开了，摸了下自己的下嘴唇，然后盯着手指上的血。

“你疯啦，女士？”他控诉道。

她说：“我们说好了只是沾一下嘴唇。你想干什么？你是色狼吗？我身边都是些什么东西啊？色狼加黏液鬼？”

嘉姆船长迅速地交替闪烁着蓝光和绿光：“结束了？我们要等多长时间？”

“我觉得应该马上就会有结果。在宇宙里所有的地方，该发芽的时候自然会发芽，不用等待。”

“是吗？想到你描绘的那些奇怪的习俗，我感觉自己再也不会发芽了。快点弄完吧。”

“稍等片刻，船长。”

但过去了很多个片刻，船长的闪烁已减慢成沉闷的黄色，而伯塔克斯的几乎都快熄灭了。

终于，伯塔克斯迟疑地问了一句：“打扰了，女士，请问你什么时候发芽？”

“我什么时候什么？”

“产下后代。”

“我已经有孩子了。”

“我的意思是此刻产下后代。”

“我只能说不了。我还没准备好再要一个孩子。”

“什么？什么？”船长追问道，“她在说什么？”

“好像，”伯塔克斯说，“现在她还不想产下后代。”

船长的色块发出了刺目的亮光：“知道我在想什么吗，调查员？我认为你的精神不正常。这些生物之间没有关系。他们之间没有合作，也不会产下后代。我认为他们是两种不同的物种，而你却跟我玩愚蠢的把戏。”

“但是，船长——”伯塔克斯说。

“我不是你的船长，”嘉姆说，“我受够了。你让我恶心，让我反胃，让我呕吐，用见鬼的发芽理论，浪费我的时间。你一心想出名，一心想荣耀，我会确保你得不到。马上处理掉这两个生物。让那个小的把皮肤套回去，把它们放回到你抓它们的地方。我真该把这项维持时间静止的费用从你的薪水里扣除。”

“但是，船长——”

“我说了放回去。把它们放回到相同的地点，在相同的时刻。我需要这个行星不被打扰，我会确保它一直不受打扰，”他冲着伯塔克斯愤怒地看了一眼，“一个物种，两种形式，胸部，接吻，合作，天——你是个笨蛋，调查员，一个傻瓜，同时也是一个非常变态、变态、变态的生物。”

不再争吵。伯塔克斯颤抖着将生物送回了原处。

他们站在高处的站台上，惊慌地四处打量。头顶着晚霞，正在进站的火车刚刚从远处传来了隆隆声，宣示着它的到来。

玛吉犹豫着开口了：“先生，是真的吗？”

查理点了点头：“我还记得。”

玛吉说："我们不能跟任何人说。"

"当然。他们会说我们是疯子。懂我的意思吗？"

"嗯。明白。"她准备走了。

查理说："听着，很遗憾让你尴尬了。我都是被逼的。"

"没事，我理解。"玛吉看着脚下的木头站台。火车的声音变响了。

"我是说，女士，你不坏。老实说，你挺好看的。但是我不好意思说。"

她突然笑了："没关系。"

"想一起喝杯咖啡，放松一下吗？我不急着回家。"

"哦？好吧，埃迪这周末不在城里，所以我回家了也是一个人。孩子去我妈家了。"她解释道。

"那就走吧。我们已经被介绍过了。"

"没错。"她笑了。

火车进站了，他们却转身离开了，沿着狭窄的楼梯下到街面上。

他们喝了几杯鸡尾酒，然后查理不能让她摸黑一个人回家，所以就把她送到了她家门口。自然地，玛吉又邀请他进门坐了一会儿。

与此同时，在飞船上，崩溃的伯塔克斯想要最后再努力一下，证明自己的说法。在嘉姆预备出发的时候，伯塔克斯匆忙架好了聚焦光束，想要最后看一眼他的样本。他聚焦到了公寓里的查理和玛吉身上。他的触手变僵硬了，色块闪烁起七彩的光芒。

"嘉姆船长！船长！看看他们现在在干什么！"

但就在这一刻，飞船闪了一下，跳出了时间。

赢得战争的机器[1]

庆祝远未结束，甚至在马尔蒂瓦克地下室的深处，你仍然能感受到气氛。

不说别的，单是这份空闲与寂静就足以说明问题。十年来第一次，技术员不再忙着监控巨型计算机的关键信号，温柔的灯光也不再闪烁出杂乱的图案，信息流的进出也停止了。

当然，它不会长时间地停止，因为有维持和平的需要。但此刻，甚至连马尔蒂瓦克也要庆祝这个伟大的时刻，并好好休息，一天或一个星期都行。

拉马尔·斯威夫特摘下头上的军帽，看着巨型计算机那长长的、空荡荡的主走廊。他疲惫地坐在一张技术员的旋转凳上，他从来就没觉得舒服过的制服也露出了一副沉重、皱巴巴的神色。

他说："我还是心有余悸。我都记不得跟天津四[2]的战争是什么时候开始的。现在恢复了和平，看着星空不再焦虑，感觉都不自然了。"

和斯威夫特在一起的还有两个男人，他们都比这位太阳系联邦执行董事年轻，看着没那么苍老，也没那么疲惫。

约翰·亨德森的嘴唇薄薄的，他带着胜利之后难以抑制的轻松感，说道："他们被摧毁了！他们被摧毁了！我一遍又一遍地跟自己

2 在天鹅座中的一颗一等星，是已知最明亮的恒星之一。

重复，却依然难以相信。我们谈了这么多事，谈了这么多年，这个悬在地球和所有附属世界头上的威胁，悬在全体人类头上的威胁，一直以来都是那么真切，那么现实。现在，我们活了下来，天津四人崩溃了，被摧毁了。他们不再是威胁了，永远都不会是了。”

“感谢马尔蒂瓦克。”斯威夫特说道，并意味深长地瞥了一眼镇定的贾布隆斯基，他在战争期间一直是科学顾问团的首席翻译，“对吗，麦克斯？”

贾布隆斯基耸了耸肩。他下意识地伸手去掏烟，旋即又忍住了。在几千个与马尔蒂瓦克一起生活在隧道里的人之中，他是唯一一个被允许吸烟的，但后来他努力避免使用这种特权。

他说：“至少他们是这么说的。”他用大拇指朝着自己的右肩上方指了指。

“嫉妒了，麦克斯？”

“因为他们在喊马尔蒂瓦克的名字？因为马尔蒂瓦克是这场战争中的人类的大英雄？”贾布隆斯基瘦骨嶙峋的脸做出一个蔑视的表情，“跟我有什么关系？就让马尔蒂瓦克成为赢得战争的机器吧，只要他们高兴就行。”

亨德森用眼角打量着另外两个人。在短暂的幕间休息的空当，他们三个不约而同地来到这个安静的角落，远离了进入疯狂模式的大都市的喧闹。在危险的战争与困难的和平之间的过渡期，他们想找到一刻的安宁，但亨德森只感觉到自己罪孽深重。

突然间，仿佛罪孽已经重到难以承受，必须跟着战争一起被卸下。就是此刻！

亨德森说：“马尔蒂瓦克跟胜利一点关系都没有。它就是台机器。”

“一台大机器。”斯威夫特说。

“那就说它是一台大机器。它并不比喂给它的数据更优秀。”他安静了一会儿，突然对自己想说的话丧失了信心。

贾布隆斯基看着他，粗大的手指想再次掏出一根烟，也再次放弃了：“你应该清楚。是你提供的数据。还是你想寻求这份荣誉？”

“不是，”亨德森恼怒地说，“哪有什么荣誉？你知道马尔蒂瓦克要用什么样的数据？被一百台下属计算机预处理过的数据。它们分布在地球、月球、火星，甚至在土卫六上面。土卫六的数据总是会延迟，总是让人觉得它的数据会造成意料不到的偏差。”

“确实让人头疼。”斯威夫特说，略微有些同情。

亨德森摇了摇头：“何止头疼？我承认，八年前我取代勒邦成为首席程序员时，我很紧张。但那时大家都过得很愉快。战争还远，算不上是真正的危险。我们还没有到达那种紧张的程度，不像后来，飞船必须换成载人的，星际弯曲如果瞄得足够准可以吞下整个行星，等等。但接着，真正的困难开始了——”

他愤怒地——他终于显露出愤怒——说道：“你们什么都不知道。”

“好吧，”斯威夫特说，“跟我们说说。反正战争都结束了。我们胜利了。”

“是的。”亨德森点了点头。他必须记住这一点。地球胜利了，一切都得到了最好的结果。“唉，数据开始变得没有意义。”

“没有意义？你是说真的？”贾布隆斯基说。

“真的。有什么好怀疑的？你们又没有参与其中。麦克斯，你从未离开过马尔蒂瓦克。还有你，董事先生，除了国事访问，你从未离开过大楼，你只能看到他们想让你看到的。”

“我不像你想的那样，”斯威夫特说，“对此一无所知。”

“你知道吗？”亨德森说，“我们的产能数据、资源潜力、受训人员——几乎任何对战争有重要作用的数据——到了战争的后半程已经变得不可靠，不能用了。各个团队的领导，包括平民的和军队的，都试图发布他们美化过的数据，他们掩盖了不好的，放大了好的。机器虽然老实，但给它编程和解读结果的人都要考虑自身的处境，都要诋毁竞争者。没法叫停这种做法。我试过了，但失败了。”

“当然，”斯威夫特轻声安慰道，“我明白。”

这次，贾布隆斯基决定点着自己的烟：“然而，我推测你在程序里还是给马尔蒂瓦克提供了这些数据。你怎么从没跟我们说过可靠性的问题呢？”

“我怎么跟你们说呢？如果我说了，你们敢相信吗？”亨德森冷冷地反诘道，“我们所有的战争努力都围绕着马尔蒂瓦克。它是我们这头的伟大武器，天津四人没有类似的配备。在面临失败之时，还有什么能提高士气呢？还不是要宣传马尔蒂瓦克总是能预测和破坏任何天津四人的行动，总是指导和防止我们的行动被破坏？上帝，自从我们的间谍船在超空间被轰炸了之后，我们就缺乏可靠的天津四人的数据喂给马尔蒂瓦克，但我们不敢公开。”

“理解。”斯威夫特说。

“所以，”亨德森说，“如果我告诉你们数据不可靠，你们肯定会把我换掉，不再相信我。我不能让这种事情发生。”

“你做了什么？”贾布隆斯基问道。

“既然我们已经胜利了，告诉你们也无妨。我更正了数据。”

“怎么更正的？”斯威夫特问道。

“依靠本能。我修改了数据，直到它们看上去不错。一开始，我胆子很小。这里改一点，那里改一点，把显然不可能的数据改掉。发现天没有因此而塌下来之后，我胆子变大了。到了最后，我变得肆无忌惮。我根据需要自己编造出了必要的数据。我甚至编了一个私人程序，让马尔蒂瓦克的副手为我准备数据。”

“随机数？”贾布隆斯基问道。

“当然不是。我引入了一系列必要的偏差。”

贾布隆斯基出乎意料地笑了，黑色的眼睛在垂下的眼帘后闪闪发光："我收到过三次报告，说有人未经授权使用了副手，我都未予理睬。假如这事重要的话，我肯定会调查，然后就会发现你，约翰，发现你在干什么。但是，在那些日子里，马尔蒂瓦克干的任何事都不重要，所以我就没管。"

"你是什么意思，都不重要？"亨德森疑惑地问道。

"都不重要。假如我当时就跟你说了，你也就不会苦恼了；要是你跟我说了你在干什么，我也就不会苦恼了。你有没有想过，先不说喂不喂数据，为什么马尔蒂瓦克一直能维持运转呢？"

"它不能维持运转吗？"斯威夫特说。

"倒也不是。只能说不可靠。我的技术员在战争的最后时刻去了哪里？我告诉你，他们在一千个不同的太空设备上给计算机喂数据。他们离开了我！我不得不依靠无法信任的孩子和过时的退休人员。而且，你觉得我会相信低温车间生产的固态组件吗？低温车间的人员素质也并不比我这里的好到哪儿去。对我而言，提供给马尔蒂瓦克的数据是否可靠并不重要。输出的结果不可靠，我知道这一点就足够了。"

"那你怎么办呢？"亨德森问道。

"我做了跟你一样的事，约翰。我引入了偏差。我根据直觉调整结果——机器就是这么赢得了战争。"

斯威夫特往后靠在椅子上，伸直两条腿："有意思。看来交给我的材料、用来帮助我决策的材料，其实是在人造数据上进行的人工预测。对吗？"

"看来如此。"贾布隆斯基说。

"那看来我做对了。我没有太依靠这些材料。"

"没有吗？"贾布隆斯基说，尽管他刚坦白了，却仍然设法露出受到侮辱的表情。

"恐怕没有。马尔蒂瓦克似乎在说打这里，不要打那里；做这个，不要做那个；等待，不要行动。但我从来就不确定马尔蒂瓦克表面上说了什么，实际上又想说什么，或实际上说了什么，但潜台词是什么。我从来就不确定。”

“但最终报告的意思很明显啊，长官。”贾布隆斯基说。

“对那些无须做出决定的人而言，可能是吧。对我不是。做出这种决定的责任难以承受，连马尔蒂瓦克都无法去除它的分量。听到我的疑虑是有根据的，我感到轻松了许多。”

三个人坦白了各自的罪孽之后，贾布隆斯基忘了头衔：“那你做什么了，拉马尔？你最后还是做出了决定。怎么做的？”

“好吧，是时候回去了，不过——我还是先跟你说吧。为什么不呢？我确实用到了一台计算机，麦克斯，但比马尔蒂瓦克老，老得多。”

他在自己的口袋里摸索着，掏出了一盒烟，顺便带出几枚硬币。旧式的硬币，如今因为缺乏金属，硬币早就被计算机阵列记录的信用系统代替了。

斯威夫特狡黠地笑了：“我还是保留了硬币，让钱显得有分量。老家伙很难戒掉年轻时的习惯。”他往嘴里塞了一根烟，把硬币一个接一个地放回了口袋。

他用手指夹着最后一枚硬币，出神地看着它：“马尔蒂瓦克不是第一台计算机，朋友们，也不是最有名的，更无法有效地卸下决策者身上的重担。机器的确赢得了战争，约翰，是一台非常简单的计算机。每当我要做出异常艰难的决定时，我总是会用到它。”

带着浅浅的回忆式的笑容，他抛起了手里的硬币。它在空中反着光，旋转着，落到了斯威夫特张开的手掌里。他握起手掌，将它盖住，把它拍到左手的手背上。他的右手继续盖住硬币。

“先生们，正面还是反面？”斯威夫特问道。

我儿子是物理学家[1]

她一头浅绿苹果色的头发，非常伏贴，非常老式。你应该能想象她的手在染发时很灵巧，这种染发方式三十年前还很流行，那时挑染和点染还没出现。

她脸上也带着可爱的微笑，平静的表情诉说着老去时的安详。

因此，相比之下，她在巨大的政府大楼中显得有些突兀。

一个女孩小跑着经过她身边，旋即又停了下来，转身诧异地直勾勾地盯着她："你怎么进来的？"

女人笑了："我在找我的儿子，他是个物理学家。"

"你儿子，物——"

"严格来说，他是个通信工程师——高级物理学家杰勒德·克雷莫纳。"

"克雷莫纳博士。嗯，他——你的通行证呢？"

"在这儿呢。我是他妈妈。"

"哦，克雷莫纳夫人，我不知道是你。我要——他的办公室在那个方向。你问问别人吧。"她跑着离开了。

克雷莫纳夫人缓缓地摇了摇头。她猜肯定有事发生了，希望杰勒德没事。

她听到走廊的深处有声音传来，高兴地笑了。她听出了杰勒德

1 Copyright © 1962 by Hoffman Electronics Corporation.

的声音。

她走进房间："你好，杰勒德。"

杰勒德是一个大高个，头发依然茂盛，刚刚开始花白，因为他不染发。他说自己太忙了。她为他骄傲，也为他看上去的样子骄傲。

此刻，他正喋喋不休地跟一个穿军装的人说着什么。她看不清他的军衔，但她知道杰勒德能应付他。

杰勒德抬起头说道："你认为——妈妈！你怎么来了？"

"说好了今天来看看你。"

"今天是星期四？哦，上帝，我忘了。坐吧，妈妈，我现在没空。随便坐哪里都行。随便坐。听着，将军。"

赖纳将军扭过头看了看。他背着双手，一只手轻轻拍着另一只手："你妈妈？"

"是的。"

"她该来这里吗？"

"确实不该在这时候来，但我能替她担保。她甚至连体温表都不会读，所以这里的一切在她眼里都没有意义。好了，将军，他们在冥王星上，听到了吗？在冥王星上。无线电信号不可能产生于自然界，所以肯定是人为的，来自我们的人。你得接受这一点。在所有我们送往小行星带以外的探险队中，总算有一支队伍成功了。而且他们还抵达了冥王星。"

"是的，我明白你说的，但你觉得这有可能吗？此刻在冥王星上的那些人是四年前出发的，而他们携带的设备只能保证他们存活一年。这是我的看法。他们的目的地是木卫三，但似乎去了八倍远的地方。"

"确实。所以我们一定要搞清楚原因。他们可能获得了帮助。"

"什么帮助？怎么获得的？"

克雷莫纳咬紧牙关，仿佛在内心祷告。"将军，"他说，"我不想说得太绝对，但有可能跟非人类有关。外星人。我们一定要搞清楚。我们不知道联系还能维持多长时间。”

“你是说，”将军严肃的表情使面部扭成一团，差点就笑了，“他们可能从关押中逃了出来，还可能随时会被抓住。”

“有可能，有可能。人类的命运可能就取决于搞清楚我们面对的究竟是什么。现在就要搞清楚。”

“好吧。你需要什么？”

“我们需要立即使用军队的马尔蒂瓦克计算机，停止它手头的一切任务，开始解决我们的警示信号编程。你手下的所有通信工程师都要放下所有工作，准备配合我们。”

“为什么？我看不到这两者之间有什么联系。”

一个温柔的声音打断了他们：“将军，你想来一片水果吗？我带了些橘子。”

克雷莫纳说：“妈妈！别打搅我们，一会儿再说！将军，目的很简单。此刻，冥王星离我们有四十亿英里。以光速前进的无线电信号需要六个小时才能从我们这里抵达他们那里。如果我们说了什么，我们要等上十二个小时才能听到回答。如果他们说了什么，我们又没听清，然后说‘什么’，他们再重复——啪，一天就没了。”

“没有办法加速吗？”将军问道。

“当然没有。这是通信的基本原理。没有什么信息能够以快过光的速度传递。我们两个在这里几个小时就能完成的谈话，换成和冥王星沟通就需要好几个月。”

“好，我明白了。你真的认为跟外星人有关？”

“是。但说实话，这里并不是所有人都同意我的观点。我们急需用到每个大脑、每条光缆，来发明某种集中通信的方法。我们必须尽可能地增加每秒钟接收的比特率，祈祷在失去联系之前取得我们所需的信息。这就是我需要马尔蒂瓦克和你的人的原因。肯定有通信策略能减少我们往外发的信号数量。提高10%的效率就意味着能节省一个星期的时间。”

温柔的声音再次打断了他们：“哎，杰勒德，你是想跟人谈话吗？”

“妈妈！别打岔！”

“但你的方法错了。真的。”

“妈妈！”克雷莫纳的声音听着都有些歇斯底里了。

“好了，好了，但要是你说了什么，然后等十二个小时才能收到答复，那就太傻了。你不该这么做。”

将军哼了一声：“克雷莫纳博士，我们该咨询——”

“稍等，将军，”克雷莫纳说，“你想说什么，妈妈？”

“在你等答复期间，”克雷莫纳夫人真诚地说，“一直不停地给他们发信息，并告诉他们也要这么做。你一直在说话，他们也一直在说话。你让人一直负责收听，他们也有专人收听。如果你们任意一方说了什么需要回答的东西，那就只好等着了，但实际情况可能是，你不用问就得到了所有的答案。”

两个人都盯着她。

克雷莫纳轻声说道：“对。持续对话。只是隔了十二小时的相位，仅此而已。上帝，我们就这么办。”

他大步走出房间，几乎是拽着将军跟他一起，然后又大步走了回来。

“妈妈，”他说，“请原谅，这可能需要几个小时。我派几个女孩来陪你说话，你要是愿意，也可以先睡个午觉。”

“我没事，杰勒德。”克雷莫纳夫人说。

“不过，你是怎么想到的，妈妈？是什么让你想到了这个主意？”

“嗐，杰勒德，所有的女人都知道。任何两个女人——在可视电话上，或是面对面——都知道，传播消息的秘密就在于不管在任何情况下都要一直说个不停。”

克雷莫纳想要笑。但他的下嘴唇只哆嗦了一下，他转身离开了。

克雷莫纳夫人欣赏地看着他的背影。如此优秀的一个人，她的儿子，一个物理学家，长这么大了，成了一个大人物，他还是知道儿子总归是要听妈妈话的。

眼睛不仅能用来看[1]

经过了上千亿年，他突然间认为自己是埃姆斯。不是现在这个遍及了整个宇宙的波长组合所对应的埃姆斯——而是声音本身。声波的模糊记忆回来了，虽然他再也听不到，也没法听了。

新项目改善了他的记忆，让他记起了很多远古的事情，无数个世代之前的事情。他摊平了组成他个体的能量旋涡，让它的力场线条延展到了群星之外。

布洛克的回复信号来了。

当然，埃姆斯心想：我要告诉布洛克，我要跟人分享。

布洛克通过变换的能量模式说道："你来吗，埃姆斯？"

"当然。"

"你要参加比赛吗？"

"是的！"埃姆斯的力场线条激动地脉冲着，"肯定参加。我想到了一种全新的艺术形式，一种非常特别的形式。"

"白费力气！都过了两千亿年，你怎么觉得自己还能想到什么新的形式呢？不可能有新的了。"

布洛克移出了相位，中断了交流，因此埃姆斯不得不急着调整了自己的力场线条。在调整的过程中，他抓到过其他漂流的想法，看到了空无的天鹅绒幕布下星星点点的星系，感觉到星系之间有无数的能量生命在脉动。

埃姆斯说："请吸收我的想法，布洛克。不要关闭。我想到了控制物质。想象一下！一部物质交响曲。为什么还纠缠能量？能量没有新意，怎么可能有？这不正意味着我们要操控物质吗？"

"物质！"

埃姆斯觉得布洛克的能量震荡是表示恶心。

他说："为什么不呢？我们自己也曾经是物质，在……在……哦，至少一万亿年之前！为什么不用物质媒介来生成物体，或其他抽象的形式，或——听着，布洛克——为什么不用物质来生成我们自己的仿制品，模仿我们从前的样子？"

布洛克说："我不记得我们从前是什么样子。没人能记得。"

"我记得，"埃姆斯用能量说道，"我一直在专心思考，我开始记起来了。布洛克，让我展示给你看。跟我说我是对的。跟我说。"

"不。这太傻了。它——令人厌恶。"

"让我试试，布洛克。我们一直是朋友。我们从一开始就一起脉冲能量——从我们成为我们自己的那一刻起。布洛克，求你了。"

"那就快点。"

埃姆斯已经很久没有在自己的力场线条上感觉到如此强烈的震颤了——有多久了？如果他此刻为布洛克做的尝试成功了，那他就敢操纵物质了，所有的能量生命为此已经苦苦等待了无数个世代。

物质稀薄地分散在星系之间，埃姆斯在数个立方光年的范围内搜刮着它们，选择着原子，并把它们揉成一个黏土质的均质状态，它们大致呈卵形，悬浮在他下方。

"你还记得吗，布洛克？"他轻声问道，"记得见到过类似的东西吗？"

布洛克的旋涡有节律地震颤着："不要逼我回忆。我不回忆。"

"这是'头'。他们称它为头。我已经清楚地记起来了，我想说出它的名字。我指的是用声音说。”他等了一阵，随后说道，“看，你还记得那个吗？”

在卵形正面的上方出现了“头”。

“那是什么？”布洛克问道。

“那就是‘头’这个字。这个符号代表了这个字的含义。告诉我你记起来了，布洛克！”

“应该有个东西，”布洛克迟疑着，“中间应该有个东西。”一个纵向的突起物出现了。

埃姆斯说：“是的！鼻子，没错！”头上面出现了鼻子。“两边还有眼睛。”接着出现了左眼和右眼。

埃姆斯欣赏着他塑造的形象，他的力场线条缓慢地脉冲着。他真的是这个样子的吗？

“嘴巴，”他微颤着说道，“还有下巴、喉结和锁骨。终于想起这些词了。”它们出现在了那个形象上。

布洛克说：“我有好几千亿年没想起过它们了。为什么你要提醒我？为什么？”

埃姆斯此刻执着于自己的想法：“还有别的。负责听觉的器官，负责接收声波的……耳朵！把它们安在哪里呢？我想不起来该把它们安在哪里！”

布洛克喊道：“别管了！别管耳朵之类的东西了！不要回忆！”

埃姆斯不解地问道：“回忆有什么问题吗？”

“因为我的外表不该像这样粗糙和冰冷，而该是光滑和温暖的。因为我的眼睛柔和又生动，嘴唇柔软且饱满。”布洛克的力场线条抽动着，泛起了波纹。

埃姆斯说：“对不起！对不起！”

“你让我想起了我曾经是个女人，懂得爱情。眼睛不仅能用来看，而我现在连一只眼睛都没有。”

她暴躁地在毛坯头上添加了物质，说道："让它们代替我吧。"随后转身逃走了。

埃姆斯看到了，也想起来了，他曾经是个男人。他的旋涡力场将头劈成了两半，随即顺着布洛克的能量轨迹逃回了星系深处——回到了无尽的生命幽闭之中。

破碎的物质头颅上，眼睛里依然有光芒在闪烁，那是布洛克留在那里代表泪水的水汽。物质头颅做出了能量生命再也无法做出的举止，它在为全人类哭泣，为他们一万亿年前遗弃的脆弱但美丽的胴体而哭泣。

隔离主义者[1]

医生面无表情地抬起头：“他准备好了吗？”

“是否准备好了没有绝对的衡量标准，”医疗工程师说，“但我们准备好了。他已经不耐烦了。”

“他们都是如此……这是一次严肃的手术。”

“严肃与否，他都应该心怀感激。他在无数个候选人里被选中了，老实说，我不觉得……”

“别说，”医生说，“轮不到我们来做决定。”

“我们接受。但我们必须同意吗？”

“是的，”医生干脆地说道，“我们同意。全心全意，毫无保留。手术太复杂了，容不得半点精神上的疑虑。这个人从多方面证实了自己的价值，他的档案也符合死亡委员会的要求。”

“好吧。”医疗工程师的语气显得有些不甘。

医生说：“我想，我就在这里接待他吧。这里足够小，也足够私密，可以让他放松。”

“没用的。他还是会紧张。而且他已经做好决定了。”

“真的吗？”

“是的。他想要金属。他们都想要金属。”

医生的脸上还是没什么表情。他盯着自己的手：“有时候他们也会

听人劝的。”

“费那劲干什么？”医疗工程师满不在乎地说，“如果他想要金属，就给他金属好了。”

“你不在乎？”

“为什么要在乎？”医疗工程师近乎残忍地说，“金属还是非金属，都是医学工程的问题，而我是个医疗工程师。金属还是非金属，我都能处理。我为什么要在乎？”

医生漠然地说：“对我而言，它关系到契合度。”

“契合度！你不能用它来当借口。病人怎么会关心契合度呢？”

“我关心。”

“你是少数派。你站在潮流的对立面。你没有机会。”

“我必须试一下。”医生快速挥了下手，让医疗工程师闭嘴——他的动作并没有不耐烦的意思，只是很快。他已经通知了护士，而且也收到了信号，护士已经到了。他按下一个小按钮，门轻快地从中间分开，滑向两边。病人坐着机动轮椅进来了，护士敏捷地跟在他身旁。

“你可以离开了，护士，”医生说，“在外面等。我会叫你的。”他朝医疗工程师点了点头，后者也跟着护士一起离开了。门在他们身后被关上了。

坐在轮椅里的人扭头看着他们离开。他的脖子很细，眼睛周围有细密的皱纹。他刚刮完胡子，紧紧抓着轮椅的扶手，指甲也修剪得整整齐齐。他被照顾得很周到……但他的脸上挂着愤愤不平的表情。

他说：“我们今天就开始吗？”

医生点了点头：“今天下午，参议员。”

“我听说要持续好几个星期。”

“手术本身用不了那么长时间，参议员。但有一系列的附带问题需要解决。要做一些循环系统的更新，还有荷尔蒙调整，等等。这些问题都挺复杂的。”

“有危险吗？”仿佛想到了要建立某种友好的关系，却显然有悖于自己的意愿，他加了一句，“……医生？”

医生没有理睬他细微的表情变化，平静地说：“任何事都有危险。我们会耐心操作，降低危险。正因为它需要大量的时间，还需要众多专业人士的配合，用上各种设备，使得它只对极少数……”

“我知道，”病人急躁地说，“我并不因此而觉得内疚。你这是在对我施加不当压力吗？”

“哪有，参议员？委员会的决定从来不会受到质疑。我提到手术的难度和复杂性，只是为了表明我想以最好的方式来完成委员会的愿望。”

“好，请这么做吧，这也是我的愿望。”

“那我必须请你做一个决定。我们能为你提供两种类型的人工心脏，金属或……”

“塑料！”病人暴躁地说，“你想提议我接受它吗，医生？廉价的塑料。我不要。我做出了决定。我要金属。”

“但是……”

“听好了，我知道选择权在我这里。对吗？”

医生点了点头：“当两种选择在医学上的效果都是一样的时候，选择权的确在病人手上。但在实际操作上，即使当两种选择的效果不一致时，病人依然掌握着选择权，正如眼下的这种情况。”

病人眯起了眼睛：“你是在暗示我塑料心脏更好吗？”

“取决于病人。你这个案例，我的观点是塑料的更好。而且我们不赞成使用‘塑料’这种说法。它是纤维人工心脏。”

“在我看来就是塑料的。”

“参议员，”医生异常耐心地说，“这种材料并不是我们日常所称的塑料。它的确是一种聚合材料，但比普通的塑料要复杂得多。它是一种复杂的类蛋白纤维，被设计成尽可能真实地模拟人类心脏的自然结构，也就是你现在胸腔内那颗结构。”

“这不就是了？我现在胸腔内的人类心脏已经衰老了，虽然我还不到六十岁。我不想再要一颗跟它一样的，谢谢了。我要更好的。”

“我们都想给你更好的，参议员。纤维人工心脏真的更好。它的预期寿命长达几个世纪。它也绝对不会引发过敏……”

“金属心脏不也一样吗？”

“是的，一样，”医生说，“金属心脏用的是钛合金，它……”

“它不是不会衰老吗？它不是比塑料更坚韧吗？你叫它纤维，本质还不是一样的？”

“金属的质地的确更坚固，这没错，但机械强度并不是关键。它的机械强度其实对你没有额外的好处，因为心脏会受到很好的保护。任何能够接触到心脏的东西都能因为其他原因而导致你的死亡，即便心脏本身能够撑过这种不幸。”

病人耸了耸肩：“如果我断了一根肋骨，我也会用钛合金替换它。替换骨头简单。任何人随时都能更换。我想用金属，医生，不想用别的。”

“这是你的权利，如果你如此坚持。但是，公平起见，我要告诉你，虽然金属心脏从未出现过机械故障，但有几个案例中出现了电力问题。”

“什么意思？”

“意思是每个人工心脏都含有一个起搏器，它是结构的一部分。在金属心脏中，有一个很小的电子设备，它能改变心脏的节律，以配合个人的情感与体力状态。这个设备必须配备电池，电池偶尔会出问题，有些人在问题修复前便死亡了。”

“我从没听说过这种事。”

“我向你保证，这的确发生过。”

“你是说经常发生吗？”

“当然不会。非常罕见。”

“那好，我愿意冒险。塑料心脏呢？它也有起搏器吗？”

“当然，参议员。但纤维人工心脏的化学结构与人体组织非常相似，它能对身体本身的离子和荷尔蒙控制做出反应。需要植入的装置比金属心脏要简单许多。”

“但塑料心脏出现过不受荷尔蒙控制的情况吗？”

“从未发生过。”

“因为你使用它们的时间还不够长，是吗？”

医生犹豫了：“确实如此，纤维网络应用的时间没有金属的长。”

“这就对了。说这么多是为了什么，医生？你担心我会变成机器人？……变成金属人——自从取得公民权之后，他们就改成了这个名字。”

“金属人也没什么不好的，你也说了，他们是公民了。但你不是金属人。你是生物人。为什么不一直当个生物人呢？”

“因为我想要最好的，也就是金属心脏。你照做就是了。”

医生点了点头：“很好。你需要签署一些必要的许可文件，然后我们就给你安装金属心脏。”

“你是主治医生吗？他们说你是最好的。”

“我会尽力让手术顺利。”

门开了，轮椅带着病人去到了守候的护士跟前。

医疗工程师走了进来，扭头看着远去的病人，直到门再次关上。

他转而看着医生：“好吧，从你脸上看不出结果。他做了什么决定？”

医生俯身在桌上的档案上做下最终记录：“跟你料想的一样。他坚持要金属心脏。”

“可以理解，金属的更好。”

“不好说。它们面世的时间更长，仅此而已。自从金属人获得公民权以来，人类就此陷入了这种狂热之中。人类有奇怪的愿望，也想把自己变成金属人。他们渴望强壮的身体，跟金属人一样耐久。”

“这种现象并不是一边倒的，医生。你不需要给金属人看病，我却需要，所以我知道。刚才就有两个来维修的金属人指定要纤维质地的。”

“他们安上了吗？”

“其中一个只需要安装些肌腱，用金属还是纤维的，都没关系。另一个要求安上类似血液循环系统的东西。我告诉他办不到，除非用纤维材料再造他的整个身体……我猜总有一天会出现这种局面。金属人不再是真的金属人，而是有血有肉的人。”

“你对这种局面感到无所谓吗？”

“无所谓。也会出现金属的人类。地球上现在有两类智慧生命，为什么要分成两类呢？让他们相互接近，总有一天我们再也分不出区别。为什么要区分差别呢？我们可以拥有两个种类最好的部分——人类的优势与机器人的优势相结合。”

“于是就产生了一个混种，”医生带着近似愤怒的语气说道，“你得到了一种既不是两者之和，也不是各自原本的东西。人难道不应该自豪于自己的构造和身份，不混入异种的东西吗？难道他想变成杂种？”

“你这是隔离主义者言论。”

“随你怎么说，”医生平静地强调道，“我喜欢我原有的样子。我不想以任何借口来改变我身体的任何部分。假如某个部分必须被换掉，我会要求替换品尽可能地接近原有的结构。我就是我自己。我满意我自己的样子，不想成为别的样子。”

他说完了，开始准备手术。他将自己强健的双手放到加热器上，把它们烫得发出暗红的光芒，才算彻底消毒。刚才，在充满感情的演说中，他的声音从未起伏过，而他锃亮的金属脸上，依然（总是）没有表情。

这些都是我编的，哈！[1]

嘿，A博士——
嘿，A博士——
有个问题（别走啊）
我想听听你的意见。
虽然我宁愿死，
也不愿窥探别人的隐私，
但你会发现，
我的头脑里，
有个问题实在是不吐不快。

我不想听廉价的笑话，
所以请严肃回答，
而且，放下你所有的谨小慎微，
坦白你眼中的秘密！
究竟为什么
你会产生
这些如此疯狂和异想天开的想法？

是消化不良，让你无法入睡
所导致的结果？
你的眼珠左右乱转，
手指纠缠打开，
你的血液在疯狂地冲刷，
让你激动，
让你的脉搏紊乱？

是因为这个，还是酒精
令你的狂野加速？
一点点
一丁点
干马天尼，
可能是你的精灵，
或者是杰瑞·汤姆鸡尾酒。
你会发现那颗浆果，
能引发、释放
花招或酒劲；
一个可怕的组合，
非法的刺激，
大麻加龙舌兰酒，
给了你感觉，
东西在嗒嗒响，
分崩离析，
你开始了大脑活动，
大着舌头，
大脑嗡嗡响。

A博士，肯定有东西
让你异想天开，
跳脱常理。
我如此虔诚地读你的书，
你就给我一个概念吧，
你吃了什么灵丹妙药，
让你构思了情节？
你喝了什么琼浆玉液，
让你写下如此众多，
最受喜爱的科幻故事——
现在，A博士，
别走——

嘿，A博士——

嘿，A博士——

拒 信[1]

第一种：学术的

亲爱的阿西莫夫，所有的哲学思辨
都证实正统有其瑕疵。
想想康德的折中主义，
它用不断的反逻辑难题
攻击过时且无用的格言，
虽然它们被伪装成了现代语言。
所以退回你的稿件（假意夸几句）。
上述已说明了足够的原因。

第二种：生硬的

亲爱的艾萨克，我做好了准备
（伙计，我真的想帮你）
接受你写的一切。
但是，艾萨克，你只是一个平庸的人，
你的作品垮掉了，
除了胡言乱语和自吹自擂，没有其他。
收回你这篇垃圾；

它臭，很臭，非常臭；
粗粗浏览一遍足以致死。
但是，艾萨克，伙计，快点
再写一篇吧。
我需要故事，而你，伙计，我喜欢你写的东西。

第三种：友善的

亲爱的艾萨克，我的朋友，
我觉得你的故事不错。
恐怖、快乐，
包含所有的亮点。
这意味着
一整夜
与友人激烈讨论后，
放松下来，
全身心地享受，
无论是愉悦，
抑或紧张。
但请原谅
我老生常谈，
有点不合时宜，
但没有恶意，
我觉得
有些小瑕疵。
不多，
可能只有一点，
为此你不该痛苦。

所以请允许我说
刻不容缓，
我的伙计，我的朋友，
你故事的结尾
让我欣喜，
完美。
备注：
哦，对了，
我必须坦白（忐忑不安），
很遗憾将退稿附后。

读客®
科幻文库

跟着读客读科幻，经典科幻全看遍。

太空歌剧、赛博朋克、奇幻史诗……

中国、美国、英国、俄罗斯、波兰、加拿大、日本、牙买加……

读客汇聚雨果奖、星云奖、轨迹奖获奖作品，

精挑细选顶尖的科幻奇幻经典，

陪伴读者一起探索人类文明的过去、现在和未来，

亿亿万万年，直至宇宙尽头。

读客科幻文库

读客®